असुर आदिवासी

जनजातीय विमर्श

असुर आदिवासी

जनजातीय विमर्श

श्रीरंग

लोकभारती प्रकाशन

लोकभारती प्रकाशन
पहली मंजिल, दरबारी बिल्डिंग, महात्मा गाँधी मार्ग
प्रयागराज-211 001
वेबसाइट : www.lokbhartiprakashan.com
ईमेल : info@lokbhartiprakashan.com

शाखाएँ : 1-बी, नेता जी सुभाष मार्ग, दरियागंज
नयी दिल्ली-110 002
अशोक राजपथ, साइन्स कॉलेज के सामने
पटना-800 006
36-ए, शेक्सपियर सरणी
कोलकाता-700 017

प्रथम संस्करण : 2020

सिटी ऑफसेट
प्रयागराज द्वारा मुद्रित

ASUR ADIVASI
by Shrirang

ISBN : 978-93-89742-12-1

मूल्य : ₹ 600

अपने गुरु
दूधनाथ सिंह जी
को

अनुक्रम

भूमिका 9

असुर जनजाति 19

जनजातियों का नस्लीय अध्ययन 33

विमुक्त, घुमन्तू एवं अर्द्ध घुमन्तू जनजातियाँ 47

आदिम नाग और नाग जनजाति के मिथकीय सन्दर्भ 60

मिथकों में असुर आदिवासी 80

प्रसिद्ध असुर राज्य और असुर केन्द्र 121

असुर पुरोहित वंशज 129

असुर पुरोहित वंशज ब्राह्मण 143

पंचम वर्ण 152

दस्यु एवं दास 158

अनार्य संस्कृति 167

आदिवासी अस्मिता और स्वायत्तता के प्रश्न 179

संघर्ष दर संघर्ष 184

परिशिष्ट-एक : अनुसूचित (आदिवासी) जनजातियाँ 197

परिशिष्ट-दो : विमुक्त (अपरिगणित) आदिवासियों की सूची 206

परिशिष्ट-तीन : घुमन्तू आदिवासियों की सूची 214

परिशिष्ट-चार : अर्द्ध-घुमन्तू आदिवासियों की सूची 221

सन्दर्भ 222

भूमिका

विलुप्ति के कगार पर खड़ी भारत की एक सबसे प्राचीन मानी जानेवाली असुर आदिवासी जनजाति पिछले दिनों काफी चर्चा में रही है। अपनी कुछ खास विशेषताओं, मान्यताओं और कुछ खास माँगों के कारण इसने सभ्य समाज का ध्यान अपनी ओर आकर्षित किया है।

दरअसल इस असुर जनजाति के लोग लौह अयस्क को खोजनेवाले तथा लौह धातु से हथियार आदि निर्माण करनेवाले विश्व की चुनिन्दा जनजातियों में से एक हैं। ये लोग अपने को पौराणिक असुरों का वंशज मानते हैं। पिछले दिनों ये चर्चा में तब आए जब इनके कुछ बुद्धिजीवी कार्यकत्ताओं ने यह माँग उठायी कि दशहरा में दुर्गा की महिषासुर मर्दिनी की जो प्रतिमा लगायी जाती है तथा उसमें उन्हें जो हिंसक रूप में दिखाया जाता है और महिषासुर का भीभत्स तरीके से वध करते हुए दिखाया जाता है उससे उनकी भावना को ठेस पहुँचती है। यह उनके पूर्वजों का ही नहीं अपितु सम्पूर्ण असुर आदिवासी समुदाय का अपमान है। सभ्य समाज के लिए ऐसा वीभत्स और अभद्र अमानवीय प्रदर्शन सभ्यता के विरुद्ध है। इसलिए इस पर तत्काल रोक लगनी चाहिए।

इनका कहना है कि—जब भारत के संविधान में असुर आदिवासियों को अनुसूचित जनजाति के रूप में दर्ज किया गया है। और संविधान की पाँचवी अनुसूची के अनुच्छेद 244 (1), अनुच्छेद 13(3) (क), अनुच्छेद 19 (5) के प्रविधानों तथा एस.सी.एस.टी. एक्ट के मुताबिक सभी आदिवासियों की भाषा, संस्कृति, पुरखे, देवी देवताओं के ऊपर हमले एवं अपमान अनुचित तथा दण्डनीय हैं। तब संविधान की व्यवस्था का सभी को पालन करना चाहिए। सरकार को इसके लिए कड़े कदम उठाने चाहिए।

गौर करने लायक बात यह है कि असुर जनजाति के लोग न केवल महिषासुर को अपना पूर्वज मानते हैं बल्कि वे उनकी पूजा भी करते हैं तथा नवरात्रि में नौ दिन का शोक मनाते हैं। इसे वे अपनी मातृभूमि की रक्षा करते हुए वीर गति को प्राप्त हुए राजा महिषासुर का बलिदान दिवस मनाते हैं। यह परम्परा झारखण्ड सहित पश्चिम

बंगाल और छत्तीसगढ़ में भी है जहाँ उनकी बची-खुची आबादी है। इनके छाऊ नृत्य में महिषासुर वध की करुण कथा का प्रदर्शन होता है।

यूँ तो भारत के लगभग सभी अनार्य आदिवासी प्राचीन असुरों को अपना पूर्वज मानते हैं। दलित समाज भी उन्हें अपना पूर्वज मानता है। किन्तु ये असुर जनजाति इस सम्बन्ध में अधिक मुखर प्रतिरोध दर्ज कर रही है। क्योंकि ये सीधे तौर पर महिषासुर आदि असुर राजाओं से अपने को सम्बन्धित मानते हैं और उनकी जनजाति का नाम ही असुर जनजाति है।

असुर जनजाति के बुद्धिजीवी कार्यकर्त्ता न केवल महिषासुर मर्दन बल्कि रावण दहन, होलिका दहन, आदि सभी परम्परा के प्रति अपना विरोध दर्ज कर रहे हैं क्योंकि उनका मानना है कि ये सभी उनके पूर्वज अथवा पुरोहित, राजा संरक्षक आदि रहे हैं। द्वेष और शत्रुतावश उनके इन सभी नायकों को विद्रूपित किया गया है और यह अमानवीय चलन आज भी जारी है। वे लोग भी इन्सान थे सम्मानित थे। यदि पराजित भी हो गये तो उन्हें इतने अपमानजनक रूप में नहीं प्रस्तुत किया जाना चाहिए कि उनके वंशजों की भावना और आस्था को ठेस पहुँचे।

इस तरह असुर जनजाति के लोग प्रचलित सभी असुर दमन के उत्सवों में मौजूद विकृत तत्त्वों पर प्रतिबन्ध लगवाना चाहते हैं। भारत की एकमात्र असुर आदिवासी कथाकार सुषमा असुर का कहना है कि महिषासुर का असली नाम हुडुर दुर्गा था। वे महिलाओं पर हथियार नहीं उठाते थे। इसीलिए आर्यों ने उनका वध छल से एक महिला आर्य देवी द्वारा कराया। जिसे महिषासुर मर्दिनी दुर्गा कहा।

इन असुर आदिवासियों का यह भी मानना है कि भारत के सभी असुर जिन्हें ग्रन्थों में राक्षस, दैत्य, दानव, दस्यु, पिशाच, वानर, किन्नर, नाग, कहा गया है उन्हें अमनुष्य इसलिए कहा गया है ताकि उन शत्रुओं के वध को जायज और वैध ठहराया जा सके जबकि वे सभी मनुष्य थे और अपनी धरती के प्राचीन राजा थे। इस तरह आर्यों से लड़ते हुए जो असुर राक्षस योद्धा मारे गये सभी मातृभूमि पर बलिदान देनेवाले शहीद थे। उनका अपमान अशोभनीय है। वे शान्ति प्रिय और तपस्वी थे। धर्मग्रन्थों में भी उन्हें तपस्या करके शक्ति अर्जित करते बताया गया है। उन्हें भगवान शिव और ब्रह्मा का उपासक बताया गया है। यदि वे नास्तिक और अधर्मी होते तो तपस्या करके देवो से वरदान न लेते। स्वयं आर्य ब्राह्मण शुक्राचार्य आदि उनके पुरोहित न होते। जो तान्त्रिक विधि से उन्हें यज्ञादि कराते थे। उन्हें यज्ञ का विरोधी गलत कहा गया है। वे केवल आर्यों के उन यज्ञों का विध्वंस करते थे जिनमें आर्य राजा और पुरोहित एकत्र होकर उनके विरुद्ध षड्यन्त्र अथवा मन्त्रणा करते थे या उन्हें मारमे की योजना बनाते थे। अनार्य असुर अपने समाज में पूज्य थे वे महान शैव परम्परा और संस्कृति के संरक्षक थे। उनके आदि देवता महादेव और रुद्र थे वे रुद्रगणों के वंशज थे। जिन्हें शत्रुतावश विद्रूपित कर प्रस्तुत किया

गया है। वे उन सभी आदिवासी और दलित समुदायों के आदि पूर्वज थे जिन्हें आर्यों ने असुरों को पराजित करने के बाद शूद्र दास सेवक बना दिया अथवा जंगलों में पलायन पर मजबूर कर दिया और उनकी संस्कृति को नष्ट कर दिया तथा अनेकों का आर्मीकरण कर दिया। असुर राजाओं का देवी देवताओं से युद्ध कोई पराशक्तियों का युद्ध नहीं था। बल्कि धरती पर आर्य-अनार्य अथवा सुर-असुर जाति का राजनैतिक संघर्ष था जिसमें आर्यों ने छल से विजय हासिल किया। बड़ी संख्या में असुरों का दमन किया।

सुषमा असुर कहती है कि—"हमारे नरसंहारों को विजय की स्मृति में ही हिन्दू दशहरा जैसे त्योहार मनाते हैं। इसलिए हम अगर महिषासुर की शहादत का पर्व मनाएँ तो इसमें किसी को आपत्ति नहीं होनी चाहिए। आदिवासी जीवन के जानकार अश्वनी पंकज भी कहते हैं कि महिषासुर की पूजा न केवल असुर जनजाति करती है बल्कि बड़ी संख्या में उनकी पूजा दक्षिण भारत की अनेक जातियाँ करती हैं। उनका अपमान सबको आहत करनेवाला है।

इतिहास से पता लगता है कि असुर जनजाति खासतौर पर झारखण्ड में सदियों से रहती चली आयी है। ये प्रोटो आस्ट्रेलाइड समूह के माने जाते हैं। ऋग्वेद, ब्राह्मण, अरण्यक, उपनिषद, महाभारत आदि ग्रन्थों में इनका वर्णन मिलता है। इतिहासकार बनर्जी और शास्त्री ने भी असुरों की वीरता का वर्णन करते हुए लिखा है कि—'वे पूर्व वैदिक काल से वैदिक काल तक अत्यन्त शक्तिशाली समुदाय के रूप में प्रतिष्ठित थे। इतिहासकार मजूमदार का भी मानना है कि—असुर साम्राज्य का अन्त आर्यों के साथ संघर्ष में हुआ। प्रागैतिहासिक सन्दर्भ में असुरों की चर्चा करते हुए बनर्जी एवं शास्त्री उन्हें असीरिया नगर के वैसे निवासियों के रूप में देखते हैं जिन्होंने मिस्र और बेवीलोन की संस्कृति अपना ली थी। और बाद में उसे ये लोग भारत और ईरान तक ले आये थे। भारत में सिन्धु सभ्यता के प्रतिष्ठापक यही थे। इतिहासकार राय ने भी मोहनजोदड़ो एवं हड़प्पा से असुरों को सम्बन्धित माना है। साथ ही उन्हें ताम्र, कांस्य एवं लौहयुग तक का यात्री कहा है। पुराने राँची जिले में भी असुरों के निवास, उनके किले, कब्रों के अवशेष से सम्बन्धित एक सौ स्थानों की खोज एस.सी.राय ने की है। ये असुर दुनिया के लोहा गलानेवाली दुर्लभ धातु विज्ञानी आदिवासी समुदाय में से एक है। कालान्तर में इन्होंने कृषि कार्य अपनाया। के.के. ल्युबा भी कहते हैं कि महाभारत काल में जरासन्ध शैव असुर जाति का सम्राट् था जो मगध का शासक था। यह असुर जनजाति महाभारत कालीन असुरों की ही वंशज है। राँची गजेटियर से भी इसकी पुष्टि होती है। एल्विन भी मानते हैं कि अगरिया और असुर उसी आदिवासी समूह के वंशज हैं जिनका उल्लेख संस्कृत ग्रन्थों में असुर के रूप में किया जाता है। असुर अलग-अलग स्थानों पर अलग-अलग नामों से जाने जाते हैं। कुल मिलाकर ये एक ही आदिवासियों की शाखाओं का समूह ही है। यहाँ तक की उनकी एक ही पौराणिकता

है। वे एक ही आदि देवता को मानते हैं। उनके टोने-टोटके भी एक ही हैं। इसी आधार पर असुर आदिवासी आदि अपने को असुरों का वंशज मानते हैं।

किन्तु परम्परावादी इन असुर आदिवासियों सम्बन्धी मान्यताओं को बिल्कुल बेबुनियाद मानते हैं। उनका कहना है कि महिषासुर आदि कोई भी असुर दलित अथवा आदिवासी समुदाय के पूर्वज नहीं थे। वे सभी खूँखार राक्षस थे निशाचर थे। इनकी उत्पत्ति अमानवीय थी। ये मनुष्यता विरोधी थे अमानवीय थे। विधर्मी थे पापी थे। दुरात्मा थे। उनमें अधिकांश की उत्पत्ति भी अमानवीय थी। देवासुर संग्राम देवताओं और असुरों के बीच हुआ था मनुष्यों के बीच नहीं। कोई असुर दानव भला मनुष्य जाति यानी आदिवासी जनजाति या दलित जातियों का पूर्वज कैसे हो सकता है। वे तो मनुष्य थे ही नहीं। देवता सत्य के और धर्म के पक्षधर थे किन्तु असुर दानव असत्य और अधर्म के पक्षधर थे इसीलिए अन्ततः धर्म और सत्य की विजय हुई और देवता विजयी हुए और धर्म की स्थापना हुई। और जब भी धरती पर अधर्म बढ़ता है और धर्म की हानि होती है भगवान् मनुष्य रूप में अवतार लेते हैं और धर्म की स्थापना और अधर्म के नाश के लिए धरती पर जन्में असुर दैत्यों का विनाश स्वयं करते हैं। असुर आदिवासी राक्षस जैसे नहीं हैं। ये इन्सान हैं। इनके पूर्वज पायी असुर कैसे हो सकते हैं। इनको असुर नाम अंग्रेजों ने दिया ताकि हिन्दू धर्म ग्रन्थों को पढ़कर इनमें रोश पनपे और इन्हें ईसाई बनाया जा सके।

इसके विपरीत असुर आदिवासी और दलित विचारकों का मानना है कि धरती पर कभी भी किसी अमानवीय सत्ता का शासन नहीं रहा। देवता और असुर, दानव सभी मनुष्य वर्ग के ही अनेक नाम थे, जिनका धरती के विभिन्न भागों में शासन हुआ था। देवता जाति का क्षेत्र देवलोक कहलाता था और बाकी पृथ्वी पर असुर जाति के शासकों का राज्य था। अपने अपने राज्य और समाज में दोनों पूज्य थे। दोनों में राज्य विस्तार को लेकर संघर्ष होते रहते थे। हिन्दू धर्म ग्रन्थों में भी देव और दानव दोनों को कश्यप ऋषि की भिन्न-भिन्न स्त्री के उत्पन्न सन्तान कहा गया है। अन्य जातियाँ भी उनकी विभिन्न पत्नियों की सन्ताने थीं। तो किसी मनुष्य ऋषि और किसी स्त्री की सन्तान अमनुष्य कैसे हो सकती है। अतः न तो देवता मनुष्यों से अलग थे, न असुर। ये दो पक्षों में विभाजित होते चले जाने के कारण ही कभी सुर और असुर वर्ग अथवा आर्य और अनार्य वर्ग में बटते चले गये। अन्ततः विजेता आर्यों ने पराजित अनार्य वर्ग को विरूपित और निन्दित किया। उनके वंशजों को अधीन और दास (शूद्र) बनाया। जंगलों में पलायन कर गये विद्रोहियों को दस्यु कहा। इन आदिवासियों के पुरखों को विरूपित करने का ही उदाहरण है कि असुर राजा महिषासुर को असुर राजा रम्भ और एक महिषी (भैंस) से उत्पन्न बताया गया है। यह सोचने की बात है कि किसी का जन्म असुर राजा और भैस से कैसे हो सकता है। यह निम्न उत्पत्ति उन्हें अमानवीय घोषित करना है। और उनके वध को वैध ठहराना है। अप्राकृतिक उत्पत्ति की सभी कहानियाँ द्वेष

जनित और मनगढन्त हैं। इन असुर जनजाति के लोगों का यह मानना है कि कोई अपना त्योहार मनाये इसमें किसी को कोई आपत्ति नहीं है। यह उनकी आस्था का मामला है। किन्तु इसमें किसी दूसरे की आस्था और विश्वास को भी ठेस नहीं पहुँचाना चाहिए। आदिवासी असुरों के पूर्वजों का भी बार-बार, इस तरह अपमान जनक चित्रण नहीं करना चाहिए। मान लीजिये भारत के विजेता तो मुस्लिम भी रहे यदि आज मुस्लिम भारत पर अपनी विजय को पर्व के रूप में मनाने लगें तो कैसा लगेगा। इसी तरह भारत के विजेता ईसाई भी रहे यदि भारत के ईसाई भारत पर अपनी विजय की स्मृति का जश्न मनाये तो कैसा लगेगा। वास्तव में भारत के सभी लोग अन्ततः पराजित और पराधीन रहे हैं। ऐसे में अपने किसी पूर्व विजय को त्योहार या जश्न के रूप में मनाना उचित नहीं है। जिसमें कि दूसरे वर्ग की भावना को ठेस लगे। आपसी सौहार्द कम हो। किसी समुदाय का अपमान हो। कम से कम ऐसे सभी उत्सवों और त्योहारों से उसमें उपस्थित अपमानजनक हिंसक विद्रूपित चिह्न हटा दिए जाने चाहिए।

इनका मानना है कि भारत की किसी जाति को अपने को विजेता होने का दम्भ नहीं पालना चाहिए। अन्ततः तो सभी पराजित और पराधीन ही रहे हैं। और आज हम जिस रूप में हैं और जो यह एक स्वतंत्र देश है, इसे स्वतन्त्र कराने में सभी जातियों और कौमों का बराबर का योगदान रहा है। अब देश में कम-से-कम किसी कौम को अपने को विजेता और पराजित कौम नहीं समझना चाहिए। किसी की भावना को किसी भी तरह ठेस नहीं पहुँचानी चाहिए। शिक्षा, साहित्य, राजनीति और जीवन में असुर राक्षसों के प्रति जो दुष्प्रचार हैं बन्द होने चाहिए।

दूसरे इनका मानना है कि जब भारत के सभी सवर्ण हिन्दू अपने को देवताओं का पूजक और अनुसरणक़र्त्ता मानते हैं तो किसी को इसमें क्या आपत्ति कि कोई अपने को असुर पूजक और असुर वंशज कहे। विजेताओं से तो अपने को सभी जोड़ते हैं किन्तु पराजितों का कोई अपने को वंशज कहता है तो यह शौकिया तो हो नहीं सकता।

आज असुर जनजाति विशेष चर्चा में है क्योंकि इनका नाम ही 'असुर' जनजाति है। वैसे तो सभी आदिवासी अपने को प्राचीन असुरों का ही अपने को वंशज मानते हैं। दलित भी अपने को उन्हीं का वंशज मानते हैं। कारण की भारत की सभी अनार्य जातियों को असुर में ही गिना जाता है।

मिथकों और इतिहास का सच कुछ भी हो किन्तु इतना तो तय है कि कोई भी जाति अपने को पराजित कौम से जोड़ना नहीं चाहता। हम देखते हैं कि खुद को जोड़ने की परम्परा हमेशा सत्ता और विजेता वर्ण से होती है। आज कितनी ही अनार्य जातियाँ शक, हूण, कुशाण, यवन, अपने को योद्धा होने के कारण क्षत्रिय वंश से जोड़ते हैं और खुद को राजपूत कहते हैं जबकि क्षत्रिय समाज उन्हें अपना नहीं मानता उनसे रोटी बेटी का सम्बन्ध नहीं रखता। बस उन्हें दर्जा प्राप्त क्षत्रिय मानते हैं। कई अनार्य व्यापारी जातियाँ खुद को वर्ण व्यवस्था के वैश्य वर्ण से जोड़ती हैं। किन्तु वैश्य समाज उन्हें

अपना नहीं मानता। कई असुर पुरोहित वंशज खुद को वर्ण व्यवस्था के ब्राह्मण वर्ण से जोड़ते हैं। किन्तु वैष्णव ब्राह्मण उन्हें अपना नहीं मानते और उनसे कोई वैवाहिक सम्बन्ध नहीं रखते। ये सब लोग भले ही अपने को वर्ण व्यवस्था के अंग के रूप में घोषित करें, किन्तु वर्ण व्यवस्था का द्विज समाज उन्हें अपना नहीं मानता। ये इन्हें पंचम वर्ण, संकर वर्ण अनार्य अथवा शूद्र वर्ण ही मानते हैं। यही कारण है कि ये सब आज पिछड़ी जातियों में आते हैं। कई तो अनुसूचित जाति अथवा विमुक्त घुमन्तू एवं अर्ध घुमन्तू जनजाति में आते हैं। इनके अयाचक, किसान, योद्धा, लेखक व्यापारी ही सामान्य वर्ग में आते हैं।

अतीत कुछ भी रहा हो किन्तु इतना तो तय है कि भारत की तमाम पिछड़ी और बहिष्कृत, तिरष्कृत, निम्न, दलित जातियाँ, पराजितों और बहिष्कृतों की ही वंशज हैं। और इनका इतिहास सामाजिक, राजनैतिक, धार्मिक संघर्ष का इतिहास रहा है। और कई बार इन्होंने उठने की कोशिश भी की है और सफलता भी पायी है। अनेक शूद्र राजाओं की सत्ता और बौद्ध राजाओं की सत्ता इसका उदाहरण है। भारत में जैन धर्म, बौद्ध धर्म और शैव धर्म की स्थापना को इनके पुनरुत्थान के प्रयास के रूप में ही देखा जा सकता है। ये आदिम धर्म की नयी अभिव्यक्तियाँ हैं। समन्वयवादी नये शैव धर्म की स्थापना भी असुर पुरोहित वंशज आदि शंकराचार्य नम्बूदरीपाद ब्राह्मण ने की थी। जिन्होंने तमाम शैव ब्राह्मणों को पुनः प्रतिष्ठा दिलायी थी। किन्तु उनके बाद मूल शैव ब्राह्मण वैष्णव ब्राह्मणों द्वारा पुनः तिरस्कृत होते गये। और शैव धर्म पर भी वैष्याव वादियों का वर्चस्व होता गया। मूल शैव ब्राह्मणों को चण्डाधिकार शिव निर्माल्य ग्रहण करनेवाला भूतप्रेत का दान लेनेवाला निम्न पुरोहित कहा गया। आज ये मूल शैव पुरोहित पिछड़े वर्ग अथवा विमुक्त घुमन्तू अर्ध घुमन्तू वर्ग में आते है।। जबकि उन्हीं शिव का चढ़ावा ग्रहण करनेवाले वैष्णव पुजारी सभी चढ़ावा शिव लिंग पर न चढ़ाकर उसे लिंग स्पर्श के बिना दूर से अर्पण करके प्रसाद रूप में सहजता से स्वीकार करके उच्च वैष्णव ब्राह्मण भक्त बने हुए हैं। बस उस प्रसाद को उन्हें शालिग्राम (विष्णु रूप) शिला से स्पर्श कराना होता है।

इधर जब से भारत के संविधान के तहत पिछड़ी और दलित जातियों सहित आदिवासियों को कुछ विशेषाधिकार मिले हैं और इनमें शैक्षणिक योग्यता समृद्धि और बौद्धिकता बढ़ी है, ये लोग भी काफी हद तक सत्ता वर्ग के मोह से मुक्त होते देखे जाने लगे हैं। और गर्व से अपनी मूलजाति की पहचान बताने लगे। हैं। सिंह और शर्मा लगाने का मोहभंग होता देखा जा रहा है। अब तो ये भी सवर्ण समाज को हेय दृष्टि से देखने लगे हैं। सत्ता भी आजकल इनके निकट आ चुकी है। अपनी जनसंख्या के बल पर सत्ता में इनकी पूछ और भागीदारी भी बढ़ी है। किन्तु अधिकांश आदिवासियों और विमुक्त घुमन्तू एवं अर्ध घुमन्तू जनजातियों की स्थिति में खास परिवर्तन अभी तक

नहीं हुआ है। क्योंकि बाकी के दलित और पिछड़े लोग इन्हें साथ लेकर नहीं चल रहे हैं। दूसरे ये शहरीकरण से अभी भी बहुत दूर हैं। और आज तक न तो सभी मतदाता बन पाये हैं न इनका कोई परिचय पत्र अथवा आधार कार्ड बना है। कारण कि इनके पास कोई भूमिधरी और स्थायी निवास के प्रमाण पत्र नहीं हैं। ये जिस जल जंगल जमीन के सदियों से अघोषित स्वामी रहे हैं वहाँ से इन्हें बिना पुनर्वास की व्यवस्था के निरन्तर विस्थापित किया जा रहा है। परिस्थितियाँ इन्हें संघर्ष के लिए मजबूर करती रही हैं। इनकी जमीने अधिग्रहीत करके निजी कम्पनियों को दी जा रही हैं। ये बेघर और बेरोजगार हो रहे हैं। संघर्ष के अलावा इनके पास कोई चारा नहीं है। सरकार इन्हें विद्रोही कहकर देशद्रोही समझती है। सरकार भी इसे कानून व्यवस्था का प्रश्न समझती है जबकि ये इनकी मौलिक स्वतन्त्रता और अस्मिता की समस्या है। उसी के शिकार असुर आदिवासी भी हैं।

धार्मिक ग्रन्थों को पढ़ने पर पता चलता है कि असुर जाति का भी स्वर्णिम इतिहास रहा है। वे तीन लोकों के विजेता रहे हैं। उन्हें छल बल से ही पराजित करना सम्भव हुआ था। आर्यों को कई बार इनसे सन्धि करनी पड़ी थी। कई बार इन्हें प्रतिनिधि शासक भी मानना पड़ा था। इन्हें यज्ञ का भाग (कर) भी देना पड़ता था। समाज में देवताओं के साथ असुरों की भी पूजा होती थी। चार वर्ण के बाहर के पंचम वर्ण के लोगों को भी बराबर की मान्यता देनी पड़ी थी, उन्हें पंचजनाः कहा जाता था। पाँचवाँ वर्ग अनार्य निषाद जाति का होता था। किसी भी नए राजा को एक दिन निषाद के यहाँ भी बिताने का विधान उनकी महत्ता को बताता है। अनार्यों के सभी वर्गों की भी पूजा की जाती थी। इस प्रथा का आंशिक रूप आज भी विद्यमान है। जिस पर कम ध्यान जाता है।

आम तौर पर माना जाता है कि वैष्णव आर्य या द्विज लोग केवल देवताओं की पूजा करते हैं किन्तु ऐसा नहीं हैं वे असुरों की भी पूजा करते हैं और असुर पुरोहितों को भी दान देते हैं। यह इनमें एक प्राचीन परम्परा के तहत ही हैं। इसका उदाहरण क्षेत्रपाल बलिकर्म है। जो आज तक जारी है। बस सम्पूर्ण कर्मकाण्ड असुर पुरोहितों से कराने की जगह वैष्णव पुरोहित कराने लगे हैं। जबकि प्राचीन काल में इसके लिए शैव पुरोहितों को बुलाया जाता था। और वे भी ब्राह्मण ही माने जाते थे। वैदिक ब्राह्मणों के बराबर उन्हें समाज का दर्जा प्राप्त था। बलिकर्म के लिए भार्गव शैव ब्राह्मणों को ही बुलाया जाता था।

आजतक वैष्णव ब्राह्मण पुरोहित वैदिक कर्म काण्ड में जो क्षेत्रपाल बलिकर्म काण्ड कराते हैं उसमें असुरादि की पूजा का भी विधान है। इसका संकल्प इस प्रकार मिलता है। ''देश कालों संकीत्यों अमुक गोत्रों अमुक शर्माहम् (वर्माहम, गुप्तोहम्, दासोहम्) सपत्नीकोहं अस्य अमुक याग कर्मणः सांगता सिध्यर्थ क्षेत्रपालादि प्रीत्यर्थ भूत प्रेत पिशाचादि निवृत्यर्थ या सार्वभौतिक बलि प्रदान करिण्ये।''

इस कर्मकाण्ड के मन्त्रों से पता चलता है कि इसे असुरादि को प्रसन्न करने के लिए ही किया जाता रहा है। मन्त्र इस प्रकार है—

नमो वैक्षेत्रपालस्त्वं भूतप्रेतगणै सह।
पूजां बलि गृह्यणेमं सौम्यो भव य सर्वदा।।
पुत्रान् देहि धनं देहि सर्वान कामांश्च देहि में।
आयुरोग्यं मे देहि निर्विघ्नं कुरु सर्वदा।।
बलिं गृहर्णान्त्विमे देवा आदित्या वसवस्तथा।
मरूतश्चाश्विनौ रूद्राः सुपर्णा पन्नगाः खगाः।।
असुरा यातुधानाश्च पिशाचोरगरक्षमाः।
डाकिन्यो यक्षवेताला योगिन्यः पूतनाः शिवाः।।
जृम्भकाः सिद्धगन्धर्वाः सौम्या विधाधरानगाः।
दिक्पाला लोक पालाश्च ये च विध्न विनायकाः।।
भगतां शान्तिकर्त्तारो ब्रह्माध्याश्च महर्षयः।
मा विध्नं मा च ये पापं मा सन्तु परिर्पान्थनः।।
सौम्या भवन्तु तृप्ताश्च भूतप्रेताः सुखा वहाः।।
भूतानि यान्तीह वसन्ति तानि वलि गृहीत्वा विधिवत्प्रयुक्तम्।
अन्यत्र वासं परिकल्पयन्तु रक्षन्तु मां तानि सदैव यात्र।।

वैसे हिन्दू धर्म ग्रन्थों में असुर लोग वे हैं जो सुर (देवताओं) से संघर्ष करते हैं। धर्मग्रन्थों में उन्हें शक्तिशाली, अतिमानवीयस एवं सिर्फ देवों के रूप में चित्रित किया गया है। ये अच्छे और बुरे दोनों गुणवाले हैं। अच्छे गुण वाले असुरों को अदित्य तथा बुरे गुणों से युक्त असुरों को दानव कहा गया है। वैसे असुर शब्द वैदिक देवों के विशेषण के रूप में इन्द्र, विष्णु तथा वरुण के लिए भी प्रयुक्त मिलता है। यानी असुर का उदात्त अर्थ भी मिलता है। कुछ लोगों का मानना है कि सुर असुर दोनों आर्यों की ही शाखा थे किन्तु कालान्तर में राज्य विस्तार अथवा मदभेद से दोनों शाखाओं में दूरिया बढ़ी। और फिर असुर शब्द को विकृत अर्थ में प्रयोग किया जाने लगा असुरों की आर्यों द्वारा क्षेत्रपाल बलि कर्म में पूजा इसी का प्रमाण है जो परम्परा आज तक चली आ रही है।

इस परम्परा में सभी असुरादि तथा स्थानीय शक्तियों की पूजा का विधान मिलता है। वैष्णव पुरोहित किन्तु असुरादि की पूजा का दान स्वयं न लेकर इनके असुर पुरोहितों यानी मूल शैव पुरोहितों को ही दिलाते हैं। क्योंकि असुरादि के दान पर असुर पुरोहितों का ही विशेषाधिकार माना जाता रहा है जिसे बाद में असुर पुरोहित वंशज ब्राह्मण ग्रहण करते रहे। किन्तु जिन्हें बाद में असुर वंशज की तरह ही शूद्र अथवा शूद्रवत् माना गया। उदाहरण के रूप में पौरोहित्य कर्म विधि देखे जिसे अशोक कुमार गौड़ वेदाचार्य ने लिखा है उसमें वे लिखते हैं कि—"ततों दुब्राह्मणेन, नापितेन (शुद्रेण) वा क्षेत्रपालबलि गृहीत्वा यजमान मस्तकोपरि सकृत भ्रामयित्वा चतुष्पथे निःक्षेपेत।"

इस तरह उन्होंने असुरादि का दान लेनेवाले असुर पुरोहित वंशज ब्राह्मणों को न केवल दुर्ब्राह्मण संज्ञा दी है बल्कि उन्हें नापित और शूद्र भी कहा है। जो कि शास्त्र सम्मत नहीं है।

देवों के साथ असुरों की भी पूजा का विधान रहा है। देव पुरोहितों के साथ असुर पुरोहित ब्राह्मणों की भी उपस्थिति मिलती है। दोनों ब्राह्मण के रूप में ही मान्य थे। किन्तु जिस तरह कालान्तर में आर्यों में पूर्ण विजय के बाद असुर वंशजों का शूद्र दास सेवक की श्रेणी में रख दिया उसी तरह उनके पुरोहितों को भी शूद्र अथवा शूद्रवत घोषित कर दिया यही असुर पुरोहित वंशज बाद में निम्न कर्म निम्न दान लेनेवाले निम्न ब्राह्मण शूद्र ब्राह्मण कहे गये। जो आज पिछड़ी जातियों अनुसूचित जातियों और विमुक्त घुमन्तू और अर्ध घुमन्तू जनजाति की श्रेणी में आ चुके हैं। इस तरह अनार्यों का ही दमन नहीं हुआ। अनार्य पुरोहितों का भी दमन किया गया। किन्तु उन्हें पूरी तरह शूद्र इसलिए नहीं बनाया जा सका क्योंकि असुरादि शनैश्चरादि का दान लेने का कार्य यही करते रहे क्योंकि वैष्णव पुरोहित ये दान ले ही नहीं सकते थे। शिव निमील्य ग्रहण ही नहीं कर सकते थे। चूँकि दान लेने और निम्न पुरोहिती से असुर पुरोहित वंशजों की जीविका किसी-न-किसी तरह चलती रही इसलिए ये शूद्र सेवक या दास नहीं बनाये जा सके। किन्तु सामाजिक रूप से इनकी प्रतिष्ठा धीरे-धीरे समाप्ति होती गयी। और ये उच्च ब्राह्मण की श्रेणी से बहिष्कृत कर दिये गये। इस तरह ये भी एक बहिष्कृत तिरस्कृत समुदाय बनता गया।

दुर्भाग्य है कि प्रगतिशील विचारक दलित या आदिवासी बुद्धिजीवी भी असुर पुरोहित वंशज ब्राह्मणों के शोषण और दमन की ओर नहीं देखते। ब्राह्मण सूचक जाति और ब्राह्मण सदृश कर्म के कारण इन्हें भी अनार्य समाज सवर्ण व्यवस्था का ब्राह्मण ही समझता है जबकि ये भी वर्ण-व्यवस्था के बाहर के पुरोहित और ब्राह्मण हो चुके हैं। वर्ण व्यवस्था के ब्राह्मणों से इनका रोटी बेटी का सम्बन्ध नहीं होता। मजबूरी में निम्न कर्मकाण्ड कराने और निम्न दान देने के अलावा इन्हें हेय दृष्टि से ही देखा जाता है। ये वे पुरोहित हैं जो अपने कर्मकाण्ड में कोई ऊँच-नीच कोई जाति-पाँति का भेद नहीं मानते। सभी से दान ग्रहण करते हैं सभी का धार्मिक क्रिया कर्म कराते हैं। कभी किसी व्यवस्था की परवाह नहीं करते।

डॉ. भीमराव अम्बेडकर ने 'जाति प्रथा का अभिशाप' लेख में उच्च ब्राह्मणों और निम्न ब्राह्मणों की सूची देकर यह बताने की कोशिश की थी कि ब्राह्मणों में कितना ऊँच-नीच का भेद है। इसे उन्होंने ब्राह्मणों का आपसी मामला ही माना था। जबकि वह ब्राह्मणों का यह आपसी मामला नहीं था। एक सामाजिक वैर-भाव का मामला है। जिन्हें नीच ब्राह्मण माना जाता है। वास्तव में उन्हें शूद्र माना जाता है। उन्हें ब्राह्मणत्व के पूर्ण अधिकार नहीं होते। उनमें ब्राह्मणों का वैवाहिक या सामाजिक सम्बन्ध भी नहीं होता।

इस पुस्तक में मैंने इन असुर पुरोहित वंशजों के साथ असुर आदिवासी जनजाति के अतीत और वर्तमान को उजागर करने के साथ ही, समूची आदिम जनजातियों की

स्थिति नियति और उनके संघर्ष को रेखांकित करने की कोशिश की है। इसमें मैंने उन सभी दलित आदिवासी और प्रगतिशील लेखकों विचारकों की ही अवधारणाओं को कुछ सरल ढंग से पुनः प्रस्तत करने की कोशिश की है जिनके मत से मेरी सहमति बनी है। इसे मैंने बौद्धिक विमर्श की अपेक्षा साहित्यिक स्वरूप देने की अधिक कोशिश की है। मेरा निजी जीवनानुभव इसमें जरूर सहायक रहा है।

यह जोखिम उठाने की प्रेरणा मुझे अपने गुरु दूधनाथ सिंह से मिली है जो कहते थे लेखन में निर्भीक और पक्षपातरहित होना चाहिए बुराई मोल लेने से भी पीछे नहीं हटना चाहिए जो लोग बुराई करेंगे वही भीतर से सच को स्वीकार भी करेंगे। सच है उसे बाहर भी आना चाहिए। सच्चा लेखक किसी का सगा नहीं होता। लेखक का सच अपना सच होता है जरूरी नहीं कि वह बाहरी सच से मेल ही खाये। लेखक को किसी अपने पराये का मुँह देखकर नहीं लिखना चाहिए। इसके लिए उसे थोड़ा निर्मम भी होना पड़े तो होना चाहिए। उसे अपने विरुद्ध भी लिखना चाहिए। हर जड़ता के विरुद्ध लिखना चाहिए। उसकी अहमियत कभी-न- कभी मानी ही जायेगी। कभी कोई कृति सर्वस्वीकृत नहीं हो सकती।

इस पुस्तक के लेखन को दिशा देनेवाले अपने मार्ग दर्शक प्रसिद्ध उपन्यासकार और कवि श्रीप्रकाश मिश्र का हृदय से आभारी हूँ जिन्होंने पक्ष विपक्ष दोनों को समझने की सूझ-बूझ दी। विजेता वर्गों द्वारा असुर पुरोहित वंशजों के साथ हुए भेदभाव की ओर ध्यान आकृष्ट किया। जनजातीय जीवन के सच से करीबी परिचय कराया। उसे समझने की नयी दृष्टि दी। जिससे गरोड़ा ब्राह्मण जैसे दलित ब्राह्मण (अनुसूचित जाति), कुडमुड़े जोशी जैसे (विमुक्त एवं घुमन्तू) जैसे असुर पुरोहित ब्राह्मण और डाकोत, भड्डरी गिरि गोसाई (सैव) शनि उपासक आदि जैसे पिछड़े वर्ग के ब्राह्मण मेरी दृष्टि में आये। महाब्राह्मणों का सच समझ में आया।

इस पुस्तक की पाण्डुलिपि पर अमूल्य सुझाव देने के लिए कवि मित्र रतीनाथ भोगेश्वर, उमेश श्रीवास्तव तथा डॉ. राममिलन जी का विशेष आभारी हूँ, जिससे यह असुरपाठ सम्भव हुआ। पुस्तक के टाइप संयोजन के लिए मित्र संगम लाल और त्रुटियों के सुधार के लिए रमेश उपाध्याय जी का हृदय से आभारी हूँ।

अन्त में लोकभारती प्रकाशन के रमेश ग्रोवर जी तथा आमोद माहेश्वरी का हृदय से आभारी हूँ, जिनकी कृपा से इस पुस्तक का प्रकाशन सम्भव हुआ।

29/12/2019 —श्रीरंग

असुर जनजाति

भारत के विभिन्न अंचलों में पायी जानेवाली जनजातियों में एक असुर जनजाति भी है। यह एक प्राचीन आदिवासी मूल निवासी जनजातीय समाज अथवा समुदाय है। यह आदिवासी जनजाति मुख्य रूप से झारखण्ड और आंशिक रूप से पश्चिम बंगाल उड़ीसा तथा छत्तीसगढ़ में पायी जाती है। झारखण्ड राज्य में जुमला, लोहरदगा, पलामू और लातेहारा जिले में इनकी बड़ी जनसंख्या है।

असुर जनजाति महाभारतकालीन असुर समाज की वंशज मानी जाती है। इस असुर जनजाति के तीन उपवर्ग हैं—वीर असुर, बिरजिया और अगरिया। वीर असुर उपजाति में सीतका, युधरा, कोल, जाट आदि होते हैं तो बिरजिया को अलग आदिम जनजाति का दर्जा भी प्राप्त है जो कि अधिसूचित भी है।

झारखण्ड राज्य में इन असुरों के हजारों वर्षों से निवास करने के प्रमाण मिल चुके हैं। मुण्डा जनजाति की लोकगाथाओं में विशेष रूप से सोसोबोंगा में इन असुरों का वर्णन मिलता है। ईसा से करीब छह सौ वर्ष पूर्व इनके झारखण्ड में आने का प्रमाण मिलता है। मानवविज्ञानियों ने असुर जनजाति को आस्ट्रेलाइड समूह का माना है।

इन असुरों के पूर्वज पूर्व वैदिक काल से लेकर वैदिक काल तक अत्यन्त शक्तिशाली और प्रतिष्ठित समुदाय के रूप में सामने आते हैं। उनका साम्राज्य था। उनकी विकसित राज-व्यवस्था थी किन्तु लम्बे संघर्ष के बाद कालान्तर में असुर साम्राज्य का अन्त आर्यों द्वारा हुआ। असुर जनजाति के पूर्वजों की उपस्थिति के प्रमाण प्रागैतिहासिक काल से मिलता है। आर्यों से हार के बाद असुर योद्धा जंगलों में पलायन कर गये तथा कुछ मिस्र और वेलीलोन तक भाग गये और वहीं उन्होंने असुर संस्कृति और असुर राज्य की स्थापना की। कालान्तर में ये पुनः भारत आये और पुनः असुर संस्कृति स्थापित करने की कोशिश की। पुनः-पुनः आर्यों से संघर्ष हुआ। इसे आर्य-अनार्य के संघर्ष और देवासुर संग्राम के रूप में देखा जाता है। कई-कई युद्ध हुए और कई बार सन्धियाँ हुईं।

भारत में सिन्धु सभ्यता के संस्थापक असुर ही माने जाते हैं। इन्हें मोहनजोदड़ो और हड़प्पा से सम्बन्धित माना जाता है। ताम्र, कास्य और लौह युग तक सभ्यता के विकास के ये सहयात्री रहे। एम.सी.राय जैसे नृविज्ञानी को पुराने राँची जिले में असुरों के रहने के अवशेषों से सम्बन्धित लगभग एक सौ स्थलों का पता चला है। जो इन क्षेत्रों में असुर जाति के फैलाव को प्रमाणित करता है।

आदिवासी असुर जनजाति दुनिया में लोहा गलानेवाली दुर्लभ धातुविज्ञानी समुदाय है। यह प्राचीन कला भारत में असुरों के अलावा केवल अफ्रीका के ही कुछ आदिवासी समुदायों में पायी जाती है। अब यह कला विलुप्ति के कगार पर है। नयी आधुनिक तकनीकी ने अब इस कला को महत्त्वहीन बना दिया है। इस तरह यह पारम्परिक कला संकटग्रस्त है और लगभग समाप्ति की ओर है।

जो असुर जनजाति झारखण्ड की है वह मूलतः लौहकर्मी ही है। कालान्तर में जीविका के लिए इन्होंने कृषि को अपनाया। इनका मुख्य पेशा लौह अयस्कों से लोहा गलाने बनाने का ही रहा है। इसलिए असुर जनजाति की आर्थिक व्यवस्था परम्परिक रूप से पूर्णतया लोहा गलाने और कालान्तर में स्थानान्तरित कृषि पर आधारित रही है। कहा जाता है कि नेतरहाट पठारी क्षेत्र में असुर जनजाति द्वारा तीन तरह के लौह अयस्कों की पहचान की गयी। एक पीला मैग्नीटाइड, दूसरा विच्छी हिपेटाइड, तीसरा गोआ लैटेराइड से प्राप्त रियेटाइड। असुर जनजाति समुदाय के लोग अपने अनुभव से देख-परखकर इन अयस्कों की पहचान करते थे। इस तरह वे लौह अयस्क प्राप्ति के स्थानों को चिह्नित कर लेते थे। इस लौह अयस्क गलाने की प्रक्रिया में पूरा परिवार शामिल रहता था।

आदिकाल में भारत में देव, दैत्य, दानव, राक्षस, यक्ष, गन्धर्व, किन्नर, नाग आदि प्रमुख जातियों का वर्णन मिलता है। कहते हैं देवताओं की उत्पत्ति अदिति और दैत्यों की उत्पत्ति दिति से सन्तान के रूप में हुई। दानवों की दनु और राक्षसों की सुरसा से उत्पत्ति हुई। गन्धर्वों की उत्पत्ति अरिष्णा से हुई। इसी तरह किन्नर और नागों की उत्पत्ति हुई। राक्षस, दैत्य, दानव बाद में सब असुर वर्ग में ही माने गये।

कहा जाता है कि प्रारम्भ में महाद्वीप आपस में एक दूसरे से जुड़े थे। इस जुड़ी हुई पृथ्वी को प्राचीन काल में सात द्वीपों में बाँटा गया था। जम्बूद्वीप, लक्षद्वीप, शाल्मली द्वीप, वुशद्वीप, कोचद्वीप, शाक द्वीप एवं पुष्कर द्वीप। कहते हैं जम्बूद्वीप इसमें सभी के बीचोबीच था। जम्बूद्वीप के नौ खण्ड थे। इलावृत्त, भद्राश्व, किंपुरुष, भारत, हरिवर्ष, केतुमाल, रम्यक, कुरु और हिरण्यमय। इसी क्षेत्र में सुर और असुरों का साम्राज्य था।

जाना जाता है कि ब्रह्मा के कुल के लोग यानी ब्रह्मा के दस मानसपुत्र और ब्रह्मा द्वारा उत्पन्न प्रजा और उनके कुल के लोग मैदानी इलाके के नहीं बल्कि हिमालय क्षेत्र के थे जो स्वर्ग जैसा था वही उनका देवलोक था जहाँ वे रहते थे। मैदानी पठारी धरती

पर पूर्णतया असुरों का राज्य था। देवों ने असुरों की धरती पर आक्रमण करके मधु और कैटभ नामक असुर राजाओं का वध करके उनकी धरती पर अपने राज्य का विस्तार किया था। इसी कारण धरती के असुरों, दैत्यों और स्वर्ग हिमालय के देवताओं के बीच युद्ध और संघर्ष का लम्बा सिलसिला चला। जम्बूद्वीप के इलावर्त क्षेत्र में बारह बार 'देवासुर संग्राम' हुआ। अन्तिम बार हिरण्यकश्यपु के पुत्र प्रह्लाद के पौत्र और विरोचन के पुत्र राजा बलि के साथ देवताओं के राजा इन्द्र का युद्ध हुआ किन्तु देवताओं की पराजय हुई। तब सम्पूर्ण जम्बूद्वीप पर असुरों का पुनः अधिकार हो गया। इसी जम्बूद्वीप के बीच में इलावर्त राज्य था। कुछ लोग देवासुर सग्राम शम्बासुर और इन्द्र के बीच भी मानते हैं, जिसमें राजा दशरथ ने भी भाग लिया था। किन्तु अन्ततः हार देवताओं की ही हुई मानी जाती है।

देवासुर संग्राम के पश्चात् भारत में रामायण-काल तक दो तरह के लोगों का होना माना जाता है। एक वे लोग थे जो सुरों को अपना मानते थे और दूसरे वे लोग जो असुरों के पक्षधर थे उन्हें अपना मानते थे। एक ऋग्वेद को माननेवाले थे और दूसरे अथर्ववेद को मानते थे। ये अथर्वन कहे जाते थे। देवताओं के ऊपर विष्णु और विष्णु के ऊपर ब्रह्मा की पदवी थी।

कहते हैं बहुत समय बाद अमूर्त देवताओं की कल्पना की गयी तब इन्हें भी असुर कहा जाता था। देव और असुर शब्द पहले दोनों देवताओं के अर्थ में ही प्रयोग में लाये जाते थे। ऋग्वेद के प्राचीनतम अंशों में असुर शब्द का अर्थ देव और दानव दोनों के अर्थ में ही हुआ मिलता है। वेदों में वरुण को भी असुर कहा गया है। जीवनदाता सूर्य सुर और असुर दोनों में है। बाद में देवों के उपासक और पक्षधर देव शब्द को केवल देवता के अर्थ में प्रयोग करने लगे तथा असुर का अर्थ राक्षस, दैत्य, दानव आदि के लिए किया। इस प्रकार देवों और असुरों के पक्षधरों उपासकों के धार्मिक और सांस्कृतिक मतभेद जब बढ़ने लगे तब इसने स्थायी संघर्ष का रूप ले लिया।

ये असुर समुदाय हार-जीत के क्रम में कभी किन्हीं कारणों से पलायन कर ईरान में भी जाकर बसे और धीरे-धीरे ईरान और यूरोप में भी फैले। भारत में देव और असुर समुदाय का द्वन्द्व निरन्तर चलता रहा। समुद्र-मन्थन की कहानी इन दोनों समुदायों के समन्वय की कहानी है। जिसकी उपलब्धियों का बँटवारा दोनों ही समुदायों को करना था। किन्तु लालच-लोभ-चालाकी के चलते ऐसा नहीं हो पाया और इसने संघर्ष की नयी स्थिति को पैदा किया।

ऋग्वैदिक मण्डलों में सृष्टि उत्पत्ति सूक्तों में सुर का तात्त्विक अर्थ पदार्थ रचना के सृजनशील मूल प्राकृतिक सृष्टि कणों शक्तियों को कहा गया है। असृजनशील और सृजन में बाधा उत्पन्न करनेवाले कठोर रासायनिक बन्धनों को बनानेवाले कणों को या शक्तियों को असुर कहा गया है। इस प्रतीक में सुर-असुर की विरोधी दृष्टि विद्यमान

है। इस तरह वैदिक काल में जो सुर या देवता न हो बल्कि उनसे भिन्न हो या उनके विरोधी हो उन्हें असुर कहा गया है। ईशोपनिषद् में असूर्यानाम है 'लोका अन्धेतमावृता' यानी अन्धकार या अज्ञान में रहनेवाले लोग ही असुर हैं। ऋग्वेद केवल प्राण रक्षा में लिप्त भौतिकवादी प्राणियों को असुर कहता है। प्राचीन पौराणिक कथाओं में असुर को ही दैत्य और राक्षस कहा गया है। जो नीच वृत्तिवाला और असंस्कृत हो।

यद्यपि महाभारत और अन्य ग्रन्थों की कथाओं में कहीं-कहीं असुरों के गुणों का वर्णन भी प्राप्त होता है। और वे मानव से श्रेष्ठ गुणोंवाले विद्याधरों की कोटि में आते हैं। रामायण-काल तक असुरों व अन्य देवेतर जातियों से समर्थ व्यक्तियों, वीर, योद्धा और महान् व्यक्तियों व देवों के सहायकों, मित्रों, अर्द्धदेव व देव श्रेणी में इनके सम्मिलित होने के प्रमाण मिलते हैं। असुर वृषाकवि को इंद्र का मित्र बताया गया है। जिसे परवर्ती काल में हनुमान के देव कोटि ग्रहण करने से जोड़ा जाता है। कथासरित्सागर में एक प्रेमपूर्ण कथा में एक असुर को नायक के रूप में वर्णन मिलता है। संस्कृत ग्रन्थों में दैत्य, असुर, दानव में कोई अन्तर नहीं दिखाया गया है। जबकि अपनी प्रारम्भिक अवस्था में दैत्य और दानव असुर जाति के दो अलग-अलग विभाग माने जाते थे।

प्रारम्भिक काल में देव और असुर को आर्यों की ही दो शाखाएँ माना जाता था किन्तु बाद में परस्पर राजनीतिक संघर्ष के चलते सुर-असुर को परस्पर विरोधी के रूप में चित्रित किया गया और इन्हें ही आर्य-अनार्य (अच्छा-बुरा) कहा जाने लगा। प्राचीन ग्रन्थों में आर्यों के कहीं दूर बाहर से आने का संकेत नहीं मिलता किन्तु उनका असुरों के राज्य से अलग हिमालय (स्वर्ग) का निवासी होना जरूर पता चलता है।

कालान्तर में सुर-असुर संघर्ष के चलते स्थिति और भेदभावपूर्ण होती गयी और असुरों को शत्रु के रूप में निन्दनीय कहा गया। देवासुर संग्राम में इसका वर्णन मिलता है। कालान्तर में असुरों की अन्ततः पराजय और सुरों (देवों) की विजय के बाद आर्यों ने अपनी जो संस्कृति स्थापित की उसमें तो असुरों की स्थिति बाहरी समाज की बनी और मनु की वर्णव्यवस्था में असुर समुदाय के लिए कोई जगह नहीं दिखती।

ये असुर प्रारम्भिक शैव थे और ये देव प्रारम्भिक वैष्णव। देव संस्कृति को जो कि धरती के विजेताओं की संस्कृति थी उसे कालान्तर में मनु आदि ने व्यवस्थित रूप दिया किन्तु असुर संस्कृति को पराजित असुर समुदाय कोई व्यवस्थित रूप नहीं दे पाया जबकि असुर संस्कृति में अनेक मूल तत्त्वों को देव संस्कृति ने ग्रहण कर उसे अपना बना लिया। पराजित असुर न केवल अपने राजपाट से बल्कि अपनी संस्कृति से भी हीन होते हुए अन्ततः जंगली होकर रह गये। और असभ्य घोषित कर दिये गये। असुर का पर्याय हिंसक और जंगली हो गया। धीरे-धीरे ये राजपाट और मुख्यधारा के बहिष्कृत तिरस्कृत होकर हीन समाज बन गये। यश, वैभव और शिक्षा-दीक्षा से दूर

होते गये। और अपनी असुर संस्कृति सभ्यता को स्थिर नहीं रख पाये। इनके हिस्से में या तो दास जीवन (शूद्र जीवन) या दस्यु जीवन आया। सभ्य समाज की निगाह में विद्रोही घोषित होते गये। और इसके शान्तिपूर्ण जीवनयापन करनेवालों को भी दस्यु ही माना जाता रहा। इस तरह यद्यपि दुनिया के कुछ दूसरे हिस्सों में असुरिया आदि में असुर संस्कृति देव संस्कृति की तरह समृद्ध रही किन्तु भारत में असुर पराजित होकर या तो अन्ततः वैष्णव वर्णव्यवस्था के शूद्र (दास) सेवक हो गये। या जंगलों में पलायन कर गये और वही अपना छोटा-मोटा राजपाट स्थापित करके हमला और प्रतिरोध दर्ज करते रहे। दोनों ही स्थितियों में व्यवस्थित शिक्षा की गुंजाइश नहीं बची और यह पूरा समुदाय अशिक्षित और असभ्य होता गया। जंगल में रहने के कारण मुख्यधारा से कटता गया। और शूद्र की तरह सेवा करने के कारण शिक्षा पर पाबन्दी का शिकार हो गया। तथा या तो गुलामी का जीवन स्वीकार करने पर बाध्य हुआ या विद्रोही का जीवन। या घुमन्तू का जीवन।

यह भी आश्चर्य ही है कि जहाँ एक ओर देव समाज ने अपने को सुरापान से दूर कर लिया और उत्तरोत्तर अपनी स्वच्छ नैतिक छवि बनाने में सफल रहे, खासकर उसके ब्राह्मण वर्ग ने अपने को सुरापान और मांसाहार से मुक्त किया यद्यपि इसका क्षत्रिय वर्ग इससे दूर नहीं हुआ वहीं असुर वर्ग और उसके वंशज सुरापान में डूबते चले गये। जबकि प्राचीन ग्रन्थों से पता चलता है कि प्राचीन असुर वे थे जो सुरापान नहीं करते थे और सुर या देव वे थे जो सुरापान करते थे। सुरा से ही इनकी सुर संज्ञा हुई। सुरा का अर्थ मादक द्रव्य यानी शराब है। चूँकि ये आर्य देव सुर लोग मादक द्रव्य का प्रारम्भ से ही पान करते थे इस कारण आर्यों के कथित देव सुर संज्ञावाले हुए और सुरा का पान नहीं करनेवाले मूल निवासी असुर कहलाते थे जिन्हें आर्यों ने अदेव या असुर कहा।

संस्कृत ग्रन्थों में असुर का अर्थ और भी मिलता है। संस्कृत में असुर को सन्धि विच्छेद करके असु+ र दो हिस्सों में बाँटा गया तो असु का अर्थ प्राण और र का अर्थ वाला मिला। यानी प्राणवाला। इसी तरह कई जगह 'असुनीति' का अर्थ 'प्राणनीति' होता है। ऋग्वेद में इसकी पुष्टि होती है। असुर का अर्थ प्राणवान् या शक्तिशाली होना अधिक उचित लगता है। इसी कारण आर्य वरुण तथा कुछ अन्य देवों के लिए भी असुर शब्द विशेषण का प्रयोग हुआ है। ऋग्वेद के अनुसार ही असुर विशेषण से युक्त व्यक्ति रहस्यमयी गुणों से युक्त होते थे। महाभारत में भी इन्हें मानवों में श्रेष्ठ विद्याधर की कोटि में रखना इसका प्रमाण है।

इस तरह स्पष्ट है कि कालान्तर में आर्य-अनार्य संघर्ष के चलते ही और अन्ततः असुरों के पराजित होने के कारण ही कुण्ठा के कारण असुर को सुरापान करनेवालों के शत्रु के रूप में चित्रित करना प्रारम्भ हुआ होगा और दुश्मन की संज्ञा असुर कर दी गयी। असुर का घृणित अर्थ अधिक प्रचारित किया गया और कहा गया कि जो

सुर नहीं हैं असुर हैं। कालान्तर में यही असुर शब्द सभी दैत्य, दानव, दनुज सबके लिए प्रयोग किया गया जो सुर नहीं थे। इन्हें दैत्य, दैतेय, दनुज, इन्द्रारि, दानव, शुक्र शिष्य, दितिपुत्र, दूर्वदेव, सुरद्वित, देवारि आदि नामों से जाना गया।

इसी तरह आर्यों के आक्रमण से अपने कबीले की रक्षा के लिए असुरों ने अपने बलिष्ठ योद्धाओं को जिन्हें रक्षक नियुक्त किया वह रक्षक समूह या रक्षक दल आर्यों द्वारा रक्षक या राक्षस कहा गया। इन्होंने ही रक्ष संस्कृति का पूत्रपात किया। ये रक्षक ही आर्यों द्वारा दुर्दान्त राक्षस कहे गये।

भले ही सुर और असुर को एक पिता कश्यप की सन्तान बताने की कथा हो किन्तु जिस तरह आर्य को सुर संस्कृति और असुर को अनार्य संस्कृति का मानते हुए दोनों का संघर्ष दिखता है और वैष्णव और शैव संस्कृति का संघर्ष दिखता है उससे सिद्ध है कि दोनों परस्पर शत्रुवत् रहे। न ये दोनों एक हो सकते थे न ही हुए। माता की भिन्नता भी यद्यपि इसका एक कारण हो सकता है। लेकिन विजेता देव आर्यों के साहित्य से पता चलता है कि असुर अनार्य इनके घोर विरोधी और शत्रु थे। अनार्य असुर ही धरती के मूल स्वामी और शासक थे जिन पर आर्य देवों ने विजय हासिल की और उन्हें उनकी जमीन से बेदखल कर जंगलों में खदेड़ दिया अथवा बन्दी बनाकर शूद्र-दास-सेवक बना लिया। इस तरह असुर अनार्य धरती के मूल निवासी और स्वामी थे। चूँकि ये देवों और आर्यों के शत्रु थे वे कभी-कभी सिर भी उठाते रहते थे इसलिए उन्हें दस्यु कहा गया। पराजितों को बन्धकों को दास कहा गया। इसी कारण आर्यों ने अनार्य असुरों को दुर्गुणी शत्रु के रूप में ही चिह्नित किया और उन्हें शत्रु तथा दुर्गुणी बताकर अदेव अनार्य बताकर उनके वध का षड्यन्त्र रचा। उन्हें अधर्मी, असंस्कृत और अनाचार से जोड़ा गया। जैसे आजकल किसी को अपराधी घोषित कर पुलिस फर्जी इनकाउण्टर करती है या दस्यु डकैतों का सफाया करती है उसी तरह अनार्य असुरों को विधर्मी असुर आततायी बताकर अनार्य असुर राजाओं और योद्धाओं का वध किया गया। आतंकवादी बताकर मारा गया।

आर्यों के धर्मग्रन्थों से ही प्रमाणित होता है कि आर्यों से पूर्व भारत की धरती पर अनार्य असुरों का ही शासन था। इनका बहुत बड़ा व्यापार था जो कई देशों में चलता था। वे शक्तिशाली थे। उनसे आर्य अनेकों बार हारे थे। वे शैव थे और हमेशा शिव की तपस्या करते थे और वर पाते थे। अजेय घोषित थे। किन्तु उनसे लड़कर न जीत पाने पर आर्यों ने उन्हें छल से पराजित किया। और दुष्प्रचार किया कि वे हिंसक थे। जबकि वे मूलतः हिंसक नहीं थे और शान्तिप्रिय थे अपनी जमीन बचाने के लिए उन्होंने संघर्ष का रास्ता चुना था। हड़प्पा और मोहनजोदड़ो उनकी सभ्यता थी जो हिंसक नहीं थी। वे सब तपस्वी थे। अहिंसक थे। जब उनका राज्य छिनने लगा तब उन्होंने प्रतिवाद किया। छापामार हमले किये। आर्यों के यज्ञ में विघ्न डाला क्योंकि ये यज्ञ उनके विरुद्ध मन्त्रणा और हमले की साजिश के आयोजन की तरह होते थे। यज्ञ इनके विनाश के लिए होते थे।

इतिहास गवाह है कि ये असुर देवताओं से निरन्तर संघर्ष करते रहे। वे शक्तिशाली थे। इसीलिए आर्यों ने भी उन्हें शक्तिशाली, अतिमानवीय, अर्द्धदेव स्वीकार किया। आर्यों ने भी स्वीकार किया कि असुर अच्छे और बुरे गुणवाले दोनों तरह के होते हैं। बुरे गुणवालों को उन्होंने दानव कहा।

वैदिक काल में असुरों की इतनी महत्ता थी कि ऋग्वेद में असुर शब्द का प्रयोग लगभग एक सौ पाँच बार हुआ। इसमें नब्बे स्थलों पर इसका प्रयोग 'शोभन' के अर्थ में और मात्र पन्द्रह स्थलों पर इसे देवताओं के शत्रु के रूप में हुआ है। और असुर का अर्थ प्राणवन्त, प्राणशक्ति के अर्थ में हुआ है। निरुक्त 3-8 में कहा गया है कि 'असुरति प्राणनासात शरीरे भवति'। आर्य इन्द्र, मित्र और वरुण के लिए भी असुर शब्द का प्रयोग करते थे।

असुर शब्द का बहुत उदात्त अर्थ पारसियों के प्रधान देवता अहुरमन्दा (असुर मेधावी) के नाम से जाना जाता है। सम्भव है सुरों और असुरों (पारसियों) के पूर्वज कभी एक ही रहे हों और एक स्थान में रहते हों किन्तु बाद में मतभेद के चलते या संघर्ष के चलते अलग हुए हों। और 'न सुरः असुरः' की स्थिति बाद में पैदा हुई हो। और सम्भव है इसी के चलते इन्द्र ने असुरों को वज्र से मार डाला जैसा उल्लेख ऋग्वेद में आया हो।

शतपथ ब्राह्मण नामक ग्रन्थ से पता चलता है कि असुर देवदृष्टि से अपभ्रष्ट भाषा का प्रयोग करते थे—तेसुरा हेलयो हेलय इति कुर्वन्त परानभुवः! पतंजलि ने अपने भाष्य में ऐसा उद्धृत किया है। शबर स्वामी पिठ नेम तामरस आदि शब्दों को असुरी भाषा का शब्द मानते हैं। इससे सिद्ध है कि असुरों की कोई अलग भाषा थी।

कहा जाता है कि कीर्तिमुख नामक एक दानव था जो देवताओं से ऊपर था। शिव ने यह नया दानव पैदा किया था। इस बात को यदि सच माना जाये तो बुरे गुणोंवाले असुर को राक्षस कहा गया यह सही नहीं लगता।

राक्षस जाति की उत्पत्ति असुर पुरोहित शैव ब्राह्मण राजा रावण से भी मानी जाती है। उत्तराखण्ड के जनपद पौड़ी के दूरस्थ विकासखण्ड थलीसैणा में मन्दिर में देवताओं के साथ ही दानव भी पूजे जाते हैं। रामायण-काल के दस मायावी राक्षसों का वर्णन मिलता है। महिषासुर की माँ महिष उसी से शुम्भ निशुम्भ जन्मे थे। हनुमान को दानव दलन कहा गया है। मुर नामक दानव का वध विष्णु ने किया था।

आज भी भारत के कई आदिवासी समुदाय अपने को इन्हीं असुरों का वंशज मानते हैं। झारखण्ड, पश्चिम बंगाल और उड़ीसा की असुर जनजाति स्वयं को इन्हीं असुरों का वंशज मानती है। भुणवी जाति या गण राक्षस, दानव, दास, दस्यु होता है।

कहते हैं असुरों के शिव और आदि शक्ति देवी दूसरी है। महाभारत आदिपर्व श्लोक 27-56 के अनुसार देवताओं के सूर्य और चन्द्रमा भी दूसरे हैं और प्रधान

दानवों के सूर्य और चन्द्रमा दूसरे हैं। सम्भवतः सुर और असुर संस्कृति को अलगाने के लिए ऐसा कहा गया।

हिन्दू धर्मग्रन्थों के अनुसार ही दानवों के कुछ बहुत धैर्यवान् और महाबलवान् वंशज भी हुए हैं। दनु के पुत्रों में दानव के दस कुल हुए। एकाक्ष, वीर, मृतया, पुलस्व, नरक, वातापी, शत्रुपतन, अनायु तथा दीर्घमुख। इन सबके पुत्र असंख्य हुए। सिंहिका ने राहु नाम के पुत्र को जन्म दिया जो चन्द्रमा और सूर्य को ग्रहण लगाता है। इनके अलावा सुचन्द्र, चन्द्रहर्ता, चन्द्रमर्दन को भी उसी ने जन्म दिया। क्रूर (जोधा) के क्रूर स्वभाववाले असंख्य पुत्र हुए। दनायु के असुरों में श्रेष्ठ चार पुत्र हुए विक्षर, बल, वीर और वृत्त। काला के विख्यात पुत्र अस्त्र-शस्त्रों का प्रहार करनेवाले कुशल और भयंकर कहे गये हैं। क्रोध, विनाशक, क्रोधहन्ता, क्रोधशत्रु भी बड़े विख्यात कहे गये हैं। कालकेय नाम के दूसरे असुर भी काल के पुत्र थे। महाभारत के अनुसार असुरों की पूर्ण गणना सम्भव नहीं है क्योंकि वे अनन्त हैं।

देवासुर संग्राम से पहले ग्रन्थों से सिद्ध है कि जम्बूद्वीप पर असुर राजाओं का एकाधिकार था। आर्य देव संस्कृति को माननेवाले और इन्द्र देवलोक हिमालय के निवासी थे बाद में उन्होंने असुरों से जम्बूद्वीप हासिल किया। फिर वहाँ आर्य संस्कृति का विकास किया। 'ऐजल्स आफ रूरल बंगाल' के लेखक डब्लू. डब्लू. हण्टर के अनुसार—वैदिक युग के ब्राह्मणों और मनु ने जिस हिन्दू धर्म की स्थापना की वह दरअसल मध्यदेश का धर्म है। मध्यदेश यानी हिमालय के नीचे और विन्ध्याचल के ऊपर का भौगोलिक क्षेत्र। हिन्दू धर्म की स्थापना मध्य एशिया से निकलकर दुनिया के अलग-अलग हिस्सों में कई सभ्यताओं को जन्म देनेवाले आर्यों ने किया। जिन्होंने हिन्दुस्तान में सबसे पहले उत्तर-पश्चिम क्षेत्र के पवित्र नदियों सरस्वती और दृषद्वती के नीचे पड़ाव डाला। वहाँ से वे दक्षिण-पूर्व दिशा की तरफ बढ़े, जिसे ब्रह्मऋषियों और वैदिक ऋचाओं के गायकों का प्रदेश माना जाता है। इसके बाद वे दक्षिण-पूर्व की दिशा में बढ़े और गंगा नदी के किनारे बसते हुए बंगाल के मुहाने तक पहुँच गये। इन्हीं इलाकों में मनु अपना इलाका हिन्दू धर्म का इलाका मानते हैं। जो शुद्ध बोलता है, उसके बाहर तो राक्षस रहते हैं, जो शुद्ध बोल नहीं सकते, अखाद्य पदार्थ का भक्षण करते हैं। जो आर्यों की तरह गौरवर्ण के नहीं, काले होते हैं। वे शास्त्रार्थ करनेवाले लोग नहीं, बल्कि उनके हाथों में तो बाँस के बड़े-बड़े धनुष और जहर बुझे तीर हैं।

इस तरह से लगता है अभी यहाँ इस इलाके में अपनी जड़ें जमा पाते और मनु द्वारा व्याख्यायित हिन्दू धर्म का प्रचार प्रसार कर पाते, उससे पहले ही यहाँ बौद्ध धर्म उठ खड़ा हुआ जो इस इलाके के लोगों को सहज स्वीकार्य भी था। यहाँ के राजा भी ब्राह्मण क्षत्रिय नहीं थे बल्कि यहाँ के मूल निवासी थे या वे लोग थे जो मनु की वर्णवादी व्यवस्था से बाहर के लोग थे। चाहे सम्राट् अशोक हो या फिर गौड़, अपनी

राजधानी बनाकर 785 से 1040 ई. तक बंगाल पर शासन करनेवाले राजा। इनमें से अधिकांश बौद्ध धर्म को माननेवाले थे। 900 ई. तक तो यहाँ पर बौद्ध धर्म माननेवाले राजाओं का ही शासन था।

900 ई. के बाद बंगाल के हिन्दू राजा आदिश्वरा ने पहली बार अपने यहाँ वैदिक यज्ञ और पूजा पाठ कराने के लिए कन्नौज से पाँच कान्यकुब्ज ब्राह्मणों को बुलवाया। वे पाँचों ब्राह्मण गंगा के पूर्वी किनारे पर बसे। स्थानीय औरतों के साथ उन्होंने घर बसाया। बच्चे पैदा किये। जब वे यहाँ अच्छी तरह बस गये उसके बाद, कन्नौज से उनकी वैध औरतें (पत्नियाँ) यहाँ आयीं तब वे कथित सन्तानों को छोड़कर यानी अवैध सन्तानों को छोड़कर आगे बढ़ गये। उनकी अवैध सन्तानों से ही शूद्री ब्राह्मण पैदा हुए। साथ ही अन्य जातियों जैसे कायस्थ जाति उत्पन्न हुई। ये जो मिश्रित नस्ल और जातियों का आविर्भाव हुआ सिर्फ मनु की व्यवस्था के लोगों के बीच नहीं हुआ यानी आपसी विवाद का नतीजा न होकर ब्राह्मणों और हिन्दू धर्म की वर्णव्यवस्था के बाहर की जातियों के मिश्रण का भी फल था।

प्राचीन काल में हिन्दू वर्णव्यवस्था का आभिजात्य तबका ब्राह्मण ही था। कालान्तर में एक समय जब इसी व्यवस्था के क्षत्रियों का प्रभुत्व अधिक बढ़ गया तो परशुराम ने पृथ्वी से उद्दण्डी क्षत्रियों को समाप्त करने का संकल्प लिया और इक्कीस बार धरती से क्षत्रियों का विनाश किया।

बौद्ध धर्म से पहले और बाद में मध्यदेश से जो भी आक्रमणकारी बंगाल आये उन्होंने स्वयं को ब्राह्मण कहकर प्रचारित किया। लेकिन मध्यदेश के ब्राह्मणों ने बंगाल के ब्राह्मणों को कभी बराबरी का दर्जा नहीं दिया। उस समय बंगाल में वीरभूमि का इलाका भी शामिल था।

हण्टर के अनुसार यहाँ बंगाल के गैर आर्य जनजाति, वैदिक और सारस्वत ब्राह्मण, छिटपुर वैश्य ये सब परशुराम द्वारा खदेड़े गये जो बिहार के नीचे नहीं उतर पाये थे। दो सौ ईस्वी के कन्नौज से लाये गये ब्राह्मण भी उनके वंशज उत्तर भारत से पिछले कुछ वर्षों से आये क्षत्रिय, राजपूत, अफगान, और मुसलमान आक्रमणकारी और यह बिरादरी मनु की वर्णव्यवस्था के हिस्सा नहीं रह गये थे। इस बंगाल के ब्राह्मणों को उत्तर भारत यानी मनु के मध्यदेश के ब्राह्मणों ने निम्न ब्राह्मण की संज्ञा दे रखी थी। और वे इनसे रोटी-बेटी का सम्बन्ध नहीं रखते थे।

बंगाल की आबादी दो बड़े खेमों में विभाजित थी। आक्रमणकारी आर्य जिन्हें ब्राह्मण जैसा दर्जा प्राप्त था और इसका यहीं के आदिवासी जिसे आक्रमणकारियों ने यहाँ पाया था। और जिसे वे जंगलों में खदेड़ते जा रहे थे। इन आर्यों को अपनी विशिष्टता का इतना अहंकार था कि वे आदिवासियों को वानर मनुष्य से नीचे का जीव-जन्तु का दर्जा देने लगे। आदिवासियों से उनकी नफरत की अनेक वजहें थीं। एक तो

उनका वर्ण काला था, दूसरे वे ऐसी भाषा बोलते थे जिनका उनके अनुसार कोई व्याकरण नहीं था। तीसरे उनके खान-पान का तरीका और चौथा वे किसी तरह के रिचुअल में विश्वास नहीं करते थे। और उनके पास कोई ईश्वर नहीं था। वे आत्मा के अमरत्व में विश्वास नहीं करते थे।

आदिवासियों से उनकी नफरत इस कदर बढ़ गयी कि वे उन्हें मनुष्येतर प्राणियों के रूप में चित्रित करने लगे। वैदिक ऋचाओं में उन्हें दशानन, दस्यु, दास, असुर, राक्षस, जैसी संज्ञाओं से सम्बोधित किया जाने लगा। उनके व्यक्तित्व को विरूपित करके दिखाया जाने लगा। पौराणिक कथाओं में ये दानव, राक्षस, इसी टकराव की उपज हैं। विष्णु का शेषनाग पर शयन, नागराज द्वारा फन को छत्र की तरह सेवक के रूप में प्रस्तुति बाद में असुर नागों पर विजय का प्रतीक है जो असुर और नाग जाति के वंशजों का मनोबल तोड़ने के लिए बनाया गया। यही चित्र कृष्ण द्वारा असुरों और नागराज पर विजय की कहानी दर्शाता है। कृष्ण को जो कि विष्णु के अवतार कहे गये कालिये नाग के सिर पर चढ़कर गेंद खेलते हैं। महिषासुर को आर्य देवी द्वारा वध का चित्र भी इसी मानसिकता को दर्शाता है।''

यह हम पहले ही बता चुके हैं कि इतिहासकारों के अध्ययन से यह प्रमाणित हो चुका है कि मूलतः जम्बूद्वीप के भारतवर्ष के उत्तर-पश्चिम इलावर्त क्षेत्र में दैत्य और दानव जातियों का राज्य था। इस इलावर्त में एशियायी रूस का दक्षिणी-पश्चिमी भाग, ईरान का पूर्वी भाग तथा गिलगिट का निकटवर्ती भाग शामिल था। आदित्यों देवताओं का स्थान देवलोक भारत के उत्तर-पूर्व में स्थित हिमालय क्षेत्र में था। जिसमें तिब्बत, लद्दाख और कश्मीर शामिल था। भारतवर्ष में हिन्दुकुश से आगे और्व क्षेत्र था, जो सुर और असुरों का सम्मिलित क्षेत्र था। इसे ही आज अरब देश कहा जाता है। इस क्षेत्र का विकास असुर पुरोहित दैत्यगुरु शुक्राचार्य के पुत्र और्व ने किया था। सम्भव है कि अरब का नाम और्व के नाम पर ही पड़ा हो। और्व का विकृत रूप ही अरब है। देवासुर संघर्ष के परिणामस्वरूप असुरों और मुण्डों ने धरती को कई हिस्सों में बाँट लिया और वहाँ अपनी-अपनी संस्कृति का विकास किया। हजारों वर्षों के आर्य-अनार्य देवासुर संघर्ष का परिणाम ही रहा कि असुर जाति आक्रामक प्रतिरोधी और हिंसक जाति बन गयी और जिन जगहों पर इन्होंने अधिकार किया वहाँ भीषण नरसंहार किया। नगरों को जलाया। अन्तिम शक्तिशाली असुर सम्राट् ने असीरिया में अधिकार कर लिया।

असुर राजा वनियाल के बारे में कहा जाता है कि उसने 'एलम' को जीतने के बाद कैदियों को पीट-पीटकर मार डाला। राजकीय भोग के अवसर पर वृक्ष से लटकाया। दुश्मनों के टुकड़े-टुकड़े कर देश भर में फेंका। मूसा नगरी को ध्वस्त कर दिया। भित्ति चित्रों में असुर देवता के सम्मुख मनुष्यों की बलि देते दिखाया गया है। सम्भवतः यह क्रूरता इन्होंने आर्यों से सीखी और विजित राज्यों पर उसका प्रयोग किया।

सिन्धु घाटी में आर्यों की जिस बर्बरता का सामना उन्होंने किया था और अपना राज्य गँवाया था उसी बर्बरता का प्रयोग उन्होंने उन सुदूर क्षेत्रों में किया जिसे उन्होंने जीता और भय का राज्य स्थापित किया ताकि कोई पराजित सिर न उठा सके।

एक समय समूचे अरब देश पर भी असुरों का साम्राज्य कायम हो गया। इस अरब देश और सम्पूर्ण मध्यपूर्व देशों का जीवन विभीषिकाओं की कहानी से भरा पड़ा है। असीरियन देशों में ही पर्दा प्रथा का जन्म हुआ। मानव-मूल्य का ह्रास हुआ। लोकतन्त्र की कल्पना नहीं रही। मध्यपूर्व की 'सामी सभ्यता' की कहानी भी यही है। अहिंसक हड़प्पा मोहनजोदाड़ो सभ्यता के संस्थापक अनार्य असुर आर्यों से युद्ध करते-करते और अपना राजपाट गँवाने के बाद इतने हिंसक हो गये कि दुनिया के जिन देशों में यहाँ से भागकर गये असुरों ने अपना साम्राज्य स्थापित किया। वहाँ हिंसा और बर्बरता का इतिहास रच दिया। इस तरह असुर हिंसा के पर्याय होते गये। जो असुर जंगलों में भाग गये वे भी आर्यों से बचने के लिए और जंगली जानवरों के बचने के लिए उनकी खाल पहनने लगे तथा सिर पर जानवरों की सींग लगाने लगे और बचाव के लिए खुद को हिंसक रूप में प्रस्तुत करने लगे। इस तरह सामान्य जन में उनकी छवि हिंस्र पशुओं की बनती गयी वे अमानवीय माने जाने लगे। आसुरी शक्ति का भय सर्वत्र व्याप्त होता रहा। वे जंगलों में गलती से गये इतर मनुष्यों की बलि भी दे डालते थे।

लेकिन सभी असुर बुरे ही थे ऐसा नहीं था उन्हें ज्यादा बुरा आर्य शत्रुओं ने घोषित किया ताकि उनके विरुद्ध एक जनभावना बनायी जा सके और कभी भी उनका सहजता से वध किया जा सके और वध करनेवालों को कभी कोई दोषी न समझे बल्कि उद्धारक माने। इस तरह जनता को असुरों का भय दिखाया जाता रहा उन्हें अमानवीय घोषित किया जाता रहा। किन्तु जिन असुर राजाओं ने आर्यों की अधीनता स्वीकार कर ली और आर्यों के देवताओं को स्वीकार कर लिया उनकी आर्य धर्मग्रन्थों में बड़ी प्रशंसा मिलती है जैसे असुर राजा बलि असुरराज गयासुर। असुर बलि को महान् दानी कहा गया। गयासुर को महान् विष्णु भक्त कहा गया। और गयासुर के नाम पर गया तीर्थ की स्थापना की गयी। वह विष्णु भक्त हो गया था। सामान्य तौर पर सभी असुर शैव और शिव के भक्त होते थे उनके शिवाराधना के वर्णन मिलते हैं। शिव को महादेव-देवों के देव और महादेव कहा जाता था। यह शैवों के देवता की शक्ति और शैवों की तत्कालीन शक्ति सामर्थ्य को दर्शाता है।

कहा जाता है कि ईसा से बत्तीस सौ वर्ष पूर्व भारत के सभी भूभाग पर इन्हीं शैव रुद्रों का शासन था। इन्होंने यहाँ के मोगल जाति के लोगों को पदच्युत किया था। मोरु प्रदेश कालासागर के उत्तर में था जिसे यूरेशिया कहा जाता है। यूरेशियन लोग कालान्तर में पहले देव और बाद में ब्राह्मण कहलाये। भारत में उस समय तक गणराज्य व्यवस्था थी। भारत के मूल निवासियों और यूरेशियनों आर्यों के बीच कई युद्ध हुए।

उसे ही सम्भवतः देवासुर संग्राम कहा गया है। भारत की तत्कालीन मूलनिवासियों की राज्यव्यवस्था गणतान्त्रिक और लोकतान्त्रिक थी। गण व्यवस्था गणराज्य व्यवस्था को ही बाद में अधिकांश देशों ने स्वीकार किया है। इस तरह यह भारत के मूलनिवासियों की दुनिया को देन है। संस्कृत भाषा मरु भाषा से काफी मिलती-जुलती है जो देवभाषा और देववाणी कहलाती है। बाद में ये यूरेशियन यही भारत में बसते गये जो बाद में ब्राह्मण, क्षत्रिय, वैश्य, शूद्र कहलाये। शूद्र इनके साथ बाद में जुड़े जो इनके सेवक दास की तरह ही रहे। केवल इन्हीं का वर्ण काला होता था बाकी सभी ब्राह्मण क्षत्रिय वैश्य का वर्ण गोरा था। आँखों का रंग हल्का था, खोपड़ी लम्बी थी। ब्राह्मण क्षत्रिय वैश्य यूरेशियन मूल के थे ऐसा सिद्ध हो चुका है। माइकल वामशाद वाशिंगटन विश्वविद्यालय के शोध में यह सिद्ध हो चुका है। डी.एन.ए. परीक्षण से सिद्ध हुआ है कि ब्राह्मणों, क्षत्रियों, वैश्यों का रक्त यूरेशियनों से मिलती है। ये यूरेशियन आक्रमणकारी घुमन्तू थे और अपने को सुर कहते थे। वे चूँकि ठण्डे प्रदेश से आये थे इसलिए सुरापान करते थे। जबकि सिन्धु सभ्यता के मूल निवासी परिश्रमी और विद्वान् थे। भारत में आदिकाल से उनका ही शासन था। वे सभ्य थे और उनकी संगठित गणतान्त्रिक राजव्यवस्था थी। यह व्यवस्था आगे भी भारत में देखने को मिलती है। गण व्यवस्था में गणाधिपति के नीचे गणाधीश होता था। उसके नीचे विभिन्न नायक होते थे, जो स्थानीय शासक थे। इन्हें ही रुद्र कहा गया है। रुद्रों को ही सम्राट् कहा जाता था। शिव से लेकर सभी बड़ों को देवाधिदेव, नागराज, असुरपति कहा जाता था। यही रुद्र भारत के मूल निवासी नाग आदि जातियों पर शासन करते थे। ग्यारह रुद्रों को नाग नाम से विभूषित किया गया है। इन नागवंशियों में जाति प्रथा नहीं थी। वे सब असुर रुद्र नागवंशी सुशिक्षित और सुशासित थे। उनकी भाषा और लिपि मिलती है। सम्भवतः यह भारत का स्वर्ण-युग था, जब पूर्णरूपेण गण व्यवस्था लागू थी। गण शब्द का प्रयोग पहले शिव के गण के रूप में ही मिलता है। इससे पता चलता है कि भारत के मूल शासक और नागरिक शैव थे। शासक को रुद्र कहा जाता था। रुद्र को असुराधिपति कहा जाता था। वैसे शिव से लेकर सभी रुद्रों को असुराधिपति कहा जाना मिलता है। रुद्रों को असुराधिपति होने के कारण ही आर्यों ने इनके वंशजों को रुद्र माना। यहाँ तक कि आज भी कोई ब्राह्मण रुद्राभिषेक यानी रुद्र पूजा के बाद पुनः स्नान करने के बाद ही अन्य मन्दिरों में प्रवेश कर सकते हैं। अथवा शरीर पर गंगाजल छिड़ककर ही विष्णु आदि दूसरे देवताओं की पूजा कर सकते हैं। यह नियम कहीं भी देखा जा सकता है। शिव अनार्य असुरों के देवता हैं। कभी आर्यों ने उन्हें अपूज्य घोषित किया था। भृगु द्वारा विष्णु की छाती पर लात मारने की कथा के मूल में शिव को अपूज्य घोषित करना तथा विष्णु को सर्वश्रेष्ठ देवता घोषित करना आर्यों की श्रेष्ठता घोषित करना ही था।

प्राचीन नाग जाति के लोग भी साँवले अथवा काले होते थे। कहते हैं वे सुरापान नहीं करते थे बल्कि दूध पीते थे। इसीलिए वे असुर कहे जाते थे। यानी ये असुर जो

थे वे सभी नाग जाति के ही थे। प्रतीक रूप में आज भी नाग देवता को दूध ही पिलाया जाता था। आर्य विजेताओं ने मूल निवासी जनों ने कई को अपने साथ मिलाया और उनके रीति रिवाज को भी अंगीकार कर लिया। नागपूजा उसमें ही एक है। नागपूजा जबकि असुर संस्कृति की निशानी है। आर्यों ने असुर जातियों को सौ उपजातियों में बाँटकर रख दिया। इनके उत्पीड़न से तमाम असुर योद्धाओं ने पलायन कर अन्य देशों में अपना प्रभुत्व स्थापित किया। तमाम असुर लोग भयभीत होकर जंगलों में छिप गये। वनवासी होने पर मजबूर हो गये। सभ्यता और संस्कृति से दूर होते गये। असुरों की दो सौ प्रारम्भिक जातियाँ आज तीन हजार जातियाँ और सात हजार पाँच सौ उपजातियों में विभाजित हो चुकी हैं। और एक दूसरे से खुद को ऊँचा-नीचा भी मानती हैं। यही विभाजन आर्यों द्वारा शूद्र सेवक दास बनाये गये पराजित असुर वंशजों की है। उनकी शिक्षा पर पाबन्दी लगा दी गयी थी ताकि वे अपने पूर्वजों के उस इतिहास को न जान सके जो छल बल से वध किये गये थे और निरपराधी थे। वे स्थानीय शासक थे और उनके ही वंशज गुलाम बनाये गये जिन्हें शूद्र कहा गया। इसलिए शिक्षा के से दूर रखा गया क्योंकि आर्यों ने अपने ग्रन्थों में उनके नायकों के बारे में कितना अपमानजनक लिखा है। उनके बारे में जान न सके और कभी विद्रोही न बन सके। क्योंकि हिन्दू धर्मग्रन्थों का सार असुरों पर सुरो की विजय गाथा है। जिस बर्बरता से असुर राजाओं का आर्यों ने दमन किया जैसे उनसे राज्य छीना यह असुर वंशजों में विद्रोह पैदा कर सकता था। शिक्षा से दूर होकर असुर जातियों के वंशज शूद्र और जंगलों में पलायन कर चुके असुर वंशज आदिवासी अपने पूर्वज असुर योद्धाओं के संघर्ष और बलिदान से अनजान होते गये और यथास्थितिवादी होते गये। दमन को और अपनी दयनीय स्थिति को सहजता से स्वीकार करते चले गये। सत्ता में भागीदारी की कल्पना तक करने में अक्षम हो गये।

आर्यों ने असुर राजाओं की हत्या करनेवाले अपने वीरों या अपने पक्ष में शामिल हो चुके उन वीरों को जो असुरों का संहार करनेवाले हुए उन्हें भगवान् का दर्जा देना प्रारम्भ किया। उन्हें विष्णु का अवतार घोषित करते गये। उनके द्वारा असुर वध की घटना का प्रतिवर्ष उत्सव मनाने लगे। दशहरा, दीपावली, नवरात्रि आदि सभी वैष्णव हिन्दू आर्यों के असुर वध और अनार्यों असुरों पर आर्यों के विजय के पर्व हैं। अथवा असुरों के संरक्षक राजा के वध के पर्व हैं। दशहरा राक्षस संस्कृति के संरक्षक रावण के वध का पर्व बन गया तो नवरात्रि असुरराज महिषासुर के वध का पर्व बना दिया गया। प्रतीक रूप में आर्यों की देवी दुर्गा के पैरों तले दबे असुर महिषासुर की रक्तरंजित मूर्ति का प्रदर्शन आज भी होता है। यह अनार्य असुर वंशज पराजित प्रजा पर मनोवैज्ञानिक प्रभाव डालने के लिए प्रतिवर्ष का आयोजन बना दिया गया ताकि मूल निवासी अनार्य असुर जातियों के वंशज भयग्रस्त रहें और कभी सिर न उठा सकें दूसरे अन्ततः हीन भावना के शिकार होते चले जाये। विजेता आर्य समुदाय के बीच अपने

विजेता होने का दम्भ यह विजय उत्सव आज भी देता है जबकि आर्य अथवा आर्य वंशज शाश्वत विजेता नहीं रह सके। दूसरे परवर्ती आक्रमणकारी तुर्कों मुगलों शक, हूण, कुषाण आदि ने भारत के आर्यों को पराजित कर दिया और बाद में सब अंग्रेजों के अधीन हो गये। किन्तु इस अधीनता के बावजूद आर्य हिन्दुओं के मन में अनार्य हिन्दुओं के प्रति सम्मान का भाव कभी नहीं बन पाया।

भारत देश को अन्ततः आजाद सभी आर्य वंशज हिन्दुओं अनार्य वंशज हिन्दुओं शूद्रों आदिवासियों और मुस्लिमों ने मिलकर बलिदान देकर आजाद कराया किन्तु इस संघर्ष के बावजूद जो स्वतन्त्रता मिली उसका समुचित लाभ दलित आदिवासी समाज को नहीं मिल पाया। यद्यपि संविधान में दलित आदिवासियों के लिए विशेष उपबन्ध किये गये किन्तु उसका कार्यान्वयन पूरी तरह आज तक नहीं हो पाया। मूल निवासियों के लिए शासन सत्ता में भागीदारी और उन्हें मुख्यधारा में जोड़ने के लिए जो संविधान में उपबन्ध किये गये उसकी मन्शा अभी तक आंशिक रूप से ही पूर्ण हुई है।

डॉ. भीमराव अम्बेडकर इससे बहुत अप्रसन्न थे। उनका कहना था कि 'वर्तमान संविधान से भी ज्यादा भला थोड़े-से लोगों को ही होना था।' यद्यपि दलितों का सौभाग्य था कि उन्हें अम्बेडकर जैसा प्रखर बुद्धिजीवी नेता मिल गया। आदिवासियों के साथ ऐसा नहीं हुआ। उनसे संवेदना रखनेवाले तो हुए किन्तु उनमें कोई राष्ट्रीय नेता नहीं मिला कि जनजातियों की घुमन्तुओं का भला हो पाता। कोई उनके हित के लिए संवैधानिक स्तर पर लड़ता। आदिवासियों का संघर्ष हमेशा बिखरा रहा और उन्हें भरमानेवाले लोग ही मिले। उन्हें संघर्ष और हथियार उठाने पर बाध्य किया जबकि भारतीय शासक और व्यवस्था से टकराना उनके लिए हमेशा आत्मघाती ही रहा। सरकार की कमी थी कि उसने आदिवासी समस्या को कानून व्यवस्था की समस्या के रूप में ही लिया उनकी अस्मिता की समस्या पर उनके हितों पर कभी खुद को केन्द्रित नहीं किया।

महात्मा गाँधी ने आदिवासियों के बारे में थोड़ा बहुत सोचा जरूर किन्तु यह सहानुभूति के स्तर तक ही सीमित था। पं. जवाहरलाल नेहरू ने भी अंग्रेजी राज में पेशेवर अपराधी घोषित घुमन्तू जनजातियों को अपराधी जनजाति के पद से विमुक्त जरूर घोषित कर दिया किन्तु उनके जीवन में सुधार की दिशा में अधिक सार्थक पहल नहीं की। इसी का परिणाम है कि आज तक भारत सरकार के पास देश भर के विमुक्त और घुमन्तू जनजाति की सम्पूर्ण सूची नहीं है। जनजातियों की भी कोई जनगणना उपलब्ध नहीं है। इनसे सम्बन्धित ज्यादातर योजनाएँ भी कागजी ही हैं।

जनजातियों का नस्लीय अध्ययन

भारत की सभी जनजातियों को आदिवासी कहा जाता है। किन्तु मुख्यधारा के लोग इसे उचित नहीं मानते वे इन्हें जंगली, वनवासी, गिरिजन, जनजाति आदि कहना ही उचित मानते हैं। उनके विचार से भारत की जनजातियों को आदिवासी कहे जाने से उनका मूलनिवासी होने का बोध होता है और इस तरह आर्य बाहर से आये हुए लोग लगते हैं। उनका तर्क है कि धर्मग्रन्थों की कथाओं से सिद्ध होता है कि आर्य-अनार्य या सुर-असुर दोनों एक ही पिता की सन्तान थे। राज्य तथा वर्चस्व को लेकर दोनों में संघर्ष होते रहते थे। गुण-दुर्गुण के कारण भी दोनों के अलग-अलग संगठन और वर्ग बनते रहे। शत्रुता बढ़ती गयी और हार-जीत होती रही। उनके अनुसार इनसे विदेशी कोई नहीं थी। आर्यों को विदेशी बताना अंग्रेजों की चाल थी ताकि अंग्रेजों के विरुद्ध लड़ने का उनका नैतिक आधार मजबूती न पा सके। स्वयं विदेशी होकर दूसरे को विदेशी कहकर उनके विरुद्ध जनता को संगठित न कर सके। इस सम्बन्ध में श्रीप्रकाश मिश्र कहते हैं कि—"आदिवासी कहने से इस बात की गन्ध आती है कि ये जनजातियाँ ही भारत की मूल निवासी थीं और बाकी सभी लोग बाहरी। ऐसा भ्रम उपनिवेशवाद का दर्शन रचनेवाले प्राच्यविदों ने फैलाया था। यह सब अंग्रेजों की सत्ता को न्यायोचित बतलाने के लिए किया गया। उसमें वे इस बात को घसीटकर लाये कि आर्य हमलावर के रूप में बाहर से भारत में आये। वे गोरे थे और तमाम काले लोगों को हराकर उन पर शासन कायम किया। इसलिए उन अंग्रेजों को विदेशी कह उनका विरोध करने की नैतिक अधिकार नहीं है। बाद में उन्होंने काले लोगों को भी बाहर से आना सिद्ध किया। जैसे भारतवर्ष हमेशा ही खाली और जंगली इलाका रहा हो, जिसमें जिसने जब चाहा जिस तरह चाहा आकर बस गये।"

वे आगे कहते हैं कि—"उन्हीं के अध्ययनों से पता चलता है कि भारत भूमि कम-से-कम चार अलग-अलग चट्टानों से युक्त होकर बनी है। जो दूर-दूर से खिसककर आन मिले थे और संयुक्त होकर आस्ट्रेलिया से भी दक्षिण पश्चिम से चलकर वर्तमान स्थल पर आ एशिया से मुक्त होकर उत्तर की तरफ धरा भाग को दबाते बढ़ रहा है।

निश्चय ही इन चट्टानी इलाकों में मनुष्य रहे होंगे। भला ये भूमियाँ इतनी अभागी कैसे हो सकती हैं कि उन पर जीवन ही न हो। उन्हीं के प्रयोगों ने स्पष्ट किया है कि उत्तर पाषाण काल, पाषाण काल, व पूर्व धातु काल, उत्तर धातु काल आदि स्थलों के औजार और कहीं-कहीं मानव पंजर के अवशेष मिले हैं। यह दूसरा तर्क कमजोरी को दिखानेवाला था। दरअसल उनकी स्थापना कि समस्त मानव जातियों का माइग्रेशन मध्य एशिया से हुआ है, उस बाइबिलिक मिथ की परिणति है कि दुनिया के पैराडाइज में एक आदम मनुष्य के रूप में आये, उन्हीं के सीने की हड्डी से ईश्वर ने हौवा को बनाया। इसी एक जोड़ी स्त्री-पुरुष की सन्तति पूरी दुनिया के लोग हैं। चाहे नीग्रों हों आर्य हों या मंगोल। मानव सम्बन्धी विकासवादी सिद्धान्त इसे स्वीकार नहीं करता। वह बताता है कि ये तीन तरह के लोग तीन तरह के होमों समाज से दुनियाा के तमाम इलाके में स्वतन्त्र रूप से विकसित हुए, अपनी भाषा बनायी, अपनी संस्कृति रची। इनका माइग्रेशन और मिश्रण भी होता रहा, पर यह नहीं कि वे एक ही जगह और एक ही वंश में पैदा हुए। इन्हीं समस्याओं को ध्यान में रखकर भारत के संविधान निर्माताओं ने जनजाति (ट्राइब) शब्द का प्रयोग किया। वास्तव में आदिवासी शब्द अंग्रेजी के शब्द प्रिमिटिव के अनुवाद के रूप में प्रचलन में आया। प्रिमिटिव से सांस्कृतिक विकास के स्तर पर आदिम अवस्था या चरण में पड़े रहने का भान होता है। संज्ञा के रूप में इसका प्रयोग एक ऐसे सरल समाज के रूप में होता है, जिसमें अभी उद्योग का आगमन नहीं हुआ होता है। भावना व अनुभूति के क्षेत्र में इसका मतलब उस तीव्रता से होता है जो विवेक पर आधारित नहीं होती या फिर मानव-जीवन में सबसे आरम्भिक अवधि की नियोक्ता होती है। विकास के चरण के रूप में यह पुरातन या आरम्भिक चरण का द्योतक होता है, जिसके पहले कोई और चरण नहीं होता। आज चूँकि आदिवासी कहने पर यह सांस्कृतिक मान निवासी के मान के आगे दब जाता है इसलिए 'जनजाति' कहना ही समीचीन होगा।''

जनजातियों में कौन लोग हैं इसका उत्तर दो तरह से ढूँढ़ना होगा। एक तो यह कि वे किस नस्ल और भाषा समुदाय के हैं और दूसरे यह कि वे जनजाति कैसे बने? इसके पहले यह भी नोट करना आवश्यक है कि भारत वर्ष का परम्परागत अर्थ रहा है हिमालय से निकली सिन्धु और ब्रह्मपुत्र नदियों से घिरा दक्षिण की तरफ का पूरा भूभाग जो आज के श्रीलंका तक जाता है। जो कि चार तरह के भूगर्भी चट्टानों से बना था। इसी तरह इसके चार भौगोलिक भाग हैं—उत्तर में हिमालय पर्वत व उसका निचला भाग, फिर सिन्धु, गंगा व ब्रह्मपुत्र का मैदान, विन्ध्य की पहाड़ी और मैदानी इलाका तथा दक्षिण का लम्बा त्रिकोणात्मक इलाका। इसी में तीनों ही रंग के लोग रहते रहे हैं। नस्ल सम्बन्धी नृतत्व के सिद्धान्तों को लेकर 1901 की जनगणना के दौरान सर हर्बर्ट रिश्ले ने इन लोगों को सात उप समूहों में बाँटकर देखा। नाम दिया—मंगोलाइट, इण्डो आर्यन, द्रविड़ियन, मंगोली द्रविड़ियन, आर्यो द्राविड़ियन, साइथो

द्रविड़ियन और तुर्को ईरानियन। जल्दी ही इस विभाजन की त्रुटियाँ गोचर हो गयीं और 1931 की जनगणना में डॉ. जे.एन. ह्यूटन ने नस्ल भाषा संस्कृति को एक साथ आधार बनाकर इन्हें नये सिरे से बाँटा—निग्रोआइड, प्रोटो आस्ट्रेलिआइड, अर्ली मेडिटिरेंनियन, एउवान्स मेडिटिरेनियन, (जिन्हें द्रविड़ियन भी कहा) सिविलाइज्ड मेडिटिरेनियन (जिन्हें उन्नत द्रविणिनियन भी कहा) अल्पाइन (जिन्हें वैदिक आर्य भी कहा और नार्डिक भी कहा) तथा मंगोलाइड। रामप्रसाद चन्दा ने इन विभाजनों का विरोध किया क्योंकि इन विदेशी विद्वानों ने भारत भूमि को इन जातियों के आने से पूर्व जनशून्य माना। चन्दा का कहना था कि उन्हीं के शोध से जाहिर हो चुका है कि भारत भूमि पर मनुष्य आदिकाल से ही रहे हैं और उनके प्रमाण के अवशेष प्रथम हिमकाल, द्वितीय हिमकाल और तृतीय हिमकाल के दौर में ही मिले हैं, जो पूर्व पाषाण युग से पहले की स्थितियाँ हैं। यह और बात है कि उनमें उत्तर-पूर्व और पश्चिम से आकर लोग मिलते गये, जिससे नस्लों का मिश्रण होता गया और एक मिश्रित तथा सुदृढ़ कम्पोजिट कल्चर बनता गया।

इन दोनों तरह के विचारों के आधार पर डॉ.वी.एस. गुहा ने अपनी पुस्तक 'एन आउट लाइन, आफ दी रेसियल एन्थोलाजी आफ इण्डिया' में भारत के बाशिन्दों का छह मुख्य नस्लों और नौ उप प्रकारों में बाँटा। (1) नीग्रो—ये मुख्य भूमि पर न मिलकर अण्डमान द्वीप समूह में मिलते हैं। कुछ कर्नाटक के भीतरी इलाकों में भी मिलते हैं। किन्तु इन्हें तत्कालीन शासकों ने अफ्रीका से काम करने के लिए बुलाया और बसाया। उनका आगमन सोलहवीं-सत्तरहवीं शताब्दी में हुआ। (2) प्रोटो-आस्ट्रेलाइड—ये पूरे देश में किसी-न-किसी रूप में निचले वर्ण और वनवासियों के रूप में फैले हैं। (3) मंगोलाइड—इनके दो प्रकार हैं—एक लम्बे सिरवाला है, दूसरे चौड़े सिरवाला। वे असम, उत्तरी बंगाल और त्रिपुरा में मिलते हैं। दोनों को संयुक्त रूप से पैलियो-मंगोलाइड कहा जाता है। तिब्बती मंगोलाइड लद्दाख में बसते हैं और भूटान में बसते हैं। उत्तराखण्ड और हिमांचल व लद्दाख में बसते हैं। (4) मेडिटिरेनियन—इनके तीन ग्रूप हैं। पैलियो मेडिरियन रैडियन, जो कन्नड, तमिल और मलयाली ट्रेक में मिलते हैं। सच्चे मेडिटिरेनियन, जो पंजाब और ऊपरी गंगा की पेटी कहें पश्चिमी उत्तर प्रदेश व हरियाणा में मिलते हैं। तथाकथित ओरियण्टल टाइप पंजाब, सिन्ध, राजपूताना और पश्चिमी उत्तर प्रदेश में मिलते हैं। (5) ब्रेसी सेफल—इनके भी तीन उपसमूह हैं। इनमें अल्पइड लोग गुजरात मालाबार को छोड़कर पूरे पश्चिमी घाट में मिलते हैं। दिनारिक लोग बंगाल, उड़ीसा व काठियावाड़ में मिलते हैं। कुर्ग और तमिल इलाकों में भी रहते हैं। अर्मेनाइड लोग पूर्वी उत्तर प्रदेश, बिहार, भिन्नाल, गिलगिट, पश्चिमी नेपाल और पारसी समुदाय में पाये जाते हैं। (6) नार्डिक—ये ही वास्तव में आर्य लोग हैं।

यह विभाजन भी तमाम विद्वानों को स्वीकार नहीं है। विशेषकर यह कहना कि आर्य लोग नार्डिक हैं और बाहर से आये हैं। वे इसके उत्तर में यह कहते हैं कि आर्य

लोग यहीं के हैं और यहीं से उत्तर गये हैं। भाषावैज्ञानिक अध्ययन में ऐसे अनेक भाषा टापू मिलते हैं जो इस बात को प्रमाणित करते हैं। एक दूसरे तरह का अध्ययन भाषा के आधार पर करके ग्रियर्सन ने भारत के निवासियों को चार वर्गों में बाँटा था। (1) आस्ट्रिक (कोल मुण्डा) (2) तिब्बती (चीनी या चीनी तिब्बत) (3) द्रविड़ियन और (4) आर्यन। सुनीति कुमार चटर्जी ने इस अध्ययन को आगे बढ़ाया। और आज भी उसी को प्रामाणिक माना जाता है। यहाँ-वहाँ के संशोधनों के साथ।

दरअसल आज तक तय नहीं हो पाया कि किसी नस्ल के विकसित या दलित हो गयी विशेषताओं के कारण कोई पूर्व निर्धारित मानसिक संवेगात्मक दृष्टिकोण बन जाता है। यानी कोई नस्लीय चरित्र बनता है। तो भी इतना निश्चित है कि एक संगठित जीवन-पद्धति में सामाजिक जीवन-पद्धति में सामाजिक जीवन और आर्थिक अभाव में मानव मन और संवेग को जो विशेष प्रशिक्षण मिलता है, उससे एक व्यवस्थित जीवन कहें सभ्यता का एक ऐसा चौखटा निर्मित हो जाता है, जिसकी अभिव्यक्ति उस समुदाय के लोगों की भाषा में होती है। भाषा सीखे जाने की वस्तु है। जातियों के मिश्रण में भाषा का मिश्रण अक्सर होता है। जैसे मुण्डा लोग भिन्न नस्ल होकर भी कोलों की भाषा का प्रयोग करते हैं। जिसमें स्वयं उनकी भी भाषा के कुछ अवशिष्ट होते हैं, जिसे कोल लोग प्रयोग नहीं करते।

जनजातियों के अध्ययन में नस्ल और भाषा दोनों को भी ध्यान में रखा जाना चाहिए। इसी के आधार पर विद्वानों ने पाया है कि जनजाति के लोग यूँ तो चारों नस्लों नीग्रो, प्रोटो आस्ट्रेलाइड द्रविड़ और मंगोल तथा आर्यों से हैं पर अधिकांश प्रोटो आस्ट्रेलाइड ही हैं। उनके बाद मंगोलाइड हैं। भाषा के आधार पर भी यही बात है। सबसे अधिक आस्ट्रिक और उनके बाद चीनी तिब्बतन हैं। प्रोटो आस्ट्रेलाइड और आस्ट्रिक बोलनेवाले भारत की मध्यभूमि और मंगोलाइड तिब्बत चीनी बोलनेवाले आसाम, नागालैण्ड अरुणांचल प्रदेश, मेघालय, मणिपुर, मिजोरम, त्रिपुरा, सिक्किम वगैरह में हैं।

सवाल यह है कि ये जनजातियाँ कैसे बनीं? भारतीय वाङ्मय के साक्ष्यों के अध्ययन से जाहिर होता है कि आर्यों का युद्ध तीन तरह के लोगों से हुआ। दस्यु, दास, व निषाद से। लोगों में सामान्य धारणा है कि विडरी बस्तियों में रहकर विद्यार्जन, पशुपालन और खेती करनेवाले आर्यों पर घुमन्तू दस्यु लोग आक्रमण करते रहते थे। परिणामस्वरूप दोनों में लड़ाई होती रहती थी। इन दस्युओं के दो रूप थे। एक दल स्वयं चरवाहा था जो उत्तर से चरागाहो की तलाश में आता था। दूसरा दल पशुओं के साथ नहीं, वैसे ही रोजी-रोटी की तलाश में आता था। विद्वानों का कहना है कि दस्यु लोग आर्यों के ही अनुरूप पर काले लोग थे, जो सांस्कृतिक रूप से पिछड़े थे, जिन्हें पामीर के उस पार दहई कहा जाता था, जिसमें दाह का मतलब देश होता था। हिन्दी में जो डीह कहा जाता है। उसका बोध उसी से है। पर भारत में इसका मतलब

यहाँ से बाहर का होना था। हमलावर होने के परिणामस्वरूप उन्हें दाबू माना जाता था। हारने के बाद ये दस्यु लोग बिखकर जंगलों और पहाड़ों में चले जाते थे और वही रहकर जीवनयापन करते थे। मुख्यधारा के लोगों के जीवन से भिन्न रूप में। उनमें जो पकड़ जाते थे या स्वेच्छा से आर्यों के साथ रहने लगते थे उनकी स्थिति दास की तरह रहनेवालों की तरह की होती थी।

दास भारत में रह रहे काले लोगों को कहा गया जिनका संघर्ष सिन्ध और गंगा के मैदानों में रह रहे आर्यों से होता था। जब आर्य लोग अपने इलाके का विस्तार करते थे। इस संघर्ष में दास लोग अक्सर हार जाते थे। वे आर्यों में एक जाति के रूप में समाहित हो जाते थे पर पूरी तरह से उनकी संस्कृति स्वीकार नहीं करते थे। अपना कुछ बचाये रखते थे। इसीलिए उन्हें अनाचारिया कहा जाता था। कालक्रम में उन्हीं से शूद्रों की तमाम उपजातियाँ बनी। प्रकारान्तर से वे अपनी जीवन-पद्धति और संस्कृति के कुछ तत्त्वों को आर्यों के जीवन-पद्धति और संस्कृति में भी पैठा देते थे। वह अधिक न हो पाये इसलिए आर्य लोग उनसे दूरी बनाकर रखते थे। जो अधीनता नहीं स्वीकार करते थे वे जंगलों, पहाड़ों में दूरस्थ जगहों में भाग जाते थे और अपना स्वतन्त्र जीवनयापन करते थे। इससे उनका सांस्कृतिक विकास अवरुद्ध होता गया। वे अपने जीवन के तत्कालीन मूलाधारों को हमेशा के लिए पकड़े रहे और पिछड़ते चले गये।

सिन्धु और गंगा के मैदानों से खदेड़े गये ये प्रोटो आस्ट्रेलाइड आस्ट्रिक भाषा बोलनेवाले लोग विन्ध्याचल से दक्षिण और अरावली से दूरस्थ जाकर बसे। इनके दो समूह थे—शबर और पुलिन्द। शबर में कोल और भील दो उपसमूह थे। इनसे कोल लोगों का विस्तार निकोबार द्वीप समूह तक मिलता है। भील लोगों का विस्तार दक्षिण में सबरालु, उत्तर में ग्वालियर, पूर्व में उड़ीसा की पहाड़ियों तक मिलता है।

पुलिन्द लोग वे तमाम गौंड जातियाँ हैं जो गोडवाना में जाकर बसे या बसते चले गये। इनमें झारखण्ड के खाओतालो से लेकर आन्ध्र प्रदेश के दक्षिणी पूर्वी कोने के बोडो और वारंगल के आदिवासियों तक आते हैं। जिनके कई छोटे-बड़े चालीस के करीब उपसमूह हैं।

निषादों को कुछ लोग इन्हीं का समुच्च मानते हैं और कुछ लोग भिन्न मानते हैं। उत्तर भारत में निषाद का मतलब जल पर आधारित जीवन व्यतीत करनेवाले वंश के लोग आते हैं या जलचरों को पकड़ना है या जल पर यातायात संचालित करना है। यही बात समुद्र किनारे बसनेवाले निषादों का भी है। सांस्कृतिक रूप से ये लोग एक तरफ कोल और भील लोगों से भिन्न हैं तो दूसरी तरफ गोंड लोगों से भी। उत्तर भारत से तो वे आर्यों के बीच रहते रहते आर्य रूपी हो गये हैं कि शूद्र जाति के अंश लगते हैं। हो सकता है कि ये आरम्भ में शबर पुलिन्द ही हों, जो जल पर जीवन आधारित कर लेने के कारण सांस्कृतिक रूप से काफी भिन्न हो गये हो।

धीरे-धीरे निषाद शब्द का प्रयोग सभी अनार्य जातियों के लिए होने लगा। मंगोलाइड को छोड़कर जो आर्यों के अधीन नहीं थे जंगल में रहते थे और एक अपनी विशिष्ट जीवन-पद्धति को लेकर चलते थे, जिसमें घोर सामूहिकता और बराबरी थी। व्यक्तिगत सम्पत्ति की जगह बल टेरिटरी पर दिया जाता था। उन्हें चतुर्वर्ण से अलग पंचमवर्ण के रूप में देखा जाता था। लगभग कोई सम्पर्क नहीं रखा जाता था। वेवर उन्हें बस्तियों में रहनेवाला (एकाकी रहनेवाला नहीं) आदिम मनुष्य मानता है, जो कृष्णत्वचा, कुवाच (असम्मानजनक शब्दों का प्रयोग करनेवाला) मृधावाच (गाली गलोज ओर अश्लील भाषा बोलनेवाला) दैत्याकार, बलबूतावाला, बर्बर होता है। बाद में इन्हें नाग और नागवंशी कहा जाने लगा क्योंकि उनके यहाँ किसी-न-किसी रूप में पत्थर पूजा, लिंग पूजा होता था और एक महादेवता की कल्पना की जाती थी, जिनसे सर्प बिखरे होते थे। इस सर्प और महादेवता के वाहन पशु की पूजा भी की जाती थी।

कुछ विद्वान् दक्षिण के निषाद जिन्हें नैषध भी कहा जाता है, निषाद से भिन्न है। शतपथ ब्राह्मण में एक दाक्षिणात्य काले राजा 'नाथ' के नाम का उल्लेख मिलता है। निषाध या नैषध लोग इन्हीं समूह से जुड़े हैं। निषाद शब्द का प्रयोग तमाम अनार्य जातियों को वंश व संस्कृति दोनों के आधार पर आर्य जातियों से अलगाने के लिए होता था, जबकि निषाध का प्रयोग एक राज्य सम्बन्धी जाति-विशेष के लिए होता था। जो हो सकता है कि आर्य जाति का ही एक अंग हो। ऐसे ही महाभारत का एक राजा नल है। इनका क्षेत्र कहाँ था स्पष्ट नहीं है पर लगता है कि वह विदर्भ था।

ब्रह्मपुत्र की घाटी से आर्यों के पुरातन सम्पर्क के बावजूद बँग समेत वह पुराने भारत से कुछ अलग ही रहा है। प्रोटोआस्ट्रेलाइड लोगों का यहाँ अतीत में वास था। उसके कुछ अवशेष अब भी यहाँ मिलते हैं। पर उनका अधिकांश उन मंगोल कबीलों द्वारा आत्मसात् कर लिया गया या विनष्ट ही कर दिया गया। जो विभिन्न काल में आज तक तिब्बत और चीन के शान प्रान्त से आते रहे हैं। आर्य लोगों की भाषा और संस्कृति उन्हें प्रभावित तो करती रही है। (जैसे आज असमिया भाषा बंगाली के प्रभाव में अधिकांशतः आर्यमूल से निकली भाषा ही है।) पर वर्चस्व हमेशा किरातों का ही बना रहा। पहाड़ों में बसनेवाली जातियों पर उनका प्रभाव नहीं के बराबर है। जयन्तिया और गारो जनजातियों को कुछ हद तक छोड़कर। अरुणांचल प्रदेश की कुछ जातियाँ बौद्ध भी हैं। आज इस इलाके में बसी जनजातियों के कई सौ स्वतन्त्र वंश हैं, जिनकी भाषा खासिया समेत कई छोटी जनजातियों का समाज मातृकुलात्मक है या मात्रकुलात्मक के अवशेष देखने को मिलते हैं। कछारी, अहोम, अंगमी सीमा, धांकुल, मेडतेई, लुशेई, हन्नार, कुटी, निपेरा, आदी, इदू, डफला, आपातानी, सिंगको, कोच, मेस, राजवंशी, खासी, गारो, जयन्तियाँ तमाम जनजातियाँ यहाँ के मैदानों और पहाड़ों में बसती हैं। जिनके आर्थिक और सांस्कृतिक स्तर में बहुत-बहुत अन्तर है। स्त्रियों की दशा विभिन्न चरणों पर है। उन पर एक तरह का सरपेटिया बात करना अन्याय है।

ये तमाम लोग भारत के बाहर से आये इसे वे सभी स्वीकार नहीं करते और कुछ अपने को वहीं का मूल बाशिन्दा मानते हैं। यह बात सही है कि तमाम लोग बाहर से आते रहे और उनमें मिलते रहे, कुछ वहाँ से बाहर भी जाते रहे। एक नयी जाति की बाहर पहले से बसी जाति को आगे ठेलती थी और ठेलाती जाति और आगे की जाति को और आगे ठेलती थी, जो भूखण्ड और उड़ीसा तक पहुँच जाती थी।

तमाम मंगोल लोग दार्जिलिंग से लेकर लद्दाख तक बसे हुए हैं और विभिन्न समूहों में सांस्कृतिक स्तर पर ही जीवनयापन कर रहे हैं, अपनी संस्कृति व भाषा के साथ।

जाहिर है कि अधिकांश जनजातियाँ प्रोटो आस्ट्रेलाइड और मंगोल मूल की हैं। कुबेरनाथ राय सभी को निषाद कहकर तीन समूहों में बाँटते हैं—मालव निषाद, (किरात, असम और हिमालय की पहाड़ियों के वासी) द्रविड़ निषाद, और आर्य निषाद।

भारत में जनजातीय समाज एकरूप और एक स्वरूप लिये हुए नहीं है। उसमें विविधता नस्ल और भाषा के आधार पर ही नहीं, अपितु सांस्कृतिक विकास के बिभिन्न चरणों के कारण भी है। इनमें मंगोलाइड की समस्या निग्रोआइडों की समस्या से भिन्न है। पहाड़ पर रहनेवाली जनजातियों की समस्याएँ मैदान में रहनेवाली जनजातियों से भिन्न है। इस प्रकार रहनेवालों से घुमन्तुओं की समस्या भिन्न है। हिन्दू हो गये की समस्याएँ, ईसाई हो गये से भिन्न हैं। मुसलमान हो गये की दोनों से भिन्न है। जो अपना परम्परागत मत बचाकर रखे हैं, उनकी तीनों से भिन्न है। विद्रोही हो गये और मार खाते चले गये की समस्या भिन्न है। अपना विद्रोह स्वयं चलानेवालों की और दूसरे के नेतृत्व में चलनेवालों की समस्याएँ भिन्न हैं।

महात्मा गाँधी ने भी आदिवासियों को गिरिजन यानी पहाड़ पर रहनेवाले लोग कहकर पुकारा। जबकि अनेक मानवविज्ञानी भी इस पर सवाल उठाते हैं कि क्या मैदान में रहनेवालों को मैदानी कहा जाता है? आदिवासियों को आज के आर्य वंशज लोग वनवासी या जंगली कहकर पुकारते हैं। दरअसल इस तरह के नामों के पीछे यह धारणा सक्रिय होती है कि आदिवासी मूलनिवासी हैं या नहीं और आर्य मूल निवासी हैं या बाहर से आये हैं? आदिवासी शब्द यह ध्वनि देता है, यह अर्थ देता है कि जो आदिकाल से मूलनिवासी हैं। आदिवासी शब्द दो शब्दों से मिलकर बना है जिसका अर्थ ही मूल निवासी होता है। जिन्हें जनजातीय रूप में देखा जाता रहा है।

दरअसल आदिवासी या जनजाति (ट्राइब) एक ऐसा सामाजिक समुदाय है जो राज्य के विकास के पूर्व से अस्तित्व में रहा है। जो वस्तुतः आज भी राज्य से बाहर की चीज है। जनजाति आदिवासियों के लिए प्रयुक्त होनेवाला एक वैधानिक पद है। भारत के संविधान में इनके लिए अनुसूचित जनजाति पद का प्रयोग किया गया है और इनके लिए विशेष प्रविधान भी किये गये हैं।

ये आदिवासी मुख्यतया उड़ीसा, मध्यप्रदेश, छत्तीसगढ़, राजस्थान, गुजरात, महाराष्ट्र, आन्ध्र प्रदेश, बिहार, झारखण्ड, पश्चिम बंगाल में अल्पसंख्या में तथा पूर्वोत्तर राज्यों में बहुसंख्यक हैं। भारत सरकार ने इन्हें भारत के संविधान की पाँचवीं अनुसूची में अनुसूचित जनजातियों के रूप में मान्यता दी है। इन्हें अनुसूचित जातियों के साथ ही एक ही श्रेणी में अनुसूचित जातियों और जनजातियों में रखा गया है जो कुछ हद तक एक सकारात्मक कार्य है।

भारत के प्रमुख आदिवासी समुदायों में सन्थाल, गोंड, मुण्डा, खडिया, हो, बोडो, भील, खासी, सहरिया, गरसिया, मीणा, उराँव, बिरहोर आदि पाये जाते हैं।

चन्दा समिति ने ही 1960 में अनुसूचित जनजातियों के अन्तर्गत किसी भी जाति को शामिल करने के लिए कुल पाँच मानक निर्धारित किये थे। पहला भौगोलिक एकीकरण, दूसरा विशिष्ट संस्कृति, तीसरा पिछड़ापन, चौथा संकुचित स्वभाव और पाँचवाँ आदिम जाति के लक्षण।

आज भारत में करीब चार सौ एकसठ जनजातियों की पहचान हो चुकी है। जिसमें से चार सौ चौबीस के करीब तो भारत के सात प्रमुख क्षेत्रों में बँटी हुई है। उत्तरी क्षेत्र में जम्मू कश्मीर, उत्तरांचल, हिमांचल प्रदेश है, जहाँ लेप्चा, भूटिया, थारू, बुक्सा, जानसारी, खाम्पटी, मनोटा रहते हैं। इन सब में मंगोल जाति के लक्षण भी मिलते हैं। जैसे तिरछी छोटी आँखें (चाइनीज तिब्बती), पीला रंग सीधे बाल, चेहरा चौड़ा, चपटी नाक। पूर्वी क्षेत्र की सभी जनजातियाँ प्रायः मंगोलाइड हैं। जैसे दार्जिलिंग व सिक्किम में लेप्चा, अरुणांचल प्रदेश में माटी मिसकी, डफला, असम, मणिपुर में हमर, मणिपुर, त्रिपुरा में बुकी, अरुणांचल प्रदेश में मोनपास, शेरदुक, पेस। पूर्वी क्षेत्र उड़ीसा में मुण्डा, सन्थाल, बिरहोर, हो। सन्थाल भारत की सबसे बड़ी जनजाति है। सन्थालित भाषा को संविधान में भी मान्यता है। पश्चिमी बंगाल में असुर, उराँव, सन्थाल और मुण्डा। पूर्वी क्षेत्रवालों की पहचान है कि उनका रंग काला, चाकलेटी कलर, चौड़ी छाती, लम्बा सिर और चपटी नाक, हल्के घुँघराले बाल। ये सभी प्रोटो आस्ट्रेलाइड प्रजाति से सम्बन्धित हैं। मध्य क्षेत्र में गोंड, वैगा, मारिया, अबूझमाडिया पाये जाते हैं। ये सभी प्रजातियाँ छत्तीसगढ़, मध्यप्रदेश पूर्वी आन्ध्र प्रदेश में पाये जाते हैं। ये सभी प्रोटो आस्ट्रेलाइड प्रजाति से सम्बन्धित हैं। पश्चिमी भारत में गुजरात, राजस्थान, पश्चिमी मध्यप्रदेश, महाराष्ट्र में भील, मीणा, गरासिया, डामोर, सहरिया, कंजर, साँसी, कोरकू जनजाति पायी जाती है। गुजरात में महादेव, काली, वाली, डबला, जनजाति पायी जाती है। दक्षिण में केरल में थोटा, बगारा, टोडा, हरोडा जनजाति में बहुपति प्रथा प्रचलित है। कुरुबा, कादर, चेंचू पुनियान, नायक, चेट्टी आदि जातियाँ नीग्रिटो प्रजाति से सम्बन्धित हैं। आज ये विलुप्त होने के कगार पर हैं।

झारखण्ड, छोटा नागपुर क्षेत्र में महाभारत-काल के बाद असुर जनजाति का प्रभाव बढ़ा। यह जाति सूर्य उपासक थी। छोटा नागपुर में सम्भवतः सूर्यपूजा का प्रचलन इन्हीं के द्वारा हुआ। प्रथम शताब्दी ईस्वी में प्रथम नागवंशी राजा फणिमुकुट राय ने सुतियाम्बे में अपने गढ़ के पास ही सूर्य मन्दिर की स्थापना की थी। असुरों के बाद ईसा पूर्व पाँचवीं शताब्दी में यहाँ मुण्डा जनजाति का पदार्पण हुआ तो सिंगबोला, सूर्यदेव और वृक्षों के पूजक थे। पर्वत, बुरु भी उनके उपास्य थे। असुरों के सम्पर्क में उनमें शिवोपासना और बाद में अन्य देवी देवताओं का पूजन प्रचलित हुआ। कालान्तर में मुण्डा ब्राह्मण पुरोहित भी रखने लगे। सम्भवतः ये शैव ब्राह्मण असुर पुरोहित रहे होंगे। कोनकी ग्राम निवासी युधिष्ठिर दुबे सुताम्बे के मुण्डा राजा मदरा के मन्त्री और पुरोहित थे। मुण्डाओं के रहन-सहन, खान-पान और विवाह, श्राद्ध आदि पर वैष्णव हिन्दुओं का भी धीरे-धीरे प्रभाव पड़ा। वे जनेऊ भी पहनने लगे। फिर पहली शताब्दी तक यहाँ उराँव जनजाति भी आकर रहने लगी। बाद में मुण्डा भी सरहुल पर्व मनाने लगे। उराँव भी धरम का त्योहार या पर्व मनाने लगे। अन्य जनजातियाँ सन्थाल, हो, विरहोड़, गोंड, माल तथा अन्य मुण्डा और उराँव की ही शाखाएँ मानी जाती हैं। नाग जनजातियों के आगमन के बाद इस क्षेत्र में शिव, शक्ति, सूर्य और वैदिक धर्म के देवताओं की भी पूजा तेजी से फैली। आर्य और अनार्य धर्म के संगम से यहाँ नयी एक बृहद् धार्मिक चेतना का विकास सम्भव हुआ। नदियों की पूजा, पत्थर की पूजा, डीह की पूजा और बरम की पूजा तेज गति से पूरे क्षेत्र में फैलती गयी। जनजातीय आस्था के अनुसार हनुमान का जन्म जुमला के निकट अंजन गाँव में माना जाता है। हनुमान की माता अंजना का स्थान गाँव के पश्चिम तीन मील दूर एक गुफा में है। असुरों में नरबलि की प्रथा भी प्रचलित थी। चूँकि ये सभी जनजातियाँ शक्तिपूजक हैं, अतः दूध, पुष्प, नैवेद्य के साथ-साथ बकरे और मुर्गे की बलि भी इनमें प्रचलित हैं। झारखण्ड असुर संस्कृति का एक प्रमुख गढ़ है।

वैसे छत्तीसगढ़ की जनजातीय दृष्टि से बहुत समृद्ध है। यहाँ असुर जनजाति भी पायी जाती है। कहते हैं महाभारत के युद्ध में हथियारों का निर्माण असुरों ने ही किया था। रामायण-काल में तो असुरों को युद्ध करनेवाला कहा गया है। आज छत्तीसगढ़ में असुर जनजाति विकट संकट में है। इनकी आबादी निरन्तर विलुप्ति की ओर है। एक आँकड़े के अनुसार छत्तीसगढ़ में असुरों की जनसंख्या करीब तीन सौ पाँच है। इसे चिन्ता का विषय माना जा सकता है। आज सरकार द्वारा इनके विशेष संरक्षण की आवश्यकता है। इसीलिए इन्हें विशेष संरक्षित जनजाति की श्रेणी में रखा भी गया है। 1872 में जब देश की पहली जनगणना हुई थी तब जिन पन्द्रह जनजातियों को मूल आदिवासी की श्रेणी में रखा गया था, उनमें असुर आदिवासी पहले नम्बर पर थे। छत्तीसगढ़ में अबूझमाडिया, वैगा, बिरहोर, पहाड़ी, कोरवा और मकार कुल पाँच संरक्षित जनजातियाँ हैं। वैगा, हो, संरक्षित जनजाति में शामिल हैं। उन्हें गोंड, मारिया,

रोहला, मुरिया, हिलमडिया, वायसल, हार्ब माडिया के साथ श्रेणीबद्ध किया गया है। लेकिन असुर जनजाति की घटती संख्या चिन्ता का विषय है। असुर अपनी असुरी बोली बोलते हैं। कुडुप या उराँव से भिन्न कुडुद्य बोली के अस्तित्व पर भी खतरा मँडरा रहा है। ये नहीं बचेंगे तो इनकी बोली कैसे सुरक्षित रह सकती है।

आदिवासी समाज वास्तव में एक कबीलाई समाज है। इसमें कबीलाई रीति-रिवाज ही मिलते हैं। कबीलों के धर्म को आत्मावाद की श्रेणी में रखा जाता है। समान भाषा और बोली द्वारा संगठित कबीलाई समूह कबीले के मुखिया द्वारा संचालित होता है। कबीले की अपनी परम्पराएँ और विश्वास होते हैं। कबीलों में पर संस्कृति धारण करने की प्रक्रिया या तो पूर्णरूपेण सम्पन्न हो चुकी होती है या आंशिक रूप में ही सम्पन्न होती है।

देश की कुल जनसंख्या में आदिवासी 8.61 प्रतिशत हैं। प्रजातीय आधार पर भारतीय कबीलों को तीन श्रेणियों में विभाजित किया जाता है। प्रथम श्रेणी में मंगोलीय मूल के नागा, फूफी, गारो तथा असमी कबीले या अल्मोड़ा जिले के भूटिया आदि कबीले आते हैं। दूसरी श्रेणी के अन्तर्गत मुण्डा, सन्थाल, कोरवा, आदि आस्ट्रेलाइड कबीले और तीसरी श्रेणी में विशुद्ध आर्य मूल के निचले हिमालयी खस कबीले या हिन्दू आर्य रक्त की प्रधानता लिये मिश्रित प्रकार के भील आदि कबीले आते हैं।

इन निश्चित भौगोलिक सीमाओं में बसे कबीलों के अलावा नट, भाँट, साँसी, करवाल और कंजर आदि अनेक ऐसे खानाबदोश कबीले हैं जो अपराधी जीवी घोषित थे और उन्हें कठोर नियन्त्रण और कठिन नियमों से ब्रिटिश काल में पेशेवर अपराधी जनजाति अधिनियम द्वारा नियन्त्रित किया गया था जिन्हें देश की आजादी के बाद विमुक्त घुमन्तू घोषित किया गया। अब इन्हें विमुक्त घुमन्तू एवं अर्द्ध घुमन्तू जनजाति कहा जाता है।

इस तरह के सभी कबीलों के देश में कुल जनसंख्या करीब तीन करोड़ है। किन्तु अनेक कबीलों के जातिनाम और जातिगत बदलाव के चलते पिछली जनगणना में संख्या करीब दो करोड ही ठहरी है। पुनर्वास की समस्या को ध्यान में रखकर सांस्कृतिक पदानुसार इन कबीलों को तीन श्रेणियों में विभाजित किया जाता है। सांस्कृतिक दृष्टि से ग्राम्य और नगर समूहों से दूर कबीले यथार्थ में वे हैं जो प्रायः सम्पर्कहीन हैं। नगर संस्कृति से प्रभावित वे कबीले जिनके सम्पर्कों के फलस्वरूप समस्याओं का बीजारोपण हुआ है। ग्राम्य तथा नगर समूहों के सम्पर्क में आये वे कबीले जिनमें ऐसी समस्याएँ या तो रही ही नहीं या सफल परसंस्कृति धारण के कारण अब नहीं है। सांस्कृतिक सम्पर्कों के प्रसंग में भारतीय कबीलों को अनुकूल (अडेप्टिव) और सात्यीकारक (ऐपीमिलेटेड) इन दो श्रेणियों में बाँटा जाता है। अनुकूलक कबीले भी तीन प्रकार के हैं। सहभोजी, सहजीवी और परसंस्कृति धारक। सहभोजियों का अर्थ

पड़ोसी समूहों के साथ समान आर्थिक कार्यों में भाग लेना। सहजीवी शब्द का प्रयोग कबीलों की आर्थिक और सांस्कृतिक आत्मनिर्भरता के अर्थ में किया जा सकता है। परसंस्कृतिधारक का तात्पर्य सांस्कृतिक लक्षणों की एकतरफा स्वीकृति से लिया जाता है। अर्थात् परसंस्कृतिधारक कबीले वे हैं जो अपने पड़ोसी समूहों से रीति-रिवाज ग्रहण करते हैं। इस वर्गीकरण में उन कबीलों की गणना नहीं है जो बाह्य संस्कृतियों के सम्पर्क से बहुत दूर रह गये हैं। भारत में सांस्कृतिक सम्पर्कों का कोई शून्य विन्दु नहीं मिलता। सभी कबीले अपने से उन्नत संस्कृतियों के सम्पर्क में आये और इसके परिणामस्वरूप या तो समयाग्रस्त हो गये या सम्पर्क स्थिति से समायोजन स्थापित कर अपेक्षाकृत सन्तोषप्रद जीवन जीने लगे।

देश के अधिकांश कबीलों का निवास-स्थान जंगल वन हैं। ये सब प्राकृतिक साधनों पर ही निर्भर रहते हैं। कोचीन के वडार, त्रावनकोर के मलमान्तरम, मद्रास के पलियान और वामनाद के पनियन ऐसे ही कुछ कबीले हैं। कुछ कबीलों की अर्थव्यवस्था खाद्य पदार्थों के संचयन और पिछड़ी कृषि के बीच की है। इन कबीलों में प्रमुख मध्यप्रदेश के वैगा, वडार और इसी राज्य में मँडला क्षेत्र के वैगा तथा दक्षिण के विसन पहाडिया के रेड्डी हैं। इन दोनों श्रेणियों के कबीलों पर शासन की वननीति और अधिग्रहण का प्रभाव पड़ा है। भारतीय कबीलों की तीसरी आर्थिक श्रेणी में देश की अधिकांश कबीली जनसंख्या को रखा जाता है। यह श्रेणी उन कबीलों की है जिनके जीवकोपार्जन का मुख्य साधन कृषि है, किन्तु जिन्होंने ऊँटों की निकटता के कारण संचयन व्यवसाय को दूसरे मुख्य धन्धों, के रूप में अपना लिया और पूर्व एवं मध्यभारत में प्रायः सभी कबीले इसी श्रेणी में आते हैं।

अंग्रेजी सरकार ने कबीलाई जनसंख्या के प्रति निर्हस्तक्षेप की नीति अपनाकर उसे अपने भाग्य के भरोसे छोड़ दिया था। लेकिन वर्तमान शासन की नीति सक्रिय हस्तक्षेप की है। यद्यपि भारत सरकार इन कबीलों के प्रति उपादेय और गतिमान नीति अपनाने के लिए कृतसंकल्प और वचनबद्ध है किन्तु यह सफल होना आवश्यक है कि कबीलों का स्तर एक क्षेत्र से दूसरे क्षेत्र से भिन्न हो जाता है और कुशल नीति निर्धारण से पूर्व स्थानीय दशाओं का पूर्ण ज्ञान अपेक्षित है।

इन भारतीय आदिवासी जनजातियों समुदायों के बारे में ब्रिटिश काल के पहले का कोई व्यवस्थित अध्ययन उपलब्ध नहीं है। पौराणिक मिथकीय कथाएँ और धार्मिक ग्रन्थों में उपलब्ध देवासुर संग्राम और महाभारत रामायण के सन्दर्भ में प्रसंगों को छोड़कर इनके ऐतिहासिक सन्दर्भ और उदाहरण नहीं प्राप्त होते कि इनकी उत्पत्ति और विकास का कोई वैज्ञानिक इतिहास जाना जा सके। अतीत में जंगली इलाकों, पहाड़ों में रहते आये इन समुदायों का जीवन नागरिक समाज से अछूता रहा। ये उनके लिए बाहरी ही बने रहे। न इन्हें कभी जोड़ने की कोशिश हुई न ये स्वयं नागरिक समाज से जुड़े। इस तरह एक ओर जब शहरी समाज अपनी नागरिक प्रणाली और प्रशासन

को लगातार विकसित करता रहा। शिक्षा और विज्ञान में तरक्की करता रहा। यह जनजातीय समाज अपने पलायन के बाद अपने जंगल में ही रमता गया और वहीं सन्तुष्ट रहने लगा जब तक कि उनके जीवन में कोई बाहरी हस्तक्षेप नहीं हुआ। एक तरफ जब नागरिक समाज ने अपनी सामाजिक और आर्थिक राजनैतिक समृद्धि हासिल की यह जंगली समाज जंगली का जंगली ही बना रहा। यह पूर्णतया प्रकृति पर निर्भर रहा। प्राकृतिक उपजों को दूसरे गाँवों में बेचकर अपनी जीविका चलाता रहा। चूँकि यह एक तरह से राज्य से बाहर था इसलिए राजकीय रिकार्ड में इन्हें कभी दर्ज ही नहीं किया गया। इस तरह राज्य ने इन्हें कोई श्रेणी नहीं दी। ये राज्य रिकार्ड में कभी भी भूस्वामी या भूमिघर दर्ज ही नहीं किये गये। इनकी कभी कोई जनगणना भी नहीं की गयी। इनके हालात को सुधारने के विषय में भी कभी नहीं सोचा गया। वस्तुतः जंगल, पहाड़ और उसकी सम्पत्ति सभी उनकी ही थी। इस पर जनजातीय आदिवासियों का अलिखिल एकाधिकार और स्वामित्व रहा। लेकिन जब राज्य ने स्वयं को जंगल, पहाड़ का स्वयं को स्वामी घोषित कर लिया तब संकट उत्पन्न हुआ। राज्य में जब तक उनके जीवन में हस्तक्षेप नहीं किया तब तक ठीक रहा किन्तु जैसे ही राज्य का उद्योग, व्यापार और कल कारखानों के लिए जंगल पहाड़ पर अधिग्रहण करना शुरू किया इन्हें बेदखल करना शुरू किया तब इस हस्तक्षेप से जनजातीय जीवन बुरी तरह प्रभावित हुआ। और इस तरह उन्हें संघर्ष के लिए बाध्य होना पड़ा। इनके शान्तिपूर्ण जीवन में उथल-पुथल मच गयी। इनकी स्वतन्त्रता बाधित हो गयी। यह उथल-पुथल अंग्रेजी शासन के बाद के वर्षों में प्रारम्भ हुई और यह आज तक चल रही है। अंग्रेज भी जब इनके इलाके में नील की खेती और विकास कार्य के लिए इनके इलाकों में कब्जा करने लगे तब उन्हें इनके भयानक प्रतिरोध का सामना करना पड़ा। भयानक जनजातीय विद्रोह हुए क्योंकि अब तक ये स्वतन्त्र थे और अपने-अपने इलाके में इनका एक कबीलाई शासन चलता था क्योंकि ये राज्य के अधीन नहीं थे।

देश के आजाद होने के बाद कबीलाई अंचलों में मिल, कारखानों, सड़कें रेलवे लाइनों के कार्यों के निमित्त अधिग्रहण की नीति चालू रही। इनके संसाधनों पर राज्य का कब्जा होता रहा और वही नीति आज भी जारी है। सरकार इनकों विस्थापित तो करती रही किन्तु इनके पुनर्वास की व्यवस्था नहीं की, इनके रोजी-रोजगार की व्यवस्था नहीं की, इसी से आज भी सरकार का और इनका संघर्ष जारी है। अब उसका स्वरूप बदल चुका है। यद्यपि भारतीय संविधान में जनजातियों के संरक्षण की समुचित व्यवस्था की गयी है किन्तु उस पर सार्थक पहल अभी तक नहीं हुई है।

भारत के सर्वोच्च न्यायालय ने 11 जुलाई, 1997 के निर्णय में साफ कहा कि—'संविधान की मन्शा है कि अनुसूचित क्षेत्रों की जमीन हमेशा आदिवासियों की बनी रहे अन्यथा इन क्षेत्रों की शान्ति भंग होगी।''

आदिवासी जनजातियों के विषय में उच्चतम न्यायालय ने 3 जनवरी 2011 के एक महत्त्वपूर्ण फैसले में भी कहा कि—"यह दुर्भाग्यपूर्ण है कि आज आदिवासी जो कि सम्भवतया भारत के मूलनिवासियों के वंशज हैं अब देश की कुल आबादी के आठ प्रतिशत बचे हैं। वे एक तरफ गरीबी, निरक्षरता, बेरोजगारी, बीमारियों और भूमिहीनता से ग्रस्त हैं, वहीं दूसरी तरफ भारत की बहुसंख्यक जनसंख्या जो कि विभिन्न अप्रवासी जातियों की वंशज है, उनके साथ भेदभावपूर्ण व्यवहार करती है।"

भील आदिवासी महिला नन्दाबाई के उत्पीड़न के मामले में उच्चतम न्यायालय ने अपना ऐतिहासिक निर्णय देते हुए कहा कि—"भारत की असली मूल निवासी कौन हैं? द्राविड़ या उनके पहले से रह रहे आदिवासी? सारी बहसों को सामने रखते हुए 'दी कैम्ब्रिज हिस्ट्री आफ इण्डिया (भाग एक) के माध्यम से यही साबित किया गया कि द्रविड़ों से पहले भी यहाँ के आदिवासी रहते थे और वर्तमान मुण्डा, भील आदि उनके ही वंशज हैं। इस फैसले में 'वर्ल्ड डायरेक्टरी आफ माइनोरिटीज एण्ड इण्डीजीनस पीपुल', भारत आदिवासी गूगल लेख का जिक्र करते हुए बताया गया कि—शौर्य के धनी भीलों को सत्रहवी सदी में निर्दयतापूर्वक कुचला गया। इनको अपराधी के रूप में पकड़कर मार दिया जाता था। इनका सफाया करने की भरपूर कोशिश की गयी। कुछ भील यहाँ-वहाँ जंगलों और कन्दराओं में छिप गये।"

उच्चतम न्यायालय के इस फैसले में विभिन्न प्रजातियों के बाहर से भारत में आने के सिलसिले का सन्दर्भ दिया गया जिनके दबाव में मूल निवासियों को अपनी भाषा और संस्कृति से समझौता करना पड़ा। इसके वावजूद मुण्डारी जैसी भाषाएँ सबसे प्राचीन सिद्ध होती हैं।

उच्चतम न्यायालय के इस निर्णय में उपेक्षित, वंचित आदिवासी जनजातीय समुदाय के उत्थान के लिए भारत के संविधान में किये गये प्रावधानों का भी जिक्र किया गया कि—'ऐतिहासिक रूप से वंचित तबकों को जो विशेष सुरक्षा और अवसर दिये जाने चाहिए, ताकि वे खुद को ऊपर उठा सकें। उनके लिए भारत के संविधान के अनुच्छेद 15 (4) 15 (5) 16 (4-ए) 46 आदि में विशेष व्यवस्था की गयी है। 'चूँकि आदिवासी यहाँ के मूल निवासियों के वंशज हैं, इसलिए उन्हें पर्याप्त सम्मान दिया जाना चाहिए। फैसले में एकलव्य की कहानी को भी रेखांकित करते हुए फैसले के विन्दु क्रम संख्या 38 के तहत लिखा गया कि—"यह द्रोणाचार्य की ओर से एक शर्मनाक कार्य था, जबकि उन्होंने एकलव्य को सिखाया भी नहीं था फिर भी जिस आधार पर गुरुदक्षिणा माँग ली और वह भी उसके दाएँ हाथ का अँगूठा जिससे कि वह उनके शिष्य अर्जुन से श्रेष्ठ धनुर्धर न बन सके।"

उच्चतम न्यायालय के इस फैसले में जनजातीय आदिवासियों के विषय में कहा गया कि—'ये सामान्यतया अन्य नागरिकों से ईमानदार और चरित्रवान् होते हैं यही समय है कि इस इतिहास में उनके साथ हुए अन्याय को दुरुस्त करें।"

दरअसल नन्दाबाई केस के बहाने भारत के सर्वोच्च न्यायालय ने आदिवासियों से सम्बन्धित अनेक पक्षों को रेखांकित करते हुए व्यवस्था को आगाह किया कि अगर आदिवासियों की अस्मिता और उनके उत्थान को प्राथमिकता के आधार पर नहीं लिया गया तो देश के लिए शर्मनाक होगा। यह निर्णय आदिवासियों के कल्याण के लिए मील का पत्थर साबित होना चाहिए और वह भी उस समय जब देश की करीब चालीस प्रतिशत प्राकृतिक सम्पदा की रक्षा आदिवासी जन ही सदियों से करते रहे हैं। और आज उस सम्पदा को देशी-विदेशी कम्पनियों द्वारा छीनने की पूरी कोशिश सरकारी अधिग्रहण की नीति के द्वारा की जा रही है। इसे रोकना इसलिए भी जरूरी है क्योंकि आदिवासी जनजातियों का हित केवल आदिवासी समुदाय का ही हित नहीं है बल्कि यह समूचे देश और समूचे समाज के हित का मुद्दा भी है, जिस पर गम्भीरता से विचार करने का समय है। आजादी के वर्षों बाद भी आदिवासी समुदाय का जीवन आजतक नहीं बदला इनका जीवन स्तर आज तक नहीं सुधर सका यह चिन्ता का विषय है। जिस स्वतन्त्रता के लिए वे विद्रोही रूप अख्तियार कर रहे हैं वह देश के लिए संकट का विषय है। शासन और सरकार के द्वारा उनकी उपेक्षा और दमननीति ही वास्तव में नक्सलवाद या माओवादी संघर्ष के लिए जिम्मेदार है। उन्हें अपने हक से मतलब है यदि कोई विचारधारा इनके लिए उनका साथ देती है तो ये भोले-भाले लोग सहज ही उसके साथ हो लेते हैं। वे परिणाम के बारे में कुछ भी नहीं सोचते। इतनी उनको समझ ही नहीं है। जबकि सरकार उनकी मूल समस्या की ओर ध्यान न देकर उन्हें कानून व्यवस्था का प्रश्न मानती है और उनका बलपूर्वक दमन करती है।

इस सम्बन्ध में विद्वान् एल्विन वेरियर का कथन सटीक लगता है कि केवल स्वतन्त्रता के बारे में आदिवासी समाज का उत्थान सम्भव नहीं है, यह तभी सम्भव होगा जब सरकारी कार्यक्रम उन पर बाहर से लादे नहीं जाये बल्कि उनके द्वारा आत्मसात करने के साथ उनका क्रियान्वयन किया जाये।''

विमुक्त, घुमन्तू एवं अर्द्ध घुमन्तू जनजातियाँ

जनजातियों का एक वर्ग पूरी तरह से कबीलाई और जंगली वनवासी न होकर अर्द्धकबीलाई है जो घुमन्तू जीवन जीता है और जिनकी जीविका का आधार नागरिक समाज रहा है। यह नागरिक समाज की उन वस्तुओं की आपूर्ति करता रहा है जो वनोपज थी। ये नागरिक समाज का मनोरंजन तथा उनकी अनेक तरह की जरूरतों की पूर्ति करती रही है। इनकी स्थिति आज बहुत बदतर है। आज तो ये घुमन्तू अर्द्ध घुमन्तू विमुक्त जनजातियाँ अनुसूचित जातियों और अनुसूचित जनजातियों से भी गयी, गुजरी हैं, कारण कि इनकी स्पष्ट परिभाषा नहीं है। इन्हें न तो अनुसूचित जाति का लाभ मिलता है न तो अनुसूचित जनजाति का। अनन्त काल से इनके जीवन में स्थायित्व नहीं रहा। ये बनजारे यायावर घुमन्तू अपने आपमें स्वतन्त्र रहे और किसी बाहरी धर्म समाज के प्रभाव में बहुत कम ही आये। ये घुमन्तू कबीले कभी स्थायी रूप से जंगलों, पहाड़ों में भी नहीं रहे। इनका प्राचीन पेशा जंगलों, पहाड़ों से वनोपज एवं खनिज तथा खनिज निर्मित वस्तुएँ, दैनिक जीवन के प्रयोग की वस्तुएँ चाकू, तलवार, खेतों के लिए हल, खुर्पी, गँड़ासा, फरसा, कुल्हाड़ी आदि बनाना और बेचना था। एक स्थान से वस्तुओं को लेकर दूसरे स्थान में पहुँचाना रहा है। ये चरवाहे भी थे और पशुओं से प्राप्त ऊन, दूध आदि पदार्थ पैदा करते और बेचते थे। कुछ घुमन्तू बंजारों का काम पशुओं पर नमक और मुल्तानी मिट्टी आदि माल को ढोने का काम करते थे। गाड़िया लोहार नगर-नगर, गाँव-गाँव जाकर औजार बनाते और बेचने का काम करते थे। कुछ घुमन्तू जंगली जड़ी बूटियाँ और ओषधि बेचने का पेशा करते थे। लोगों के असाध्य रोगों का इलाज करते थे। नट घुमन्तू जनजाति के लोगों का मुख्य पेशा नृत्य करतब दिखाकर लोगों का मनोरंजन करना था। कालबेलिया, सँपेरा साँपों भालू, बन्दर, नेवले का खेल दिखाते थे। भोपा आदि जनजातीय, पुरोहित वर्ग था जो स्थानीय देवी, देवताओं के आख्यान सुनाते थे पूजा बलि, कर्मकाण्ड कराते थे। भडरी आदि शगुन बताते थे। और लोकज्योतिष से लोगों को भविष्य बताते थे। भोपा पोपा आदि भूत-प्रेत बाधा दूर करते थे। ओझा सोखा, इसी में थे। सरलीकर हथियारों में धार लगाते

थे। सिंगीवाल हिरन के टूटे सींग से इलाज करते थे। प्राकृतिक चिकित्सा करते थे। कुचवन्दा मिट्टी के खिलौने बनाते थे। कलन्दर भालुओं और बन्दर का खेल दिखाते थे। कोठ नगर बनाने और जमीन को समतल करने का काम करते थे। जागा कई पीढ़ियों का व्यौरा रखते थे और जजमानी करते थे। बहुरूपिया और बाजीगर हाथ की सफाई दिखाकर जादूगरी से मनोरंजन करते थे। भड्डर, भडरी डाकोत, डाकोता डाकोचिया, भटरी फलित ज्योतिष शकुन विचार, दिशाशूल, ग्रहशान्ति, शनिदान, भूतप्रेत पिशाच बाधा दूर करते थे और भविष्यफल बताते थे। देश परदेश में भटकने के कारण इन्हें देशान्तरी भी कहा जाता था। ये जमीन के नीचे मूल्यवान् खानिज के होने का अनुमान भी लगाते थे। गड़ा धन खोजने का काम करते थे। कुछ जनजातियाँ शिलाजीत, हिरण की नाभि बेचती थी, बारहसिंहा का सींग आदि बेचती थी।

इन घुमन्तू अर्द्ध-घुमन्तू जनजातियों का जीवन शान्तिपूर्ण था और ये अपने व्यवसाय से सन्तुष्ट जीवन जीते थे। ये अपनी-अपनी विधा के जानकार थे और इनकी बड़ी उपयोगिता थी। शहरी समाज को वनोपज उपलब्ध करानेवाले यही थे। ये एक तरह के आदिम व्यापारी, निर्माता, कारीगर, वैद्य और ज्योतिषी थे। घुमन्तू जनजाति के ये लोग शहरी समाज और जंगली समाज के बीच सेतु की तरह थे। ये जंगली समुदाय से उनकी बनोपज लेकर बढ़े मूल्य पर शहरी तथा ग्रामीण समाज को बेचते थे। व्यापारी की तरह इनका काम था। ये कच्चे अयस्क से लोहा बनाकर और लोहे से औजार बनाकर भी बेचते थे। राज्य के लिए भी हथियार का निर्माण यही करते थे। लेकिन इनका जीवन कभी स्थायी नहीं होता था। और ये निरन्तर घूमते रहते थे इसीलिए घुमन्तू कहे जाते थे। किन्तु इनकी मूल नस्ल जनजातीय या अर्द्ध जनजातीय थी। इनका यह कार्य आज तक जारी है। ये भी राज्य के बाहर के लोग थे इसलिए राज्य की सूची में नागरिक के रूप में इनका भी नाम कहीं दर्ज नहीं हुआ। ये नगर और गाँव के बाहर ही डेरा डालकर रहते थे और उनकी जरूरतें पूरी करते थे। ये कभी भूमिधर नहीं रहे। आज भी ये बेघर घुमन्तू हैं। आज भी इनमें अधिकांश न तो मतदाता बन पाये हैं न ही इनका कोई आधार कार्ड बन पाया है। कारण कि इनका कोई स्थायी पता ही नहीं रहा। ये सत्ता बनाने-बिगाड़ने से हमेशा दूर रहे और अपने-अपने पैतृक पारम्परिक व्यापार, कार्य, कारीगरी में लगे रहे। जिसे भी जरूरत पड़ी उसे इन्होंने सहयोग दिया। ये पूर्व वैदिक काल से लेकर आधुनिक काल तक एक ही तरह की भूमिका और एक ही तरह के कार्य में लगे रहे और एक ही तरह का घुमन्तू जीवन जीते रहे। ये भी भारत के आदिवासी और मूल निवासी थे। अति प्राचीन काल यानी मोंहन जोदाड़ो और हड़प्पा के व्यापारियों के वंशज यही थे जो देश-विदेश में व्यापार करते थे।

भले ही ये घुमन्तू अर्द्ध घुमन्तू जनजातियाँ राज्य के लिए बाहरी समुदाय थे किन्तु ये सभ्य समाज की जरूरतों को पूरा करनेवाले थे। इसीलिए शहर और गाँव में इन्हें निवास करने की इजाजत तो नहीं थी किन्तु इनके आने-जाने पर कोई प्रतिबन्ध नहीं

था और किसी भी काल में नहीं था। ये गाँव और शहर के बाहर डेरा भी डाल सकते थे।

लेकिन अंग्रेजी शासनकाल में इनके जीवन में भयंकर परिवर्तन आया। 1857 के विद्रोह में जब कई जनजातियों ने अंग्रेजों के विरुद्ध भयंकर विद्रोह कर दिया और तमाम अंग्रेजों को मौत के घाट उतार दिया तब अंग्रेजों ने उनका अमानवीय ढंग से न केवल दमन किया बल्कि 1871 में भारत की सभी घुमन्तू जनजातियों को भी आपराधिक जनजाति घोषित कर दिया। इन्हें पैदाइशी अपराधी कहा गया। अंग्रेजों ने इनका अन्त करने की ठान ली और बड़ी संख्या में इनकी हत्या की गयी। इन्हें पकड़कर सेटेलमेण्ट हाउस में सुधारने के नाम पर बन्दी बना दिया गया। भारत की आजादी के समय जब भारत के सभी लोग आजाद हो गये ये आजाद नहीं किये गये। बाद में 1952 में देश के प्राधानमन्त्री पं. जवाहरलाल नेहरू ने इन्हें अपराधी जनजाति से मुक्त किया और तबसे इनका नाम विमुक्त घुमन्तू एवं अर्द्ध घुमन्तू जनजाति पड़ा। इन समुदायों को विमुक्त का दर्जा दिया गया जो क्रिमिनल ट्राइब एक्ट के तहत अपराधी जाति घोषित थे। इनमें लगभग दो सौ जनजातियाँ शामिल थी। लेकिन बाद में भी इन्हें अपराधी जनजाति ही समझा जाता रहा। उन पर लगा अपराधी जनजाति का कलंक कभी नहीं मिटा।

इधर स्वतन्त्र भारत के बदले सरकारी नियमों और कायदों ने भी इनका अधिकार व्यापार सब-कुछ छीन लिया। दवाओं के चमत्कारिक उपचार (आपत्तिजनक विज्ञापन) अधिनियम के लागू होने से प्राकृतिक चिकित्सा करनेवाले घुमन्तुओं को बेरोजगार कर दिया। वन अधिनियम, वन्यजीव संरक्षण अधिनियम आदि ने एक तरह से इन्हें पुनः अपराधी बनने पर मजबूर कर दिया क्योंकि वन और वन्य जीवन तथा प्राकृतिक चिकित्सा इनके पेशे के आधार थे। यह पारम्परिक पेशा करना भी अपराध हो गया। शिकार अपराध हो गया, जानवर पकड़ना अपराध हो गया। जानवरों प क्रूरता अधिनियम से ये जानवरों का खेल तमाशा दिखानेवाले लोग बेरोजगार हो गये। मेडिकल प्रेक्टिसनर एक्ट ने सिंगीवाल जैसे समुदाय की चिकित्सा पद्धति को ही अपराध बना दिया। भिक्षावृत्ति निवारण अधिनियम के अन्तर्गत आनेवाली भविष्य बताकर भिक्षावृत्ति करनेवाली जातियों को अपराधी बना दिया।

भारत सरकार द्वारा इतने सारे अधिनियम बनाकर जल, जंगल और जमीन और इनके पैतृक कार्य व्यापार से इन्हें महरूम तो कर दिया गया किन्तु इनके पुनर्वास और रोजगार का विकल्प नहीं दिया गया। पुनर्वास की व्यवस्था नहीं की गयी।

यद्यपि इन घुमन्तू जनजातियों को अपराधी जाति से विमुक्त तो कर दिया गया किन्तु इतने कानूनों ने इन्हें अपराध से मुक्त नहीं किया। दरअसल अब इनका हर पारम्परिक काम अपराध की श्रेणी में ही आ गया। भले ही इन्हें सरकार द्वारा अपराधी

से विमुक्त घोषित कर दिया गया लेकिन इनकी जीविका के हर काम को अपराध घोषित कर दिया गया।

दूसरे अंग्रेजी क्रिमिनल ट्राइब एक्ट तो समाप्त कर दिया गया किन्तु एक नया एक्ट हैवीच्युवल अफेण्डर एक्ट 1959 बना दिया गया जिसमें यही जनजातियाँ शामिल की गयीं। आज भी विमुक्त और घुमन्तू जनजातियों के खिलाफ पुलिस दण्ड प्रक्रिया संहिता की धारा 42 का प्रयोग करती है। यह धारा पुलिस को ऐसे व्यक्ति को बिना वारण्ट गिरफ्तार करने की शक्ति देती है जो अपनी सही पहचान और अपने स्थायी पते का प्रमाण न दे सके। अब बेघर घुमन्तू का क्या स्थायी पता होगा वह कहाँ से और कैसे अपने निवास का प्रमाण दे सकता है। सरकारी रिकार्ड में न तो इनका कोई नाम पता होता है न पहचान-पत्र। भूमिहीन, गृहविहीन घुमन्तुओं का तो कोई पता होता नहीं। यही कारण है कि इनका मतदाता पत्र और राशन कार्ड भी नहीं बना होता। इन्हें शासन का कोई लाभ भी नहीं मिल पाता। इसीलिए जब कोई आपराधिक घटना घटती है पुलिस इन्हें ही इनके डेरों से पकड़कर गिरफ्तार कर लेती है।

स्थिति यह है कि आज अनुसूचित जाति अनुसूचित जनजाति, अन्य पिछड़े वर्ग और धार्मिक अल्पसंख्यकों के हो-हल्ले के दौर में इन विमुक्त घुमन्तू एवं अर्द्धघुमन्तू जनजातियों की पीड़ा की कहीं कोई चर्चा ही नहीं होती। बहुतों को तो मालूम ही नहीं कि कोई विमुक्त घुमन्तू एवं अर्द्ध घुमन्तू जनजाति भी होती है।

यद्यपि विमुक्त घुमन्तू एवं अर्द्ध घुमन्तू जनजातियों को भी आरक्षित वर्ग में सरकार ने डाल रखा है किन्तु इनके आरक्षण में तमाम विसंगतियाँ हैं। इनमें के कुछ अनुसूचित जाति में, कुछ अनुसूचित जनजाति में तथा कुछ पिछड़े वर्ग में शामिल की गयी है किन्तु तमाम अभी भी किसी आरक्षित वर्ग में न होकर सामान्य जाति में ही हैं। एक ही वर्ग कही आरक्षित है कहीं नहीं है। कुछ केवल विमुक्त घुमन्तू अर्द्ध घुमन्तू में है जिन्हें पढाई आदि में तो आरक्षण है किन्तु नौकरी आदि में नहीं। एक ही विमुक्त जनजाति के लोग किसी राज्य में आरक्षण में हैं, किन्हीं राज्यों में नहीं। अनेक राज्यों में इनमें अधिकांश को पिछड़े वर्ग में डाल दिया गया है जबकि इनकी केटेगरी जनजाति के समकक्ष है अतः ये अनुसूचित जनजाति के बराबर आरक्षण के अधिकारी हैं किन्तु ऐसा नहीं है। जबकि उच्चन्यायलय आदेश से स्पष्ट है कि विमुक्त जातियों अनुसूचित जनजातियों में समझी जायेगी (**AIR** 1983, 230 (232)

विमुक्त घोषित जनजातियाँ भी जनजातियाँ ही हैं बस ये विमुक्त, घुमन्तू एवं अर्द्ध घुमन्तू घोषित जनजातियाँ भारत की अनुसूचित जातियों और अनुसूचित जनजातियों से कुछ हद तक केवल इस मामले में भिन्न है कि वे सब ऐतिहासिक रूप से एक जगह से न रहकर लगातार घूमनेवाली जनजातियाँ हैं। ये सब खुले स्थानों, मैदानों, बागों, आदि में डेरा डालकर, पशुपालन, पशुचिकित्सा, प्राकृतिक चिकित्सा, नाचगाना,

करतब, जड़ी-बूटी का धन्धा, कुश्ती और लाठी सिखाने, फलित ज्योतिष, शकुन विचार, मौसम की भविष्यवाणी, औजार निर्माण का कार्य सदियों से करती आयी हैं। ये ही सदियों से कृषि और घरेलू औजार बनाकर किसानों को देते रहे हैं। नन्दी बैलवाले, मेढंगी जोशी भारत की भारत की कृषि संस्कृति से रिश्ता रखनेवाली जनजातियाँ हैं। इनका मौसम का पूर्वानुमान, उपज और वर्षा सूखा के बारे में पूर्वानुमान आज भी सटीक होता है। भडरी, भटरी, भठरी, डाकोत, डाक, जोशी देशान्तरी कृषि संस्कृति को मजबूती देनेवाली और प्राकृतिक अनुसन्धान करनेवाली जनजातियाँ हैं। इन विमुक्त घुमन्तू अर्द्ध घुमन्तू जनजातियों में आज कइयों ने सभ्य समाज से निकट सम्बन्ध बढ़ जाने और मेल-मिलाप के बढ़ जाने से खुद को अपने अपने कार्यों के अनुरूप वर्णव्यवस्थावाले समाज में खुद का हिन्दूकरण कर लिया है और सम्मान पाने के लिए खुद को ब्राह्मण, क्षत्रिय, वैश्य बताने लगे हैं कुछ वैसा आचरण भी करते हैं। किन्तु जनजातीय चरित्र और स्वभाव तथा रीति-रिवाज से अभी मुक्त नहीं हो सके हैं इसलिए अपनी घोषणा के बावजूद कभी विश्वसनीय नहीं लगते। जैसे जोशी भड्डरी डाकोत खुद को ब्राह्मण जरूर बताते हैं किन्तु अशिक्षा गरीबी और भिक्षावृत्ति के चलते कभी ब्राह्मण जैसे गुणों कर्मों से युक्त नहीं दिखते। जैसे गाडिया लोहार खुद को क्षत्रिय बताते हैं किन्तु क्षत्रिय समाज इन्हें कभी स्वीकार नहीं करते हैं। दरअसल इन स्वघोषित ब्राह्मण क्षत्रिय वैश्य को वास्तविक ब्राह्मण क्षत्रिय वैश्य कभी अपना स्वीकार नहीं करते। ये इन्हें शूद्रवत् ही समझते हैं और अधिक-से-अधिक वर्णसंकर जाति मानते हैं। अपनी असलियत को छिपाकर और वर्णव्यवस्था से सम्बन्धित पहचान बताकर इनमें से तमाम आज वर्णव्यवस्थाा में घुल-मिल भी चुके हैं किन्तु वे नीचे तबके के ही माने जाते हैं।

इन जनजातियों में बहुरूपिया मनोरंजन करते हैं। पारधी, टकारी, मामटे, रामोशी कुछ लड़ाकू जनजातियाँ भी हैं। इन्हें अंग्रेजों ने जन्मजात अपराधी माना था और ये कर्म से क्षत्रिय जैसी ही थी।

आज भारत में करीब पन्द्रह करोड़ ऐसी विमुक्त घुमन्तू एवं अर्द्ध घुमन्तू जनजातियों के होने का अनुमान लगाया जाता है जिनमें पन्द्रह सौ तो ऐसी जनजातियाँ हैं जो अब तक प्रमाणपत्र से वंचित ही हैं।

आज भी इन विमुक्त घुमन्तू और अर्द्ध घुमन्तू जनजातियों के साथ जो सुलूक होता है जैसा मानवाधिकार का उल्लंघन होता है जैसी अमानवीयता होती है उसकी सच्चाई दिल दहला देनेवाली हैं। इन्हें लुटेरा अपराधी समझकर जब तब पीट-पीटकर मार दिया जाता है। पुलिस जब-तब इनको पकड़कर इनकाउण्टर दिखा देती है।

आजादी के बाद सरकारी रिकार्ड में घुमन्तू जनजातियाँ यद्यपि अपराधी जनजातियाँ नहीं हैं लेकिन निरस्त हुए क्रिमिनल ट्राइब एक्ट की काली छाया इनपर आज भी रहती है और ये सब अपराधी समुदाय के ही समझे जाते हैं। दूसरे 1952 के नये कानून

हैवीचुअल अफेण्डर्स एक्ट में इन्हीं को शामिल कर लेने से ये आज भी अपराधी ही माने जाते हैं। यदि पुराना पेशेवर गुनाहगार कानून देखे और नया आभ्यासिक अपराधियों के लिए बना कानून देखे तो दोनों में ही बड़ी समानता दिखती है। ये कानून कहने को तो उन लोगों के लिए हैं जो कानून तोड़ते हैं लेकिन सच्चाई यह है कि इस कानून का बेवजह इस्तेमाल इन घुमन्तू जनजातीय समुदायों के खिलाफ आज तक किया जाता है, जिन पर अपराधी कानून लागू था। उनपर गुनाहपूर्ण तैयारी के लिए आज भी धारा 399 लगायी जाती है। पुलिस पारधियों जैसी घुमन्तू जनजाति को जब कभी भैंसे के साथ जाते देखती है तो पकड़कर जेल में डाल देती है क्योंकि मान्यता है कि पारधी किसी अपराध को अंजाम देने से पहले भैस की बलि देकर भोग करते हैं। इसके बाद ही गुनाह करते हैं। तो उनका भैस के साथ मिलना अपराध की पूर्व तैयारी माना जाता है।

भारतवासी देश की आजादी 15 अगस्त, 1947 मानते हैं किन्तु ये विमुक्त घुमन्तू अर्द्धघुमन्तू लोग अपनी आजादी 31 अगस्त, 1952 को मानते हैं क्योंकि उसी दिन ये अपराधी जनजाति से विमुक्त जनजाति घोषित हुए थे। देश जब 15 अगस्त खुली हवा में साँस लेने लगा था तब भी इन्हें दिन में तीन-चार बार थाने में हाजिरी लगानी पड़ती थी। ऐसा न करने पर पुलिस उन्हें प्रताणित करती थी। आजाद भारत में इस जुल्म के खिलाफ लम्बी लड़ाई इन्होंने लड़ी तब जाके 1952 में अंग्रेजों द्वारा बनाये गये पेशेवर अपराधी कानून को निरस्त किया गया और इन्हें थाने में हाजिरी से छूट मिली और ये विमुक्त घोषित हो गये।

भारत में वर्तमान में विमुक्त घुमन्तू एवं अर्द्ध घुमन्तू जनजाति के करीब 192 कबीले हैं और इनकी कुल जनसंख्या करीब तीस करोड़ है। हरियाणा में करीब साढ़े सात प्रतिशत आबादी इन्हीं की है। इनमें साँसी, बाबरिया, भाट, नट, भेडकट और किकर आदि शामिल हैं। मध्यप्रदेश में भील, चेंचू, गोंड, घोड़ा, लम्हाड़ी, मुंगली नायक तथा असम में बोसे, कचारी, किकर, काबी, ललुग, राका, दिकाशा, हमर, बिरहोर, बंजारा, कालबेलिया, खौरुआ, गडरिया, नट, गाडिया लुआर आदि हैं। इन्हें नरेगा, बी.पी.एल. का लाभ भी नहीं मिल पाता क्योंकि इन भूमिहीन गृहविहीन घुमन्तू लोगों के पास अपना कोई स्वस्थ निवास प्रमाण-पत्र नहीं होता। जबकि फिंगर प्रिंट के आधार पर इनका मतदाता पहचान-पत्र और आधार कार्ड जहाँ का ये चाहे सरकार बनाकर इनकी मदद कर सकती है। अँगूठा, फिंगर प्रिण्ट और रेटीना की पहचान के आधार पर इनकी पहचान स्थायी हो सकती है। दुर्भाग्य है कि शिक्षा का अधिकार कानून लागू होने के बावजूद इनके बच्चों को शिक्षा नहीं मिलती। इन्हें सरकारी आवास और भूमिहीन का पट्टा भी नहीं मिलता। इन्हें पहचान-पत्र देकर इनको मुख्यधारा में शामिल किया जा सकता है।

यद्यपि आज इन सभी विमुक्त घुमन्तू और अर्द्धघुमन्तू जनजातियों की स्थिति एक जैसी नहीं रह गयी है। इनमें से कई ने सभ्य समाज से निरन्तर सम्पर्क के कारण अपने को कुछ बदला है और कुछ स्थायी जीवन भी चुन लिया है। कुछ का काफी हद तक हिन्दूकरण हो चुका है। वे बाहर से जनजाति न होकर वर्णव्यवस्था के कोई अंग की तरह नजर आते हैं और अपनी मूल पहचान को लगातार छिपाकर रखते हैं। इन्हीं में एक घुमन्तू भड्डुरी जनजाति है जो आर्य मिश्रित मूल की है। गरोड़ा जाति है। झारखण्ड में रहनेवाली बिरहोर जनजाति है। लेकिन जशपुर छत्तीसगढ़ के जंगलों में रहनेवाली बिरहोर जनजाति अभी भी घुमन्तू ही है। ये झूम खेती भी करते हैं। मल्लाह और मुसहर भी एक तरह की मूलतः घुमन्तू जनजातियाँ ही हैं। ये कुछ दोना पत्तल बनाते हैं। मूस खाते हैं। मूस के बिलों से अनाज निकालकर खाते हैं। तमाम भीख माँगते हैं। कुछ मछली पकड़ते हैं। कंजर भाट की तरह इनमें भी तमाम बस अड्डों, रेलवे स्टेशनों के आस-पास डेरा डालकर रहते हैं। अशिक्षित हैं बेरोजगार हैं।

आज भी घुमन्तू जनजाति में शामिल कई जनजातियाँ पशुपालन का काम करती हैं। राजस्थान की रूखी आबोहवा में यह इनका सबसे सुरक्षित धन्धा है। इसमें दूध और ऊन की पैदावार निश्चित रहती है। बारिश अच्छी हो तो ये पच्चीस तीस किलोमीटर व्यास के क्षेत्र में पशु चराते हैं। लेकिन सूखे के दिनों में कई परिवार के समूह बनाकर मध्यप्रदेश, मालवा, राजस्थान और उत्तरप्रदेश में कोटा, आगरा, हाथरथ, अलीगढ़ तक चले जाते हैं।

राजस्थान के सूखे इलाके की घुमन्तू जनजातियाँ चार तरह की जीविकाएँ अपनाती हैं। राइका, सिन्धी, पडिहार, विलोच आदि चराई का काम करते हैं। बंजारा, घटवाल, जोगी, गडरिया, व्यापार करते हैं। गाडिया लोहार, साँसी, सत्तिया धातु के कुटीर उद्योग करते हैं। नट कालबेलिया, जोगी आदि कला की परम्परा को बढ़ाते हुए करतब आदि दिखाते हैं, संगीत सुनाते हैं।

आजकल इन चरवाहा जनजाति की स्थिति संकट में है। क्योंकि पहले किसान खेतों में इनके मवेशी बैठवाते थे। खाद के लिए और इन्हें कुछ पैसा भी देते थे किन्तु अब उर्बरक के इस्तेमाल के कारण इनकी जरूरत किसान को नहीं पड़ती। फैब्रिक कपड़ों के चलन के कारण अब ऊन का मूल्य भी घट चुका है। औजार और घरेलू उपकरण बनानेवाले घुमन्तू बंजारों का काम भी चौपट हो चुका है क्योंकि लोग अब आधुनिक यन्त्रों तथा उपकरणों को पसन्द करते हैं। मनोरंजन करनेवाले नटों की जीविका पर भी संकट है क्योंकि मनोरंजन के दूसरे बड़े साधन अब उपलब्ध हो चुके हैं। लोग टी.वी., सिनेमा, मोबाइल में लगे रहते हैं।

जहाँ तक चरवाहों का प्रश्न है भारत में आज भी दो तरह के चरवाहे मिलते हैं। एक गूजर चरवाहे और दूसरे गैर गूजर चरवाहे। ये सभी लगभग दो सौ घुमन्तू

जनजातियाँ मवेशी पालने का काम करती हैं। ज्यादातर गूजर गाय पालते हैं। ये उनकी नस्ल सुधारने का भी काम करते हैं। इनकी जीवन-पद्धति हजार साल पुरानी बतायी जाती है।

केरल के उत्तर पूर्वी राज्यों के घुमन्तू चरवाहों की जीवन-पद्धति अलग है। प्राकृतिक परिवेश कुछ अलग है। गूजर पशु-पालन में विश्व प्रसिद्ध हैं। कई गूजर ऊँट और भैंस भी पालते हैं। जैसे राजस्थान और गुजरात के गूजर। हिमालय क्षेत्र के गूजर भेड़, बकरी, भैस, गाय पालते हैं। कुछ एक तरह के पशु पालते हैं। कुछ मिले-जुले। गडरिया पशु-पालन के साथ-साथ कढ़ाई-बुनाई का भी काम करते हैं। घुमन्तू होने के कारण इनके पशु प्राकृतिक चारे पर निर्भर करते हैं। ये घी, दूध, शहद, द्वारा लोगों की सेवा करते हैं। बदले में अपनी जरूरत पूरी करते हैं।

पंजाब और चण्डीगढ़ सरकार ने अपने राज्य के घुमन्तुओं के लिए बोर्ड बनाने की घोषणा की है। सरकार ने पाँच सदस्यीय बोर्ड बनाया है। बोर्ड घुमन्तुओं के हालत का जायजा लेगी। हरियाणा, फतेहाबाद, कैथिल जिलों में कुरुक्षेत्र करनाल में पानीपत में आयोजन किया गया है। योजना है कि बच्चों को व्यावसायिक शिक्षा दी जायेगी। साँसी, गडरिया, पाल, बंजारा, बाजीगर, भांड़, सँपेरे जाति के कल्याण के लिए काम होगा। घुमन्तू जाति कल्याण बोर्ड की भूमिका को कैबिनेट की मंजूरी मिल चुकी है देखना है आगे क्या होता है। क्योंकि भले ही देश में घुमन्तू जातियों की तादाद पन्द्रह करोड के करीब हो लेकिन आज भी सभी राज्यों में इनके पुनर्वास की व्यवस्था नहीं की गयी है। प्रशासन भी इनके साथ जयरायम-पेशा लोगों की तरह ही व्यवहार करता है।

1857 के विद्रोह में अंग्रेजों ने करीब तीस हजार निर्दोष भारतीयों को फाँसी दी थी जिसमें करीब सत्तर फीसदी लोग विमुक्त घुमन्तू जनजाति के थे। इन्हें दबाने के लिए ही 1871 का जयरायम-पेशा कानून बनाया गया था। इसमें यह व्यवस्था थी कि जैसे डाक्टर का बेटा डाक्टर, वकील का बेटा वकील बनता है उसी तरह अपराधी का बेटा अपराधी पैदा होता है। वह अदालत का दरवाजा नहीं खटखटा सकता। एक गाँव से दूसरे गाँव या शहर जाने पर इन जनजातियों के लोगों को थाने में सूचना देनी होती थी। 1949-50 में आयंगर की अध्यक्षता में गठित क्रिमिनल ट्राइब एक्ट इन्क्वयरी कमेटी की रिपोर्ट के आधार पर 31 अगस्त, 1953 को इन जनजातियों को विमुक्त घोषित करने के बाद ही यह कानून रद्द हुआ। तब 1953 में ही काका कालेलकर की अध्यक्षता में एक नया आयोग बनाया गया जिसने इन जनजातियों के लोगों को अनुसूचित जाति में शामिल करने की शिफारिश की थी। लेकिन काका कालेलकर समिति की वह रिपोर्ट कभी स्वीकृत नहीं हुई। नेहरू की तीसरी पंचवर्षीय योजना में समस्त राज्यों से विमुक्त जनजातियों के विकास के लिए योजना माँगी गयी किन्तु उसका कोई ठोस परिणाम नहीं मिला। प्रधानमन्त्री लालबहादुर शास्त्री ने भी रेनके आयोग बनाया किन्तु इसमें भी कुछ खास हल नहीं निकला।

राष्ट्रीय स्तरर पर आज देश में करीब चार सौ साढ़े चार सौ जनजातियाँ विमुक्त और अर्द्ध घुमन्तू श्रेणी में हैं। इस श्रेणी को इस श्रेणी में होने की वजह से कोई आरक्षण नहीं मिलता जब तक कि इसमें की जनजाति अनुसूचित जाति अथवा अनुसूचित जनजाति या पिछड़े वर्ग में शामिल न हो।

इसी तरह 23 अक्टूबर, 2003 में गठित आयोग भी इनकी समस्याओं के समापन और समाधान के लिए बनाया गया किन्तु कोई परिणाम नहीं निकला। इस आयोग ने रिपोर्ट ही नहीं तैयार की और 21 नवम्बर, 2004 को आयोग भंग कर दिया गया। 14 मार्च, 2005 में पुनः एक नया आयोग बना जिसने 2 जुलाई, 2008 को अपनी रिपोर्ट दी लेकिन उसका अनुपालनन नहीं हुआ।

आज शहरों की मलिन बस्तियों में जो शहरी गरीब विमुक्त घुमन्तू अर्द्धघुमन्तू जनजाति के बच्चे हैं, कूड़ा बीनने और कबाड़ का काम करते हैं। सड़कों पर भीख माँगते हैं। इधर-उधर उठाईगीरी करते फिरते हैं। चोरी चकारी में पकड़े जाते रहते हैं।

यद्यपि मण्डल आयोग की शिफारिशें लागू हुईं और विमुक्त घुमन्तू अर्द्ध घुमन्तू जनजाति की तमाम जनजातियाँ पिछड़े वर्ग में भी शामिल की गयीं किन्तु इनका लाभ भी इन्हें नहीं मिला और कुछ पिछड़ी विशेष जातियाँ ही लाभ पर काबिज रही बंजारा, कालबेलिया, सँपेरा, कहार, कश्यप, पाल, बघेल, साँसी, कोली, लोध, गडेरिया, घनगर, आदि घुमन्तू जनजातियों की स्थिति जस की तस बनी हुई है।

इनके राष्ट्रीय नेता हरिभाऊ राठोड़ की मानें तो विमुक्त एवं घुमन्तू जनजातियों की कुल जनसंख्या अब करीब छह सौ छाछठ है। इनमें 540 अतिपिछड़ी जातियाँ हैं जो कुल मिलाकर चालीस करोड़ है। ये पिछड़े वर्ग के सत्ताइस प्रतिशत के कोटे को तीन भागों में विभाजित करने की माँग करते हैं और विमुक्त घुमन्तू एवं अर्द्धघुमन्तू जनजातियों को। अतिपिछड़ा वर्ग में शामिल करने की माँग करते हैं। राष्ट्रीय पिछड़ा वर्ग आयोग की मार्च 2014 की रिपोर्ट में भी सुझाव दिया गया है कि अन्य पिछड़ा वर्ग के आरक्षण को तीन भागों में बाँटा जा सकता है। ए,बी,सी ग्रूप के तौर पर। जिसमें विमुक्त, घुमन्तू और अर्द्धघुमन्तू जनजाति को अति पिछड़ा वर्ग में रखने की शिफारिश की गयी है।

आप सड़कों के किनारे, बस अड्डों पर, रेवले स्टेशनों की पटरियों के किनारे जहाँ कहीं भी देखिये भीख माँगते विमुक्त घुमन्तू अर्द्धघुमन्तू कई जनजातियों के बच्चे, औरते बूढ़े फटे चीथड़े पहने मिल जायेंगे, दुत्कार सहते और गाली सुनते। शहरों में नालों पुलों के नीचे अथवा किनारे-किनारे इन कबीलाई समुदायों की झोपड़ियाँ दयनीय जीवन की तस्वीर पेश करती हैं भारत के विकास के माथे पर कलंक की तरह दिखती है। यह हमारी सभ्यता के मुंह पर कोढ़ है। इन बेघर घुमन्तुओं के पास आज अपनी कोई स्थायी पहचान नहीं है जरूरत पड़ जाये तो साबित नहीं कर सकते कि ये भी इसी देश के नागरिक या मूल निवासी हैं।

चौथी दुनिया में 7 जनवरी, 2011 को एक रिपोर्ट प्रकाशित हुई थी जो इनकी वास्तविक तस्वीर पेश करती है—'पच्चीस फीट ऊँची रस्सी पर चलता एक इन्सान सड़क किनारे करतब दिखाता एक बच्चा, सड़क किनारे तम्बू डाले कुछ परिवार विस्तर के नाम पर जमीन, छत आसमान महीने दो महीने पर शहर बदल जाता है और शायद जिन्दगी भी। लेकिन यह कहानी सैकड़ों सालों से बदस्तर जारी है। यह कहानी है भारत के छह करोड़ विमुक्त घुमन्तू जनजातियों की।

भारत की इन आदिम विमुक्त घुमन्तू अर्द्ध घुमन्तू जनजातियों की कोई वास्तविक जनगणना नहीं हुई है। इन्हें न कोई सुविधा सहूलियत मिलती है। इनके हिस्से बस एक दबा-कुचला जीवन है भिक्षावृत्ति है।

ऐसा भी नहीं है कि ये शीर्ष सत्ता की निगाह से परे हैं। इन्हें पहली बार अपराधी जाति से विमुक्त घोषित करानेवाले देश के पहले प्रधानमन्त्री पं. जवाहरलाल नेहरू थे। लेकिन उन्होंने भी इनके लिए कुछ खास नहीं किया। दूसरे प्रधानमन्त्री लालबहादुर शास्त्री भी बंजारा अधिवेशन में शामिल हुए थे। दिल्ली में हुए वंजारा अधिवेशन में प्रधानमन्त्री इन्दिरा गाँधी भी शामिल हुई थीं। प्रधानमन्त्री राजीव गाँधी भी सोलापुर में विमुक्त घुमन्तू एवं अर्द्ध घुमन्तू जनजाति की बैठक में शामिल हुए थे। सभी ने उनके बीच बड़ी-बड़ी घोषणाएँ की थी। राजीव गाँधी ने तो केन्द्र सरकार की नौकरी में आरक्षण और शैक्षणिक सुविधा देने का वचन भी दिया था। प्रधानमन्त्री अटलबिहारी वाजपेयी ने भी महाराष्ट्र के पण्ढरपुर में इनके लिए राष्ट्रीय आयोग बनाने की घोषणा की थी। आयोग बना भी किन्तु रिपोर्ट आयी कि नहीं कुछ पता नहीं चला। तमाम घोषणाएँ और राजनीति हुई किन्तु इनका जीवन आज तक नहीं बदला।

इनके लिए कोई सार्थक प्रयास नहीं के बराबर हुए। 2011 में जो जनगणना हुई उसमें जातिगत जनगणना नहीं की गयी। सभी राज्यों के पास विमुक्त घुमन्तू अर्द्धघुमन्तू जनजाति की सूची आज तक उपलब्ध नहीं है। पिछड़ी जातियों के सत्ताईस प्रतिशत आरक्षण में सात प्रतिशत आरक्षण इन्हें अलग से देने की बात भी पूरी नहीं हुई है। सुप्रीम कोर्ट ने भी इनकी जनगणना पर जवाब सरकार से माँगा है किन्तु कुछ नहीं हुआ।

भारत के राज्यों में बहूरूपिया, बाबा, बेलदार, भामटा, भोई, बुड़बुडकी, चलबाजी, भडरी, भटरी, भठरी, चित्रकथी, पारधी, दबारी गोसाबी, गढ़ी लोहार, घण्टी चोर, गरोड़ा, घिसाड़ी, बोल्ला, गोधाली, गोपाल, जोगी, कहार, धपाड़ी, कोल्टीटी, मसान, शिमलगार, तिरमाली, वसुदेवा, आदि ढेरों विमुक्त घुमन्तू और अर्द्धघुमन्तू, जनजातियाँ जानवर से भी अधिक बुरी स्थितियों में जीवन बसर कर रही हैं।

जैसा कि पहले बताया जा चुका है कि अंग्रेजों ने जनजातीय विद्रोह को 1857 के बाद हमेशा के दबाने के लिए ही क्रिमिनल ट्राइब एक्ट बनाया जिसके तहत 198

जनजातियों को अपराधी, चोर, डकैत के रूप में चिह्नित और सूचीबद्ध किया था। व्यवहार में 1913 तक यह कानून चला था। इसके तहत उन्होंने घुमन्तुओं को सुधारने का प्लान बनाया था। उनके लिए सेटेलमेण्ट हाउस बनाये थे। कुल 52 सेटेलमेण्ट हाउस पूरे देश में बनाये गये थे जो वास्तव में कैदखाने ही थे। इसमें हुबली, धारवाड़, गुलवर्ग, अहमदाबाद, दिल्ली और झाबुआ के सेटेलमेण्ट हाउस प्रमुख थे। उस समय बंगाल आन्ध्रप्रदेश, कर्नाटक, गुजरात, पंजाब, राजस्थान, दिल्ली आदि सभी इलाके के घुमन्तू जनजातियों की सूची तैयार की गयी थी। उन्हें आपराधिक जनजाति चोर, डकैत, ठग समझा जाता था। दरअसल अंग्रेजों द्वारा इस तरह अपराधी के रूप में सूचीबद्ध लोग वास्तव में देश की आजादी की जंग लडनेवाले लोग थे। वे अपनी संस्कृति की रक्षा करनेवाले बहादुर लोग थे। तात्या, वीर, उमा जी नाई, विरसा मुण्डा, इसी क्रिमिनल ट्राइब से आये थे। जिन्होंने बहादुरी से जंग लड़ा और शहादत दी। लेकिन अंग्रेजों से समझौता नहीं किया। कभी झुके नहीं। 1913 में बहुत से अपराधी जनजाति के क्रान्तिकारियों को अंग्रेजों ने बन्दी बनाकर सेटेलमेण्ट में डाल दिया था। इन्हें सत्रह फीट ऊँची तार की दीवार के भीतर रखा जाता था। यहाँ दिन में चार बार हाजिरी देनी होती थी। इन सेटेलमेण्ट हाउसों में सुधार के नाम पर कैदी घुमन्तू जनजातियों के बच्चों को अंग्रेजी सिखायी पढ़ायी जाती थी और ईसाई धर्म अपनाने को प्रेरित किया जाता था। भारत के संविधान में 1950 में घुमन्तू अपराधी घोषित जनजातियों के लिए कोई व्यवस्था नहीं की क्योंकि उस समय तक ये सब सेटेलमेण्ट के कैदी थे। संविधान में तब इनकी कोई बात नहीं हुई। उसमें इनका तब कोई जिक्र नहीं किया गया। लेकिन पं. जवाहरलाल नेहरू जो कि भारत के पहले प्रधानमन्त्री हुए उनका ध्यान इनकी ओर था। 31 अगस्त, 1952 को नेहरू ने संसद में कहा था कि—"ये आजादी की लड़ाई लड़नेवाले लोग हैं, मैं आज इन्हें मुक्त करता हूँ। इनको नोटीफाइड से डिनोटीफाइड और नोमेडिक ट्राइब्स को मैं मुक्त करता हूँ।" इस तरह नेहरू के द्वारा इन्हें वास्तविक आजादी देश की आजादी के पाँच साल सोलह दिन बाद जाकर मिली।

विमुक्त घोषित किये जाने के बावजूद उसके बाद भी घुमन्तू झारा, पारधी, आदि सभी शिकारी जनजातियों को गाँवों में नहीं बसने दिया जाता था क्योंकि ये जनजातियाँ अपराधी जनजाति के रूप में काफी बदनाम हो चुकी थी। इन्हें तब भी पुलिस का डर बना रहता था। इन्हें कभी भी अच्छा खाना नसीब नहीं रहा। कोई सहूलियत नहीं रही। आजादी के बाद भी इन्हें चोर चकार ही समझा जाता रहा। अभी भी घुमन्तू जनजातियों के लोग चोर डकैत ठग ही समझे जाते हैं। पुलिस भी इन्हें इसी रूप में देखती है। पुलिस की ट्रेनिंग में इनके बारे में ऐसा ही बताया जाता है। यही कारण रहा है कि इन जनजातियों में भयंकर हीन भावना होती है और ये प्रायः अपनी असली जाति छिपाते हैं। आज भी इनकी इमेज यही है। यहाँ तक कि शब्दकोश और डिक्शनरी

में इन घुमन्तू जनजातियों के नाम का अर्थ चोर डकैत ठग अपराधी ही होता है। उसे आज तक नहीं बदला गया।

आज जरूरत है कि इन्हें भी मुख्यधारा में लाया जाये। इन्हें भी समाज का अंग स्वीकार करके इनकी प्रगति के उपाये किये जायें। इन्हें भी अनुसूचित जातियों और अनुसूचित जनजातियों की तरह आरक्षण और अधिकार दिये जायें। क्योंकि ये तो उससे भी कहीं अधिक सताये गये हैं। उनसे कहीं अधिक पिछड़े हैं। इन्हें भी भारत का नागरिक बनाने की जरूरत है। क्योंकि ये तो देश के लिए लड़नेवाले योद्धा रहे हैं। लेकिन इनका बलिदान विस्मृत कर दिया गया है। इनके पास भी अपना घर होना चाहिए। इनके पास भी जमीन-जायदाद होनी चाहिए। इन्हें भी शिक्षा और नौकरी मिलनी चाहिए। दरअसल इनको अपराधी इनके साथ हुए अत्याचार और शोषण ने बनाया था। इनके दमन और दबाव ने बनाया था। आज इनकी स्थिति दलित और दूसरे आदिवासियों से भी बदतर है। आज भी जब कभी ये गाँव में पकड़े जाते हैं तो इन्हें सवर्ण ही नहीं दलित भी पीटता है। क्योंकि वह भी उन्हें चोर डकैत ही मानता है।

पिछड़े दिनों महाराष्ट्र में पुलोमा जिले में जो घटना घटी उसमें इन्हें मारनेवाले दलित भी थे। इनके प्रति समाज की सोच आज तक नहीं बदली। इन्हें भी प्रगति में साथ लेना चाहिए। इन्हें छोड़कर देश का विकास वास्तविक विकास नहीं हो सकता।

आज यद्यपि कई प्रदेशों में सरकार विमुक्त घुमन्तू अर्द्ध घुमन्तू जनजातियों की स्थिति में सुधार के लिए कुछ कार्यक्रम चला रही है। इनके लिए कुछ स्वतन्त्र संगठन भी काम कर रहे हैं। किन्तु परिणाम नहीं निकला है। अभी उत्तर प्रदेश सरकार ने घुमन्तू समुदायों को चिह्नित करने और उन्हें स्वतन्त्र राजस्व गाँवों की मान्यता देने का निर्देश दिया है, किन्तु वह सभी जिलों में प्रभावी नहीं हुआ है। यही कारण है कि आजादी के इतने वर्षों के बाद भी यह समाज मुख्यधारा में शामिल नहीं हो सका है। इन्हें सुविधाएँ नहीं मिली हैं। घुमन्तू जातियों के आवासीय क्षेत्रों में पानी, सफाई, बिजली, सार्वजनिक वितरण के तहत राशन, शिक्षा, स्वास्थ्य और शौचालय आदि नागरिक सुविधाएँ नहीं दी जा सकी हैं।

आज उत्तर प्रदेश में अनेक विमुक्त घुमन्तू एवं अर्द्धघुमन्तू जनजातियाँ हैं जो दलितों से भी पिछड़ी हैं और आजादी के बाद से ही उस दिन का इन्तजार कर रही हैं कि उन्हें भी कम-से-कम पिछड़ा वर्ग में शामिल कर नौकरी में आरक्षण दिया जाये। भड्डरी डाकोत पडिया आदि ऐसी ही घुमन्तू जनजातियाँ हैं जो अभी तक सामान्य में हैं और सदियों से आज तक धार्मिक भिक्षुक का जीवन जीती है। यह उत्तर प्रदेश की सबसे पिछड़ी जाति है किन्तु सामान्य में है जबकि राजस्थान, मध्यप्रदेश, छत्तीसगढ़, सहित अठारह राज्यों में विभिन्न नामों से पिछड़ा वर्ग में शामिल है। केवल इलाहाबाद जिले

में इन्हें घुमन्तू वर्ग में रखा गया है बाकी जिलों में इनके रहते हुए भी इन्हें दर्ज नहीं किया जाता है।

यूरोप के घुमन्तुओं के विषय में कहा जाता है कि ये वहाँ भारत से ही पहुँचे थे। जैसे हिप्पी एक घुमन्तू जनजाति है जो यूरोप में पायी जाती है। इसी तरह यूरोप में रहनेवाले तेरह घुमन्तू समूह हैं जिनके आनुवंशिक जीन के विश्लेषण से पता चला है कि वे सभी घुमन्तू पश्चिमोत्तर भारत से लगभग पन्द्रह सौ साल पहले बहुत लम्बी दूरी तय करके यूरोप पहुँचे थे। करण्ट बायोलोजिकल जर्नल के एक लेख के मुताबिक पन्द्रह सौ साल पहले भारत से ये घुमन्तू जनजातियाँ यूरोप की ओर निकली थी। इससे पहले यह धारणा थी कि ये घुमन्तू मिस्र से आये थे। इससे पहले इन्हें इजीशियन कहा जाता था। पश्चिमोत्तर भारत से सबसे पहले ये घुमन्तू बाल्कन क्षेत्र में पहुँचे और वहाँ से छह सौ साल रहने के बाद वहाँ से उसके आगे आस-पास के क्षेत्रों की ओर रुख किया।

यद्यपि दुनिया में घुमन्तू जनजातियों की छवि लगभग एक जैसी ही रही है। वे अपराधी माने जाते हैं किन्तु अन्य देशों में आज इनकी स्थिति काफी बेहतर है। जबकि भारत में ये आज भी गरीबी, भुखमरी, भूमिहीनता, गृहहीनता, चिकित्सा, शिक्षा आदि की मूलभूत समस्याओं से जूझ रहे हैं। यहाँ तो अभी तक इनकी जनगणना तक नहीं की गयी है। इनके पास पहचान के लिए कोई कागजी प्रमाण नहीं होते। इन्हें कागजी प्रमाण के अभाव में सरकारी योजनाओं का लाभ भी नहीं मिल पाता। भारत सरकार के पास इनकी पूरी सूची तक नहीं है। कहीं ये आरक्षित हैं कहीं अनारक्षित। इनके आरक्षण में भी विसंगतियाँ हैं। केवल विमुक्त घुमन्तू की सूची में जो शामिल भी हैं उन्हें नौकरी में आरक्षण नहीं मिलता क्योंकि उसके लिए इन्हें अनुसूचित जाति, अनुसूचित जनजाति अथवा पिछड़े वर्ग में शामिल किया जाना जरूरी है।

दुर्भाग्य है कि विमुक्त घुमन्तू अर्द्ध घुमन्तू जनजातियों को आज तक अम्बेडकर जैसा हितैषी नेता नहीं मिला। इनके लिए लक्ष्मण गायकवाड और विश्वम्भर प्रसाद निषाद जैसे कुछ नेता सक्रिय है, वे भी इन्हें कोई लाभ नहीं दिला सके।

विमुक्त घुमन्तू और अर्द्ध घुमन्तू जनजातियों के विकास के मार्ग में आज वे लोग ही बड़ी बाधा पहुँचा रहे हैं जो आरक्षण का लाभ लेकर आगे बढ़ चुके हैं वे इन्हें अपने आरक्षण में हिस्सा नहीं लेने देना चाहते।

आदिम नाग और नाग जनजाति के मिथकीय सन्दर्भ

भारत के प्राचीन साहित्य और अभिलेखों में आदिम नाग और नाग जनजाति के तमाम मिथकीय सन्दर्भ यत्र-तत्र बिखरे पड़े हैं। भारतीय वाङ्मय में नागवंश के विविध रूप मिलते हैं। इनमें अधिकांश मिथकीय हैं और कुछ ऐतिहासिक भी हैं। वास्तव में भारत की यह एक अति प्राचीन जनजाति प्रतीत होती है और मूलनिवासी लगती है। आज की तमाम आदिवासी जनजातियों से इनका गहरा सम्बन्ध दिखता है। जबकि भारत में आज तो एक विशुद्ध जनजाति ही नाग जनजाति के रूप में जानी जाती है।

हिन्दू धर्मग्रन्थों के आधार पर यह कहा जा सकता है कि नागवंश प्राचीन भारत का एक प्रसिद्ध राजकुल था। बाद के समय में भी इससे सम्बन्धित राजवंश के प्रमाण मिलते हैं। पुरातत्त्वविदों को इस राजवंश के अनेक सिक्के प्राप्त हुए हैं जिन पर बृहस्पति नाग और देव नाग तथा गणपति नाग नाम मुद्रित मिलते हैं। सम्भवतः भारत में नागवंशी शासकों का काल करीब 150 से 250 विक्रम संवत् के बीच था। इन नागवंशी राजाओं की राजधानी सम्भवतः तइवर थी। मथुरा और भरतपुर से लेकर ग्वालियर तथा उज्जैन तक के भूभाग पर कभी इन्हीं नागवंशियों का शासन था।

नागवंशियों का सम्बन्ध किसी-न-किसी रूप में नाग यानी सर्प से माना जाता है। नाग प्राचीन काल से ही भारत में पूजनीय रहे हैं। भारत में सर्वत्र इनकी पूजा की परम्परा के प्रमाण मिलते हैं। नागपूजा की प्राचीन परम्परा के चिह्न सर्वत्र मिलते हैं।

कुछ विद्वान् 3000 ई.पू. में नागवंशी कबीलों की उपस्थिति स्वीकार करते हैं। इस नाग जाति के देवता (गणचिह्न) नाग यानी सर्प ही थे। सम्भवतः प्रमुख नागवंशों के नाम पर ही जमीन पर रेंगनेवाले नागों सर्पों के नाम पड़े।

पौराणिक आख्यानों के अनुसार कश्मीर में कश्यप ऋषि की पत्नी कद्रू से उन्हें आठ पुत्र प्राप्त हुए थे, जिनके नाम अनन्त, (शेषनाग), वासुकी, तक्षक, कार्कोटक, पद्म, महापद्म, शंख और कुलिक था। कश्मीर का अनन्त नाग क्षेत्र इन समुदायों का गढ़ था। इसी तरह कश्मीर के दूसरे अन्य इलाकों में कद्रू के दूसरे नागपुत्रों का राज्य

था। कहीं-कहीं नागों के केवल पाँच प्रमुख कुल या वंश माने गये हैं जिसमें अनन्त नाग, वासुकी नाग, तक्षक नाग, कार्कोटक नाग और पिंगला नाग प्रसिद्ध हैं। कही-कहीं नागों के अष्टकुल की चर्चा मिलती है। इसमें वासुकी नाग, तक्षक नाग, कुलकम्नाग, कार्कोटक नाग, पद्म नाग, शंख नाग, चूड़नाग, महापद्म नाग और धनंजय नाग का नाम मिलता है।

अग्नि पुराण में तो अस्सी प्रकार के नागकुलों का वर्णन मिलता है। उसमें भी वासुकी नाग, तक्षक नाग, पद्म नाग, महापद्म नाग की चर्चा मिलती है और इन नागों का पृथक् लोक कहा गया है।

गौर करनेवाली बात यह है कि नागों का अस्तित्व देवी-देवताओं के साथ प्राचीन काल से ही मिलता है। भारत के सभी प्राचीन धर्मों में इसके प्रमाण मिलते हैं। जैन, बौद्ध तथा कुछ अन्य देवताओं के सिर पर भी शेषनाग छत्र मिलता है। आसाम, नागालैण्ड, मणिपुर में कोल और आन्ध्रप्रदेश में नाग जाति के वर्चस्व के प्रमाण मिलते हैं।

भारत में प्राचीन ग्रन्थों के आधार पर लगभग आठ कुलों का क्रमशः विस्तार मिलता है जो नागवंशी माने जाते हैं। जैसे नल, अवर्धा, फणिनाग, भोगिन, सडाचण्ड, धनवर्मा, भूतनन्दि, शिशुनन्दि या यशनन्दि, तनक, तुरत, ऐरावत, धृतराष्ट्र, अहि, मणिभद्र, अलापत्र, कम्बल, अंशतर, धनंजय, मालिका, सौफू, दौन्दिया, काली, तरवतू, धूमिल, फाइल, थाना, मुलिका, सरकोटा इत्यादि।

कहा जाता है कि कृष्णकाल में यह नाग जाति ब्रज में आकर बस गयी थी। इस जाति की अपनी एक पृथक् संस्कृति थी। कालिय नाग को संघर्ष में पराजित करके कृष्ण ने उसे ब्रज से निर्वासित कर दिया था। किन्तु नाग जाति यहाँ गुप्त रूप से बसी रही। मथुरा पर उन्होंने काफी समय तक शासन भी किया था। नागसेन आदि नाग नरेश ब्रज के इतिहास में उल्लेखनीय रहे जिन्हें गुप्तवंश के शासकों ने पराजित किया। नाग देवताओं के अनेक मन्दिर आज भी ब्रज क्षेत्र में मिलते हैं। यह तो इतिहास में भी दर्ज है कि महाप्रतापी गुप्तवंशी राजाओं ने शक या नागवंशियों को परास्त किया था। इसकी चर्चा डॉ. सत्यकेतु विद्यालंकार ने प्राचीन भारत के धार्मिक, सामाजिक एवं आर्थिक जीवन की व्याख्या करते हुए की है।

लगता है कृष्ण और नाग जाति का परस्पर विरोधी दर्शाना कृष्ण के अवतार माने जाने के बाद का वर्णन है। कृष्ण के नाग यदि शत्रु होते तो बचपन की कथा में नाग द्वारा फन के छत्र द्वारा बारिश में उनकी रक्षा की कथा नहीं होती। सम्भवतः आर्य नायकों द्वारा अनार्यों की पराजय दिखाने की परम्परा के तहत ही कृष्ण द्वारा भी नाग दमन की कथा गढ़ी गयी प्रतीत होती है। जैसे कि कृष्ण काले हैं, राम काले हैं, विष्णु काले हैं इसे देखते हुए तो यही लगता है कि ब्रह्मा के वंशजों ने जो कि श्वेत वर्ण

थे उन्होंने अनार्य योद्धाओं को जिन्होंने सहअस्तित्व स्वीकार कर लिया और आर्यों के पक्ष से लड़ने के लिए तैयार हो गये उन्हें ही आर्यों ने क्षत्रिय की पदवी दी और उन्हें सहयोग करने के बदले देवत्व प्रदान किया गया।

माना जाता है कि भारत में घोड़ा असुरियन लाते थे। राम के भाई लक्ष्मण शेषनाग के अवतार थे। कृष्ण के भाई बलराम भी शेषनाग के ही अवतार कहे गये। इस तरह एक भाई नाग तो दूसरा भाई गैर नाग का अर्थ कैसे हो सकता था। विष्णु शेषनाग पर विश्राम करते हैं यह नागों पर आर्यों की विजय का प्रतीक ही हो सकता है। कृष्ण स्वयं वासुदेव के पुत्र आर्यक के पौत्र थे। और आर्यक तो नाग मुखिया था। ऐसे ही इक्ष्वाकु वंश सर्पवंशी नाग राजा सुचिलिंहु से शुरू हुआ माना जाता है। साँची स्तूप में और अमरावती में नाग जाति के लोग बुद्ध की पूजा करते दर्शाये गये हैं। बुद्ध मूर्तियाँ नागफनों से सुरक्षित दिखायी गयी है। बुद्ध शाक्य अनार्य कुल के प्रतीत होते हैं। पार्श्वनाथ भी इक्ष्वाकु वंश के थे। राम भी इक्ष्वाकु वंश के थे।

प्रयाग के किले के भीतर गुप्त काल का जो स्तम्भ लेख प्राप्त हुआ है उसमें भी स्पष्ट रूप से यह लिखा गया है कि "महाराज समुद्रगुप्त ने गणपति नाग को युद्ध में पराजित किया था।" इस गणपति नाग के अन्य कई सन्दर्भ भी यत्र-यत्र मिलते हैं। महाभारत की कथा में भी कई स्थलों पर नागों का सन्दर्भ मिलता है। कथा के अनुसार पाण्डवों ने नागों से ही मगध राज्य छीना था। खाण्डव वन जलाते समय भी बहुत-से नागवंशी मारे गये थे। महाभारत के ही जनमेजय के सर्पयज्ञ का अभिप्राय भी यही प्रतीत होता है कि कुरुवंशी आर्य राजाओं से नागवंशी राजाओं का विरोध था। इस तथ्य का समर्थन सिकन्दर के समय के प्राप्त वृत्तान्तों से भी होता है। कहते हैं जिस समय सिकन्दर भारत आया था। तब सबसे पहले तक्षशिला का नागवंशी राजा ही उसे मिला था। तक्षशिला तक्षक नाग के वंशजों का क्षेत्र था। इस नागवंशी राजा ने सिकन्दर का कई दिनों तक तक्षशिला में आतिथ्य किया और अपने शत्रु कौरवों के विरुद्ध चढ़ाई करने में सहायता दी। सिकन्दर के साथियों ने तक्षशिला में नागवंशी राजा के यहाँ भारी-भारी नाग पले देखे थे जिनकी नित्य पूजा होती थी। यह शक या नाग जाति हिमालय के उस पार की जाति मानी जाती है। अब भी तिब्बती अपनी भाषा को नाग भाषा कहते हैं। प्रो. देवेन्द्र मिश्र ने भारतीय संस्कृति कोश में नागों के बारे में कई महत्त्वपूर्ण जानकारियाँ दी हैं।

कहते हैं कश्यप ऋषि की पत्नी कद्रू से उत्पन्न नाग जाति बड़ी योद्धा जाति थी। इन्हें भी असुरों में ही गिना जाता था। इन नागों ने प्राचीन भारत में सांस्कृतिक विकास की उच्चतम अवस्था को प्राप्त कर लिया था। कालान्तर कुछ नाग जातियाँ चेर जाति में भी विलीन हो गयीं। भरत को भी नाग जाति का ही माना जाता है। शेषनाग और नाग जाति की उत्पत्ति मूलतः महादेव ने सावन माह में शुक्लपक्ष की पंचमी को की थी ऐसी मान्यता है। इसीलिए पंचमी को नागपंचमी का त्योहार या पर्व मनाया जाता

है। नाग भारतीय मूल की मूलनिवासी जाति थी। लेकिन कुछ लोग इन्हें हिमालय के उस पार की जाति मानते हैं। यह नाग जाति अपने युग में शारीरिक और मानसिक दृष्टि से बहुत सक्षम, कुशाग्र तथा प्रतिभाशाली जाति थी। महाभारत की कथा के अनुसार अर्जुन ने खाण्डववन दहन करके नाग जाति को बहुत हानि पहुँचायी थी। वन या जंगलों में रहने का यह प्रारम्भिक प्रमाण है। नाग जाति के ईस्टदेव महादेव आदिदेव शिव थे। शिव को नाग प्रिय थे। ये नागवंश का प्रतीक चिह्न अथवा गणचिह्न नाग (सर्प) शिव की गले की शोभा थे। नागपूजा और लिंग पूजा के प्राचीन प्रमाण हड़प्पा मोहन जोदाड़ो की सभ्यता में भी मिलते हैं। इस तरह नाग जाति अतिप्राचीन मूल निवासी जाति ही जान पड़ती है। बाद में आर्यों ने इनका दमन कर अपना राज्य विस्तार किया और धीरे-धीरे ये जंगलों में बसते हुए जनजातीय स्वरूप ग्रहण करते गये। किन्तु प्राचीन भारत में बड़े समय तक इनकी महत्ता रही थी।

बौद्ध धर्म को बढ़ाने फैलाने में नागवंशी जातियों का बड़ा महत्त्वपूर्ण योगदान था। नागपुर इन नागवंशी जातियों का प्राचीन केन्द्र माना जाता है। योद्धा नागवंशियों का केन्द्र होने के कारण ही इसका नागपुर नाम जान पड़ता है। नागपुर से सत्ताईस मील की दूरी पर बहनेवाली नदी का नाम भी नागा नदी है। नाग जाति के लोग वैदिक आर्यों के शत्रु हुए इसका कारण नाग राज्यों पर आर्यों का राज्य विस्तार ही लगता है। हिन्दू धर्मग्रन्थों में आर्य-अनार्य के बड़े-बड़े युद्धों का वर्णन मिलता है। इसी के तहत महाभारतकालीन अर्जुन ने नागों का जलाकर दमन किया था। आज के दलित आदिवासी जनजाति के लोग अपने को उन्हीं नागों का वंशज मानते हैं। कहते हैं आर्यों ने नागवंशियों को छल, बल और कपट से पराजित कर अन्ततः अपना शूद्र सेवक बना लिया या उन्हें जंगलों में खदेड दिया और उन्हें जनजातीय जीवन के लिए मजबूर होना पड़ा। किन्तु कुछ हद तक नाग जातियों ने अपना वंश पुनः बौद्ध धर्म के विस्तार में योगदान के द्वारा फैलाया।

कार्कोटक नामक एक नाग जाति का उल्लेख महाभारत की 'नल दमयन्ती' कथा में मिलता है। जो सम्भवतः आर्य कथा है। इस आधार पर नाग जाति को कुछ लोग आर्य जाति का ही मानते हैं। किन्तु अन्य विभिन्न सन्दर्भों से नाग प्राचीन अनार्य जाति प्रतीत होती है। तिब्बतवाले आज भी नाग को अपना पूर्वज मानते हैं। सम्भवतः नाग शक जाति की अथवा शक जाति नाग जाति की शाखा था। यह जाति बहुत सुसंस्कृत, बहादुर और शान्तिप्रिय मानी जाती है। इस जाति के लोगों ने महात्मा बुद्ध को बौद्ध धर्म फैलाने में बड़ा सहयोग किया था। बौद्ध धर्म श्रवण संस्कृति का विस्तार था अथवा परिष्कृत रूप था जो अनार्यों का आदि धर्म था। नागों की पूजा के प्रमाण सिन्धु सभ्यता में भी मिले हैं। वैदिक युग में भी नागपूजा के सन्दर्भ मिलते हैं। अथर्ववेद में न केवल नागों की वन्दना मिलती है बल्कि असित नाग, प्रदाक नाग, पुष्ण नाग, सावित्र नाग, जैसे कुछ नाग देवताओं का वर्णन भी मिलता है। अथर्ववेद में कहा गया है कि नागदेव

तिरश्चरजारी, सुदाक, स्वजो, कल्यासग्रीवो तथा सावित्र को दक्षिण-पश्चिम उत्तर-पूर्व तथा ऊपर की दिशाओं का रक्षक बताया गया है। अथर्ववेद के अनुसार तक्षक नाग को विशाल का उत्तराधिकारी तथा धृतराष्ट्र नाग को इरावत का पुत्र माना जाता है। वेदों में वृत्रासुर नामक नाग का उल्लेख है, जो देवताओं का शत्रु था, इन्द्र ने उसका वध किया था। वृत्रासुर नाग था इससे लगता है कि असुर भी नाग जाति के ही थे। यदि नाग और असुर अलग-अलग भी हों तो दोनों अनार्य लगते हैं। वैसे वृत्रासुर नाग के अपवाद को छोड़ दें तो वैदिक और पौराणिक साहित्य में नागों को देवताओं का मित्र और देवताओं के समतुल्य ही माना गया है।

मोहनजोदाड़ो और हड़प्पा जैसी सिन्धु घाटी संस्कृति और सभ्यता में नागपूजा के प्रमाण यह सिद्ध करते हैं कि नाग जाति एक अति प्राचीन जाति है। इसी से नाग को अपना देवता और पूर्वज माननेवाले नागवंशियों की प्राचीनता भी सिद्ध होती है। नागों की पूजा उस काल के बाद अपने चरमोत्कर्ष पर पहुँची लगती है जब नागों के स्वामी शिव ने समुद्र से निकले हलाहल विष का पान किया। और नागों को अपने आभूषण के रूप में गले में धारण किया। कथा है कि समुद्र मन्थन में देव और असुर दोनों शामिल थे। वासुकी नाग की इसमें रस्सी के रूप में शामिल थे। पुराणों के अनुसार धरती के विष को नाग ही पान करते हैं अथवा धारण करते हैं। पुराणों में सर्प और गज दो अन्य प्रकार के नागों का उल्लेख मिलता है। यह बात भारत के इतिहास में डॉ. ईश्वरी प्रसाद ने विस्तार से बताया है। नाग जाति एक अनार्य जाति थी दो संस्कृतियों के समन्वय के तहत ही इनके टोटम गणचिह्न नाग की पूजा आर्यों ने भी करनी बाद में प्रारम्भ की। अमरावती और साँची में जिस भाषा का प्रयोग हुआ है वह अनार्य भाषा है। इसे प्राकृत, पालि, सूरसेनी या मागधी के नाम से जाना जाता है।

पुरातत्त्वविदों का मानना है कि काले और लाल मृद्‌भाण्ड की संस्कृति यादव और नाग जाति की है। हड़प्पा की संस्कृति को नागसंस्कृति माना जाता है। ऋग्वेद में अहि को खतरनाक सर्प (नाग) जाति बताया गया है। अहिच्छत्र नागों की ही राजधानी थी। अहि (नाग) वंश में ही वृत्त या अहिवृत्त हुए थे।

ऋग्वेद के अनुसार यदु और आर्य पृथक मूल के थे। इन्द्र ने बृहस्पति, मरुत् और विश की मदद से कृष्णासुर पर अंशुमती नदी के किनारे हमला किया था। पौराणिक मान्यता के अनुसार उनकी बोली सूरसेनी थी जो म्लेच्छ भाषा थी। ये यदु, पुरु, तुर्वस, अनु और द्रह्यु सभी संस्कृत भाषा भाषी नहीं थे। ऋग्वेद के अनुसार ही अनु, द्रह्यु, यदु, पुरु, तुर्वस ने आर्यों पर परुष्णी रावी नदी पर हमला किया था। महाभारत आदिपर्व (39-42) के अनुसार तुर्वस के पुत्र यवन थे और अनु के पुत्र म्लेच्छ थे। इस तरह से सभी अनार्य जातियाँ लगती हैं।

हिन्दू धर्मग्रन्थों में शेषनाग, वासुकी नाग, कार्कोटक नाग, धृतराष्ट्र नाग (दुर्योधन के पिता नहीं) तक्षक नाग आदि पूजनीय नागों का वर्णन मिलता है। मान्यता थी कि ये नाग विभिन्न प्रकार का वेश धारण कर सकते थे। ये इच्छाधारी होते थे। शैव और वैष्णव दोनों में नाग पूजा के प्रमाण मिलते हैं। यह दो संस्कृतियों के समन्वय की कथा भी हो सकती है। विष्णु के अवतारों के सम्बन्ध नाग से जुड़े मिलते हैं। विष्णु को शेषनाग की शय्या पर विराजमान माना जाता है। यह नाग जाति को विष्णु द्वारा अधीन किये जाने का प्रतीक हो सकता है। रामायण-काल में लक्ष्मण को शेषनाग का अवतार कहा जाता है। कृष्ण-काल में भी बलराम को शेषनाग का अवतार कहा गया है। कृष्ण द्वारा कालिय नाग का दमन भी कहा गया है। किन्तु बाल्यकाल में नाग द्वारा शिशु कृष्ण की छत्र रूप में रक्षा की भी कथा मिलती है। नाग दमन की कथा कृष्ण के उस समय की कथा है जब इन्हें विष्णु का अवतार प्रदर्शित किया गया। पुराणों में रसातल (पाताल) को नागलोक कहा गया है। राम बाबू गुप्त ने 'भारत के सामाजिक समूह एवं संस्थाएँ' में इन्हें क्रोधी और प्रतिरोधी जाति बताया है।

भारतीय भूभाग में ही नहीं विश्व की दूसरी सभ्यताओं यूनान और मिस्र में भी नाग जाति के सम्मान का पता चलता है। और दुनिया की अनेक जनजाति का गणचिह्न नाग (सर्प) प्राप्त होता है। ये जातियाँ नागों को अपना पूर्वज और देवता मानती हैं। भारत में भरजाति के राज भर, भरत, भरपतवा, राज्जभर, राजवर आदि नाग जाति के वंशज ही माने जाते हैं। नाग जाति विश्व की प्राचीनतम जाति मानी जाती है। सिन्धु सभ्यता को नाग सभ्यता माना जाता है। नाग संस्कृति, अनार्य संस्कृति, असुर संस्कृति पर्यायवाची मानी जाती है।

'बुद्धिस्ट इण्डिया' में टी.डब्लू डेविड ने बताया है कि—"गणतन्त्र या संघ व्यवस्था अनार्य और अवैदिक इन्हीं नाग लोगों की देन थी। यह इनके आर्थिक, राजनैतिक और धार्मिक जीवन का आधार था।"

जैसे कि पहले कहा जा चुका है कि मिथकीय कथा के अनुसार नाग और गरुड़ दो सगी बहनों से उत्पन्न हुए थे। कद्रू अनार्य जाति की महिला थी। उसी से अनार्य नाग हुए थे। कश्यप इस नाग जाति के भी आदि पुरुष हैं। ऋग्वेद में वशिष्ठ को श्वेतवर्ण या श्वेत कहा गया है और कण्व को कृष्ण या अश्वेत कहा गया है। उस समय दो ही वर्ण थे। एक ब्राह्मण मूल और दूसरे ब्राह्मण स्वीकार किये गये। कश्यप अनार्य ऋषि थे उनकी पुत्री विनीता और कद्रू से गरुड़ और सर्प का जन्म हुआ। कद्रू से सर्प (नाग) वंश चला। दूसरे मिथक के अनुसार नाग जाति की उत्पत्ति सूर्य से मानी जाती है। कोबरा इनका टोटम है।

प्राचीन काल में तक्षशिला, कश्मीर मणिपुर की तरह राजस्थान की नागवंशी राजाओं का केन्द्र था। काठियावाड़, सौराष्ट्र, विदर्भ भी इनका केन्द्र था। चेर लोग

लिच्छवि और नेपाल के नेवार से सम्बन्धित है। दोनों की बहुत-सी परम्पराएँ द्रविड़ लोगों से मिलती-जुलती हैं। दक्षिण के द्रविड़ से इनकी समानता दिखती है। ये सभी सर्प पूजक हैं। लिच्छवि एक नाग जाति है। इसी लिच्छवी वंश में महात्मा बुद्ध का जन्म हुआ था। महात्मा वुद्ध ने अपने पूर्वजों की आदि श्रमण संस्कृति को पुनः स्थापित किया था। बौद्ध धर्म आदि धर्म का विकसित रूप है। यह अनार्य, असुर, नाग संस्कृति का परिष्कृत रूप है।

नेपाल के नेवार, भारत के लिच्छवि, दक्षिण भारत के तमिल, हिमांचल के किरात, चेरापूँजी के चेर, गुजरात के चेर हिमालय के किरात, किरीट ये सब नाग जातियाँ हैं। प्राकृत और पाली इनकी बोली थी। इसे ही मागधी, पिशाची, पैशाची कहा जाता है। इनकी ये भाषा अनार्य भाषा है।

हिमांचल प्रदेश और कांगड़ा, हमीरपुर में आज भी एक प्रकार की नाग जाति मिलती है। इस नाग जाति को आर्य क्षत्रिय का दर्जा देते थे। कुमायूँ में नाग जाति के चिह्न आज भी मिलते हैं। नागदा और देवास को नाग जाति की प्राचीन नगरी कहा जाता है। द्राविड़, नवबौद्ध, नास्तिक, रावण और महिषासुर आदि को नाग जाति से सम्बन्धित माना जाता है। नाग जाति के देवता शिव माने जाते हैं। शिव के गणों में नागों के पूर्वज नाग को प्रमुख गण माना जाता है। सम्भवतः आर्यों से पूर्व भारत पर इन्हीं गणों (नागों) या शूद्रों का शासन था। या शूद्रों का शासन था और नाग आदि गण उनके विशेष सहयोगी शासक थे।

आर्य-अनार्य के सम्मिश्रण से भी आज की अनेक नयी-नयी जातियों का अविर्भाव हुआ। आर्यों और नागों असुरों आदि के मेल से नयी जातियों का जन्म हुआ। खासतौर पर आर्य पुरुषों और अनार्य स्त्रियों के मेल से कई नयी जातियाँ उत्पन्न हुईं। जिससे वर्णव्यवस्था के नये-नये वर्ण बने। क्षत्रिय, वैश्य और शूद्रों के अनेक नये वर्ग इसी दो संस्कृतियों के मेल से उत्पन्न माने जाते हैं।

सर्राफ रामप्रसाद ने अग्रवाल इतिहास चिन्तनिवा में बताया है कि अग्रवाल वैश्यों को भी नागवंशी माना जाता है। महाराजा अग्रसेन के पिता पाण्डवों से युद्ध करते हुए मारे गये थे। अग्रसेन ने नाग राजा कुमुद की कन्या माधवी से विवाह करके उससे वैश्य वर्ण उत्पन्न किया और वैश्य वर्ग का विस्तार किया। बन्सल, कन्सल, राजवंशी, अग्रवाल वैश्य सब उन्हीं के वंशज हैं। ये आज वैश्य समाज के गोत्र होते हैं। ऐसे कुल अठारह गोत्र हैं जो अग्रसेन के पुत्रों और नाग कन्याओं आदि से उत्पन्न हुए थे।

पौराणिक कथाओं में नाग जाति का संघर्ष दर्ज मिलता है। एक पौराणिक कथा के अनुसार जीमूतवाहन ने साहस से नाग जाति की रक्षा की थी। 'जनमेजय' या 'नागयज्ञ' प्राचीन आर्य-अनार्य नाग जाति के संघर्ष का ही प्रतीक है, जिसमें नाग जाति को आर्यों ने बहुत हानि पहुँचायी।

जी.एस. उपाध्याय के मतानुसार विश्व के अनेक देशों वालियान, असूर्या या असीरिया, फिलीस्तीन और ईरान में नाग जाति के होने के प्रमाण मिलते हैं। कुछ अन्य विद्वान् भी मानते हैं कि नाग जाति वही पर से सुमेरियन, असुरियन और द्राविणियन के साथ भारत आये थे। हड़प्पा और मोहन जोदाड़ो की सिन्धु घाटी सभ्यता में नाग से सम्बन्धित सील और मुहरे प्राप्त हुई हैं। ऋग्वैदिक काल में जिन अहि (नाग) जाति का उल्लेख मिलता है उन नाग योद्धाओं और नाग राजाओं में अहिमित्र प्रमुख था। उन्हें इन्द्र के शत्रु के रूप में दर्शाया गया है। अथर्ववेद में भी इलीगी और विलीगी जैसे नाग राजाओं का उल्लेख मिलता है। ये असुरियन राजा थे। काठियावाड से प्राप्त प्रयास क्षेत्र से प्राप्त बर्तनों से भी यह सिद्ध होता है कि ये वही बर्तन हैं जिन्हें महाराष्ट्र के प्रसिद्ध यादव प्रयोग करते थे। यादव मूलतः पश्चिमी एशिया और ईरान के निवासी माने जाते हैं। वे गोल सिरवाले, अल्पाइन या चपटी अल्पाइन या द्राविणिनियन देश के माने जाते हैं। ऋग्वेद के अनुसार ये लोग संस्कृत न बोलनेवाले तथा अनार्य थे जिनकी मातृभाषा सूरसेनी थी। जिसे पुराणों में म्लेच्छ भाषा कहा गया है। ये ऋग्वेद में दास कहे गये हैं। ये मातृपूजक, सर्पपूजक, पूरे भारत में फैले और महाभारत-काल में इन देशी अवैदिक लोगों का प्रभाव देखा गया। इनका आर्यों से संघर्ष हुआ।

हिन्दू मिथकों में अनन्त नाग (शेषनाग) को कश्यप ऋषि और उनकी नागपत्नी कद्रू से उत्पन्न सबसे पराक्रमी पुत्र माना गया है। कहते हैं इन्होंने ही ब्रह्मा जी के कहने पर धरती को शीश पर धारण किया। वासुकी नाग की कश्यप ऋषि और नागकन्या कद्रू के पुत्र थे। इन्हें यमराज का पद भी मिला था। तक्षक नाग पातालवासी आठ नागों में एक माने जाते हैं। कथा है कि श्रृंगी ऋषि के शाप से तक्षक नाग ने आर्य राजा परीक्षित को डस लिया था। जनमेजय ने तक्षशिला के समीप तक्षकों (नागों) से युद्ध किया था और उन्हें पराजित किया था। कार्कोटक नाग भी शिव के गण माने जाते हैं। पद्म नागों का गोमती नदी के पास नैमिष क्षेत्र पर अधिकार और शासन था। महापद्म मुड् वंश का नाग था। शेख नाग नागों के आठ कुलों में ही एक था। इन्हें नाग चिह्न (गणचिह्न) के रूप में आज भी नाग जाति स्वीकार करती है। वर्तमान नागा जनजाति अपने को इन्हीं नागकुलों का वंशज मानती है। और लगभग सभी जनजातियाँ अपने को नाग संस्कृति से जुड़ी पाती हैं।

किन्तु जहाँ अधिकांश नाग जातियाँ वीरता बहादुरी के कारण आर्य क्षत्रियों के समतुल्य मानी गयी हैं वहीं कश्यप ऋषि और नागकन्या कद्रू के पुत्र कुलिक नागों को ब्राह्मण सदृश माना जाता है। कहते हैं इनका ब्रह्मा से सीधा सम्बन्ध था।

इन तमाम प्राचीन नागवंशों से ही तमाम नाग जातियों का विस्तार हुआ। कालान्तर में नाग जातियाँ आर्यों से पराजित होकर जंगलों में पलायन कर गयीं और धीरे-धीरे जन जातीय स्वरूप ग्रहण करती चली गयीं। मुख्यधारा से कट गयीं। आज नागजनजाति भारत के पूर्वोत्तर क्षेत्रों तथा म्याँमार से पश्चिमोत्तर क्षेत्र में पायी जाती हैं। भारत के

नागालैण्ड में आज ये बहुसंख्यक हैं। 2012 में नागालैण्ड में इनकी जनसंख्या करीब सत्तरह लाख थी। इसके अलावा मणिपुर, आसाम, अरुणांचलप्रदेश में भी इनकी बड़ी जनसंख्या है। तमाम नाग जाति के लोग भारत के शूद्र वर्ण में सेवक की तरह शामिल कर लिये गये थे। अब उनकी अलग-अलग पहचान सम्भव नहीं है। लेकिन जो जंगलों में रहे और जनजातीय स्वरूप में हैं उनकी अपनी पहचान आज भी है।

अंग्रेजी शासन से पहले तक बाहरी दुनिया से इस नाग जनजाति का कोई सम्बन्ध नहीं था। 1828 तक असम ब्रिटिश शासन के कब्जे में आ गया। लेकिन नाग जनजाति लगातार असम सीमावर्ती क्षेत्रों में आक्रमण करती रही। 1945 में नागा सरदारों के साथ अंग्रेजों का समझौता होने के बाद जाकर नागा आक्रमण बन्द करने पर सहमति बनी। फिर भी इस समझौते का अनेक नागा सरदारों ने उल्लंघन किया। 1851 में अंग्रेजों ने इस क्षेत्र में नागालैण्ड में अपनी सेना तैनात कर दी। परन्तु 1978 में भी नागाओं ने अंग्रेजी कैम्पों पर फिर आक्रमण किया। इसका जवाब अंग्रेजों ने बर्बरता पूर्वक दिया और नागा क्षेत्रों में आग लगाकर जला दिया। 19वीं शताब्दी के आखिरी दौर में ईसाई मिशनरियों ने इस क्षेत्र के नागाओं के बीच काफी काम किया और वे नागाओं का धर्म-परिवर्तन कराने में कामयाब रहे। इस धर्म-परिवर्तन ने इनके सामाजिक और सांस्कृतिक जीवन को बहुत प्रभावित किया और उसे बदल कर रख दिया। आज करीब पञ्चान्बे प्रतिशत नागा ईसाई धर्म में परिवर्तित हो चुके हैं।

भारतीय इतिहास में नागाओं के संघर्ष का लम्बा इतिहास रहा है। जपू फिजो ने नागाओं के संघर्ष के लिए नागा नेशनल काउन्सिल का गठन किया था। जिनका उद्देश्य अलग नागा राज्य था। जून, 1947 में नागा नेशनल काउन्सिल का अंग्रेजों से नौ सूत्री समझौता हुआ था किन्तु अनेक नागाओं ने इसका विरोध किया। ब्रिटिशराज्य के अन्तिम दिनों में 14 अगस्त, 1947 को नागा नेशनल काउन्सिल ने नागालैण्ड की स्वतन्त्रता घोषित कर दी। मार्च, 1951 में नागा नेशनल काउन्सिल ने दावा किया कि अलग नागालैण्ड के लिए उसके द्वारा कराये गये जनमत संग्रह में निन्यानबे प्रतिशत लोग उसके साथ हैं। किन्तु 1952 में भारत सरकार ने उनके दावे को खारिज कर दिया। बाद में फिजो जो उनका नेता था लन्दन भाग गया और वहाँ से स्वतन्त्रता आन्दोलन अभियान चलाता रहा किन्तु अन्ततः वहाँ उसकी मृत्यु हो गयी।

नागवंश से सम्बन्धित इन भारतीय नागा जनजातियों की प्रमुख भाषा कुकी चिन भाषा है। यह एक अनार्य भाषा है। इसके अलावा इन्होंने क्रिमोल भाषा का भी विकास किया है। इसका उपयोग ये आपसी बातचीत में करते हैं। पारम्परिक रूप से ये नागा जनजाति के लोग गाँवों में रहते हैं। इनका मुख्य धन्धा या रोजगार पारम्परिक शिकार है। ये सभी जंगली जानवरों का शिकार करते हैं। वस्तुतः यह एक योद्धा जनजाति है। जैसे वर्णव्यवस्थावाले वैष्णव समाज में क्षत्रिय होते हैं। अनार्य जनजाति में उसी तरह ये नागा जनजाति भी है। नागा समुदाय में इनकी वीरता को देख-परखकर ही इनकी

शादी होती है। इस जनजाति की स्त्रियों की दशा काफी अच्छी होती है। इनकी स्त्रियों को पूर्ण स्वतन्त्रता प्राप्त है। आजकल कुछ नागा सर्वात्मवादी होते हैं तो अधिकांश बाकी सभी ईसाई धर्म अपना चुके हैं।

भारत में इन नागा जनजातियों की खासतौर पर कुल छाछठ जनजातियाँ हैं। प्रमुख नागा जनजातियों में अंगपी, एओ, चांग, कोन्याक, चरम, संगटम, तुत्स, सुभी तथा वांचू हैं। ये नागा जनजातियाँ सर्प (नाग) को ही अपना टोटम (गणचिह्न) मानती हैं। नाग को ही अपना संरक्षक देवता मानती हैं। आमतौर पर ये सर्प (नाग) का कृत्रिम मुकुट धारण करती हैं। विशेष अवसरों पर ये कोबरा नाग का मुकुट धारण करते हैं।

वास्तव में नाग एक अतिप्राचीन योद्धा जाति है। बाद में पराजय और पतन के बाद ये वनवासी होने पर विवश हुए। लम्बे समय के बाद इनका एक जनजाति के रूप में रूपान्तरण हो गया। आज भी नागा जनजाति के लोग प्राचीन नाग जाति को ही अपना पूर्वज मानते हैं और स्वयं को इनका वंशज मानते हैं। भारत के क्षत्रिय, वैश्य और शूद्र जातियों को जो वर्णव्यवस्था में लाये गये उन्हें नागवंश से सम्बन्धित माना जाता है। राम, कृष्ण, बुद्ध, महावीर को भी प्राचीन नाग जाति से सम्बन्धित माना जाता है। यदुवंश को भी नागवंश का ही माना जाता है। आर्यों को भारतीय सभ्यता का जन्मदाता न माना जाकर अनार्य नागों को ही सिन्धु सभ्यता का संस्थापक निर्माता माना जाता है। प्राकृत, पालि और मागधी देशज अनार्य भाषाएँ भी मूलतः अनार्य नागों असुरों की भाषा थी। आज जिसे महाराष्ट्री प्राकृत या पिशाची भाषा कहा जाता है। अमरावती और साँची के स्तूपों में बौद्ध धर्म के प्रचार में इसी भाषा का प्रयोग हुआ है। बौद्ध धर्म और जैन धर्म को अनार्य असुरों नागों के वंशजों का ही धर्म माना जाता है जिसका नये रूप में विस्तार हुआ। कहते हैं। काले और लाल मृद्भाण्ड की संस्कृति यदु और नागों की ही थी। ऋग्वेद में अहि को खतरनाक नाग बताया गया है। अहिच्छत्र नागों की ही राजधानी थी। इसी वंश में वृत्रासुर (वृत्त) या अहिपुत्र हुए थे। इनकी नागपूजा की संस्कृति असुरियन है अतः इन्हें असुर माना जाता है। यानी अनार्य लौहयुग में काला और लाल मृद्भाण्ड संस्कृति यदु और नागों की ही थी।

यद्यपि यदु को आर्यों की एक शाखा मान लिया गया है किन्तु इसे सही नहीं मानने वालों का कहना है कि ऋग्वेद (96-13, 10,15) के वर्णन से पता चलता है कि यदु और आर्य अलग-अलग मूल के थे। इन्द्र ने बृहस्पति, मरुत् और विश की मदद से कृष्णासुर पर अंशुमती नदी के किनारे हमला किया था। इन्द्र ने मरुद्गण से उसे मारने को कहा था। अन्ततः इन्द्र ने कृष्णासुर को उसकी सेना के साथ मारा था। यहाँ तक कि इन्द्र ने कृष्णगर्भ को भी मारा था जो कि कृष्ण की पत्नी के गर्भ में था। इन्द्र ने ब्रजभूमि में वर्षा से हमला भी किया था। कृष्ण ने अपने परिवार और वंश को गोवर्धन पर्वत में छिपाकर बचाया था।

ऋग्वेद से ही पता चलता है कि प्राचीन यदु संस्कृत भाषा न बोलनेवाले अनार्य थे। पुराणों के अनुसार इनकी बोली सूरसेनी थी जो कि एक म्लेच्छ भाषा थी। ये यदु, पुर्वस, पुरु, अनु, ब्रह्म सभी संस्कृत भाषी नहीं थे। ये सम्भवतः नाग जाति के थे। अनु, ब्रह्म, यदु, पुरु, तुर्वष ने आर्यों पर परुष्णी नदी पर हमला किया था। अनु का अर्थ भी अनार्य दुहय या हुह था। यदु मूलनिवासी देशी लोग थे। महाभारत आदिपर्व, 39-42; के सन्दर्भ के अनुसार तुर्वष के पुत्र यवन थे और अनु के पुत्र म्लेच्छ थे। ऋग्वेद में पुरु मृदावाक् की भाषा वैदिक भाषा से अलग थी। ये पाँचों मूल निवासी जातियाँ सिन्धु नदी के पश्चिम में रहती थीं। प्राचीन काल में यह नदी दो भागों में बहती थी। दर्हिस्तान में दार्हिक भाषा बोली जाती थी। गिलनिट और कश्मीर, पंजाब में था। कहते हैं दसराज्ञ युद्ध हड़प्पा के लोगों से हुआ था। भारत में घोड़ा कहीं असुरियन पहली बार लाये थे। कृष्ण भी इसी वंश के थे। वे काले थे। उनके भाई बलराम हमेशा नागों से सुरक्षित थे और शेषनाग के अवतार माने जाते थे। यादव वंश के काले नायक कृष्ण वासुदेव के पुत्र आर्यक के पौत्र थे। आर्यक नाग मुखिया था। बलदाऊ कृष्ण के बड़े भाई थे। कहते हैं उनकी मृत्यु के बाद उनकी आत्मा एक कोबरा की शक्ल में बाहर आयी थी। मथुरा के ग्रामीण इलाकों में उनकी नाग छवि सुरक्षित है। ये सर्प पूजक और नाग जाति के थे।

इक्ष्वाकु वंश को भी प्राचीन नागवंश से जोड़ा जाता है सम्भवतः बाद में इसका आर्यीकरण हुआ। यह वंश सूर्यवंशी नाग राजा सुची लिहु से प्रारम्भ हुआ माना जाता है। बौद्ध धर्म का भी असुर जाति नागवंश से गहरा सम्बन्ध दिखता है। अमरावती और साँची के स्तूपों में यह सिद्ध होता है। इन स्तूपों में नाग जाति के लोग बुद्ध की पूजा करते दिखाये गये हैं। बुद्ध की तमाम मूर्तियाँ नाग की छत्रच्छाया में प्रदर्शित है। इस तरह बुद्ध एक नाग राजा प्रतीत होते हैं। बुद्ध शाक्य क्षत्रिय थे। इक्ष्वाकु पार्श्वनाथ की इक्ष्वाकुवंशी थे। राम भी इक्ष्वाकुवंशी थे। डॉ. बुद्धप्रकाश के मत से भक्क्षु, अक्वसु, अस्काका, यकाका, भक्यु और इक्ष्वाकु एक ही शब्द के अलग-अलग रूप हैं। ये शब्द हाइक्सास शब्द के पर्यायवाची हैं। जो ईजिप्ट में 1750 ई.पू. में दर्ज मिलता है। ये द्राविड़ नस्ल के हैं। बुद्ध आर्य नहीं शाक्य थे। जो गणसंघ, गणतन्त्र, आदिवासी गणतन्त्रात्मक व्यवस्था को मानते थे। शाक्यगण, वज्जिगण से सम्बन्धित हैं। ये शाक्यगण ओक्कावुक कुरकुण्ड, हस्तीनक और सिनीपुर से सम्बन्धित हैं। जो कोकाकू संस्कृति इक्ष्वाकु कौशल के राजा से सम्बन्धित हैं। उनकी शादी अपनी असली बहन के साथ हुई थी। हस्तीनाक नाम से प्रदर्शित होता है कि नाग नस्ल से ये सम्बन्धित थे। ये भी शिशुनाग। 24वें तीर्थङ्कर महावीर बुद्ध के समकालीन थे। उनका जन्म अनार्य वृत्त लिच्छवी परिवार में वैशाली में हुआ था। उनका गोत्र कश्यप था। जो महाराजा अग्रसेन की राजधानी अग्रोहा से सौ मील की दूरी पर स्थित था। एक समय नाग राजा कुमुद अपनी पुत्री माधवी के साथ पृथ्वी पर आये। इन्द्र उनकी पुत्री पर मोहित हो गये

और उसने नागराज कुमुद से उनकी कन्या माधवी की माँग की। किन्तु नागराज ने इसे स्वीकार नहीं किया और उन्होंने अपनी पुत्री की शादी अग्रोहा के महाराजा अग्रसेन से कर दी। अग्रसेन और नागकन्या माधवी के वंशज ही समस्त अग्रवाल वैश्य हुए। ये दो प्रकार के हैं—राजवंशी और नागवंशी। इन वंशों ने व्यापार पर एकच्छत्र अधिकार कर पुनः सम्पन्नता प्राप्त की। क्योंकि उससे पहले महाराजा अग्रसेन के पिता पाण्डवों से युद्ध करते हुए मारे गये थे। उनके मारे जाने के बाद महाराजा अग्रसेन ने अपने वंशजों को व्यापार के लिए प्रेरित किया और वे क्षत्रिय से वैश्य वर्ग में आकर उन्हें यश अर्जित करके पुनः समृद्ध हुए।

वैसे वैश्य एक अतिप्राचीन जाति मानी जाती है। बौधायन धर्म सूत्र (1-24) के अनुसार ब्राह्मण आर्य जो समुद्र-यात्रा करते थे वे जाति से बाहर माने जाते थे। क्योंकि शास्त्रों में समुद्र-यात्रा वर्जित थी। समुद्र-यात्रा करनेवाले व्यापारी और पणि कहलाते थे। यही पणि वैश्यों के मूल पूर्वज थे। वे पश्चिमी देशों मेसोपोटामिया आदि से व्यापार करते थे। उनकी मुद्राएँ वहाँ से प्राप्त होती हैं। ये पणि आर्यों के पूर्व से ही सम्भवतः सिन्धु सभ्यता से भारत में थे। इस व्यापारी वर्ग की पहचान पनिक, पनि, वणिक् के रूप में मिलती है। इन वणिकों ने मालाबार, सप्तसिन्धु, गुजराज में अपना व्यापार फैलाया था। सिन्धुघाटी सभ्यता को इन्हीं व्यापारियों की सभ्यता माना जाता है जिन्होंने मेसोपोटामिया ईजिप्ट और वानियान तक अपना व्यापार फैलाया था। यह बहुत सम्पन्न वर्ग था और गणतन्त्र व्यवस्था के तहत शासन में इनकी भूमिका थी।

नागवंश के पणि लोग ही वर्तमान वैश्यवर्ग के मूल पूर्वज थे। बाद में इसमें व्यापार के आधार पर अन्य लोग भी सम्मिलित होते चले गये। जबकि महाराजा अग्रसेन और उनकी नाग पत्नी माधवी से इनके आधुनिक अग्रवाल वैश्य वंश का विस्तार हुआ।

ऋग्वेद में 'पणि' को बहुत सम्पन्न कहा गया है। ये पणि पश्चिमी दुनिया से व्यापार करनेवाले लोग थे। बाल, सूर्य, वरुण, उसनस इनके मुख्य देवता थे। बाल या बाला देवता का वर्णन कई जगह मिलता है।

अग्रवाल वैश्य वर्ग एक प्राचीन वैश्य वर्ग है। हिसार और फतेहाबाद के बीच अग्रोहा पर्वत स्थित है। राजा अग्रसेन यहीं के राजा थे। अग्रोहा का प्राचीन नाम अग्रोहक या अगरा की है। आगरा उन्होंने ही बसाया। आगरा का किला पहले दीवान तन्नोमल ने बनवाया था जो अग्रवाल वैश्य थे। पटियाला के राजा सिगर सिंह दरबारी थे।

पौराणिक कथाओं के अनुसार महाराजा अग्रसेन और नागकन्या माधवी से उन्हें अठारह पुत्रों की प्राप्ति डंक ऋषि के आशीर्वाद से प्राप्त हुई थी। इससे अग्रवालों की अठारह उपजातियाँ उत्पन्न हुईं। यही उनके गोत्र हैं। गंगल, तयाल, मंगल, वण्डल, नागल, कन्छल, जिन्दल, विन्दल, मित्तल, गोयल, बन्सल, कन्सल, सिंघल, पिंगल। ये नागवंश से सम्बन्धित है इसके कई प्रमाण आज भी मिलते हैं। तमाम क्षेत्रों में

अग्रवालों के घरों में दरवाजों पर नाग के चित्र अंकित रहते हैं। वे नागपूजक होते हैं। मारवाड़ी और पूर्वी अग्रवाल भी नागवंशी माने जाते हैं। पहले इनके पूर्वज राजा और क्षत्रिय जैसे थे बाद में वे सभी व्यापारी वर्ग में शामिल हो गये। जो व्यापारी वैश्य वर्ग आदिकाल से भारत में विद्यमान था। अग्रसेन या उग्रसेन का उल्लेख महापुराण में नागराज उग्र के नाम से मिलता है। प्राचीन वणिक् वर्ग का सम्बन्ध 'जीव' नाग से मिलता है। सातवाहन राजाओं को भी वणिक् नागवंशी माना जाता है। बुद्ध के अनुयायियों में नाग या नाक उपनाम लिखनेवाले वणिकों का उल्लेख मिलता है। गोलनाक पुत्र इसीपोल का जिक्र आता है। सोनपारा के स्वर्णकार का निवास नागपालित था जिन्होंने बुद्ध को दो विहार दान दिये थे।

ये अग्रवाल वैश्य अनार्य और द्राविड़ थे और मूलतः अल्पाइन मूल के थे। जो नागवंश से सम्बन्धित थे और जिन्होंने व्यापार पर एकाधिकार कर लिया था। ये नाम के आगे दास लिखते थे। इससे भी ये अनार्य ही जान पड़ते हैं। यह वर्ग मूलतः दास वर्ग से ही सम्बन्धित था। बहुसंख्यक दास वणिक् की स्थिति बहुत सामान्य थी। जैन वणिक् भी इसी दास वर्ग से सम्बन्धित थे। जीव और व्यापारी इसी दास वर्ग से सम्बन्धित थे। जिन्होंने विदेशों में भारतीय सभ्यता और व्यापार का प्रसार किया था। ये वणिक् प्राचीन शासक वर्ग से भी थे और गणतन्त्र तथा संघ से सम्बन्धित थे। वज्जिसंघ और वैशाली इनके शासन के प्रमुख केन्द्र थे। इन्हीं की शाखा लिच्छवि और इक्ष्वाकु माने जाते हैं। महाराज हर्षवर्द्धन को भी इनसे सम्बन्धित माना जाता है। शिशुनाग ने मगध को अपना केन्द्र बनाया था। महावीर और बुद्ध ने श्रमण संस्कृति की स्थापना की थी।

मौर्य, भारशिव, नाग, सातवाहन ने उत्तरी भारत और मध्यभारत में अपनी शक्ति बनायी थी। शान्ति का माहौल बनाया था तब व्यापार और बढ़ा। गिरिब्रज, पालितपुर, मथुरा, तक्षशिला, अहिच्छत्र, कौशाम्बी, कुशी, वैशाली आदि इनके प्रमुख व्यापारिक केन्द्र थे। नागपुर, विदिशा, उज्जैन, पद्मावती, मध्यदेश में इनके प्रमुख व्यापारिक केन्द्र बने। गृह निर्माण आरम्भ हुआ, आग से बनी ईटों का प्रयोग शुरू हुआ। पत्थरों का इस्तेमाल शुरू हुआ। ब्राह्मी लिपि का विकास हुआ गिल्ट आधारित व्यापार की शुरुआत हुई। विदर्भ में बुद्धमत प्रसारित हुआ। बुद्ध के नाग जाति से सम्बन्धित होने को इस बात से भी बल मिलता है, जब उनके निर्वाण के बाद उनके शरीर की राख को लेकर बहुतों ने अपना दावा पेश किया। उनके दाँत नागराज गान्धार को मिले। उनकी राख विभाजित की गयी और राजगढ़ के अजातशत्रु, वैशाली के लिच्छवि, कपिलवस्तु के शाक्य, अलाकप्पा के कुलिक, पावा के मल्ल, रामग्राम के कोलिय, वेधद्विपा के ब्राह्मण को इसे दिया गया। पिप्पलीवन के मौर्यों को यह राख नहीं दी गयी। केवल उन्हें कोयला मिला। इस तरह आठ जगह राजगढ़, वैशाली, कपिलवस्तु, अलाकप्पा, रामग्राम, वेधद्विप, पावा और कुशीनगर में महास्तूप बनाये गये। बुद्ध के दाँत चार भागों

में बाँटे गये। एक स्वर्ग, दूसरे गान्धार, तीसरे कलिंग, चौथे नागभूमि को मिले। इनके महास्तूप गान्धार, कलिंग और नागभूमि में बनाये गये। नागपुर राज्य ही वास्तविक नागभूमि माना जाता है। बुद्ध धर्म का विकास नाग संस्कृति के आधार पर ही हुआ था। नाग संस्कृति का विकसित रूप ही बुद्ध धर्म है। यह अनार्य असुर नाग संस्कृति का ही विकसित रूप है।

मराठा समाज का नाग संस्कृति से गहरा सम्बन्ध था। महाराष्ट्र, राष्ट्री, समाजी, (समराटी) जनजाति की माता भूमाता, मातृदेवी अनार्य सभ्यता और संस्कृति का ही अवशेष है। महार और स्तानाग पद्मावती का शासक था। शान्तिपुरी और मथुरा पर भी उसका अधिकार था। नाक और नाग शब्द का प्रयोग महार और मराठा योद्धा के लिए होता था। अंग्रेजों के समय में भी महार नाक और नाग शब्द का पर्याय था पार्श्वनाथ की तरह ही यह परिवार शाक्य परिवार के समान था। वे भी असली भाई-बहन से जन्में थे। उनके पिता सिद्धार्थ विवाह द्वारा मगध के राजा बिम्बसार से सम्बन्धित थे। महावीर का विवाह उनकी चचेरी बहन से हुआ था लेकिन वे आजीवन, अविवाहित की तरह रहे। शादी कभी पूर्ण नहीं हुई। लिच्छवी भी अनार्य थे। बुद्ध और महावीर ने श्रमण संस्कृति का आन्दोलन चलाकर उसे पुनः स्थापित किया। इन्होंने वैदिक ब्राह्मणी वैष्णवी व्यवस्था आत्मा-परमात्मा का विरोध किया। वे इस बात के विरोधी थे कि वेद, वर्ण और जातिव्यवस्थाएँ ईश्वरीय हैं। वे उसके दुष्परिणाम बताते रहे। उन्होंने जाति-विहीन समाज की स्थापना की। समानता और भाई-चारे की व्यवस्था स्थापित करने का सार्थक प्रयास किया।

कुछ लोगों का यह भी कहना है कि सातवाहन भी नागवंशी थे। महाराजा भोज भी नागवंशी थे। दक्षिण के राजा नाग अनार्य थे। चालुक्य भी नाग जाति के थे। इनका भी गोत्र कश्यप था। हरिपुत्र, मानक गोभी, युट्स, कदम्ब, चालुक्य सभी अनार्य थे। भारशिव भी नागवंशी थे। वाकाटक भी नागवंशी अनार्य थे। लंका के राजा रावण भी माता की ओर से नागवंशी थे। गुप्तवंशी राजा भी अनार्य थे और नागवंशी थे। राजा भोज भी शैव नागवंशी थे। मेघवाहन भी अनार्य नाग ही थे। कश्मीर के कार्कोटक वंश (कश्मीर) कलिंग और महाकौशल के राजा भी नागवंशी थे। राष्ट्रकूट और मराठा भी नागवंशी ही थे। इस तरह बहुत समय तक नागवंशियों का भारत में प्रभुत्व बना रहा। दलित लेखक मानते हैं कि सातवाहन तो महार जनजाति के थे। आज के मराठी, कुनबी, महार इन्हीं सातवाहनों के वंशज हैं। इसीलिए ज्यादातर नाग राजाओं ने उपनाम दित्या, दत्ता, मित्रा, सेन, नाग या नाक जोड़ा था। और उन्होंने अपने को कश्यप, मानव्य और हरिपुत्र बताया था।

महाभारत भाग एक की एक कथा के अनुसार दक्ष ने अपनी तेरह पुत्रियाँ कश्यप ऋषि को व्याही थीं। उसमें ही एक कन्या का नाम कद्रू था उसी से नागों की उत्पत्ति हुई थी। इसीलिए नाग जाति के लोग अपने को कश्यप कहते हैं। एक कश्यप प्रसिद्ध

जैन मुनि भी हुए हैं। आदिपुराण के अनुसार पार्श्वनाथ उस राजवंश में हुए थे जिसका गोत्र कश्यप था। उनका उपनाम माधव था। 22वें तीर्थङ्कर का गोत्र भी कश्यप था। इस तरह जैन तीर्थङ्कर कश्यप और नाग वंश से सम्बन्धित माने जाते हैं। 23वें तीर्थङ्कर भी सर्पवंश या नागवंश से थे और उनका जन्म उग्र नामक नागवंश में हुआ था। पंजाब से मुल्तान शहर का प्राचीन नाम कश्यपापुर था। कश्यप के बड़े पुत्र का नाम दैत्य हिरण्यकश्यप था। दिति से उनका जन्म हुआ था। हिरण्यकश्यप का पुत्र प्रहलाद हुआ उसका पुत्र वैन्य। कृष्ण ने वैन असुर का वध किया था। और कृष्ण के पुत्र शाम्ब राजा हुए। भूमाता देवी और हरीतिमा माता देवी की पूजा नाग जातियों में आज भी प्रचलित मिलती है। क्षत्रियों को एक बड़ा वर्ग नागवंशी अनार्यों से उद्भूत हुआ प्रतीत होता है, जिनका आर्यीकरण हुआ।

क्षत्रिय ही नहीं वैश्य जाति का सम्बन्ध भी नागवंश से माना जाता है। क्षत्रिय राजा और नागवंशी कन्याओं से ही कुछ वैश्यों का उदय हुआ। सर्राफ रामप्रसाद की अग्रवाल चिन्तनिका के अनुसार जो सत्यकेतु विद्यालंकार के प्रमाण से वर्णित है उन्होंने बताया है कि अग्रवाल वंश के दो विभाग थे। नागवंशी और राजवंशी। इसमें दो नाग नाम है वासुकी और कुमुद। ये नाग खण्डवा के जंगल प्रयोग करते थे। दक्षिण के संगम साहित्य में भी महुर (महार) लोगों का जिक्र मिलता है। मराठा के साथ ही महार या रत्तानाग की पहचान की जाती है। ऐतिहासिक काल में नाग राजाओं के आगे नाग, नन्दी, दत्ता, सेन, जुड़े मिलते हैं।

काशी में भी दसवीं और आठवीं शताब्दी ई.पू. में नाग राज्य का पता चलता है। तेरहवे तीर्थङ्कर पार्श्वनाथ ने ब्रह्मदत्त के यहाँ जन्म लिया था जो काशी के राजा थे। वे नाग राजकुमार माने जाते हैं। शिशुनाग काशी का पूर्व राजा था। मगध में उसने शिशुनाग वंश राज्य की स्थापना की थी। शिशुनाग को शिशुनाक भी कहा गया है। नवनागों ने पद्मावती, कान्तीपुरी और मथुरा में 140 ए.डी. से 344 ए.डी. तक राज्य किया था। उसमें नवनाग, वीरसेन, भीमनाग, स्कन्धनाग, बृहस्पति नाग, व्याधुनाग, देवनाग, गणपति नाग, हमनाग, भय नाग, वर्हिना नाग, चराज नाग, भवनाग, कीर्तिसेन, नागसेन, और नागदत्त माहेश्वर नाग प्रमुख थे। सातवाहन-काल में भी इन उपनामों के प्रयोग मिलते हैं। बहुत-से बुद्ध गुफा जो सातवाहन-काल के हैं उनमें नाग या नाक के नाम दर्ज हैं। बुद्धगुफा नम्बर सत्तरह एक नाग नादसवा द्वारा बनवाया गया था। छठवीं, सातवीं, आठवीं और नौवीं गुफा के स्तूप में थेर (स्थावर) अन्यीनाक या अहिकि नाग का स्तूप भी है। स्तूप पाँच में एक नाम नागनिका का उल्लेख मिलता है। स्तूफ सात, आठ, नौ, दस संस्कृत में है जो बाद का है। इसमें भी नाग नाम का उल्लेख है। इसमें महाभोज का भी उल्लेख है। इस धार्मिक गुफा का दान नाग गृहस्थ और व्यापारियों ने किया था। वसुतनाक का दान व्यापारियों ने किया था। यहाँ के तालाब का दान वसुनाक व्यापारियों ने किया था। एक धार्मिक दान शिवदत्त पत्नी

वाहमीक और माता पुरुनाक ने किया था। बेदास गुफा का दान पुरुषनाक व्यापारी ने किया था। एक दान मराठिनी महादेवी समदनिका पुत्री महाभोजक पत्नी अष्टदेवनाक ने किया था। कर्ले गुफा में सिंह स्तम्भ गोटिका पुत्र महारानी अग्निमित्र नाक ने किया था। एक दान भैला माता महादेवनाक गृहस्थ का है। स्तम्भ का दान मितदेव नाक पुत्र उषामदान निवासी वेनुकाकट द्वारा किया गया मिलता है। शेला खादी गुफा सियागुनिका पत्नी बृषभनाक, और उसके पुत्र नन्द कुन्वी किसान निवासी धेनुकाकट द्वारा दिया गया। गुन्नार में थम्बूरी नाक ने दान दिया था। शिवनेरी चैत्यगृह का नाग गृहस्थ व्यापारी विर्सनाक ने किया था। कन्हेरी गुफा का दान नकनाक निवासी नासिक ने किया था। शातकर्णी काल में गौतमीपुत्र श्रीयज्ञ और ऊपरनाक पुत्र उपासक व्यापारी ने दान दिया था। प्राकृत गुफा और तालाब का दान हमीपाल पुत्र, गोलनाक व्यापारी ने किया था। प्राकृत केव का दान नागपालित और उसके परिवार ने किया था। ये कावेरी निवासी समोरा के थे। प्राकृत गुफा के भिक्षु संघ का दान नागमूलनिका पात्नी महाराजा महाराठिनी पुत्री महाभोज (महाभोजी) माता खण्डनाग ने किया था। शताक्सीरी गुफा स्कन्धनाग मातरी और महाभोज की बहन अहिजा वेनसेन ने किया था। यह सब दान मौर्यों के अन्तिम वर्ष में और प्रारम्भिक शुंगकाल में हुआ था। यह दूसरी शताब्दी ईस्वीपूर्व का समय था। उस समय नासिक में महापात्रा और सप्तवाहन परिवार के राजा कृष्ण राज कर रहे थे।

कहा जाता है इसी तरह चैत्यगृह का निर्माण तिश्न भूमि में महाबुसिरिया पुत्री आरोहालय पालिका नाक पत्नी अग्नि नाक माता कार्तिकिय और माता कन्नान द्वारा कराया गया था। नासिक की गुफा का दान भिक्षु संघ, चतुरिक्षा का दान चकलेपाकिया रामनाक पुत्र बेलीदत्त द्वारा किया गया था।

इससे पता चलता है कि नाग या नाक वंश से सम्बन्धित व्यापारियों ने बौद्ध धर्म के प्रचार प्रसार में अभूतपूर्व योगदान दिया था। उनका यह बौद्ध धर्म ब्राह्मण धर्म के कर्मकाण्ड आदि के विरुद्ध था। और एक तरह से भारत के मूल निवासी आदिवासी नाग, असुर अनार्य जातियों का अपनी मूल पहचान और अस्मिता को बचाने और पुनः श्रमण संस्कृति नागसंस्कृति असुर संस्कृति को जीवित करने तथा धार्मिक प्रतिरोध दर्ज करने का मामला था। जिसे उन्हीं वर्गों के व्यापारियों का यानी वैश्यों का और उसी वर्ग मूल के क्षत्रियों का भरपूर और अभूतपूर्व सहयोग मिला।

कालान्तर में मुस्लिम काल में भी नाग या नाक शब्द का प्रयोग मराठा जाति और उसके मुखिया द्वारा किया जाना पता चलता है। हुसैन गंग बहमनी के काल में हरनाक पोल और कामराज घाडगे जैसे सूर्यवंशी क्षत्रिय परिवार इसका प्रयोग करते थे। रामराज घाडगे और मराठा मुखिया हरनाक या हरंग नाक पोल की शादी हुई थी। उसके पाँच पुत्र हुए—पारसनाक, तोहनाक, नयानाक, जैतपडल नाक, और लोकनाथ। बाद में नाक शब्द महारों और मराठा के लिए प्रयोग हुआ। महार और मराठा दोनों नाग जाति

से ही सम्बन्धित लगते हैं। मराठा अनार्य नाग थे इस बात का प्रमाण उस घटना- सन्दर्भ से भी मिलता है जब मराठा शिवाजी द्वारा सत्ता प्राप्त कर लेने के बाद भी उन्हें आर्य क्षत्रिय नहीं माना गया, तब काशी के ब्राह्मणों ने भरपूर दक्षिणा लेकर उनका राज्याभिषेक कराया और उन्हें क्षत्रिय की पदवी दी।

अंग्रेजी काल में भी नाग या नाक शब्द का प्रयोग महार जाति में मिलता है। 1818 ई. में गोरेगाँव का युद्ध मराठा और अंग्रेजों के बीच हुआ था। इसमें मराठा महार योद्धाओं ने अपनी जीत दर्ज की थी। भीमा नदी के किनारे महार वीरों की स्मृति में जो स्तम्भ लगा है, उसमें 23 महार वीरों के नाम दर्ज हैं। इसमें अन्तिम तीन केवल जख्मी थे। इनके नाम-सोमनाक, कमलनाक, नायन, रामनाक, यशनाक, नायक, गोडनाक, घोटेनाक, रामनाक, भागनाक, हरनाक, निम्बनाक, कननाक, गणनाक, बालनाक, घोतनाक, रूपनाक, लाखनाक, वायनाक, बहयनाक, गणनाक, धर्मनाक, देवनाक, अओन नाक, गोपालनाक, बालनाक, हरनाक, हरिनाक, जैतनाक, धैमनाक, गणनाक, लाखनाक, जननाक, हीर नाक, भीमनाक, रतननाक, घननाक का नाम दर्ज है।

नागवंश का सम्बन्ध क्षत्रिय, वैश्य और शूद्रों से निकट का है। नागवंशी महाभारत के समय करीब 950 ई.पू. में भी भारत पर राज्य करते पाये गये हैं। वे कुछ क्षत्रिय तथा व्यापारी वैश्यों की तरह के थे और अंग्रेजी काल तक कई जगह उनका शासन था। उन्होंने अपना विकास मराठी, कुन्बी, वैश्य, एवं योद्धा क्षत्रिय की तरह किया था किन्तु आर्य दृष्टि और परम्परा के अनुसार वे शूद्र अथवा शूद्रवत् ही थे। एक समय तक नागवंशी लंका तक अपना शासन फैलाया था। लंकापति रावण को माता की ओर से नागवंशी माना जाता है। लंका को नाग द्वीप भी कहा जाता है। रावण के भाई अहिरावण ने पाताल लोक में नागराज्य स्थापित किया था। अहिरावण का अर्थ नागों का रावण (राजा) था।

दक्षिण के तमिल साहित्य में भी संगम काल में मोरियार (मौर्य) वंश का वर्णन मिलता है। मोरियार को भी नागवंशी माना गया है। संगम साहित्य में नन्द का भी वर्णन है। इसमें महुर (महार) लोगों का भी जिक्र मिलता है। महुर शब्द तमिल है जो मोहार, महार के लिए है। पूर्व के नागवंशी आसाम में मिलते हैं। जो तंजकुल के रूप में कोली, खासी आदि जनजातियों के रूप में हैं।

कहते हैं जब आर्यों ने स्थानीय असुरों, नागों पर पूर्णतया विजय हासिल कर ली तब अपनी शासन सत्ता और समाज को नियन्त्रित करने के लिए उन्होंने वर्णव्यवस्था का निर्माण किया। इसमें उन्होंने अपने अलावा अन्य स्थानीय जातियों को भी उनकी योग्यता और क्षमता तथा सामाजिक राजनैतिक स्थिति के आधार पर अपने नीचे के क्षत्रिय, वैश्य तथा शूद्र के रूप में स्थान दिया। उनके लिए आचरण व्यवहार के नियम

बना दिये, जिसका कठोरता से पालन करना अनिवार्य कर दिया। जिन योद्धाओं का प्राचीन संघर्ष का इतिहास था और जिन्होंने आर्यों का पक्ष स्वीकार कर उनके शत्रुओं के विरुद्ध लड़ना स्वीकार कर लिया उन्हें क्षत्रिय (आर्यपुत्र) कहा। जो वर्ग प्रारम्भिक और पारम्परिक तौर पर व्यापारी और व्यवसायी समान था उन्हें वैश्य कहा तथा जो पराजित प्रजा दास रूप में प्राप्त हुई उसे शूद्र सेवक या दास वर्ग में रखा। इन सभी के निचले तीन वर्ण बना दिये और पद और पदवी देकर उनके कार्यों को निर्धारित कर अपने हित और शत्रुओं के विरुद्ध इनका उपयोग किया। यही कारण है कि तमाम प्राचीन असुर, नाग, अनार्य आदिवासी मूलनिवासी वंशों जिन लोगों के पूर्वजों का नाम मिलता है, कालान्तर में वे ही कुछ आर्य के रूप में भी दिखते हैं, जिससे कुछ भ्रम पैदा होता है। यहाँ तक कि इनमें से कुछ महान् योद्धाओं को जिन्होंने उनके लिए शत्रुओं पर अभियान किये और विजय हासिल की उन्हें 'अवतार' तक का पद दे दिया। जो अन्य दूसरे वर्ग में अति महान् हुए उन्हें भी अपने ही ईश्वर का अवतार बता दिया गया। इसने भी भ्रम फैलाने का काम किया। जैसे अनार्य बुद्ध को भी आर्य वैष्णव अवतार घोषित कर दिया गया। लेकिन वर्णव्यवस्था के निचले पायदान में उनके वंशजों को स्थापित कर उनके कार्य तय कर दिये गये और एक दूसरे के वर्ण में जाने पर रोक लगा दी गयी ताकि वे एक दूसरे के वर्ण को दूषित न कर पाये।

आर्यों ने जो वैष्णव संस्कृति के संस्थापक थे उन्होंने स्वयं को ब्राह्मण कहा और ब्राह्मण रक्त शुद्धता को स्थिर रखने के लिए अपना पद उन्होंने समाज में सबसे ऊँचा रखा और दूसरे वर्ण को कभी अपनी बराबरी का दर्जा नहीं दिया। वर्णव्यवस्था में परस्पर वैवाहिक सम्बन्धों को अवैध घोषित कर दिया। इसका पालन न करनेवालों को वर्णव्यवस्था में पतन और बाहर का रास्ता दिखाया गया। उन्हें वर्णसंकर पंचमवर्ण कहा गया। इन तमाम नियम तोड़नेवाले जातिच्युत वर्णच्युत बहिष्कृत तिरस्कृत लोगों से कालान्तर में हजारों नयी-नयी जातियों और उपजातियों का आविर्भाव हुआ। जिनकी स्थिति वर्णव्यवस्था के बाहर वे असुर और दस्युओं की तरह ही व्यवस्था के बाहरी शत्रुवत् स्थिति रही। भीतर ब्राह्मण सर्वोपरि रहा तीन वर्ण एक तरह से उसके सेवक ही रहे।

महत्त्वपूर्ण बात यह है कि आर्यों ने अपनी राजसत्ता और सामाजिक सर्वोच्चता के स्थायित्व के लिए पराजित कौमों के अधीन लोगों की क्षमता और कार्य-पद्धति को देखते हुए जैसे व्यवस्थित प्रयोग किया और उन्हें एक वर्णव्यवस्था बनाकर नियन्त्रित किया और उन्हें उनके कार्यों के अनुरूप पद देकर शामिल किया। तीन नये वर्ण बनाये और अपने को सर्वोच्च पद पर हमेशा के लिए स्थापित कर लिया और अपनी सर्वोच्चता के अधीन सबको तीन भागों में विभाजित करके ऊँच-नीच की रणनीति बनायी वह बहुत कारगर साबित हुई और इस नीति ने आर्य सत्ता को हमेशा के लिए स्थायित्व प्रदान किया। इस तरह उन्होंने इस व्यवस्था का न केवल अपने शासन सत्ता को स्थायित्व

और जीवन को स्थायित्व देने के लिए किया बल्कि इससे शत्रु वर्ग के इन सभी लोगों को अपने साथ मिलाकर अपने शत्रुओं के खिलाफ उन्हें भी हर दृष्टि से तैयार कर दिया। उन्होंने इस नीति को अधिक प्रभावी बनाने के लिए शत्रुओं के कुछ देवताओं को भी स्वीकृति दी और धार्मिक समन्वय की नीति अपनायी। शत्रुओं के देवता शिव को महादेव का दर्जा दिया। इन अनार्य देवी-देवताओं का आर्यीकरण कर दिया और उन्हें भी अपने अनुरूप ढाला। इन्हें भी अनार्यों के शत्रु के रूप में चित्रित करना प्रारम्भ किया। उसके भीतर के अनार्यों के लिए इसे स्वीकार करने में कोई दिक्कत भी नहीं आयी। अन्ततः ये सब अपने-अपने मूल वंशों के शत्रु ही हो गये। इन मूल धर्म श्रमण संस्कृति से परिवर्तित तथाकथित तमाम क्षत्रियों, वैश्यों, शूद्रों ने अपने ऊपर थोपी गयी इस वर्णव्यवस्था को कई बार उतार फेकने की भी कोशिश की। इसी से बौद्धधर्म, जैनधर्म, शैव धर्म का पुनः जन्म दिया। इसे इनके अपने मूल धर्म में वापसी के तौर पर भी देखा जा सकता है। जो वास्तव में अनार्य असुर संस्कृति और धर्म था। शैव धर्म की स्थापना को असुर पुरोहितों के प्रतिवाद के रूप में देखा जा सकता है। जिन्होंने उस शैव धर्म को जो अनार्यों का मूल धर्म था उसे आधुनिक रूप में पुनः स्थापित करने की कोशिश की। यही कारण है कि इन शैव मन्दिरों के तमाम पुरोहित वैदिक ब्राह्मण न होकर असुर पुरोहित वंशज गिरि गोस्वामी नम्बूदरीपाद होते हैं जो असुरों के पुरोहित शुक्राचार्य के वंशज थे। यह हिन्दू धर्म की पुनर्स्थापना नहीं बल्कि भारत में तीनों अनार्य धर्मों की पुनर्स्थापनाएँ थीं। शाक्त धर्म के बारे में भी यही कहा जा सकता है। क्योंकि शक्ति पीठों का सम्बन्ध भी अनार्य मातृशक्ति पूजक मातृसत्तात्मक समाज से ही अधिक है। देवी स्थानों के पुजारी या सेवक भी वैदिक ब्राह्मण न होकर माली, पण्डा होते हैं जो असुर पुरोहित वंशज ही हैं। केवल वैष्णव देवी देवताओं के मन्दिरों के पुजारी वैष्णव ब्राह्मण होते हैं।

बौद्ध और जैन धर्म संस्कृत नहीं जाननेवालों द्वारा पैदा हुआ यह वैष्णव ब्राह्मणी व्यवस्था के प्रति धार्मिक विद्रोह के जैसा था जिसके कर्त्ता धर्त्ता पालि, प्राकृत, सूरसेनी पिशाची जाननेवाले मूल निवासी लोग थे जो आर्यों से पहले के लोगों के वंशज थे। इसमें भी नागवंश से सम्बन्धित क्षत्रियों, वैश्यों, व्यापारियों और शूद्रों का बड़ा वर्ग शामिल हुआ। बौद्ध और जैन धर्म में नागवंशी क्षत्रियों और व्यापारियों की बड़ी भूमिका रही।

शैव धर्म की स्थिति भी ऐसी ही थी किन्तु उसके संस्थापक पूर्णतया अनार्य असुर नहीं थे वे अनार्य असुरों के पुरोहितों के वंशज थे। जो पिता की ओर से आर्य और माता की ओर से अनार्य थे यानी अर्द्ध आर्य और अर्द्ध अनार्य थे। जैसे कि ब्राह्मण भृगु और उनकी असुर पत्नी दिव्या के संगम से शुक्राचार्य हुए थे। उन्हीं शुक्राचार्य के वंशज असुर पुरोहितों नम्बूदरीपाद ने शैव मत को पुनः स्थापित किया। ये संस्कृत और वैदिक कर्मकाण्ड को भी जाननेवाले लोग थे। अतः उन्होंने शिव पूजा की संस्कृत

पद्धति को स्थापित किया। रावण ने शिव ताण्डव स्तोत्र की रचना की। वह भी असुरों का राजा और शिवभक्त शैव असुर पुरोहित वंशज ही था। असुरों का पक्ष लेने के कारण ही उसका भी अन्ततः वध हुआ। शैव धर्म पर असुर पुरोहितों का वर्चस्व रहा यह शैव धर्म की व्यवस्थित पद्धति थी। सामान्य शैव असुर वंशज पुरोहितों गिरि गोसाई आदि का भी शैव मन्दिरों पर वर्चस्व बना रहा। ये गैर वैदिक पुरोहित वैष्णव ब्राह्मणों से कहीं अधिक लोकप्रिय रहे। इसमें वैदिक भी उन्हें बड़ा सहयोग मिला क्योंकि उन्होंने शैव धर्म का एक तरह से आर्यीकरण करने में सहयोग किया था। आर्यों ने इसे बौद्ध की जैन धर्म के विरुद्ध सफलता के रूप में प्रचारित किया। शिव सर्वत्र आर्य और अनार्य दोनों में स्वीकृत हुए। शैव धर्म को ब्राह्मण धर्म को बचाने में सेफ्टीवाल्ब का काम किया। वर्णव्यवस्था में शामिल क्षत्रियों ने इसे सुरक्षित रखने में बड़ी मदद की। गैर ब्राह्मण जातियों को बौद्ध और जैन धर्म जिस तरह आकर्षित कर रहा थ उसे शैव और शाक्त धर्म ने उसकी बढ़त रोकने में काफी मदद की। असुर संस्कृति के मूल शैव धर्म की स्थापना असुर पुरोहित वंशज नम्बूदरीपाद आदि शंकराचार्य ने किया शैव मत स्थापना को बौद्ध जैन पर मत हिन्दू धर्म की विजय के रूप में दर्शाया गया। यद्यपि यह शिव को माननेवाले शैव आदिम समाज की ही एक उपलब्धि थी किन्तु इसका आर्यीकरण कर दिया गया और बौद्ध जैन धर्म की तरह यह उपलब्धि उनके खाते में नहीं जा सकी। इसका बड़ा कारण शैव धर्म के संस्थापकों का संस्कृत जाननेवाला पुरोहित वर्ग का होना था। जबकि शैव धर्म लोक समाज में हमेशा विद्यमान रहा।

आज नागवंशियों में घोषित तौर पर आदिवासी जनजातियाँ हैं। दूसरी और वर्णव्यवस्था में पराजित होने की मजबूरी में दासता स्वीकार करनेवाली शूद्र जातियाँ प्रमुख हैं। ये कभी राजा और पुरोहित थे। रामसजीवन बौद्धाचार्य ने 'भंगी जीवन गाथा' में लिखा है कि—दलित नागवंशियों के वंशज हैं। मानभंग कर मूलनिवासियों को भंगी बना दिया गया। डोम नागवंशी थे जिन्हें पराजित कर आर्यों ने मुर्दा जलाने के काम में लगा दिया। किन्तु सूर्यग्रहण चन्द्र ग्रहण का दान उन्हें आज भी आदि पुरोहित होने के कारण ही दिया जाता है।

आज विशुद्ध रूप से नागवंशी जाति भारत में एक जनजाति के रूप में पाया जानेवाला आदिवासी जंगली समुदाय ही है, जो भारतीय संविधान द्वारा संरक्षित है। उनका जीवन देश की मुख्य धारा से कटा हुआ है। विकास की दौड़ में यह समाज आज भी बहुत पीछे है।

मिथकों में असुर आदिवासी

हिन्दू धर्मग्रन्थों और मिथकों में अनार्य असुर आदिवासियों की बहुत विकृत और दूषित छवि देखने को मिलती है। पुराणों और रामायण, महाभारत आदि ग्रन्थों में इनके जो चित्र हैं वे इन्हें कहीं से भी मनुष्य जाति का सिद्ध नहीं करते बल्कि क्रूर आततायी हिंसक छवि ही दिखाते हैं। अधिकांश पौराणिक साहित्य को ईसा पूर्व की दूसरी सदी से लेकर सातवी सदी के बीच की रचना माना जाता है। कहते हैं इन पौराणिक आख्यानों द्वारा बुद्ध और महावीर द्वारा चलाये गये ब्राह्मण वैष्णववाद विरोधी जैन धर्म और बौद्ध धर्म के आन्दोलन को ध्वस्त करने के प्रयास के रूप में भी इसे देखा जाता है। रोमिला थापर के अनुसार "अतीत के ग्रन्थों में जंगल के लोगों वनवासियों को आमतौर पर 'अन्य' के रूप में पेश किया गया है। राक्षस के रूप में। ऐसे लोग जो काले बादलों की तरह और खूनी आँखों के साथ जंगल में विचरण करते थे। जो हर गलत चीज खाते और पीते थे। जिनके यौन सम्बन्धों के गलत नियम थे। जो एक विचित्र प्राणी थे। जो हमसे बहुत अलग थे।"

'आदिवासी भारत की व्याख्या' में रोमिला थापर ने आर्य-अनार्य संग्राम से सम्बन्धित एक रोचक मिथक का जिक्र किया है—"प्रभु की कथा से स्पष्ट होगा कि कुल मिलाकर बदलती सामाजिक और राजनैतिक अवस्थाओं को वैधता प्रदान करते हैं। इस कथा के अनेक संस्करण हैं। लेकिन सबका प्रारम्भ एक जैसा है—"वेन बड़ा दुष्ट राजा था। ऋषियों ने उसकी हत्या कर दी क्योंकि वह धर्म से च्युत होकर शासन कर रहा था। उन्होंने उसके बायें कन्धे को मथकर उसका एक उत्तराधिकारी प्रकट किया जो निषाद था। वह शासन के योग्य नहीं था। इसलिए उसे वन में निर्वासित कर दिया, जहाँ वह आखेटक हो गया। वेन के दाहिने बाहु को मथकर ऋषियों ने दूसरे उत्तराधिकारी को प्रकट किया। वह धर्मात्मा पृथु था। उसने गौ पालन और कृषि को प्रारम्भ किया और पृथ्वी को अनेक वरदान दिये। पृथु से प्रसन्न होकर उसने अपना नाम पृथ्वी रखा।" वेन दुष्ट कहा गया क्योंकि वह वैदिक यज्ञ नहीं करता रहा होगा और यज्ञ के द्वारा ऋषियों को प्रसन्न करने के लिए दान नहीं देता रहा होगा इसलिए

ऋषियों ने उसका वध कर दिया। यदि वह दुष्ट होता तो प्रजा विद्रोह करती या उसे निर्वासित करती किन्तु ऐसा नहीं हुआ जबकि प्रजा को ही राजा को निर्वासित करने का अधिकार था। आर्यों ने वेन का उत्तराधिकारी पृथु को बनाया। वह ऋषियों का प्रिय हुआ क्योंकि वह यज्ञ करता था। इस कथा में वेन के कन्धे से उत्पन्न उत्तराधिकारी निषाद कहा गया है। जो वन में निर्वासित कर दिया गया बताया गया है। वह आखेट जीवी है। काला, नाटा, कुरूप यही निषाद सभी वनवासियों का आद्य रूप है।

इस मिथक में भूमि को साफ कर कृषि प्रारम्भ करने पर सभी ऐसे समूह को वनवास देने की वैधता प्रदान की गयी है। इस मिथक से स्पष्ट है कि जो आर्यों की योजना में बाधा बना, उसे आर्यों ने या तो नष्ट कर दिया या मनुष्य के दर्जे से खारिज और बहिष्कृत कर दिया। उन्होंने बताया कि—कौटिल्य के अर्थशास्त्र में आदिवासियों को उपद्रवी बताकर उनकी निन्दा की गयी है। जबकि सम्राट् अशोक ने उन लोगों को धमकी दी थी। यद्यपि यह नहीं बताया गया कि धमकी क्यों दी गयी थी।

रोमिला थापर का ही मत है कि—"विभिन्न राजवंशों के जंगलों में विस्तार से जो हित जुड़े थे उसके स्पष्ट कारण थे। जंगलों से सेना के लिए हाथी मिलते, लोहा समेत दूसरी खनिज सम्पदा वहाँ थी। मकान के लिए लकड़ी मिलती थी। जंगलों की सफाई से खेती की जमीन में इजाफा होता था और इसके परिणामस्वरूप ज्यादा जमीन पर खेती से राजस्व की बढोत्तरी होती थी। बाद के युगों में उन स्थितियों में भी जब वनवासियों पर निर्भरता रहती थी, उनके प्रति परम्परागत नजरिया यही था कि वे लोग सामाजिक दायरे से बाहर हैं और उनसे दूर ही रहना है।

हरीराम मीणा का कहना है कि—"सम्राट् अशोक ने बौद्ध धर्म के प्रचार में जी जान लगा दी। ब्राह्मण सेनापति पुष्यमित्र अपने स्वामी मौर्य सम्राट् बृहद्रथ का वध करके जब 184 ई.पू. में सम्राट् बनता है तभी से ब्राह्मणवादी वर्चस्व स्थापित होता है, जिसे गुप्तवंशीय राजाओं का भरपूर प्रश्रय मिला। यह सारा कालखण्ड ई.पू. की दूसरी सदी से सातवीं सदी तक चलता है। इसी दौरान पुराण लिखे जाते हैं। जिसमें चमत्कार अतिशयोक्ति एवं मिथकों के माध्यम से ब्राह्मणवादी व्यवस्था को गौरवान्वित किया जाता है। जो अनार्य आदिवासी विरोधी रहती आयी थी और आगे भी चलती है। पौराणिक मिथकों का कुछ अंश रामायण में और अधिकांश महाभारत के माध्यम से पहले ही प्रस्तुत हो चुका था।"

वे आगे कहते हैं कि—"रामायण के प्रमुख पात्र राम हैं, जिन्हें पुरुषोत्तम के रूप में अब तक सम्पूर्ण भारत में स्थापित किया जाता रहा है। अगर राम के जीवन में वनवास के चौदह वर्ष निकाल दिये जायें तो उनके व्यक्तित्व में क्या बचेगा? उन महत्त्वपूर्ण चौदह वर्षों में राम आदिवासियों के साथ रहे और उन्हीं की ताकत से अनार्यों (दूसरे आदिवासियों के विशेष सन्दर्भ में) से युद्धोपरान्त विजयी होते हैं। इस सबके

बावजूद राम की व्यवस्था में आदिवासी नायकों की भागीदारी हस्तक्षेप एवं दर्जा क्या रहा? भद्रजन के लिए यह बड़ा ही असुविधाजनक प्रश्न होगा। निर्दोष शम्बूक के वध के बावजूद राम महान् रहेंगे। राम-रावण युद्ध में दोनों की तरफ से मरनेवाले आदिवासी अनार्य और युद्ध किसके लिए? इसके भी आगे आपके लिए जो मानव समुदाय शत्रुपक्ष का उसे मनुष्य न मानकर राक्षस, असुर, दैत्य, दावन न जाने किस किस तरह से विरूपित किया गया और जिन्होंने आपका साथ दिया उन्हें गिद्ध, रीछ, वानर आदि की संज्ञा देकर जंगली जानवरों की श्रेणी में रख दिया ताकि भविष्य में उनकी असली पहचान न हो सके।''

इसी प्रकार एक प्रसंग महाभारत में एकलव्य का भी है। आर्यगुरु उसे धनुर्विद्या देने से मना कर देते हैं किन्तु निषादराज पुत्र उन्हें गुरु मानकर धनुर्विद्या सीखता है और अन्त में गुरु उससे गुरुदक्षिणा में दायें हाथ का अँगूठा माँग लेते हैं। यह आदिवासी समाज के प्रति तत्कालीन असमानता और अन्याय के व्यवहार को दार्शाता है। मीणा कहते हैं कि तर्कसंगत तो यह लगता है कि एकलव्य का अँगूठा जबरन काटा गया होगा। इस जघन्य अपराध को ढँकने के लिए तथाकथित दक्षिणा का स्वाँग रचकर थोप दिया गया। रामकुमार वर्मा के 'एकलव्य' महाकाव्य के अन्त में प्रस्तुत परिशिष्ट में श्लोकों को पढ़िये जो एकलव्य प्रसंग से सम्बन्धित है बात स्पष्ट हो जायेगी। इसी तरह आदिवासी स्त्री हिडिम्बा के पुत्र घटोत्कच का प्रसंग महाभारत में आता है। उसे अर्जुन को बचाने के लिए शहीद कर दिया जाता है। घटोत्कच के पुत्र बर्बरीक का महत्त्वपूर्ण प्रसंग भी महाभारत में है। वह किशोरावस्था में ही था मगर अत्यन्त बलवान था। दुर्योधन कहीं से ढूँढ़कर उसे अपने पक्ष में लड़ने के लिए बुला लेता है। वह कौरवों की तरफ से लड़ने को तत्पर है। मीणा कहते हैं कि ध्यान देने की बात यह है कि महाभारत युद्ध में अधिकांश आदिवासी कौरवों के पक्ष से लड़े थे। एकलव्य स्वयं इसका उदाहरण है। उसका अँगूठा अगर द्रोणाचार्य माँगते तो शायद वह उसकी सेना के पक्ष में न लड़ता। अँगूठा काटने वाले पाण्डव से इसीलिए वह पाण्डवों के विरुद्ध लड़ा था। कथा है कि बर्बरीक जैसे ही युद्धभूमि में आया तो कृष्ण समझ गये कि अब पाण्डवों का बचना मुश्किल है। क्या किया जाये? भोले किशोर बर्बरीक को सोलह कला में प्रवीण भगवान् छलने के लिए चल देते हैं। कहते हैं कलियुग में तेरी पूजा का इन्तजाम किये देता हूँ। इस वक्त वैकुण्ठ या स्वर्ग धाम में भेजने का अनुबन्ध करता हूँ। बस एक काम कर दे, लड़ मत और अपना शीश मुझे सौंप दे। शर्त मान ली जाती है। बर्बरीक शीश सौंप देता है—कुरुक्षेत्र के मैदान के निकट लम्बे बाँस पर बर्बरीक का शीश टाँग दिया जाता है, जहाँ से उसने सारा युद्ध देखा। या कुरुक्षेत्र के निकट सबसे ऊँची पहाड़ी पर उसका शीश रख दिया जाता है। यह पहाड़ सीकर राजस्थान के निकट हर्ष पर्वत पर है जिसकी ऊँचाई करीब 3300 फिट है। यह आज खाटू श्याम जी का धर्मस्थल है, जिसमें शीशवाली प्रतिमा है। इसे श्यामबाबा कहते हैं।

लगता है यह शीशमूर्ति बर्बरीक की ही होगी? हर्ष पर्वत से उसने महाभारत का युद्ध देखा। खाटू श्याम की मूर्ति बर्बरीक की ही है लेकिन मान्यता है कि ये कृष्ण हैं। बालरूप। उसी की पूजा होती है। मेला लगता है। विडम्बना यह है कि शीश काटकर देनेवाले के बाद भी आदिवासी बर्बरीक की जगह कृष्ण को पूजा गया।'

वे एक और लड़ाई के प्रसंग में कहते हैं कि बभ्रूवाहन मणिपुर के आदिवासी राजा चित्रवाहन की राजकुमारी चित्रांगदा का पुत्र था। अर्जुन ने चित्रांगदा और नागकन्या उलूपी दोनों आदिवासी से विवाह किया था। लड़ाई में बभ्रूवाहन से अर्जुन हार जाता है या बेहोश हो जाता है। उलुपी जड़ी-बूटियों से उसे जीवन देती है। प्रश्न यह है कि अर्जुन को धूल चटा देनेवाला शूरवीर बभ्रूवाहन महान् नहीं माना जाकर अतुलनीय योद्धा अर्जुन को ही माना जाता है।

ऐसा ही एक और प्रसंग है कृष्ण का वध। कृष्ण का वध गारा शबर नामक आदिवासी के हाथों होता है गुजरात में। किसी कोण से यह सम्भव नहीं लगता कि उसने हिरण की आँख समझकर पगतल में चमकते पदचिह्न पर निशाना साधा था। मीणा कहते हैं कि—अगर यह आखेट था तो शबर का बाण जहरीला नहीं हो सकता और बाण जहरीला नहीं था तो पैर में बाण लगने से कम-से-कम तत्काल मृत्यु नहीं हो सकती थी। इसके लिए पूरे शरीर में सेप्टिक होना जरूरी था। वह भी तब जब कोई उपचार न किया जाये। आप कहते रहिये अगले जन्म में बाली के हाथों मरनेवाला वरदान राम ने दिया था। और गारा शबर ही त्रेतायुग का बाली था।

ऐसे ही खाण्डव वन की घटना का सन्दर्भ आता है। खाण्डव वन दहन में आदिवासी नाग जाति को भस्म करने में कृष्ण और अर्जुन अग्नि का सहयोग करने से लेकर कंस, शिशुपाल, जयद्रथ वध, एकलव्य का अँगूठा, घटोत्कच बर्बरीक तक। यही नहीं सत्ययुग और त्रेतायुग में देखना होगा। पूरा-क-पूरा सत्ययुग भरा पड़ा है ऐसे मिथकीय प्रसंगों से। मिथकों में आदिवासियों के विकृत रूपों से।

ऐसे तमाम प्रसंग हैं। इन्द्र का सन्दर्भ है। छल, छद्म, अभिचार यहाँ तक कि बलात्कार (कानूनी परिभाषा में अहिल्या प्रसंग) तक, क्या-क्या कर्म उसने नहीं किया। और मनुष्य में श्रेष्ठ देवता और देवताओं की स्वामी इन्द्र की पूजा? मीणा तो मानते हैं कि नारद, तुम्बरु जैसे पात्र भी अनार्य आदिवासी थे। नारद के चरित्र को देखिये, समझिये, वह इन्द्र की व्यवस्था के विरोध में हर जगह व्यंग्य करता है। उसके कथनों की मूलभावना और उद्देश्यों को समझने के लिए दिमाग पर अधिक जोर देने की आवश्यकता नहीं पड़ेगी।

मीणा जैसे आदिवासी लेखक अब सवाल उठाने लगे हैं कि आर्यों ने जो अपनी श्रेष्ठता बतायी और अनार्यों आदिवासियों को हीन बताया है उसका वैज्ञानिक आधार क्या है? महान् वंशों पर भी उनके सवाल हैं। हमें वे हिन्दू ग्रन्थों के आधार पर ही

अतार्किक करार देते हैं। वे कहते हैं कि—आखिर क्यों महान् है चन्द्रवंशी सूर्यवंशी, पुरूरवा की अप्सरा (वेश्या) पत्नी उर्वशी की औलाद की पीढ़ियाँ चन्द्रवंशी और अप्सरा (वेश्या) मेनका पुत्री शकुन्तला की पीढ़ियाँ सूर्यवंशी यह बड़ा ही असुविधाजनक है कि दोनों वंशों की आद्य जननी क्या थी? फिर ये महान् कुल परम्परा कैसे हुए? दूसरी तरफ यह सवाल है कि प्राचीन काल में अपनी पुश्तैनी जमीन पर शान्ति से जीवन जी रहे आदिम समुदायों पर आपने कहीं से आकर हमले किये, उन्हें मारा, दास बनाया, भगाया और फिर असुर, राक्षस, जानवरों की संज्ञा दी, फिर ये नीच और तुम श्रेष्ठ कैसे हुए? इनका कहना है कि भारतीय मिथकों को जो आदिवासी समुदाय के बारे में है उनके पूर्वज योद्धाओं राजाओं के बारे में हैं उनकी पुनर्व्याख्या की जानी चाहिए। आस्था और भावना अपनी जगह है लेकिन अतीत का वास्तविक निरूपण होना भी अति आवश्यक है जो कि तथ्यात्मक, तार्किक, बौद्धिक और वैज्ञानिक होना चाहिए। असुरों, राक्षसों, दैत्यों पर विजय और उनके वध के सन्दर्भ जहाँ आर्य वैष्णव वंशजों के लिए गर्व की बात है वहीं से आदिवासियों के वंशजों के लिए उनका काला इतिहास है और उनकी हीन भावना का कारण है। जिसे पढ़कर कोई भी आदिवासी आज अपमानित महसूस करता है। खुद के पराजय का बोध होता है। इतिहास ने उनके साथ अन्याय किया है। उनका चित्रण दुर्भावनापूर्ण विद्वेष से प्रेरित है। आर्यों ने अपने इन शत्रुओं की तस्वीर हमेशा के लिए निन्दनीय प्रस्तुत की है ताकि उनकी अगली पीढ़ियाँ कभी सिर उठाकर न जी सके। समाज उनसे घृणा करे। इन मिथकों की मार बहुत गहरी है जिससे आदिवासी समुदाय आज तक नहीं उबर पाया है।

हिन्दू धर्मग्रन्थों में इन आदिवासी असुरों के पूर्वजों के वध के अनेक किस्से मौजूद हैं। उनके आज नये पाठ की जरूरत है। अधिकांश असुरों के पूर्वजों की अपनी जीवन -शैली और धार्मिक आध्यात्मिक शैली थी। वे मूलतः शैव अथवा श्रवण संस्कृति के संरक्षक थे। उनका तपस्या में लीन होकर शिव आदि देवता से वरदान प्राप्त करना, तपस्या से इन्द्र के सिंहासन को डिगा देना, फिर मिल-जुलकर मन्त्रणा के पश्चात आर्य नायकों देवों के द्वारा उनका वध करना उनके धर्मपरायण होते और आर्यों के अमानवीय होने का प्रमाण है। साफ पता चलता है कि सीधे-सादे सरल स्थानीय आदिवासी असुर राजाओं का वध आर्यों ने केवल अपने राज्य-विस्तार के लिए किया। चूँकि असुरों का समाज कभी सचेत और संगठित नहीं रह पाया इसलिए अन्ततः वह अपनी रक्षा नहीं कर पाया और उन्हें राज्य गंवाकर जंगलों में पलायन करना पड़ा। और जंगल में जो अपना नया राज्य बनाया उस राज्य और जीवन को भी वे आगे शान्तिपूर्वक सुरक्षित नहीं रख पाये। जंगलों से भी उन आदिवासियों को आर्यों ने अपने राज्य-विस्तार के लिए आगे खदेड़ा। इस अभियान में निर्ममतापूर्वक इन आदिवासी राजाओं का आर्यों ने वध किया। इसकी कथाएँ उन्हीं के धर्मग्रन्थों में भरी पड़ी हैं। इसे उन्होंने मनुष्यों की अमनुष्यों पर विजय के रूप में महिमामण्डित किया। इसे मिथकीय कथाओं का

रूप दिया गया। इन अभियानों में जिन आदिवासी नायकों ने पक्ष बदलकर आर्यों का साथ दिया और आदिवासियों का ही दमन किया उन्हें महिमामण्डित किया गया और जो आदिवासी बहादुरीपूर्वक लड़े उन्हें अमानुषिक बताया गया। आर्यों ने वैष्णव पक्षधर हुए असुरों को जहाँ अपने धर्मग्रन्थों और मिथकों में महान् बताया है वहीं शत्रु असुरों की निन्दा की है और उन्हें दुष्ट घोषित किया है तथा अपराधी घर्मभ्रष्ट घोषित कर उनके निर्मम वध को वैधानिकता प्रदान की है। इनमें प्रमुख असुरों का उल्लेख जरूरी है। जैसे मय दानव या मयासुर को एक श्रेष्ठ असुर बताया गया है। जैसे देवताओं के वास्तुकार विश्वकर्मा थे वैसे ही असुर दैत्यों के (शासकों के) वास्तुकार मय दानव या मयासुर थे। जैसे असुर राजा बलि को कालान्तर में 'रसातल' का राजा घोषित किया गया वैसे ही मय दानव को भी 'तलातल' का राजा कहा गया। कहते हैं सुतल लोक के नीचे कहीं 'तलातल लोक' था। वही त्रिपुराधिपति दानव राजा मय का राज्य था। राजा मय को अनेक विषयों का परम गुरु कहा गया है। हिन्दू धर्मग्रन्थों के अनुसार राजा मय दानव के पास एक विमान रथ था, जिसका परिवृत्त बारह क्यूविक के करीब था। उसमें चार पहिये लगे थे। इस विमान का उपयोग उसने देवासुर संग्राम में किया था। महाभारत में उल्लिखित है कि—मय दानव ने पाण्डवों के लिए इन्द्रप्रस्थ नामक नगर की रचना की थी। खाण्डव वन के दहन के समय अर्जुन ने मय दानव को अभयदान दिया था। इसी से कृतज्ञ होकर उसने अर्जुन की बात मानते हुए कृष्ण की सेवा करना अथवा अधीनता स्वीकार की थी। तब कृष्ण की इच्छानुसार उसने युधिष्ठिर के सभाभवन का भव्य निर्माण किया था। मयासुर ने ही पाण्डवों को देवदत्त शंख, एक वज्र से भी कठोर रत्नजड़ित गदा तथा मणिमय पात्र भेंट किया था। कहते हैं उत्तरप्रदेश के मेरठ शहर को मयासुर ने ही बसाया था।

रामायण-काल के मयदानव का महाभारत-काल में भी होना यद्यपि सम्भव प्रतीत नहीं होता किन्तु पुराणों के अनुसार पाताल लोक और दूसरे लोकों के प्राणियों की आयु हजारों वर्ष की होती थी। इसी से मय दानव दोनों कालों में दिखते हैं। ऐसे अनेक पात्र हैं जो महाभारत और रामायण दोनों में हैं।

कहते हैं मय दानव द्वारा निर्मित पाण्डव महल बड़ा विचित्र और इन्द्रजाल जैसा था। द्वारिका में बाद में कृष्ण के राजमहल भी मय दानव के सहयोग से ही बनाया गया था। सम्भवतः देवों के वास्तुकार विश्वकर्मा ने मय दानव से इसमें सहयोग प्राप्त किया था। इसीलिए इसमें देव और दानव दोनों वास्तुकला का सम्मिश्रण था।

ग्रन्थों के अनुसार पाण्डवों और उनके चचेरे भाई कौरवों के बीच जब सम्बन्ध बिगड़ गये तब कौरवों के पिता धृतराष्ट्र ने पाण्डवों को यमुना किनारे खाण्डव वन का क्षेत्र दिया था। वहाँ उन्होंने मय दानव के सहयोग से ही जलाशयों के गड्ढों में घिरे हुए एक नगर को बनाया और उसकी रक्षात्मक प्राचीरें बनवायीं। पाण्डवों ने खाण्डव वन

को साफ कराकर मय दानव की सहायता से वहाँ अद्वितीय स्वर्ग जैसा नगर बसाया। वहाँ से दुर्योधन की राजधानी लगभग पैंतालीस किलोमीटर दूर हस्तिनापुर में थी। कहते हैं दिल्ली ही प्राचीन इन्द्रप्रस्थ था। दिल्ली के पुराने किले में जगह-जगह लिखे शिलापट्टों पर लगे शब्दों को पढ़कर यह सवाल उठता है कि वास्तव में पाण्डवों की राजधानी इन्द्रप्रस्थ कहाँ थी। खुदाई में मिले अवशेषों के आधार पर पुरातत्त्वविदों का एक बड़ा वर्ग मानता है कि पाण्डवों की राजधानी दिल्ली में इसी स्थल पर रही होगी। यहाँ खुदाई में ऐसे बर्तनों के अवशेष मिले हैं। जो महाभारत से जुड़े अन्य स्थलों पर भी मिलते हैं। 'दिल्ली में स्थित सारवल गाँव से 1328 ई. का संस्कृत का एक अभिलेख मिला है जो लाल किले के संग्रहालय में मौजूद है। इस अभिलेख में भी इस गाँव के इन्द्रप्रस्थ किले में स्थित होने का उल्लेख है। इस विवरण से भी मय दानव की तकनीकी ज्ञान और शिल्प का पता चलता है।

ग्रन्थों में मय दानव की मन्दोदरी नाम की एक परम सुन्दरी और स्त्रियों में शिरोमणि पुत्री का भी उल्लेख मिलता है। मय दानव ने इसका विवाह असुर पुरोहित असुरों के शासक लंकाधिपति रावण से की थी। उन्हें यह पुत्री अप्सरा हेमा से उत्पन्न हुई थी।

माना जाता है कि दक्षिण भारत में वास्तुकला की नींव मय दानव ने ही रखी थी। वह असुर पद्धति की वास्तुकला का सर्वोच्च और महान् शिल्पकार वास्तुकार तथा निर्माणकर्त्ता तथा यंत्र निर्माता था। हिन्दू धर्मग्रन्थों में भारत के कुल अठारह व्यक्तियों को वास्तुशास्त्रक उपदेष्टा माना गया है। मय दानव उनमें से एक था। बाकी भृगु, अत्रि, वसिष्ठ, विश्वकर्मा, नारद, नग्नजित्, शंकर, इन्द्र, ब्रह्मा, कुमार, नन्दीश्वर, शौनक, गर्ग, वासुदेव, अनिरुद्ध, शुक्र तथा बृहस्पति माने जाते हैं। इन्हीं लोगों ने महाराज मनु को वास्तुशास्त्र का उपदेश दिया था। वास्तुशास्त्र प्राचीन विधा थी। इसका विवरण अथर्ववेद में भी प्राप्त होता है।

मेरठ में पुराना तहसील खेड़ा 'मय दानव खेड़ा' नाम से भी जाना जाता है। सम्भवतः यहीं मय दानव का निवास भी था। इसीलिए इसे रावण की ससुराल कहा जाता है। क्योंकि मय दानव ही रावण के ससुर थे। यहाँ आज भी रावण का पुतला दशहरा में नहीं जलाया जाता।

मय दानव रामायण और महाभारत दोनों काल में मिलते हैं जैसे जामवन्त, हनुमान, भारद्वाज, कुबेर, परशुराम, अगस्त्य, विभीषण आदि ।

सम्भवतः मय दानव ने आर्यों की अधीनता स्वीकार कर ली थी और उनके लिए भी निर्माण कार्य करने लगे थे इसी से उनका उल्लेख हिन्दू धर्मग्रन्थों में बहुत सकारात्मक मिलता है।

इसी तरह गयासुर नामक असुर जो कि दैत्यराज कहे गये हैं, उनका वर्णन भी हिन्दू धर्मग्रन्थों में बहुत सकारात्मक मिलता है। उन्हें विष्णु का भक्त कहा गया है।

उन्होंने भी सम्भवतः आर्यों की अधीनता स्वीकार कर ली थी और देवताओं के अनुकूल हो गये थे। इसीलिए उनके नाम पर हिन्दुओं के प्रसिद्ध तीर्थ पितृतीर्थ का नाम गया तीर्थ रखा गया। यह एक अतिविशिष्ट तथ्य है कि किसी असुर के नाम पर आर्य हिन्दुओं वैष्णवों का कोई तीर्थ है। इसकी एक लम्बी कथा ग्रन्थों में मिलती है—कथा है कि एक बार सूत जी शौनक जी से बोले कि एक समय नारद जी शौनकादि ऋषियों के साथ सनत्कुमार के पास गये और प्रणाम करके पूछा कि सनतकुमार जी! कोई ऐसे तीर्थ की कथा सुनाइये जो मुक्तिदायक हो, जिसका माहात्म्य सुनने से मुक्ति प्राप्त हो। तब सनत कुमार जी बोले—हे नारद! ऐसे तीर्थों में गयातीर्थ ही है। यह ऐसी पवित्र भूमि है कि यहाँ पितरों का श्राद्ध और पिण्डदान करने से निश्चित मुक्ति प्राप्त होती है। एक समय गयासुर नामक बड़ा बलशाली दैत्य उत्पन्न हुआ। उसके ऊपर ब्रह्मा जी ने धर्मशिला रखकर यज्ञ किया। इस शिला के अचल होने के निमित्त विष्णु भगवान् ने गदाधर नाम से गदा लेकर उपस्थित हुए और सब देवता फल्गु का स्वरूप धारण करके वहाँ का विराजे। ब्रह्मा जी ने यज्ञ करनेवाले ब्राह्मणों को गृह, रत्न, स्वर्ण आदि दान दिया। तभी से यह पूरी धरती पवित्र हो गयी। यहीं पितर सदैव वास करते हैं और हरदम यही आशा करते हैं कि हमारे कुल में कोई ऐसा उत्पन्न हो जो यहाँ आकर पिण्डदान दे सके। जिससे हम लोगों की मुक्ति हो सके। गया में पुत्र के जाने से और फल्गु नदी में स्पर्श करने मात्र से पितर लोग स्वर्ग लोक चले जाते हैं। गया क्षेत्र में नीलयुक्त समिपत्र के प्रमाणपिण्ड देने से भी पितरों को अक्षय लोक की प्राप्ति होती है। गया क्षेत्र में अपनी निमित्त बना तिल का पिण्डदान देने से ब्रह्महत्या, सुरापान इत्यादि घोर पापों से मुक्ति मिलती है। गया में मृत्यु होने से भी मुक्ति मिलती है। क्योंकि यह भी सप्तपुरी में से एक पुरी है। गया में ब्राह्मण भोजन कराने से पितर को तृप्ति मिलती है। इतनी कथा सुनकर नारद जी सनत् कुमार से बोले हे महाराज! इस पर गयासुर की उत्पत्ति का वृत्तान्त मुझसे कहिये। ऐसा विचित्र कैसे हुआ कि उस पर स्वयं ब्रह्मा जी ने यज्ञ किया? प्रश्न को सुनकर सनत् कुमार बोले—हे नारद! एक समय स्वयं ब्रह्मा जी ने सृष्टि रचते समय गयासुर को उत्पन्न किया और बहुत दिनों तक वह श्वांस रोककर पड़ा रहा। उसकी ऐसी तपस्या को देख इन्द्र घबराए कि कहीं मेरा सिंहासन न ले ले। ऐसा विचार कर सब देवताओं को लेकर वे ब्रह्मा जी के पास गये और वृत्तान्त सुनाया। तब ब्रह्मा जी ने सबको शिव जी के पास चलने को कहा। जब सभी वहाँ गये तो शिव जी, सभी को लेकर विष्णु जी के पास चले गये। सभी देवताओं ने उनसे कहा कि हे नारायण। गयासुर नामक एक भयंकर दैत्य उत्पन्न हुआ है और घोर तपस्या कर रहा है। सो हे नारायण वरदान देकर हम सब की रक्षा कीजिये। तब विष्णु बोले—तुम लोग वहाँ जाओ मैं गरुड़ पर सवार होकर आता हूँ। सभी देवताओं के चले जाने के बाद विष्णु गयासुर के पास पहुँचे। और शंख से स्पर्श कर बोले हे—दैत्यराज, हम तुम्हारी उग्र तपस्या देखकर प्रसन्न हुए। तुम वरदान माँगो। यह सुनकर

गयासुर बोले—हे प्रभु! यदि आप मुझसे प्रसन्न हैं तो वर दीजिये कि मेरे स्पर्श करने से मानव, सुर, असुर, पतंग, ऋषि, प्रेत सभी पवित्र होकर मुक्ति प्राप्त कर सकें। तब उसे यह वरदान देकर विष्णु एवमस्तु बोले। सभी देवता सहित सब अपने आश्रमों को चले गये। उसी दिन से गयासुर के दर्शन और स्पर्श से सभी जीव मुक्ति या वैकुण्ठ को जाने लगे। धीरे-धीरे यमपुरी जनशून्य हो गयी। तब यमराज इन्द्रादि देव सहित ब्रह्मा जी को लेकर विष्णु जी के पास गये और बोले—दीनबन्धु। गयासुर के स्पर्श से सब वैकुण्ठ को चले गये हैं। यमपुरी जनशून्य हो गयी है। यमराज की ऐसी विनती सुन विष्णु जी बोलें—हे ब्रह्मा जी आप गयासुर के पास जाकर यज्ञार्थ उसका शरीर माँग लीजिये। विष्णु जी की आज्ञा पाकर ब्रह्मा जी जब गयासुर के समीप पहुँचे तब वह असुर प्रणाम करके बोला—हे प्रभु! आप मेरे समीप किसलिये आये हैं? कृपाकर कहिये! तब ब्रह्मा जी ने कहा—हे दैत्यराज! मैं तमाम पृथ्वी घूम आया परन्तु यज्ञ करने लायक कोई स्थान नहीं मिला, इसलिए मैं तुम्हारे पास आया हूँ कि तेरा शरीर विष्णु के वरदान से पवित्र हैं, सो अपना शरीर यज्ञ के लिए दो। ब्रह्मा जी का ऐसा वचन सुनकर गयासुर ने कहा कि हे प्रभु! आप लोगों की कृपा से यह अधम शरीर पवित्र हुआ है सो आप इस पर यज्ञ अवश्य कीजिये। जिससे यह और पवित्र हो जाये। सनत् कुमार बोले हे—नारद! उसी समय उत्तर दिशा की तरफ सिर रखकर वह असुर लेट गया। तब ब्रह्मा जी ने ऋषि और मुनियों को बुलाकर गयासुर के शरीर के ऊपर यज्ञ आरम्भ किया। यज्ञ के समाप्त होने पर सबके साथ ब्रह्मा जी स्नान करके ब्रह्म सरोवर पर उपस्थित हुए। उसी समय गयासुर का शरीर हिलने लगा। तब ब्रह्मा जी धर्मराज से बोले—हे धर्मराज आपके पास जो देवमर्र शिला है उसको लाकर इसके शरीर पर रख दीजिये। उस शिला के रखने के बाद भी असुर स्थिर नहीं हुआ। तब ब्रह्मा जी फिर सभी देवताओं को साथ लेकर विष्णु जी के पास गये। तब नारायण ने पूछा तुम लोग किसलिए आये हो। वह कहो। तब ब्रह्मा जी ने सम्पूर्ण वृत्तान्त विष्णु से कहा। फिर बोले कि ऐसा उपाय बतायें जिससे गयासुर का शरीर स्थिर हो सके। तब नारायण विष्णु ने अपने शरीर में से एक विष्णुभूर्ति निकालकर दी। किन्तु मूर्ति रखने पर भी असुर स्थिर नहीं हुआ। तब ब्रह्मा जी ने साक्षात् विष्णु जी का आह्वान किया। तब भगवान् विष्णु उस शिला पर गदा लेकर आ विराजे और ब्रह्मा जी पाँच रूप में और सब देवी-देवता अपनी शक्ति से गयासुर को स्थिर किये। तब जाकर गयासुर का हिलना बन्द हुआ। तभी से विष्णु का नाम गदाधर हो गया। गयासुर के स्थिर होने पर भगवान् विष्णु बोले—हे असुर! मैं तुझसे अति प्रसन्न हूँ। वर माँगों। तब गयासुर बेले—हे नाथ! यदि आप मुझसे प्रसन्न हैं तो यह वर दीजिये कि जब तक सूर्य-चन्द्र हैं तब तक मेरे ऊपर इस शिला पर सभी देवता विराजमान रहें और यह तीर्थ मेरे नाम से प्रसिद्ध हो। यहाँ स्नान, तर्पण, दान-पुण्य करने से मनुष्य को सब तीर्थों से ज्यादा फल प्राप्त हो और गदाधर भगवान् के दर्शन पूजन से मनुष्यों के हजारों कुल तर जायें। जिस पितृ के लिए यहाँ पिण्डदान

दिया जाये वह ब्रह्मलोकवासी हो और पापों से मुक्त हो। गयासुर के वचन सुन विष्णु बोले कि ऐसा ही होगा। इसके उपरान्त ब्राह्मणों को बहुत-सा द्रव्यदान देकर विदा किया गया।

कुछ साल बाद ब्राह्मणों ने द्रव्य माँगकर धर्मार्थ किया। उसका धुँआ स्वर्ग को गया। तब ब्रह्मा ने क्रोध में आकर ब्राह्मणों को शाप दिया कि मेरे द्रव्य देने पर भी तुम लोगों ने द्रव्य माँगा इसलिए तुम सदा ही दरिद्र रहोगे। यह दूध-दही की जो नदियाँ हैं वे पानी हो जाये और ययह स्वर्ग सदृश स्थल मिट्टी हो जाये। कल्पवृक्ष, कामधेनु स्वर्ग को जायें। ब्रह्मा जी का ऐसा शाप सुनकर सब ब्राह्मण हाथ जोड़कर बोले कि प्रभु अपने दिये सम्पूर्ण पदार्थों को आपने नष्ट कर दिया तब कृपाकर हम लोगों की जीविका कार्य का उपाये बतायें। यह सुनकर दयावश हो ब्रह्मा जी बोले—जब तक सूर्य चन्द्र हैं तब तक तुम लोगों की जीविका के लिए यह (गया) क्षेत्र है। जो कोई यात्री आयेगा तुम लोगों को अवश्य पूजेगा।

यह कथा एक असुर नायक की निश्छलता और उसकी विवशता के चलते उसके सीने पर पत्थर रखकर उस पर अग्नि कुण्ड बनाकर आर्यों द्वारा यज्ञ करने उसे हिलने-डुलने से रोकने के लिए स्वयं उसके सीने पर गदा लेकर चढ़ जाने की बर्बर कहानी है, जिसे अपने पक्ष में महिमामण्डित किया गया लगता है। यह आदिवासी दैत्यराज के साथ हुए छल छद्म की कथा है। जिससे उसे अधीन कर छल के द्वारा प्रपंच से वशीभूत कर बलपूर्वक दबाकर उसके शरीर पर यज्ञ करने और उसके राज्य का अधिग्रहण कर लेने की कथा है। जिसे असुर की भक्ति और त्याग के रूप में दर्शाया गया है। इस तरह गयातीर्थ किसी असुर के कैसे बलिदान की कीमत पर निर्मित किया गया। यह समझा जा सकता है। यह असुर शक्ति पर वैष्णव सुर शक्ति का सीने पर चढ़कर अपनी धर्मध्वजा फहराने का भी प्रतीक है। छल बल से असुर शक्ति को दबाने और उसे अपनी इच्छानुसार बलि देकर नकली महानता थोपने का भी यत्न है। भला यह कैसी पवित्रता या महानता आर्यों द्वारा एकजुट होकर एक तपस्वी असुर राजा के छलछद्म द्वारा दमन की यह लोमहर्षक कहानी है, जिससे उनकी बर्बरता का पता चलता है। यह रोंगटे खड़ा कर देनेवाली बात है कि किसी जीवित जीव की छाती पर अग्निकुण्ड बनाकर उस पर यज्ञ किया जाये। और उसकी इच्छा और भक्ति से यह सब करना कहा जाये। वास्तव में यह अनार्य असुर आदिवासियों के साथ हुए अत्याचार और अमानवीयता की कथा है जिसे धर्म स्थापना और भक्ति में लपेटकर परोसा गया है।

सृष्टि निर्माण के समय अथवा आर्यों की भारतीय भूभाग पर सत्ता के प्रारम्भ की कथा पुराणों में जो वर्णित की गयी है उससे भी यहाँ के स्थानीय आदिवासी राजाओं के वध और सत्ता प्राप्ति का प्रमाण मिलता है। इस पौराणिक गाथा के अनुसार—प्राचीन

काल में जब सब ओर जल-ही-जल था। आर्यों के भगवान् विष्णु शेष नाग की शैय्या पर सोये थे। उस समय उनके कान की मैल से मधु और कैटभ नाम के दो पराक्रमी दानव उत्पन्न हुए। कैटभ ने कहा भैया मधु इस जल में हमारी सत्ता कायम रखनेवाली भगवती महाशक्ति है। उनमें अपार बल है। वे ही परम आद्या शक्ति हमारी उत्पत्ति का कारण हैं। इतने में आकाश में गूँजता हुआ सुन्दर 'वाक्बीज' सुनायी पड़ा। उन दोनों ने सोचा कि यही भगवती का महामन्त्र है। अब वे उसी मन्त्र का ध्यान और जाप करने लगे। अन्न और जल का त्याग करके उन्होंने हजार वर्ष की कठिन तपस्या की। भगवती महाशक्ति उन पर प्रसन्न हो गयी। अन्त में आकाशवाणी हुई—दैत्यों! तुम्हारी तपस्या से मैं प्रसन्न हूँ। इच्छानुसार वर माँगो। आकाशवाणी सुनकर मधु और कैटभ ने कहा—सुन्दर व्रत का पालन करनेवाली देवी तुम हमें स्वेच्छा मरण का वर देने की कृपा करो। देवी ने कहा—दैत्यों मेरी कृपा से इच्छा पर ही मौत तुम्हें मार सकेगी। देवता और दानव कोई भी तुम दोनों दानव को पराजित नहीं कर सकेंगे। देवी के वर देने पर मधु और कैटभ को अत्यन्त अभिमान हो गया। वे समुद्र में जलचर जीवों के साथ क्रीड़ा करने लगे। एक दिन अचानक प्रजापति ब्रह्मा जी पर उनकी दृष्टि पड़ी। ब्रह्मा जी कमल पर विराजमान थे। इन दैत्यों ने ब्रह्मा जी से कहा—सुव्रत तुम हमारे साथ युद्ध करो। यदि लड़ना नहीं चाहते तो इसी क्षण यहाँ से चले जाओ, क्योंकि यदि तुम्हारे अन्दर शक्ति नहीं है तो तुम आसन पर बैठने का तुम्हें कोई अधिकार नहीं है। मधु और कैटभ की बात सुनकर ब्रह्म जी को अत्यन्त चिन्ता हुई। उनका सारा समय तप में बीता था। युद्ध करना उनके स्वभाव के प्रतिकूल था। भयभीत होकर वे भगवान् विष्णु के पास गये। विष्णु उस समय योगनिद्रा में थे। ब्रह्मा जी के प्रणाम करने पर भी उनकी नींद नहीं टूटी। अन्त में उन्होंने भगवती योगनिद्रा की स्तुति की और उनसे कहा कि मैं मधु-कैटभ दैत्य के भय से तुम्हारी शरण में आया हूँ। विष्णु तुम्हारी माया में अचेत पड़े हैं। तुम सम्पूर्ण जगत् की माता हो। सभी का मनोरथ पूर्ण करनेवाली हो। तुमने ही मुझे जगत स्रष्टा बनाया है। यदि मैं दैत्यों के हाथ मारा जाता हूँ तो तुम्हारी बड़ी अपकीर्त्ति होगी। अतः तुम भगवान् विष्णु को जगाकर मेरी रक्षा करो।

आगे कथा है कि तब ब्रह्मा जी की प्रार्थना सुनकर भगवती ने विष्णु के नेत्र, मुख, नासिका, बाहु और हृदय से निकलकर आकाश में स्थित हो गयी और तब भगवान् उठकर बैठ गये। तदन्तर मधु और कैटभ से उनका पाच हजार वर्षों तक घोर युद्ध चला। फिर भी वे उन्हें परास्त करने में असफल रहे। विचार करने पर ज्ञात हुआ कि भगवती ने दोनों को इच्छामृत्यु का वरदान दे रखा है। इतने में ही भगवती योगमुद्रा के दर्शन हुए। भगवान् विष्णु ने रहस्यपूर्ण शब्दों में भगवती की स्तुति की। तब भगवती ने कहा—विष्णु! तुम देवताओं के स्वामी हो। मैं इन दैत्यों को माया से मोहित कर दूँगी तब तुम इन्हें मार डालना। भगवती का अभिप्राय समझकर भगवान् विष्णु ने दैत्यों से कहा कि तुमसे युद्ध करके मैं प्रसन्न हूँ। अतः मुझसे इच्छानुसार वर माँगो। दैत्य

भगवती की माया से मोहित हो चुके थे। उन्होंने कहा—विष्णु! हम याचक नहीं हैं। दाता हैं। तुम्हें जो माँगना है हमसे माँगों। हम देने को तैयार हैं। भगवान् विष्णु बोले—यदि देना ही चाहते हो तो मेरे हाथों से मृत्यु स्वीकार करो। भगवती की कृपा से मोहित होकर मधु और कैटभ अपनी ही बातों से ठगे गये। भगवान् विष्णु ने तब उन दैत्यों के मस्तक को अपने जाँघों पर रखकर सुदर्शन चक्र से काट डाला। इस प्रकार मधु और कैटभ दैत्यों का अन्त हुआ।

मार्कण्डेय पुराण की कथा के अनुसार उमा ने कैटभ को मारा था, जिससे वह केटभा कहलायी। महाभारत और हरिवंश पुराण की कथा के अनुसार मधु और कैटभ नामक इन दैत्यों के मेदा के ठेर के कारण ही पृथ्वी का नाम मेदिनी पड़ा था। पद्मपुराण के अनुसार देवासुर संग्राम में ये दोनों हिरण्याक्ष की ओर से लड़े थे। महाभारत शान्तिपर्व 355/22 वे.भा. 1-4, विष्णु धर्मसार 1-15 पद्मपुराण पृष्ठ 40 आदि, में मधु कैटभ के विषय में कथाएँ मिलती हैं।

मधु और कैटभ जैसे दैत्यों की आर्य प्रभुओं द्वारा वध की कथा अन्य असुर राजाओं योद्धाओं के वध की कथा की तरह ही है जिसमें परम तपस्वी और वरदान प्राप्त दैत्यों को केवल पुनः राज्य छीने जाने के भय के कारण देवताओं ने सम्मिलित मन्त्रणा और सोची-समझी रणनीति, कूटनीति, चालाकी और छल-बल से उनका संहार किया। मधु और कैटभ का भी कोई दोष नहीं दिखता अपनी सत्ता से ब्रह्मा को निष्कासित करने की धमकी के अलावा। उसकी भी हत्या विष्णु ने छल से उन्हें अपने जाँघ पर रखकर चक्र द्वारा काटकर की। और कहा गया है कि वे स्वयं अपने वध के लिए तैयार हुए थे। यह भी आर्यों के छल छद्म को प्रदर्शित करनेवाली कथा है जिसमें आदिवासी असुर मार दिये गये। दूसरे इनका उसका भी वध इन्द्र ने धोखे से किया था। इनके वध के बाद इन्द्र को ब्रह्मा की आज्ञा से प्रायश्चित्त स्वरूप सरस्वती नदी की शाखा अरुणा नदी में स्नान करके यज्ञ करना पड़ा था। उसी नदी में नमुचि का कटा सिर भी डाला था जिससे उसे स्वर्ग प्राप्ति हुई। यह कथा महाभारत में मिलती है।

शुम्भ-निशुम्भ की कथाओं में कहीं से भी उनका प्रतिरोध नाजायज नहीं लगता। अपने भाई नमुचि के वध का बदला लेने के लिए ही उन्होंने इन्द्र को पराजित करके उसका सिंहासन छीना था और दैत्य महिषासुर के वध का बदला लेने के लिए ही देवी दुर्गा से युद्ध किया था।

इसी तरह एक महारथी दैत्य असुर नागवंशी वृत्रासुर के वध की कथा ग्रन्थों में मिलती है। वृत्र प्राचीन वैदिक काल का एक असुर योद्धा था। संस्कृत में वृत्र का अर्थ ठकने वाला है। इसका एक अन्य नाम 'अहि' भी मिलता है जिसका अर्थ सर्प, साँप या नाग होता है। यह प्राचीन अनार्य नागवंशी था। इसे अझदहा ड्रेगन) भी माना जाता

है। और अवस्ताई भाषा में इसे अजि और अझि कहा जाता है। वेदों में वृत्र या वृत्रासुर एक ऐसा मझदहा (ड्रेगन) है जिसका वध भी देवताओं के राजा इन्द्र करते हैं। कुछ वर्णनों में इसे तीन सिरवाला भी दर्शाया गया है। सम्भवतः यह सब इस असुर आदिवासी योद्धा को अधिक शक्तिशाली और उसे मारकर अपने देवों को उससे अधिक दैवीय और शक्तिशाली के रूप में महिमामण्डित करने के लिए रचा गया।

रामायण में भी वृत्रासुर की कथा इस तरह की मिलती है कि—एक दिन राम ने भरत और लक्ष्मण को अपने पास बुलाकर कहा—हे भाइयो! मेरी इच्छा राजसूय यज्ञ करने की है। क्योंकि वह राजधर्म की चरमसीमा है। इस यज्ञ से समस्त पाप नष्ट हो जाते हैं तथा अक्षय और अविनाशी फल की प्राप्ति होती है। अतः तुम दोनों विचार कर कहो कि इस लोक और परलोक में कल्याण के लिए क्या यह यज्ञ उत्तम होगा। बड़े भाई राम के वचन सुनकर भरत बोले—महाराज! इस पृथ्वी पर सर्वोत्तम यश और स्वयं यह पृथ्वी आप में ही प्रतिष्ठित है। आप ही सम्पूर्ण पृथ्वी और इस पर रहनेवालों समस्त राजा भी आपको पितृतुल्य हैं। अतः आप ऐसा यज्ञ किस प्रकार कर सकते हैं। जिससे इस पृथ्वी के सब राजवंशों और वीरों का हमारे द्वारा संहार होने की आशंका है। भरत के युक्तिपूर्ण वचन सुनकर राम बहुत प्रसन्न हुए और बोले—भरत तुम्हारा सत्य परामर्श धर्मसंगत और पृथ्वी की रक्षावाला है। तुम्हारा यह उत्तम कथन स्वीकार कर मैं राजसूय यज्ञ करने की इच्छा का त्याग करता हूँ। तत्पश्चात् लक्ष्मण बोले—हे रघुनन्दन सब पापों को नष्ट करनेवाला अश्वमेध यज्ञ भी है। यदि आप यज्ञ करना ही चाहते हैं तो इस यज्ञ को कीजिये। इन्द्र के विषय में यह प्राचीन वृत्तान्त सुनने में आता है किब जब इन्द्र को ब्रह्महत्या लगी थी, तब वे अश्वमेघ यज्ञ करके ही पवित्र हुए थे। राम द्वारा पूरी कथा पूछने पर लक्ष्मण बोले—प्राचीन काल में वृत्रासुर नामक असुर पृथ्वी पर पूर्ण धार्मिक निष्ठा से राज्य करता था। एक बार वह अपने ज्येष्ठ पुत्र मधुरेश्वर को राज्य भार सौंपकर कठोर तपस्या करने वन में चला गया। उसकी तपस्या से इन्द्र का आसन हिल गया। वह भगवान् विष्णु के पास जाकर बोले कि प्रभु तपस्या के बल पर वृत्रासुर ने इतनी अधिक शक्ति और बढ़ा ली तो हम सब देवताओं को सदा उसके अधीन रहना पड़ेगा। इसलिए हे प्रभु आप कृपा करके सम्पूर्ण लोगों को उनके आधिपत्य से बचायें। किसी प्रकार उसका वध कीजिये। देवराज इन्द्र की प्रार्थना सुनकर भगवान् विष्णु बोले कि—यह तो तुम जानते हो देवराज मुझे वृत्रासुर से स्नेह है। इसलिए मैं अपने तेज को तीन भागों में इस प्रकार विभाजित कर दूँगा जिससे तुम स्वयं वृत्रासुर का वध कर सको। मेरे तेज का एक भाग तुम्हारे अन्दर प्रवेश करेगा। दूसरा तुम्हारे वज्र में और तीसरा पृथ्वी में, ताकि वह वृत्रासुर के धराशायी होने पर उसका भार दोनों असुरों को विष्णु के कान की मैल से उत्पन्न बताना भी इनके वंशानुगत इतिहास को विलोपित करना तथा इन्हें निम्नस्तरीय उत्पत्ति का बताना है। ताकि इनके वध को अधिक गम्भीरता से समाज न ले सके।

मार्कण्डेय पुराण की दुर्गा सप्तशती की कथा के अनुसार देवी दुर्गा ने मधु-कैटभ का वध किया था। इस तरह पता चलता है कि मधु और कैटभ उस समय के असुर राजा और योद्धा थे जब आर्य अनार्यों की धरती पर अपना राज्य विस्तार करने के लिए आये थे और अपनी सृष्टि का निर्माण कर रहे थे। ये दोनों दैत्य उस प्राचीन अवधारणा के प्राचीन चिह्न हैं। एक कथा है कि मधु और कैटभ के वध के लिए विष्णु के नेत्रों से काली का जन्म हुआ था। मेधा ऋषि राजा सुरथ को और समाधि को भगवती की महिमा बताते हुए मधु और कैटभ के वध की कथा सुनाते हैं। आदिमाता भगवती महाकाली का अवतार मधु और कैटभ दैत्य को मारने के लिए ही हुआ था। देवी माहात्म्य के प्रथम अध्याय में देवी द्वारा मधु-कैटभ दोनों असुरों के वध का वर्णन है। जिसके अनुसार भगवती काली ने इनका वध किया था। किन्तु दूसरी कथाओं में विष्णु के द्वारा इनकाा वध सुदर्शन चक्र से बताया गया है, जिसके कारण ही विष्णु का नाम मधुसूदन पड़ा। कहा जाता है कि गणेश जी की उपासना से विष्णु ने मधु-कैटभ का वध करने में सफलता पायी भी। पहली एक कथा में भगवती की सहायता से दैत्यों को मोहित कराने के बाद उनके वध की कथा मिलती है।

मधु-कैटभ के वध की कथा में काल और वध करनेवाले और उसमें सहायता करनेवाले के बारे में जो कथाएँ हैं उसमें भले ही कई पेंच हों किन्तु यह तय है कि आर्यों के भगवान् और उनकी देवियों के द्वारा ही आदिवासी अनार्य असुरों का किसी-न-किसी तरह वध किया गया। यह भी तय है कि वे बड़े शक्तिशाली थे। उन्होंने विष्णु तक को पराजित कर दिया था। ब्रह्मा को खदेड़ दिया था। उन्हें भयभीत कर दिया था। वे वास्तव में अपराजेय थे। उन्होंने आर्यों के सर्वोच्च देवताओं को भयभीत कर दिया था और उन्हें हराया था। लगता है आर्यों के असुर राज्यों और क्षेत्रों पर विस्तार और विजय अभिमान के अति प्रारम्भिक समय में ही यहाँ के स्थानीय दैत्य राजा मधु-कैटभ ने उनका भयंकर प्रतिरोध किया था, जिससे उनका वध छल-बल किसी भी तरह करना जरूरी था। स्त्री शक्ति से इनके वध की कथा भी यह सिद्ध करता है ये किसी योद्धा अथवा आर्यों के भगवान् के द्वारा भी सीधे युद्ध करने मारे जाने की स्थिति में नहीं थे।

मार्कण्डेय पुराण के दुर्गा सप्तशती देवी माहात्म्य खण्ड में ऐसे ही असुर आदिवासी योद्धाओं शुम्भ निशुम्भ के वध की अथवा हत्या की कथा मिलती है। ये शुम्भ और निशुम्भ दैत्य दोनों भाई थे और महर्षि कश्यप और दनु के पुत्र तथा नमुचि के भाई थे। देवी माहात्म्य में इनकी कथा है कि—इन्द्र ने नमुचि को मार डाला। इससे क्रोधित होकर उसके भाई शुम्भ निशुम्भ ने इन्द्र से उसका सिंहासन इन्द्रासन छीन लिया और स्वर्ग पर अधिकार कर अपना शासन स्थापित कर लिया। इसी दौरान देवी दुर्गा ने महिषासुर नामक एक बड़े योद्धा दैत्य का वध कर दिया। इससे पुनः शुम्भ निशुम्भ बड़े क्रोधित हुए और इसका प्रतिरोध लेने की ठानी। उन्होंने देवी दुर्गा के सामने शर्त रखी कि या तो वे उनमें से किसी एक से विवाह कर लें नहीं तो मरने को तैयार हो

जाये। कथा है कि तब दुर्गा जी ने कहा कि—युद्ध में जो भी मुझे परास्त करेगा, उसी से मैं विवाह करूँगी। तब दोनों का देवी दुर्गा से युद्ध हुआ और दोनों उनके हाथों मारे गये।

नमुचि की दो कथाएँ मिलती हैं। एक के अनुसार वह शुम्भ-निशुम्भ का भाई था जिनका वध इन्द्र ने किया था। और दूसरा वह दानवों का राजा सहन कर सके। भगवान् विष्णु से यह वरदान पाकर इन्द्र देवताओं सहित उस वन में गये जहाँ वृत्रासुर तपस्या कर रहा था। अवसर पाकर इन्द्र ने अपने शक्तिशाली वज्र से वृत्रासुर के मस्तक पर वार किया। इससे वृत्रासुर का सिर कटकर अलग जा गिरा। सिर कटते ही इन्द्र सोचने लगे कि मैंने एक निरपराध व्यक्ति की हत्या करके भारी पाप किया है। यह सोचकर वे किसी अन्धकारमय स्थान में जाकर प्रायश्चित्त करने लगे। इन्द्र के लोप हो जाने पर देवताओं ने विष्णु भगवान् से प्रार्थना की कि—हे दीनबन्धु! वृत्रासुर तो मारा तो आपके तेज से गया है परन्तु ब्रह्महत्या का पाप इन्द्र को भुगतना पड़ रहा है। इसलिए आप उसके उद्धार का कोई उपाये बताइये। यह सुनकर विष्णु बोले कि—यदि इन्द्र अश्वमेध यज्ञ करके मुझ यज्ञपुरुष की अराधना करेंगे तो वे निष्पाप होकर देवेन्द्र पद को प्राप्त कर लेंगे। इन्द्र ने ऐसा ही किया और अश्वमेध यज्ञ के प्रताप से उन्होंने ब्रह्महत्या से मुक्ति प्राप्ति की।

इस कथा के अनुसार आर्य देवों के राजा इन्द्र ने स्वयं स्वीकार किया कि वृत्तासु निरपराधी था। उनकी हत्या करके उसने पाप किया था और इसीलिए अश्वमेध यज्ञ करके उसे इस ब्रह्महत्या के पाप से मुक्त होना पड़ा। इससे यह भी पता चलता है कि तपस्वी असुर को जो ब्रह्मलीन हों उन्हें ब्राह्मण ही माना जाता था। इसीलिए उनकी हत्या को ब्रह्महत्या कहा गया है। इस कथा के असुर अनार्य शासक वृत्रासुर का परम तपस्वी और राजा होना सिद्ध होता है। उसे ब्राह्मणों के समान ही माना गया है। यह सम्भवतः ऐसी पहली कथा है जिसमें किसी असुर की हत्या के बाद आर्य देवता को प्रायश्चित्त करना दिखाया गया है। और असुर वध को ब्रह्महत्या माना गया है। इस हत्या का कारण केवल इन्द्र को अपना राज्य गँवा देने का भय मात्र था। जबकि वृत्रासुर एक शान्तिप्रिय असुर राजा था यही प्रतीत होता है। भयभीत आर्यों ने तपस्वी असुर राजा को भी नहीं छोड़ा। उसका भी वध कर दिया ताकि उनकी सत्ता सुरक्षित रहे। यह पूरी तरह अमानवीय कर्म है कहीं से इसे दैवीय कर्म नहीं कह सकते। यह बड़ा नागवंशी असुर राजा था जिसे मारा गया। असुरों और नागों को एक ही प्रजाति का माने जाने का कारण वृत्रासुर का नाग (सर्पवंशज) होना और असुर होना प्रमाणित करता है।

भारत की हिन्दू मिथकीय कथाओं से पता चलता है कि यहाँ के आदिवासी असुर राजाओं का सबसे प्रारम्भिक और शक्तिशाली वंश हिरण्याक्ष का था जिसमें हिरण्यकश्यप दैत्य हुआ। इसी वंश में दानवीर महाबली दैत्यराज बलि हुए। इन्हीं दैत्यराज बलि के

सौ पुत्रों में एक महाबली बाणासुर था। कहा जाता है कि उसने भगवान् शिव की कठोर तपस्या करके उनसे सहस्त्रबाहु होने तथा अपार बलशाली होने का वरदान प्राप्त किया था। वह परम तपस्वी था। उससे कोई युद्ध करके नहीं जीत सकता था। इसलिए उससे कोई युद्ध नहीं करता था। ग्रन्थों में कहा गया है कि वरदान के कारण वह बहुत अहंकारी हो गया था। एक दिन उसने अपने अहंकार से वशीभूत होकर भगवान् शिव को ही युद्ध के लिए चुनौती दे डाली। इससे भगवान् शिव बहुत अप्रसन्न और क्रोधित हो गये और उन्होंने उससे कहा—जिस दिन तेरे महल का ध्वज गिर जाये समझ लेना तेरी मृत्यु आ गयी है। इस बाणासुर की उषा नाम की एक सुन्दर कन्या थी। उषा और भगवान् कृष्ण पौत्र अनिरुद्ध में प्रेम हो गया था। इससे उषा अनिरुद्ध के महल में जाकर रहने लगी। जब बाणासुर को यह सब पता चला तो वह अनिरुद्ध के महल में गया और उससे युद्ध किया। लेकिन जब वह अनिरुद्ध को नहीं हरा सका तब उसने उसे नागपाश में बाँधकर उसे बन्दी बना लिया। महाभारत भाग उन्तीस के अनुसार अनिरुद्ध के गायब होने की खबर से द्वारिकापुरी में शोक व्याप्त हो गया। तब नारद जी ने सबको यथास्थिति बतायी कि बाणासुर ने अनिरुद्ध को बन्दी बना लिया है। तब स्वयं ही कृष्ण, बलराम, प्रदुम्न, सात्यिकी, गद, साम्ब आदि सभी चतुरंगिणी सेना लेकर बाणासुर पर हमला कर दिया। घनघोर युद्ध हुआ कुष्माण्ड, देवकर्स असुर आदि मारे गये। बाणासुर इस हमले से परेशान हो गया तब उसने अपने आराध्य भगवान् शिव का स्मरण किया। भगवान् शिव ने उसके पक्ष में अपने रुद्रगणों की सेना भेज दी। लेकिन श्रीकृष्ण ने रुद्रगणों को परास्त कर दिया। अन्त में बाणासुर की रक्षा के निमित्त स्वयं भगवान् शिव रणभूमि में आये और तब भगवान् कृष्ण तथा भगवान् शिव के बीच भयंकर युद्ध हुआ। भगवान् शिव ने कृष्ण पर ब्रह्मास्त्र चला दिया। लेकिन भगवान् कृष्ण ने भगवान् शिव के ब्रह्मास्त्र को परिमन्यास्त्र और पशुपत्यास्त्र नारायणास्त्र से नष्ट कर दिया। इस तरह भगवान् शिव की हार हो गयी। भगवान् शिव ने बाणासुर के चार हाथ छोड़कर सभी हाथ सुदर्शन चक्र से काट दिये। और क्षमा माँगने पर उसे जीवित छोड़ दिया। अन्त में उषा और अनिरुद्ध का विवाह हो गया।

इस घटना की जहाँ वैष्णव ग्रन्थों में भगवान् श्रीकृष्ण की महिमा का अधिक गुणगान किया गया है वही स्मृति ग्रन्थों में शिव की महिमा गायी गयी है। वैष्णव ग्रन्थों के अनुसार शिव ने युद्ध के अन्त में कृष्ण से प्राणदान की याचना की और कृष्ण ने उन्हे क्षमा कर दिया।

यही कथा अन्यत्र इस रूप में भी मिलती है कि—बाणासुर की बेटी उषा गुप्तकाशी में माता पार्वती से पढ़ती थी जहाँ शिव और पार्वती गुप्त रूप से रहते थे। शिव पार्वती दोनों उषा को अपनी पुत्रीवत् मानते थे। उषा श्रीकृष्ण के पौत्र और प्रद्युम्न के पुत्र अनिरुद्ध से स्वप्न में मोहित हो गयी थी। स्वप्न की बात उसने अपनी सहेली चित्रलेखा को बतायी। चित्रलेखा ने द्वारिका जाकर सोते हुए अनिरुद्ध का अपहरण कर

लिया। अनिरुद्ध को उषा के पास ले गयी। दोनों का वहाँ प्रेम बढ़ा और दोनों वही बाणासुर के महल में रहने लगे। इसी प्रसंग को लेकर भगवान् कृष्ण और बाणासुर में युद्ध हुआ। अन्त में समझौता हो गया और दोनों का विवाह हो गया। दोनों की शादी उसी मठ में ही हुई थी जहाँ सर्दियों में केदारनाथ के बन्द होने पर शिव की पूजा की जाती है। वहाँ कन्या कुमारी का भी मन्दिर है। जहाँ सती की रीढ़ की हड्डी गिरी थी। एक यह भी कथा मिलती है कि बाणासुर ने तत्पश्चात् कुमारी से शादी का प्रस्ताव किया था इस पर उसने ही अन्ततः बाणासुर का संहार किया था।

इस बाणासुर की राजधानी शोणितपुर भी मानी जाती है। इसे कोई गुप्त काशी, कोई सायण, कोई तिब्बत का हिस्सा मानता है। कहते हैं बाणासुर के बाद उसका मन्त्री शोणितपुर का राजा हुआ था।

एक अन्य कथा के अनुसार शिव ने बाणासुर को अपना पुत्र मान लिया था। इसीलिए जब बाणासुर और भगवान् कृष्ण के बीच युद्ध हुआ तब स्वयं भगवान् शिव उसे बचाने के लिए भगवान् कृष्ण से लड़े थे। कहते हैं स्वयं पार्वती कृष्ण के सामने उसकी रक्षा के लिए आयी थी। तब जाकर भगवान् कृष्ण ने बाणासुर को अभयदान दिया था। दरअसल यह शैव वैष्णव की निर्णायक लड़ाई लगती है। यह आर्यों के सर्वोच्च देवता और अनार्यों के सर्वोच्च देवता की लड़ाई भी है, जिसमें अन्ततः सन्धि हुई और दोनों वैवाहिक सम्बन्ध में बँधे।

महाभारत के वनपर्व प्रसंग से पता चलता है कि—उत्तर हिमालय में आज से दो हजार वर्ष पूर्व पहले किरात, पुलिन्द और तंगण जाति के लोग रहते थे। इन तीनों जातियों के राजा सुबाहु थे। उनकी राजधानी श्रीपुर (श्रीनगर) गढ़वाल थी। राजा सुबाहु के अलावा उत्तराखण्ड में ही राजा विराज का भी एक राज्य था। यह जौनसार क्षेत्र में पड़ता है। इसी विराट के यहाँ पाण्डवों ने अज्ञातवास बिताया था। इसी की पुत्री उत्तरा से अभिमन्यु का विवाह हुआ था। इस राजा की गाय कौरव चुरा ले गये थे। इसीलिए अर्जुन ने अपना असली रूप दिखा कर उन्हें गाय वापस दिलाया था।

बाणासुर को महाकाल के नाम से भी जाना जाता है। यह नाम उन्हें शिव ने वरदान के रूप में दिया था। महाभारत सभापर्व 36, ब्रह्मपुराण 206 तथा हरिवंशपुराण विष्णुपर्व 116-126 में इनसे सम्बन्धित कथाएँ मिलती हैं। एक कथा है कि—कृष्ण से बाणासुर की रक्षा के लिए पार्वती स्वयं युद्ध के बीच आ गयीं थीं। लेकिन कृष्ण को वे दिख नहीं रही थीं वह अदृश्य थीं।

इतिहासकारों का मानना है कि आर्यों के महाराष्ट्र में पदार्पण के बाद उने बारे में प्रथम प्रचार करते हुए अगस्त्य नामक आर्य ऋषि भारत के उत्तर से दक्षिण को गये। तब विन्ध्याचल और सतपुड़ा की ऊँचाई हिमालय से भी ऊँची थी। उन्होंने हिमालय को तो पार किया ही विन्ध्याचल और सतपुड़ा के बीच में नर्मदा (नारगोदा) को भी पार

किया। इन पर्वतमालाओं में अनार्य असुर राजाओं का शासन था। अमरकण्टक या लंका में विश्व के महान् वैज्ञानिक, तत्ववेत्ता, योद्धा असुर पुरोहित राक्षस संरक्षक राजा रावण का राज्य था। वह ब्राह्मण पिता की ओर से ब्राह्मण था और असुर माता की ओर से असुर था। वह अर्द्ध आर्य और अर्द्ध अनार्य था। यानी संकर वर्ण था। (पंचम वर्ण) पश्चिमी जम्बूद्वीप, मेलघाट, पश्चिमी घाट के सम्मुख पम्पापुर में महान् वानर जाति के योद्धा बाली का राज्य था। पूर्वी तट तक दण्डकारण्य में बाणासुर का एकच्छत्र राज्य था। दक्षिणी भूटान सिंहल द्वीप समूह में समुद्र में रावण के भाई अहिरावण का साम्राज्य था। आर्यों को हिमालय में भी शक्ति सम्पन्न राज्यों में प्रवेश करना था। सीमा क्षेत्र सिन्धु तट, खैबर और बोलन दर्रा, सिन्धुकुश (हिन्दुकुश) पर्वत को पार कर सिन्धु क्षेत्र में वर्षों तक आर्यों और स्थानीय अनार्यों के बीच युद्ध चला। इसी युद्ध को देवासुर संग्राम कहा गया।

इसी पृष्ठभूमि में आर्यों के ज्ञानी नामक रचनाकार और प्रचारकों ने जो सिन्धु पर सैकड़ों वर्षों कोमवाराष्ट्र को विजित कर प्रवेश करने की योजना बनाते रहे। योजना को पहले पहल आर्य ऋषि अगस्त्य ने क्रियान्वित किया। आर्य धर्म प्रचारक योद्धा के रूप में उन्होंने अपने अंगरक्षक साधुओं के साथ सिन्धु नदी तट से गंगातट और नर्मदा और महानदी, इन्द्रावती फिर गोदावरी तट तक वे पहुँचे। गोदावरी नदी तक गोइदीरी नाम से जानी जाती थी। अन्त में अगस्त्य ऋषि नदी में डूबकर मर गये और इनके सहयोगी भी नदी में समा गये किन्तु आर्य सभ्यता का प्रसार करने में वहाँ वे सफल रहे।

कहते हैं उस समय वन्यांचल और मेरु गुहाकोर में योगीराज शम्भूसेक अनार्य शक्ति का संरक्षक था। उनके अनुयायी मातृशक्ति और पितृशक्ति को आराध्य मानकर प्रकृतिसम्मत शक्तियों को पूजते थे। इन्हीं शक्तियों के आधार पर बाहरी शक्तियों से वे अपनी रक्षा करते थे। और अपनी समृद्धि का प्रयास करते थे। दण्डकारण्य में रावण के भाई बाणासुर का राज्य था। जिसमें दण्डकारण्य, इन्द्रावती, महानदी, पूर्वी समुद्रतट, गोदावरी तट अलीपुर, पारन्दुली, छिन्दक, कोमा आदि परिक्षेत्र आते थे। वर्तमान वस्तर की वारमूर इन्द्रावती नदी के तट पर समृद्ध नगर की नीव बाणासुर ने ही रखी थी। और ग्राम देवी कोयमर माँ की बेटी माता खेरमाता की स्थापना की थी। बाणासुर के द्वारा यहाँ स्थापित देवी दान्ततोना गोड़ी शब्द को कालान्तर में आर्यों के संस्कृति गीत में दन्ते वाडिन का सीधा अर्थ दाँत से कर दिया गया। अनार्य शक्तिपीठों का ध्वस्तीकरण या आर्यीकरण भी प्राचीन आर्य धर्म प्रचारकों की मुहिम का हिस्सा था। आर्यों का जिन अनार्य नगरों पर अधिकार हो गया। उन्होंने वहाँ के अनार्य शक्तिपीठों को या तो ध्वस्त कर दिया या उसका आर्यीकरण करके स्वरूप बदल दिया। वारसूर बाणासुर की राजधानी थी जो बाद में अनेक राजवंशों की राजधानी रही। 2000 ई.पू. तक असुर योद्धाओं की, नलवंश तथा 400 से 500 ई.पू. तक गंगवंश, 850 से 1023 ई. तक। नागवंशी महाभारत-काल में हमेशा अपनी छिटपुट शक्ति

को एकत्र करने और बचाने में ही सक्रिय रहे। छिंदम नागवंश ने अपने वंश की शक्ति 1013 से 1314 ई तक अपने पुरुषों की शक्ति को पुनः स्थापित किया। यह वही वंश था जो कौरव पाण्डव के वंश ने समाप्त कर दिया था। नागवंश को आर्य ग्रन्थ सर्प जाति मानती है किन्तु यह अनार्य जाति है। और असुर वंश से ही सम्बन्धित शाखा है।

'गोडवान दर्शन' में भी माना गया है कि बाणासुर की राजधानी दण्डकारण्य ही थी जो आज आन्ध्रप्रदेश में है। बाणासुर महान् शैव योद्धा था और मातृशक्ति का उपासक था। उसकी हत्या छल से एक स्त्री आर्य देवी ने की थी। वह उसकी कुल देवी से भिन्न आर्यों की देवी थी जिसे बाद में आर्यों ने उच्च देवी की गरिमा प्रदान की। वास्तव में लगता है कि बाणासुर का वध किसी आर्य कन्या ने किया था जिसे कन्याकुमारी कहा जाता है। बाणासुर को अपराजेय होने का वरदान प्राप्त था किन्तु शर्त थी कि वह किसी कुमारी कन्या से ही मरेगा। इसलिए उसका वध कुमारी कन्या से कराया गया जो वैष्णवी देवी थी। बाणासुर उस कुमारी वैष्णवी कन्या से मोहित हो गया और उससे विवाह का प्रस्ताव किया। किन्तु मौका पाकर उस वैष्णवी देवी कुमारी कन्या ने उसका वध कर दिया। इसी से उसके वध का स्थान दक्षिण भारत में कन्या कुमारी कहा जाता है। कन्या कुमारी मन्दिर का शिल्प अजन्ता एलोरा की गुफाओं से लिया गया है।

कुल्लू में भी मान्यता है कि देवी धमेसरी जो कन्यारूप में चन्द्रमुखी से जमलू साथ आयी थी, उन्होंने ही बाणासुर का वध किया था।

सभी पौराणिक आख्यानों से सिद्ध होता है कि बाणासुर एक अनार्य असुर चक्रवर्ती राजा था और उसकी कई राजधानियाँ थी। उसकी राजधानी शोणितपुर (सराण), दण्डकारण्य, वामूर (वस्तर) तिब्बत, गुप्तकाशी का जिक्र अनेक ग्रन्थों में मिलता है।

वह परम प्रतापी भी था विख्यात भी था जैसे गंगा को धरती पर लाने का श्रेय भागीरथ को दिया जाता है वैसे ही किन्नर देश में सतलुज को लाने का श्रेय बाणासुर को दिया जाता है। सतलुज का पुराना नाम शतद्र था। ऋग्वेद में इसे शतद्र कहा गया है। तब भारतवर्ष हिमवर्ष कहा जाता था। भरत के राजा होने के बाद इसका नाम भारतवर्ष पड़ा। सतलुज को धरती पर लाने की कथा से सिद्ध होता है कि वह अनार्य असुर राजा बड़ा प्रजापालक और जनहितकारी था मध्यप्रदेश के भोपाल में उसके नाम से एक वाणगंगा स्थान भी प्रसिद्ध है। बाणासुर भी महाभारत-काल की रामायण-काल दोनों में पाया जाता है। रामायण-काल में रावण और बाणासुर में सीता स्वयंवर के समय बहस तकरार का वर्णन मिलता है। बाणासुर को बाणासुर का राजा भी माना जाता है। यह क्षेत्र बाद में बराबर पहाड़ के नाम से जाना गया।

बाणासुर के संघर्ष को भी आर्य-अनार्य संघर्ष के रूप में देखा जाता है जिसके तहत आर्यों ने उसे मारकर अन्ततः मध्यभारत से दक्षिण तक के असुर राज्यों पर पूरा आधिपत्य कर लिया। ध्यान देनेवाली बात है कि उसका वध भी छल से ही करना सम्भव हुआ लड़कर नहीं। यह भी एक अनार्य आदिवासी राजा के निर्मम वध की कथा है।

हिन्दू धर्मग्रन्थों में एक अन्य असुर आदिवासी राजा त्रिपुरासुर के वध की कथा भी मिलती है, जिसे आर्यों ने किसी तरह अपने रास्ते से हटाया। कथा है कि—जिस समय आर्यों के भगवान् विष्णु ने तारकासुर का वध किया, उसी समय से उसके पुत्रों ने देवताओं से बदला लेने का प्रण कर लिया। उसके तीन पुत्र तपस्या करने के लिए घोर जंगल में चले गये। वहाँ उन्होंने हजारों साल तक तपस्या की। तपस्या से ब्रह्मा जी प्रसन्न हुए और वरदान दिया जिससे उन्हें तीन पुरियाँ प्राप्त हुई। तारका के लिए स्वर्गपुरी, कमलाक्ष के लिए रजतपुरी तथा विधन्माली के लिए लौहपुरी स्वयं देवताओं के वास्तुकार विश्वकर्मा ने निर्मित की। आर्य ग्रन्थों में कहा गया है कि इन पुरियों में रहते हुए उन्होंने आतंक मचा दिया। देवताओं को उनके लोकों से बेदखल कर दिया। तब उन सबने मिलकर प्रयास किया किन्तु वे त्रिपुरासुर को नही हरा सके। अन्त में सब देवता भगवान् शिव की शरण में गये। तब भगवान् शिव ने स्वयं त्रिपुरासुर के संहार का संकल्प लिया। तब देवताओं न अपना सारा बल भगवान् शिव को समर्पित कर दिया। पृथ्वी का रथ बनाया गया, सूर्य और चन्द्र के उसमें पहिये लगाये गये, स्त्रटा को सारथी बनाया गया, विष्णु स्वयं बाण बने, सुमेरुपर्वत से धनुष बनाया गया तथा वासुकी नाग से धनुष की डोर बनायी गयी। इस तरह त्रिपुरासुर के संहार की लीला रची गयी। जिस समय भगवान् शिव इस रथ पर सवार हुए वह डगमगाने लगा तब भगवान् शिव ने वृषभ की पीठ पर सवार होकर उस दानव त्रिपुरासुर के विशाल नगर (पुरी) को देखा और पाशुपत अस्त्र का सन्धान कर तीनों पुरों को एकत्र होने का संकल्प करने लगे। उस अमोघ शस्त्र में विष्णु, शिव, अग्नि चारों ही समाहित थे। अभिजित नक्षत्र में उन तीनों पुरियों के एकत्र होते ही भगवान् शिव ने हँसते-हँसते उन्हें बाण से जलाकर भस्म कर दिया। तभी से भगवान् शिव त्रिपुरान्तक कहे जाने लगे।

कहते हैं त्रिपुरासुर या त्रिपुरासुरों को ब्रह्मा जी का वरदान था कि उनकी मृत्यु तभी होगी जब तीनों पुरियाँ अभिजित नक्षत्र में एक पंक्ति में खड़ी हो और कोई असम्भव बाण का सहारा लेकर उसे मारना चाहे तभी उसकी मृत्यु होगी। इस तरह असुर आदिवासी राजा त्रिपुरासुर का वध भी आर्यों ने उसे केवल आतंकी घमण्डी बताकर करवा दिया।

इसी तरह भस्मासुर भी एक महाप्रतापी पौराणिक असुर है। कथा है कि उसने अपनी शक्ति बढ़ाने के लिए भगवान् शंकर की घोर तपस्या की थी और अमर होने का वरदान माँगा था। किन्तु भगवान् शिव ने उसे यह वरदान न देकर कहा था कि

इसके अलावा तुम कोई और वरदान माँग लो। तब भस्मासुर ने भगवान् शिव से वरदान माँगा कि वह जिसके भी सिर पर हाथ रख दे वह भस्म हो जाये। तब भगवान् शिव ने उसे यह वरदान दे दिया। कथा है कि भस्मासुर ने इस वरदान के प्राप्त होते ही कहा—भगवान! क्यों न आपके इस वरदान की शक्ति को परखा जाये। तब वह स्वयं शिव के सिर पर हाथ रखने के लिए दौड़ा। शिव जी वहाँ से भागे और सीधे विष्णु की शरण में गये। तब भगवान् विष्णु ने एक सुन्दर स्त्री का रूप धारण कर भस्मासुर को आकर्षित किया। तब भस्मासुर शिव को भूलकर उस सुन्दर स्त्री के मोहपाश में बँध गया। तब मोहिनी रूपी भगवान् विष्णु ने भस्मासुर को खुद के साथ नृत्य करने के लिए प्रेरित किया। भस्मासुर तुरत तैयार हो गया। नृत्य करते समय भस्मासुर मोहिनी की तरह ही नृत्य करने लगा। उचित मौका देखकर मोहिनी रूपी भगवान् विष्णु ने अपने सिर पर हाथ रखा। तब शक्ति और काम-वासना के नशे में चूर भस्मासुर ने उनकी नकल की और अपने सिर पर हाथ रखकर नृत्य करने लगा जिससे भस्मासुर अपने ही प्राप्त वरदान से अपने सिर पर अपना हाथ रखने के कारण स्वयं जलकर भस्म हो गया।

कहा जाता है कि त्रिजटा पहाड़ी पर यह पूरा वाकया हुआ था और चालाकी से भगवान् विष्णु ने शिव की जान मोहिनी रूप धारण कर बचायी थी।

पुराणों के अनुसार भस्मासुर एक तपस्वी और महाबलशाली दैत्य था और पहले वह बकासुर नाम से जाना जाता था। उससे लड़कर जीत पाना असम्भव था इसलिए आर्यों के देवता विष्णु ने छल और चालाकी से उसका वध किया। इस कथा से असुर आदि भी राजाओं का तपस्वी और अपराजेय होना तो पता चलता है किन्तु यह भी पता चलता है कि वे बुद्धि विवेक का चतुराईपूर्ण ढंग से प्रयोग नहीं कर पाते थे और अक्सर अपने ही जाल में फँसकर मारे जाते थे। वे अपनी शक्ति का इस्तेमाल आर्य देवताओं के विरुद्ध कभी भी चतुराई से नहीं कर सके। छल बल और अपनी मतिहीनता से ही मारे गये।

ऐसा ही एक पौराणिक आदिवासी असुर लवणासुर था जो मधुपुर का शासक था। पौराणिक कथा मिलती है कि लवणासुर का यमुना तट पर बड़ा आतंक था। रामायण-काल में मुनि लोग च्यवन ऋषि को साथ लेकर लवणासुर से अपनी रक्षा के लिए भगवान् राम के पास गये। अयोध्या के राजा भगवान् राम ने अपने मन्त्रियों से पूछा कि लवणासुर का संहार कौन करेगा? तब शत्रुघ्न ने यह भार स्वीकार किया। उन्होंने कहा कि—यह कार्य मैं करूँगा। क्योंकि राम के न रहते हुए भरत ने भी नन्दीग्राम में बहुत से राक्षसों को मारा था। तब राम ने शत्रुघ्न से कहा कि—तुम लवणासुर को मारकर मधुपुर में अपना राज्य स्थापित करो। भगवान् राम ने शत्रुघ्न को कुछ अद्‌भुत बाण दिये। जिससे उन्होंने मधु और कैटभ का विष्णु रूप में वध किया था। जब लवणासुर अपने महल में था, शत्रुघ्न विशाल सेना लेकर उसे मारने गये। सबसे पहले

वे वाल्मीकि आश्रम पहुँचे वहाँ उन्होंने यज्ञ कुण्ड आदि के दर्शन किये। वाल्मीकि ने ही उन्हें बताया कि तुम्हारे पूर्वज सुदास ने यह यज्ञकुण्ड बनवाया था। यज्ञ के लिए वशिष्ठ को पुरोहित बनाया था। एक समय सुदास ने यहाँ दो राक्षसों को देखा था और उन पर बाण चलाया था जिससे एक मारा गया किन्तु एक भाग गया था। दूसरा जो बचकर भागा था वह बदला लेने की सोचता था। कुछ समय पश्चात सौदास ने अपने पुत्र वीर्य सिंह को राज्य देकर, यहीं आकर यज्ञ किया था। उस यज्ञ में भागा हुआ राक्षस ब्राह्मण वशिष्ठ का वेश बनाकर यज्ञ में आ गया, उसने मांस का प्रसाद बनवाया और जब असली वशिष्ठ आये तो राजा ने उसे वशिष्ठ जी को परोसा। इससे वशिष्ठ ने राजा सौदास को शाप दे दिया। बहुत बाद में वे शापमुक्त हुए। कहते हैं जिस दिन शत्रुघ्न अपनी पर्णशाला में विश्राम कर रहे थे उसी दिन सीता ने दो पुत्रों को जन्म दिया था। इसके बाद शत्रुघ्न महर्षि च्यवन के आश्रम गये। अगले दिन प्रातः जब लवणासुर अपने महल से निकला तभी शत्रुघ्न ने उसका वध कर दिया। और शत्रुघ्न अयोध्या चले गये। इस तरह असुर आदिवासी शासक लवणासुर के असुर राज्य मधुपुर अयोध्या के साम्राज्य का अंग हो गया। यह सब आर्यों के राज्य-विस्तार की नीति के तहत ही हुआ। लवणासुर का इसमें कोई दोष नहीं था।

इसी तरह प्राचीन भारत के एक असुर आदिवासी राजा तारकासुर की कथा हिन्दू धर्मग्रन्थों में मिलती है। वह तार दैत्य का पुत्र और तारा का भाई था। वह वज्रांग दैत्य का पुत्र भी कहा गया है। वह असुरों का प्रसिद्ध राजा था। शिव के पुत्र कार्तिकेय द्वारा तारकासुर के वध की कथा मिलती है। कथा है कि—तारकासुर को भी अजेय होने का वरदान मिला हुआ था। देवों के सेनापति स्कन्ध तारकासुर के वध के लिए ही पृथ्वी पर अवतीर्ण हुए थे। शिवपुराण में विस्तार से तारकासुर वध की कथा मिलती है। स्कन्धपुराण में भी तारकासुर वध की कथा है। कहते हैं भगवान् शिव ने तारकासुर को वरदान दिया था कि केवल शिवपुत्र ही उसका वध कर सकता था। वरुलाक्ष, शरकाक्ष, तारकाक्ष, विद्युतमाली ये तारकासुर के पुत्र थे।

महाभारत के अनुशासन पर्व अध्याय 86 श्लोक 1 से 35 तक में तारकासुर वध की कथा है, जिसके अनुसार पराक्रमी देव सेनापति शिवपुत्र कार्तिकेय ने बड़े होकर अपनी अमोघ शक्ति से तारकासुर का वध किया था। कथा है कि खेल खेल में ही अग्निकुमार द्वारा तारकासुर मार डाला गया। तब जाकर देवता पुनः अपने राज्य पर प्रतिष्ठित किये गये थे। और तब जाकर पुनः प्रतापी देव सेनापति स्कन्ध अपने सेनापति के पद पर पद की शोभा बढ़ाने में सक्षम हुए। वे देवताओं के ईश्वर तथा संरक्षक थे तथा भगवान् शिव के पुत्र थे। ये अग्निपुत्र भगवान् स्कन्ध सुवर्ण विग्रह को धारण करनेवाले हैं।

विष्णु पुराण की कथा है कि तारकासुर ने ब्रह्मा जी की घोर तपस्या की। उनकी तपस्या से ब्रह्मा जी ने उसे वर माँगने को कहा। तब तारकासुर ने पाँच वर माँगे। पहला

उसके समान कोई बलवान् न हो, दूसरा यदि वह मारा भी जाये तो उसी के हाथ से जो शिव से उत्पन्न हुआ हो, कहा गया है कि ब्रह्मा से मनोवांछित वर प्राप्त हो जाने के बाद तारकासुर घोर अन्याय करने लगा। तब डरे हुए देवता ब्रह्मा जी के पास गये। भगवान् शिव के पुत्र के अतिरिक्त तारकासुर को कोई मार नहीं सकता था। पार्वती उस समय शिव की प्राप्ति के लिए घोर तपस्या कर रही थीं। देवताओं की प्रेरणा से कामदेव द्वारा शिव का विवाह पार्वती से हो गया। किन्तु विवाह के बहुत दिनों बाद भी उन्हें कोई सन्तान नहीं हुआ, तब देवताओं को चिन्ता हुई है। तब देवताओं ने अग्नि देव को शिव के पास भेजा। कपोत के वेश में अग्निदेव को देखकर शिव ने कहा कि अब तुम्हीं मेरे वीर्य को धारण करो। यह कहकर अग्नि पर शिव ने वीर्य छिड़क दिया। उसी वीर्य से कार्तिकेय का जन्म हुआ इसीलिए उन्हें अग्निपुत्र भी कहा जाता है। कार्तिकेय ही देवताओं के सेनापति हुए। इन्हीं कार्तिकेय के द्वारा असुर राजा तारकासुर का वध हुआ। तारकासुर पर दोष लगाया गया कि वह वरदान के बाद अन्यायी हो गया था। और देवताओं को भय हो गया था कि वह उन्हें बेदखल कर सकता है।

हिन्दू धर्मग्रन्थों में ऐसे ही एक अनार्य आदिवासी असुर राजा नरकासुर की कथा मिलती है। नरकासुर महाभारतकालीन असुर राजा था। उसका वध भगवान् कृष्ण ने अपनी पत्नी सत्यभामा के सहयोग से किया था। पौराणिक कथाओं में उसे विख्यात और पृथ्वी से उत्पन्न विष्णुपुत्र भी कहा गया है। उसे भूमि से उत्पन्न होने के कारण भौमासुर भी कहा गया है। भूमिपुत्र कहा गया है।

नरकासुर द्वापर युग का शक्तिशाली असुर राजा था। वह प्राग्ज्योतिषपुर का शासक था। इसी के नाम पर दीपावली पर्व में नरक चतुर्दशी का पर्व मनाया जाता है। इसे प्रद्योतपुरम का शासक भी माना जाता है।

पुराण कथा के अनुसार भूदेवी के बेटे नरकासुर ने कठोर तपस्या से ब्रह्मा जी को प्रसन्न कर असीम शक्ति का वरदान प्राप्त किया था। आर्य ग्रन्थों में कहा गया है कि वह भी वरदान प्राप्त करने के बाद अत्याचारी हो गया था। उसके अत्याचार से पीड़ित देवताओं ने तब भगवान् विष्णु जी से प्रार्थना की कि उसका वध करें। किन्तु राक्षस नरकासुर को ब्रह्मा का वरदान था कि वह केवल अपनी माता भूदेवी के हाथों ही मारा जा सकता था। अतः उसे भगवान् श्रीकृष्ण ने अपनी पत्नी सत्यभामा जो पुनर्जन्म लेनेवाली भूदेवी ही थी, को नरकासुर के साथ लड़ाई में अपना सारथी बनाया। किन्तु युद्ध में कृष्ण नरकासुर के बाण से मूर्च्छित हो गये। तब सत्यभामा ने धनुष उठाकर नरकासुर पर वार किया और उनके द्वारा नरकासुर मारा गया। माता द्वारा पुनर्जन्म लेकर अपने पुत्र की हत्या का यह प्रसंग बड़ा अजीब लगता है। क्योंकि जिसे भूमाता कहा गया है वह वास्तविक भूमाता न होकर सत्यभामा थी, जिनको पुनर्जन्म की भूमाता कहा गया है। वास्तव में वह आर्य देवता और विष्णु के अवतार कृष्ण की पत्नी थीं।

देखने में तो यह लगता है कि इस कथा से यह सन्देश देने की कोशिश है कि समाज हित में किसी अपने के भी अत्याचार के विरुद्ध हथियार उठाना पड़े तो चाहे वह अपना पुत्र ही हो माता को भी उसका बलिदान करने में संकोच नहीं किया जाता। इसीलिए कहा गया कि—यह घोषणा मारे गये असुर नरकासुर की माता भू-देवी ने की थी कि उस राक्षस नरकासुर की मृत्यु को शोक के रूप में नहीं, अपितु उत्सव पर्व के रूप में मनाया जाना चाहिए। कहा गया है कि—नरकासुर की मौत के बाद अपने शरीर पर पड़े खून के छींटे साफ करने के लिए स्वयं भगवान् कृष्ण ने तेल का स्नान किया था। तभी से यह परम्परा चली आ रही है कि लोग नरक चतुर्दशी के पहले दिन पर जलपात्र की पूजा-अर्चना करते हैं, जिसमें स्नान करने के लिए पानी गर्म किया जाता है। बदन पर तेल लगाया जाता है। प्रकाश के लिए दीये जलाये जाते हैं। आतिशबाजी की जाती है। नरकासुर के पुतले जलाये जाते हैं। आर्य नरक चतुर्दशी का पर्व मनाते हैं क्योंकि इसी दिन चतुर्दशी को असुर राजा नरकासुर का वध हुआ था।

नरक चतुर्दशी असुर वध का पर्व है, जिसका वध उसकी तथाकथित माता सत्यभामा (भूमाता) करती है पीछे भगवान् कृष्ण होते हैं। कृष्ण जो विष्णु के अवतार हैं। लगता है हिन्दू वैष्णवों के गर्व और गौरव का पर्व है असुर वध स्मृति।

मार्कण्डेय पुराण के दुर्गा सप्तशती के छठे अध्याय में असुर धूम्रलोचन के वध की कथा मिलती है। धूम्रलोचन दैत्यराज शुभ-निशुम्भ का सेनापति था। कथा इस प्रकार है कि—महर्षि मेधा ने कहा—देवी की बात सुनकर क्रोध से भरा हुआ वहाँ से असुरेन्द्र के पास पहुँचा और सारा वृत्तान्त कह सुनाया। इनकी बात सुनकर असुरेन्द्र के क्रोध की सीमा नहीं रही। उसने अपने सेनापति धूम्रलोचन को बुलाया। उसने धूम्रलोचन से कहा—तुम सेना सहित वहाँ जाओ और उस दुष्टा (देवी) को केश पकड़कर घसीटते हुए मेरे पास लाओ। यदि उसकी रक्षा के लिए कोई दूसरा खड़ा हो चाहे वह देवता, यक्ष या गन्धर्व ही क्यों न हो, उसको मार डालना। महर्षि मेधा ने कहा—शुम्भ और निशुम्भ के इस प्रकार आज्ञा देने पर धूम्रलोचन साठ हजार राक्षसों की सेना लेकर वहाँ पहुँचा। और देवी को ललकारते हुए कहने लगा भी शुम्भ निशुम्भ के पास चल। यदि तुम प्रसन्नतापूर्वक मेरे साथ नहीं चलोगी तो मैं तेरे केश को पकड़कर घसीटता हुआ ले चलूंगा। तब देवी बोली—असुरेन्द्र का भेजा हुआ तेरे जैसा बलवान् यदि बलपूर्वक मुझे ले जायेगा। तो ऐसी दशा में मैं तुम्हारा कर ही क्या सकती हूँ। महर्षि मेधा ने कहा—ऐसा कहने पर धूम्रलोचन उसकी ओर लपका किन्तु देवी ने अपनी हुंकार से ही उसे भस्म कर दिया। यह देखकर असुर सेना क्रुद्ध होकर देवी की ओर बढ़ी। अम्बिका देवी ने उस पर तीखे बाण शक्तियों तथा फरसों की वर्षा आरम्भ कर दी। देवी का वाहन सिंह भी असुर सेना पर टूट पड़ा। उसने कई को अपने पंजों से, कई को जबड़े से, कई को धरती पर पटक-पटककर उनका पेट चीरकर रक्त पीने लगा। इस तरह देवी के वाहन सिंह ने सारी सेना का नाश कर डाला। शुम्भ ने जब यह सुना

कि आर्यों की देवी ने धूम्रलोचन असुर सेनापति को मार डाला है और सेना का संहार कर दिया तो उसे बड़ा क्रोध आया। क्रोध से उसके होठ फड़कने लगे। उसने चण्ड मुण्ड नामक असुरों की सेना को बुलाकर आज्ञा दी। शुम्भ ने कहा—हे चण्ड और हे मुण्ड। तुम एक बड़ी सेना लेकर जाओ और देवी को बाल पकड़कर घसीटते हुए लेकर आओ। यदि उनको लाने में किसी प्रकार का सन्देह हो तो उसका वध कर दो। जब वह दुष्ट और उसका सिंह मर जाये तभी बाँधकर उसे लेकर आओ।

दुर्गा सप्तसती के सातवे अध्याय में चण्ड मुण्ड के वध की कथा विस्तार से है। इन दोनों का भी वध देवी (दुर्गा) ने किया इसीलिए उन्हें चामुण्डा कहा गया। कथा है कि—ऋषि कहते हैं—तदनुसार शुम्भ की आज्ञा पाकर चन्ड-मुण्ड आदि दैत्य चतुरंगिणी सेना के साथ अस्त्र-शस्त्र से सुसज्जित हो चल दिये। फिर गिरिराज हिमालय के सुवर्णमय ऊँचे शिखर पर पहुँचकर उन्होंने सिंह पर बैठी देवी को देखा। वे मन्द -मन्द मुस्कुरा रही थी। उन्हें देखकर दैत्य लोग उसे तत्परता से पकड़ने का उद्योग करने लगे। किसी ने धनुष तान लिया, किसी ने तलवार सम्हाल ली और कुछ लोग देवी के पास आकर खड़े हो गये। तब अम्बिका (दुर्गा) ने उन शत्रुओं के प्रति बड़ा क्रोध किया। उस समय क्रोध के कारण उनका मुख काला पड़ गया। उनके शरीर का मांस सूख गया। केबल हड्डियों का ढाँचा रह गया। जिससे वे अत्यन्त भयंकर जान पड़ती थी। उनका मुख बहुत विशाल था, जीभ लपलपाने के कारण वे और भी डरावनी प्रतीत होती थीं। उनकी आँखें भीत को धँसी हुई और कुछ लाल थीं, वे अपनी भयंकर गर्जना से सम्पूर्ण दिशाओं को गुँजा रही थीं। बड़े-बड़े दैत्यों का वध करती हुई वे कालिका देवी बड़े वेग से दैत्यों की उस सेना पर टूट पड़ी और सबका भक्षण करने लगी। वे पार्श्व रक्षकों, त्रंकुशधारियों महावतों, योद्धाओं और घण्टा सहित कितनों ही हाथियों को एक साथ ही हाथ से पकड़कर मुँह में डाल लेती थीं। इसी प्रकार घोड़ा, हाथी, रथ और सारथि के साथ रथी सैनिकों को मुँह में डालकर वे उन्हें भयानक रूप से चबा जाती थी। किसी के बाल पकड़ लेती थीं, किसी का गला दबा देती थीं। किसी को पैरों से कुचल डालती और किसी को छाती से धक्के से गिराकर मार डालती थीं। वे असुर्रों के छोड़े हुए बड़े-बड़े अस्त्र-शस्त्र मुँह से पकड़ लेती और रोष में आकर उनको हाथों से भींच डालती थीं। काली ने बलवान और दुरात्मा दैत्यों की वह सेना सारी सेना रौंद डाली। खा डाली और कितनों को मार डाला। कोई तलवार के घाट उतारे गये, कोई खट्वांग से पीटे गये और कितने ही असुर दाँतों के अग्रभाग से पीस डालती थी। काली ने बलवान् और दुरात्मा दैत्यों की वह सेना रौंद डालीं या खा डालीं और कितनों को मार डाला। और मार भगाया।

आगे की कथा है कि—महादैत्य मुण्ड ने भी अत्यन्त भयंकर बाणों की वर्षा से तथा हजारों बार चलाये हुए चक्रों से उन पर भयानक नेत्रवाली को आच्छादित कर दिया। वे अनेकों चक्र देवी के मुँख में समाते हुए ऐसे जान पड़े, मानो सूर्य की बहुतेरे

मण्डल बादलों के उदर में प्रवेश कर रहे हों। तब अचानक गर्जना करनेवाली काली ने अत्यन्त रोष में भरकर विकट अट्टहास किया। उस समय उनके विकराल बदन के भीतर कठिनता से देखे जा सकनेवाले दाँतों की प्रभा से वे अत्यन्त उज्ज्वल दिखायी देती थी। देवी ने बहुत बड़ी तलवार हाथ में लेकर 'हँ' का उच्चारण करके चण्ड असुर पर धावा किया और उसके केश पकड़कर उसी तलवार से मस्तक काट डाला। चण्ड को मारा गया देखकर मुण्ड भी देवी की ओर दौड़ा। तब देवी ने रोश में आकर उसे भी तलवार से मारकर धरती पर सुला दिया। महापराक्रमी चण्ड और मुण्ड को मारा गया देख, मरने से बची हुई बाकी सेना भय से व्याकुल हो, चारों ओर भाग गयी। तदन्तर देवी काली ने चण्ड और मुण्ड का मस्तक हाथ में ले चण्डिका के पास जाकर प्रचण्ड अट्टहास करते हुए कहा—देवी! चण्ड और मुण्ड नामक इन महापशुओं को तुम्हें भेंट किया है, अब युद्ध में तुम शुम्भ और निशुम्भ का स्वयं वध करना।

आगे ऋषि कहते हैं—वहाँ लाये हुए चण्ड-मुण्ड नामक महादैत्यों को देखकर कल्याण रूपी चण्डी ने काली से मधुर वाणी में कहा—देवी! तुम चण्ड-मुण्ड को लेकर मेरे पास आयी हो, इसलिए संसार में चामुण्डा नाम से तुम्हारी ख्याति होगी। चंडिका देवी को नमस्कार है।

इसके आगे दुर्गा सप्तशती के आठवें अध्याय में रक्तबीज नामक असुर के वध की कथा है। कहा गया है कि रक्तबीज एक ऐसा दानव था जिसे यह वरदान था कि जब-जब उसके लहू की बूँद इस धरती पर गिरेगी तब-तब वह नवीन रूप में पुनः जीवित हो जायेगा। देवासुर संग्राम में भी रक्तबीज का उल्लेख आता है। रक्तबीज ऐसे दो असुरों की कला है जो अलग-अलग युगों में भी हुए हैं। मार्कण्डेय पुराण की कथा के अनुसार रक्तबीज दैत्यराज शुम्भ-निशुम्भ का मुख्य सेनानायक था। उसे भगवान् शिव का वरदान था कि उसके रक्त की बूँद से नया जन्म हो जाता था। उसे जब-जब मारने का प्रयास किया गया वह पुनः जीवित हो उठा। यही कारण था कि शुम्भ ने देवी कौशिकी को हराने के लिए रक्तबीज को रणभूमि में भेजा था। रक्तबीज ने देवी कौशिकी से दैत्यराज शुम्भ के समक्ष जाकर क्षमा माँगने को कहा। माता ने शंख बजाकर उसे ललकारा—या तो मुझसे युद्ध कर या फिर यहाँ से भाग जा। रक्तबीज ने क्रोधित हो माता के वाहन सिंह पर हमला कर दिया। परन्तु माता के आशीर्वाद से उसका बाल बाँका नहीं हुआ। जब रक्तबीज के सब वार खाली चले गये तो उसने विशेष 'सर्पबाण' छोड़ा पर देवी कौशिकी के तेज से वह बाण रक्तबीज की ओर ही लौट गया। और सीधे उसके वक्ष पर जाकर लगा। वह अचेत हो गया। तब रक्तबीज का सारथि उसे युद्ध क्षेत्र से निकाल ले गया।

आगे कथा है कि कुछ समय पश्चात् रक्तबीज पुनः विशाल सेना के साथ लौटा दैत्य सेना ने भीषण युद्ध किया। यह देख देवी ब्राह्मणी, माहेश्वरी, वैष्णवी, वाराही, नारसिंही, ऐन्द्री, शिव इली, कौमारी, चामुण्डा, और देवी वारुणी अस्त्र-शस्त्र से

सुसज्जित हो माता कौशिकी से आ मिली। सबने मिलकर दैत्य सेना का नाश कर दिया। जैसा कि रक्तबीज को वरदान प्राप्त था कि उसकी रक्त की बूँदों से अनेक रक्तबीज पुनः उत्पन्न हो जाते थे। यह देख देवी चन्द्रिका के क्रोध से माँ काली अवतरित हुई। देवी कौशिकी ने माँ कालरात्रि से कहा—हे माता काली। रक्तबीज के लहू का इस प्रकार पान करे कि उसकी एक बूँद भी भूमि पर न गिर पाये। तब माँ काली ने रक्तबीज की गर्दन काटकर उसे खप्पर में रख लिया। और उसके लहू को निरन्तर पीती रही। जो भी असुर रक्तबीज के रक्त से उनकी जिरूा पर पैदा होता उसे वे खा जातीं। इस प्रकार तुरन्त ही रक्तबीज और उसके लहू का अन्त हो गया।

इस तरह इन असुरों के वध की कथा जो कि आर्य देवियों के द्वारा सम्पन्न हुई वह ठीक वैसी ही है जैसे कि आर्यों के भगवान् विष्णु अथवा उनके अवतारों द्वारा असुरों के वध की कथाएँ मिलती हैं।

रक्तबीज के वध की कथा को क्लेनिंग से जोड़कर भी देखा जाता है कि असुरों के पास सम्भवतः यह विद्या थी। जैसे असुर पुरोहितों के पास मृत संजीवनी की विद्या का वर्णन मिलता है जिससे वे देवासुर संग्राम में मृत असुरों को पुनः जीवित कर देते थे। यह असुर विद्या थी। और हिरण्यकश्यप की पुत्री और भृगु की असुर पत्नी दिव्या के पास भी थी जिसके कारण देवासुर संग्राम के दौरान ही भगवान् विष्णु ने उसका वध कर दिया था किन्तु भृगु ने उसे पुनः जीवित कर दिया था और विष्णु को अवतार लेकर पत्नी के वियोग में भटकने का शाप दिया था। सम्भव है रक्तबीज के पास क्लोनिग की विद्या रही हो। फिर आर्य देवियों द्वारा संयुक्त और एकल अभियान में महान् तपस्वी असुरों को आतंकी अन्यायी बताकर उनके वध की कहानी आर्य सत्ता के विस्तार की ही कहानियाँ हैं। इसमें आर्य देवों की तरह आर्य देवियाँ भी असुरों के विरुद्ध सक्रिय दिखती हैं।

भारत भूमि पर आर्यों ने इस तरह निरन्तर अनार्य आदिवासी असुरों का वध किया और लगभग सभी कालों में किया। जब भी कहीं किसी असुर ने सिर उठाया उसका वध किया गया। यह एक निरन्तर वध की कथाएँ हैं। और कहा गया कि वे अन्यायी थे और उनकी सत्ता को छीनना चाहते थे।

ऐसी ही एक कथा है कि भगवान् कृष्ण को मारने के लिए एक दैत्य ने बकुला का रूप धारण किया था उसे बकासुर कहा जाता है। कथा है कि भगवान् कृष्ण दोपहर में विश्राम कर रहे थे और उनकी गायें चर रही थी। तभी बकासुर वहाँ प्रकट हुआ। कृष्ण ने दोनों हाथों से उसकी गर्दन मरोड़ दी और वह कृष्ण के हाथों मारा गया। कंस द्वारा बकासुर को भेजे जाने का यह अर्थ भी लगाया जा सकता है कि उस समय दूसरे राजा भी योद्धा असुरों का इस्तेमाल अपने शत्रुओं के विरुद्ध करते थे। कथा है कि कृष्ण को मारने के लिए कंस ने वत्सासुर को भी भेजा था। कथा है कि वह बछड़े के रूप

में गायों के बीच शामिल हो गया था। भगवान् कृष्ण ने उसकी गर्दन पकड़कर पेट में मुक्का मारकर उसका वध कर दिया। यह असुर भी राजा कंस के लिए कृष्ण के विरुद्ध भेजा गया था।

कृष्ण-काल में ही एक योद्धा शिशुपाल हुआ। उसे विष्णु पुराण के अनुसार पूर्व जन्म का हिरण्यकश्यप कहा गया है। विष्णु ने तब नरसिंह रूप धारण कर उसका वध किया था। इच्छा अधूरी रह जाने के कारण वह बाद में लंका का राजा रावण हुआ ऐसा भी कहा गया है। सीता का हरण करने के कारण त्रेता में विष्णु के अवतार भगवान् राम ने उसका वध किया था। इस तरह जन्म जन्मान्तर में भगवान् विष्णु, भगवान् राम और भगवान् कृष्ण के द्वारा उसके वध की कथा मिलती है। महाभारत के अनुसार वह जन्म के साथ गधे की तरह रेंकने लगा था। इसके माता-पिता इससे डर गये। लेकिन उसे पालने लगे। इस शिशु का नाम शिशुपाल रखा। एक दिन आकाशवाणी हुई कि—जिसकी गोद में जाने से उसकी एक आँख चली जायेगी उसी के हाथों उसका वध होगा। भगवान् कृष्ण की गोद में उसकी एक आँख चली गयी। तब कृष्ण के हाथों उसका वध हुआ।

इसी तरह कृष्ण-काल में पूतना भी राजा कंस द्वारा कृष्ण के विरुद्ध प्रयोग की गयी किन्तु मारी गयी। पुराणों के अनुसार पूतना पूर्व जन्म में दैत्यराज बलि की पुत्री थी। उसका नाम रत्नमाला था। कहीं-कहीं उसे राजा कंस की बहन बताया गया है। आदिपुराण में पूतना को केतकी राक्षस की पुत्री और कंस की पत्नी की सहेली बताया गया है। एक कथा है कि दैत्यराज बलि के काल में वामन को देखकर इसकी इच्छा हुई थी कि वामन उसका पुत्र हो और वह उसे स्तन पान कराये। उसकी यही इच्छा कृष्णावतार पूर्ण हुई। एक दूसरी कथा के अनुसार पूतना कालभीम ऋषि की पुत्री थी, जिसका विवाह काशीवन के एक ऋषि के साथ हुआ था। उनका नाम चारुमित्र था। एक बार ऋषि जब वन को गये थे उसका एक शूद्र से सम्बन्ध हो गया। तब यह जानकर ऋषि ने उसे राक्षसी होने का शाप दे दिया। मुक्ति के लिए कृष्ण को दूध पिलाने का उपाय भी बताया। इस तरह जब राजा कंस के कहने पर भगवान् कृष्ण को मारने के लिए सभी योद्धाओं का प्रयास बेकार हो गया तब कंस ने उसे कृष्ण को मारने के लिए भेजा। पूतना के स्तन में विष लगाकर गोकुल में यशोदा के घर वह कृष्ण को दूध पिलाने लगी। तब कृष्ण ने दूधपान करते हुए उसके प्राण खींच लिये। तब वह राक्षसी रूप में प्रकट हो गयी और मृत्यु को प्राप्त हुई। इस तरह यह भी असुर वध की कथा है।

महाभारतकालीन अनार्य राजा जरासन्ध को भी असुर योद्धा माना जाता है। महाभारत की कथा के अनुसार यह राजा बृहद्रथ का पुत्र था। जो जन्म के समय दो खण्डों में पैदा हुआ था। इसीलिए इसे फेंक दिया गया था। तब जरा नाम की राक्षसी ने उसके दोनों अंगों को जोड़कर उसे 'जरासन्ध' बना दिया था। भीम से उसकी लड़ाई

हुई थी और वह मारा गया था। कहते हैं महाभारत-काल में झारखण्ड मगध के अन्तर्गत था और यह मगध राजा जरासन्ध के अधीन था। इस जरासन्ध के वंशजों ने मगध पर एक हजार वर्ष तक शासन किया। जरासन्ध को शैव और असुर जाति का माना जाता है। जरासन्ध ने अपनी बेटी प्राप्ति और भक्ति को कंस के साथ व्याहा था। कृष्ण ने जब अपने मामा कंस का वध करके उनके पिता तथा अपने नाना उग्रसेन को पुनः राजा बना दिया था तब जरासन्ध ने उग्रसेन को युद्ध में परास्त कर कंस के पुत्र को शूरसेन का राजा बनाया था।

दरअसल यह भी लगता है कि कृष्ण-काल की ज्यादातर घटनाएँ पारिवारिक कलह और राज्य के लिए हुआ संघर्ष था। इसे एक सोची-समझी नीति के तहत सुर-असुर संघर्ष का रूप दिया गया। विजेता पक्ष को आर्य तथा पराजित पक्ष को अनार्यों के पक्ष में खड़ा दिखाया गया। इस तरह एक पारिवारिक युद्ध को धर्मयुद्ध का रूप दे दिया गया। इसे वैष्णव अवतारवाद से जोड़ दिया गया। इस प्रकार तत्कालीन तमाम योद्धाओं को पूर्व जन्म का असुर करार दिया गया। और उनके वध को जायज ठहराया गया। क्योंकि धर्म के अनुसार असुरों की हत्या का आर्यों को नैतिक अधिकार रहा था। इसी से कृष्ण को नायकत्व और अवतार का पद प्राप्त हुआ। ये कलाएँ असुरों के प्रति आर्यों के दृष्टिकोण को दर्शाती हैं। इसमें कृष्ण का आर्यीकरण भी दिखता है।

पौराणिक कथाओं में असुर आदिवासी राजा महिषासुर की कथा भी बड़ी दिलचस्प है। कथा है कि महिषासुर रम्भासुर नामक दैत्य का पुत्र था। उसने अथक तपस्या करके ब्रह्मा जी को प्रसन्न करके अजेय होने का वरदान प्राप्त किया था कि वह सिर्फ किसी स्त्री के हाथों ही मारा जा सकता है। कहते हैं। वरदान प्राप्ति के बाद उसने सभी देवताओं को परास्त कर इन्द्रासन पर अधिकार कर लिया। तब सभी देवता ब्रह्मा और विष्णु सहित भगवान् शिव की शरण में गये। महिषासुर का कर्म जानकर शिव जी बहुत क्रोधित हुए। तब शिव के क्रोधित मुखमण्डल से एक दिव्य तेज निकला और तब ब्रह्म जी और विष्णु जी सहित सभी देवताओं से तेज उत्पन्न हुआ, जिससे एक दिव्य स्त्री उत्पन्न हुई जो देवी दुर्गा थी। तब देवताओं ने अतिहर्षित होकर उस महाकाली को आयुध और आभूषण प्रदान किये। भगवान् शिव ने उन्हें अपना त्रिशूल भेंट किया, विष्णु जी ने अपना चक्र दिया और इन्द्र ने अपना वज्र दिया। तब आयुधों और आभूषणों से सुसज्जित देवी काली दुर्गा चन्द्रिका ने परम अट्टहास किया। जिसकी गर्जना सुन महिषासुर अपनी सेना लेकर उनसे युद्ध करने पहुँचा। राक्षसों ने उन पर बाण चलाना शुरू किया। तब दुर्गा जी ने स्वांस छोड़ी, जिससे असंख्य सैनिक प्रकट हो गये और राक्षसों से युद्ध करने लगे। माँ दुर्गा जी का बाहन सिंह भी गरज-गरजकर असुरों को मारने लगा। देवी ने असंख्य असुर सैनिक मार दिये। महिषासुर के सभी दैत्य सेनापति भी मारे गये। तब महिषासुर भैंसे और फिर सिंह के रूप में युद्ध करने लगा। तब देवी दुर्गा ने उसका गला काट दिया। तब महिषासुर पुनः अपने असुर रूप में आ गया।

इसके बाद वह हाथी के रूप में परिवर्तन किया देवी दुर्गा ने उसका सूँड़ काट दिया। आखिर में वह पुनः भैसा बनकर जब देवी दुर्गा पर हमला करने आया तो माता देवी दुर्गा उस पर चढ़ गयी और इस बार गर्दन काटने पर जब वह भैसे के मुँह से निकलने लगा तब देवी दुर्गा ने उसकी ग्रीवा में त्रिशूल डालकर उसका वध कर दिया। बची हुई असुर सेना भाग गयी।

कालिका पुराण के अनुसार महिषासुर भद्रकाली का अनन्य भक्त था। उसने माया से स्त्री रूप धर कात्यायन ऋषि के पुत्र के शिष्य को एक बार मोहित कर दिया था। जिससे वे तपोभ्रष्ट हो गये थे। इससे क्रुद्ध होकर कात्यायन मुनि ने महिषासुर को शाप दे दिया था कि उसका वध एक नारी द्वारा होगा।

यह भी कथा है कि एक बार देवी अठारह भुजाओं के साथ उसके सामने प्रकट हुई थीं और वर माँगने को कहा था, तब उसने कहा था कि मेरे पास सब-कुछ है लेकिन मैं देवताओं की भाँति यज्ञों में अपना यज्ञ भाग प्राप्त करना और पूज्य होना चाहता है। तब देवी ने उसे वरदान दिया था कि हे महिषासुर मेरे साथ युद्ध में मारे जाने के बाद तू मेरे चरणों में कभी नहीं आयेगा। मैं दुर्गा के रूप में तुम्हारा और तुम्हारे साथियों का वध करूँगी। जहाँ-जहाँ भी मेरी पूजा होगी, वहाँ-वहाँ तुम्हारा शरीर भी पूजा जायेगा। कहा जाता है कि इसी वरदान के कारण महिषासुरमर्दिनी उसका कटा सिर हाथ में लेकर उसे पैरों तले रौदते हुए चित्रित की जाती है।

देखने में जितनी सहज लगती हैं ये कथाएँ उतना ही असहज करती हैं। इस रूप में पूजे जाने की इच्छा का प्रतिपादन परिपक्व बुद्धि की परिकल्पना में ही निहित हो सकता है। और अनार्य असुरों के दमन के प्रतीक को महिमामण्डित करना तथा पराजित कौम को हीनता बोध देना ही जिसका मकसद हो। आजकल महिषासुरमर्दिनी का यह चित्र और प्रतिमा विवादों में है क्योंकि असुर आदिवासी अपने पूर्वजों का इसे अपमान मानते हैं।

हिन्दू आर्य वैष्णव दृष्टि से देवें तो असुरवध की कथाएँ कितनी सहज हैं किन्तु असुर अनार्य आदिवासी की दृष्टि से देखने पर असहज करनेवाली लगती है।

असुर वध कथाओं में प्रारम्भिक कथा असुर अनार्य राजा हिरण्यकश्यपु की मिलती है। उसे कई स्थनों पर हिरण्यकश्यप कहा गया है। सम्भव है कि जन्म के समय उसका नाम हिरण्यकश्यप ही रहा हो किन्तु बाद में हिरण्यकश्यप नाम दिया गया हो। संस्कृत में कषि का अर्थ हानिकारक, अनिष्टकर, पीड़ाकारक होता है। आर्यों को पीड़ा पहुँचाने के कारण भी उसका यह नाम हो सकता है। उसकी मृत्यु अथवा वध स्थल या स्थान को लेकर बड़ा भ्रम है। कुछ लोग उसकी मृत्यु विहार के पूर्णिया जिले में वनमनखी के जानकी नगर के पास घरहरा में मानते हैं। यहाँ प्रतिवर्ष होलिका दहन का मेला लगता है। इसे उत्तरप्रदेश के हरदोई जिले का भी माना जाता है। यही उसका जन्म भी माना

जाता है। कहते हैं वह हरदोई जिले का राजा था और उसके किले का प्रमाण यहाँ अभी भी मिलता है। पौराणिक कथाओं के अनुसार भगवान् विष्णु के अवतार नृसिंह ने उसका वध किया था। हिरण्याक्ष उसका छोटा भाई था। हिरण्याक्ष का वध कभी विष्णु के दूसरे अवतार वाराह ने किया था। विष्णु पुराण में वर्णित कथा के अनुसार दैत्यों के आदिपुरुष कश्यप और उनकी पत्नी दिति के दो पुत्र हिरण्यकश्यपु और हिरण्याक्ष हुए। हिरण्यकश्यपु ने कठिन तपस्या करके ब्रह्मा जी को प्रसन्न किया और वरदान प्राप्त किया कि उसे न तो किसी मनुष्य द्वारा मारा जा सकेगा, न पशु-पक्षी द्वारा, न दिन में, न रात में, न अन्दर न बाहर, न किसी अस्त्र से न किसी शस्त्र से। कथा है कि—इस वरदान ने उसे अहंकारी बना दिया। वह खुद को अमर समझने लगा। और उसने देवों के राजा इन्द्र का राज्य छीन लिया और तीनों लोकों को प्रताडित करने लगा। वह अपनी पूजा चाहने लगा और उसने अपने राज्य में विष्णु की पूजा पर प्रतिबन्ध लगा दिया। लेकिन किसी वजह से उसका पुत्र प्रहलाद विष्णु का उपासक निकला और उसके द्वारा दी गयी तमाम यातना प्रताड़ना के बावजूद वह विष्णु की पूजा करता रहा। क्रोधित हिरण्यकश्यपु ने उसे अपनी बहन होलिका, जिसे अग्नि से न जलने का वरदान था की गोद में बिठाकर जला देने का आदेश दिया। किन्तु प्रहलाद को उससे कुछ नहीं हुआ और होलिका जल गयी। मारने के अन्तिम प्रयास के तौर पर उसने प्रहलाद को लोहे के गर्म खम्भे से गले लगने को कहा ताकि वह मृत्यु को प्राप्त हो किन्तु तभी भगवान् विष्णु प्रहलाद को बचाने नरसिंह रूप में प्रकट हुए और हिरण्यकश्यपु को महल के प्रवेशद्वार की चौखट पर गोधूलि वेला में, आधा नर आधा पशु के रूप में अपने तेज नाखूनों से मार डाला।

कथाओं से स्पष्ट होता है कि हिरण्यकश्यपु असुर अनार्य संस्कृति का संरक्षक राजा और योद्धा था। आर्यों से उसकी शत्रुता थी। आर्यों के भगवान् विष्णु से उसकी शत्रुता थी। वह आर्यों की सत्ता महत्ता को स्वीकार नहीं करना चाहता था। किन्तु आर्यों ने उसके पुत्र को अपनी ओर मिला लिया था। वह विष्णु का भक्त हो गया था। यह बात उसके लिए असह्य थी। इसीलिए उसने अपने पुत्र का भी वध करना चाहा था। दूसरे आर्यों द्वारा असुर पक्ष में भी अपना भक्त तैयार कर लेना आर्यों की रणनीति होती थी जिससे वे आसानी से शत्रु का संहार कर पाते थे। इसी रणनीति के तहत रामायण-काल में रावण के भाई विभीषण को अपना भक्त बनाया गया, इसके लिए उसे राज्य का लालच देकर परिवार में फूट डाली गयी। बात विष्णुभक्त प्रहलाद को जलाने के प्रयास की कही जाती है किन्तु वास्तव में तो असुर स्त्री जिन्दा जलायी गयी और उसी के जलाने का जश्न होली के त्योहार के रूप में आर्य वैष्णव मनाते हैं। हिरण्यकश्यपु के वध का जश्न मनाते हैं। आजकल असुर आदिवासी जो हिरण्यकश्यपु कों अपना पूर्वज मानते हैं होलिका को अपना पूर्वज मानते हैं वे होली का त्योहार नहीं मानते।

ग्रन्थों में असुर माने जानेवाले अहिरावण नागों के राजा या नागलोक या पाताल लोक के राजा के वध की भी कथा मिलती है। वह सम्भवतः अर्द्ध असुर था। माता की ओर से असुर अनार्य और पिता की ओर से आर्य। कहा गया है कि रावण के छह भाई थे। कुबेर, विभीषण, वृज्जकरण, अहिरावण, खर-दूषण। रावण की दो बहने थी शूर्पणखा और कुम्भिनी। कुम्भिनी मथुरा के राक्षसराज मधु की पत्नी थी। वह लवणासुर की माँ थी। लेकिन खर दूषण कुम्भिनी, कुबेर रावण के सगे भाई नहीं थे। रावण की तीन पत्नियाँ थी पहली मन्दोदरी वह गयासुर की पुत्री थी। दूसरी दम्भमालिनी, तीसरी का उल्लेख नहीं मिलता। रावण के सात पुत्र थे। रावण के ही भाई अहिरावण और महिरावण कहे गये हैं जो पाताल लोक के स्वामी थे। कहते हैं उन्होंने सोते हुए राम और लक्ष्मण को पाताल में बलि देने के लिए उठा लिया था। कहते हैं हनुमान ने उसका पीछा किया और पाताल लोक तक गये। वहाँ पाताल लोक में हनुमान का पुत्र मकरध्वज भी रहता था। कथा है कि—अहिरावण की पत्नी राम से विवाह करना चाहती थी। हनुमान जी ने चालाकी से उससे शर्त रखी कि जिस पलँग पर राम के बैठने से पलँग न टूटे तो राम तुमसे विवाह करेंगे। हनुमान जी ने चालाकी से पलँग में भ्रमरों से छेद करवा लिया। राम के बैठते ही पलँग टूट गयी। राम बच गये और अहिरावण की पत्नी ने देह त्याग दिया।

मध्यप्रदेश में भी पाताल कोट नामक एक जगह मिलती है जिसका सम्बन्ध इस कथा से माना जाता है कहते हैं यहीं से हनुमान ने पाताल लोक में प्रवेश किया था। यह भी कहा जाता है कि पाताल कोट की यह गुफा अमेरिका के टोडरस देश में निकलती है। अमेरिका को ही पाताल लोक माना जाता है क्योंकि यह पृथ्वी के नीचे है। सच कुछ भी हो किन्तु अमेरिका के टोडरस देश में 'मिटी आफ मंकी' नाम का स्थान मिलता है। जहाँ वानर देवताओं की पूजा की जाती है। यह भारत के नीचे अमेरिका में है जिसे पाताल लोक कहा गया है।

मध्यप्रदेश में जो पाताल कोट है उसका सम्बन्ध पौराणिक कथाओं से माना जाता है। यहाँ मारिया और गोंड जनजाति आदिवासी रहते हैं। यह भी कहा जाता है कि रावण का बेटा मेघनाद यहीं से पाताल लोक गया था।

कई जगह अहिरावण को रावण का मित्र और कई जगह भाई कहा गया है। कहते हैं हनुमान ने पाताल लोक जाकर राम-लक्ष्मण को मुक्त कराया था और अहिरावण का वध भी किया था।

यह कथा असुर राज्य में आर्य राजा के अनधिकृत प्रवेश और बन्दी बनाये जाने पर उल्टे छल और चालाकी से असुरराज के वध की कथा है। इसमें भी पाताललोक में रहनेवाले मकरध्वज का सहयोग लेकर आर्य राजा के सहयोगी दूत द्वारा वध कारित किया जाता है। शत्रु पक्ष से ही सहयोगी तैयार किया गया। जैसे कि रावण वध के

लिए उसके ही भाई विभीषण का प्रयोग किया गया। रावण भी अर्द्ध असुर और अर्द्ध आर्य था। किन्तु अनार्य संस्कृति या रक्ष संस्कृति राक्षस संस्कृति का ही संरक्षक था। वाल्मीकि रामायण और तुलसीदास कृत रामचरितमानस की कथा के अनुसार अयोध्या के राजकुमार राम की पत्नी का वनवास के दौरान अपहरण करने के कारण राम ने असुर राज्य लंका पर आक्रमण करके लंकाधिपति रावण का वध कर दिया। सहयोग देने के कारण विभीषण को राजा बना दिया। इस तरह आर्य सत्ता का विस्तार लंका तक हो गया और विभीषण ने राम के प्रतिनिधि के तौर पर लंका का राज पाट सम्हाला।

पहले वनवास के दौरान ही राम और लक्ष्मण ने रावण के भाई खर और दूषण का वध कर दिया था। उसकी वहन शूर्पणखा का अपमान किया था। उसी का बदला लेने के लिए रावण ने सीता का अपहरण किया। आर्य राजा द्वारा असुर राज्य की सीमा के अतिक्रमण के कारण ही संघर्ष हुआ। राम और रावण में भयानक युद्ध हुआ और असुरों की भारी सेना मारी गयी और असुर वर्चस्व का अन्त हो गया लंका तक आर्य सत्ता का विस्तार हो गया। यह आर्य-अनार्य, शैव-वैष्णव संघर्ष गाथा है।

भारतीय महाद्वीप में राम-रावण के युद्ध को सत्य असत्य के संघर्ष के रूप में दर्शाया गया है। आर्य वैष्णव सत्य और अनार्य असुर असत्य के पक्षधर बताए गये। अन्ततः सत्य और आर्यों की जीत होती है।

यहाँ राम-रावण कथा के अनेक रूप विद्यमान हैं। अद्भुत रामायण (8-12) के अनुसार सीता को रावण की पुत्री कहा गया है। सीता स्वयंवर से पहले ही उसे यह बात ज्ञात थी। "जब मैं अज्ञान से, अपनी कन्या के ही स्वीकार की इच्छा करूँ तब मेरी मृत्यु हो।" यह कथा इस प्रकार है कि—दण्डकारण्य में गृत्समद नामक ब्राह्मण लक्ष्मी को पुत्री रूप में पाने की कामना से प्रतिदिन एक कलश में कुश के अग्र भाग से मन्त्रोच्चारण के साथ दूध की बूँद डालते थे। देवों और असुरों की प्रतिद्वन्द्विता शत्रुता में परिणत हो चुकी थी। ऋषि-मुनि असुरों के विनाश हेतु राजाओं को प्रेरित करते थे और यज्ञ आदि आयोजनों में एकत्र होकर अपनी आर्य संस्कृति के विरोधियों अनार्य संस्कृतिवालों को शक्तिहीन करने के उपाय खोजते थे। ऋषियों द्वारा इन आयोजनों की खबर लगते ही उनके प्रतिद्वन्द्वी में रोष बढ़ जाता था। वे उसमें विघ्न डालते थे। एक दिन गृत्समद ब्राह्मण की अनुपस्थिति में रावण उनके आश्रम में पहुँचा और ऋषियों को तेज खत्म करने के लिए उन्हें घायल कर उनका रक्त उसी कलश में एकत्र कर लंका ले गया। कलश को उसने अपनी पत्नी मन्दोदरी को यह कहकर दे दिया कि इसमें तीक्ष्ण विष है। सावधानी से इसे रखे। कुछ समय बाद रावण विहार के लिए सह्यद्रि पर्वत पर चला गया। रावण की उपेक्षा से खिन्न मन्दोदरी ने मृत्यु का वरण करने के लिए उस कलश के पदार्थ को पी लिया। लक्ष्मी के आधारभूत दूध में मिश्रित होने के कारण उसका प्रभाव पड़ा। मन्दोदरी गर्भवती हो गयी। रावण के भय से उसने अपने

भ्रूण को कुरुक्षेत्र में जाकर धरती में गाड़ दिया और सरस्वती नदी में स्नान को चली गयी। उसी से सीता का जन्म हुआ।

उडिया भाषा की विलंका रामायण में सहस्त्रशिरा के वध के लिए देवताओं ने खल और दुर्जल का सहयोग लेकर सीता और राम के निवास करने को कहा गया है।

वैसे शूर्पणखा जिसका मूल नाम चन्द्रनखा था के साथ राम लक्ष्मण के व्यवहार को भी उचित नहीं कहा जा सकता। उसके साथ बड़ा दुर्व्यवहार हुआ था। उसका वध तो नहीं किया किन्तु उसकी नाम काट ली गयी थी। कहते हैं कालकेयों से युद्ध करते समय रावण ने प्रमादवश अपनी इस बहन के पति विद्युतज्व्हि का भी वध कर दिया था। और उसको सन्तुष्ट करने के लिए उसने दण्डकारण्य का शासन उसे दिया था। तथा खर-दूषण नामक अपने भाई को उसकी सुरक्षा और आज्ञा में रहने का निर्देश दिया था। यह बात वाल्मीकि रामायण के उत्तरकाण्ड के चौबीसवें सर्ग में है। चूँकि शूर्पणखा एक विधवा स्त्री थी और यौवन सम्पन्न थी। अपने राज्य में दो शोभन पुरुषों को देखकर उसका प्रणय-निवेदन स्वाभाविक था। उसका यह आचरण उसकी रक्षसंस्कृति के अनुकूल ही था। लेकिन राम-लक्ष्मण ने उसको विनोद का माध्यम समझा और उसका उपहास उडाया। इसी उपहास से क्रोधित हो गयी। तब वाल्मीकि रामायण पृष्ठ-75 के अनुसार लक्ष्मण ने उसका नाक-कान काट लिया।

वाल्मीकि रामायण के उत्तरकाण्ड के एकादश सर्ग के अनुसार पहले समुद्र सहित सारी पृथ्वी दैत्यों के अधिकार में थी। विष्णु ने युद्ध में दैत्यों को मारकर इस पर अपना आधिपत्य किया था। ब्रह्मा की तीसरी पीढ़ी में उत्पन्न विश्रवा का पुत्र रावण जिसे दशग्रीव या दशानन कहा गया है बड़ा प्रतापी और शिवभक्त परम तपस्वी था। विष्णु के भय से पीड़ित अपनी लंका निवास को छोड़कर रसातल में भागे राक्षस दल का रावण ने ही उद्धार किया था और लंका पर पुनः अधिकार किया था। वहाँ उसने रक्ष संस्कृति की पुनः स्थापना भी की और स्वयं उनका राजा बना था। रावण की माँ रक्ष संस्कृति की ही थी। इसीलिए उसे भी अर्द्धअसुर ही माना जाता है।

रामायण के अनुसार भी रावण ने कभी सीता को पाने का प्रयास नहीं किया। वह उनसे मिलने अशोक वाटिका में जहाँ उसने उन्हें बन्दी बना रखा था, अपनी पत्नियों के साथ ही जाता था। सीता स्वयंवर में भी वह गया था। किन्तु उसने शिव के धनुष को हाथ भी नहीं लगाया था।

वह रक्ष संस्कृति और रक्षको राक्षसों का संरक्षक था इसीलिए आर्यों की निगाह में वह शत्रु था। रक्ष या राक्षस नाम असुरों का पड़ा उसके पीछे वाल्मीकि रामायण उत्तरकाण्ड के चौथे सर्ग से पता चलता है कि समुद्रगत जल की सृष्टि करने के उपरान्त ब्रह्मा ने सृष्टि के जीवों से उसका रक्षण करने को कहा। कुछ जीवों ने कहा हम रक्षण

करेंगे। वे ही जीव रक्ष (राक्षस) कहलाये। और जब कुछ जीवों ने कहा कि यक्षण (पूजन) करेंगे तो वे यक्ष कहलाये।

ग्रन्थों में रावण को धर्मग्रन्थों का ज्ञाता और संगीतकार वीणावादक और शिवभक्त कहा गया है। शिव ताण्डव स्तोत्र की रचना उसने ही की थी। रामायण के अनुसार रामेश्वरम् में भव्य आर्यों के भगवान् राम ने शिवपूजा के लिए उसे ही पुरोहित बनाया था। उसने इसे स्वीकार कर सीता को साथ लेकर राम की शिवपूजा सम्पन्न करायी थी, क्योंकि बिना पत्नी सीता के राम का पूजन सम्पन्न नहीं हो सकता था।

वास्तव में रावण उस समय के असुर और आर्यकुल या विप्रकुल के बीच गठबन्धन का प्रतीक था। वह आर्य ब्राह्मण पुलस्त्य का पौत्र और विश्रवा ऋषि का पुत्र था और ब्रह्मा का ही वंशज था। किन्तु उसकी माता कैकसी (विश्रवा ऋषि की पत्नी) दैत्यकुल की थी। हिरण्यकश्यपु की पुत्री। उसकी पत्नी मन्दोदरी भी गयासुर दैत्य की पुत्री थी। वह तत्कालीन सांस्कृतिक संक्रान्ति की उपज था। इसीलिए आर्य उसे असुर के रूप में ही देखते थे और ब्राह्मणों की निगाह में वह खालिस ब्राह्मण नहीं था। आर्य भगवान् विष्णु के अवतार भगवान् राम द्वारा उसका वध भी असुरों का संरक्षण होने के कारण ही हुआ।

रावण और उसका वंश भृगु पुत्र दैत्यगुरु शुक्राचार्य के वंश की तरह ही मिश्रित नस्ल का था। यानी उसमें आर्य-अनार्य दोनों का खून विद्यमान था। जैसे शुक्राचार्य के पिता ब्राह्मण ऋषि भृगु थे और माता दिव्या असुर कन्या थी। असुर पुरोहित रावण के वंश का विस्तार तो नहीं हो सका किन्तु शुक्राचार्य के वंश का बहुत विस्तार हुआ था किन्तु असुर पुरोहित वंशज होने के कारण उन्हें कभी प्रतिष्ठा नहीं मिली जो उसी वंश के परशुराम द्वारा सहस्रार्जुन के वध के बाद प्रतिष्ठा मिली भी तो वह तात्कालिक रही बाद में उनके वंशज भूमिहारों को इसी दंश दोष के कारण तमाम ब्राह्मणोचित गुणों से सम्पन्न होने के बावजूद ब्राह्मणों की तरह सम्मानित नहीं माना गया और वे सब राज-पाट और खेती-बारी करनेवाले वर्ग जैसे माने गये। भृगुवंशज शैव पुरोहित वर्ग की स्थिति भी निम्न ही मानी गयी। चरक, शुश्रुत, सुषेण इसी वंश में हुए। रावण के दरबार में इसी भृगुवंश के वैद्य सुषेण थे जिन्होंने लक्ष्मण को मूर्च्छा से मुक्त किया।

रावण ने रावण संहिता नामक प्रसिद्ध ग्रन्थ लिखा था जिसमें रोगों के उपचार की विधि भी बतायी गयी है।

यद्यपि राम-रावण का युद्ध व्यक्तिगत कारणों सीता के अपहरण आदि से सम्बन्धित है किन्तु इसे भी देवासुर युद्ध के रूप में अधिक मान्यता दी गयी। और रावण को असुर या असुर संरक्षक के रूप में और राम को देव संस्कृति के संरक्षक के रूप में चित्रित किया गया। राम को विष्णु का अवतार कहा गया। इसे भी आर्य-अनार्य के युद्ध के रूप में महिमामण्डित किया गया। जबकि राम के पास तो कोई आर्य सेना भी

नहीं थी कि उनकी ओर से आर्य क्षत्रिय लड़ते अपितु उन्होंने तो अनार्य आदिवासियों के सहयोग और उनकी आपसी फूट का फायदा उठाकर उन्हें अपने पक्ष में लेकर रावण से युद्ध किया और असुर वंश के बचे-खुचे चिह्नों को धरती से समाप्त किया। इसे राम के आर्यीकरण के रूप में भी देखा जा सकता है। जिन्होंने आर्यों के लिए कार्य किया। जैसे कभी विष्णु ने किया था। ब्रह्मा के कुल के आर्यों ने कभी स्वयं असुरों के विरुद्ध हथियार उठाने में वैसी सफलता नहीं पायी जैसा कि उन्होंने जब अनार्य योद्धाओं का आर्यीकरण करके उन्हें क्षत्रिय का पद देकर सफलता हासिल की। आर्यों की सफलता इन काले वर्ण के लोगों को अपनी सर्वोच्चता के अधीन लेकर उससे ही शत्रुओं का संहार कराने में अधिक रही।

इसी तरह कृष्ण का भी आर्यीकरण होना माना जाता है। ऋग्वेद में कृष्ण असुर का वर्णन मिलता है। ऋग्वेद के श्लोक तेरह के अनुसार शीघ्र गतिवाला एवं दस हजार सेनाओं को साथ लेकर चलनेवाला कृष्ण नामक असुर अंशुमती नदी के किनारे रहता था। इन्द्र ने उस चिल्लानेवाले असुर को अपनी बुद्धि से खोजा और मानव हित के लिए उसकी वधकारिणी सेना का नाश कर दिया।

ऋग्वेद के श्लोक चौदह में कहा गया है कि—मैंने अंशुमती नदी के किनारे गुफा में घूमनेवाले कृष्ण असुर को देखा है। वह दीप्तिवाली सूर्य के समान जल में स्थित है। हे अभिलाषापूरक मरुतो!। मैं युद्ध के लिए तुम्हें चाहता हूँ। तुम युद्ध में उसे मारो।

श्लोक पन्द्रह में है कि—तेज चलनेवाले कृष्ण असुर अंशुमती नदी किनारे दीप्तिवाली बनकर रहता था। इन्द्र ने बृहस्पति की सहायता से आक्रमण हेतु आती हुई सेनाओं का वध कर डाला।

ऋग्वेद मण्डल एक सूक्त एक सौ तीस के आठवें श्लोक में मिलता है कि हे इन्द्र युद्ध में आर्य यजमान की रक्षा करते हैं। आपने भक्तों की अनेक प्रकार से रक्षा करनेवाले इन्द्र उसे समस्त युद्धों से बचाते हैं। इन्द्र ने अपने भक्तों के कल्याण के निमित्त यज्ञद्वेषियों की हिंसा की थी। इन्द्र ने कृष्ण नामक असुर की काली खाल उतारकर उसे अंशुमती नदी के किनारे मारा और भस्म कर दिया। इन्द्र ने सभी हिंसक मनुष्यों को नष्ट कर दिया। सम्भव है यह कृष्ण असुर अपने नायकत्व के कारण देवत्व प्राप्त कर गये और उनका आर्यीकरण कर दिया गया।

महाभारत में वेदव्यास ने कृष्ण को विजेता बताया है तथा इन्द्र को पराजित होना दर्शाया है। इन्द्र और कृष्ण का महाभारतकालीन युद्ध आमने-सामने नहीं लड़ा गया। इस युद्ध में कृष्ण द्वारा इन्द्र की पूजा का विरोध दर्शाया गया है। जिससे कुपित इन्द्र अतिवृष्टि कर मथुरावासियों को जल में डुबाने पर आमादा हैं। कृष्ण गोवर्धन पर्वत की छाया में लोगों को इन्द्र के कोप से बचाते हैं। और इन्द्र पराजित होकर पराजय स्वीकार कर लेता है।

कृष्ण को मूलतः अनार्य नागवंशी भी माना गया है। कृष्ण द्वारा त्रिशिरा शक्ति के भय से खुद को नागरूप में बदलने की कथा भी मिलती है। यह केदार खण्ड में है। महाभारत युद्ध के बाद कृष्ण शान्ति के लिए हिमालय चले जाते हैं। केदारखण्ड हिमालय में आज भी कृष्ण का नागरूप मन्दिर दिद्यमान है। सोनगढ़ में कृष्ण का नागराजा मन्दिर है। भगवान् कृष्ण नागरूप में सेम भूपेन में भी विद्यमान हैं।

ऋग्वेद श्लोक सत्तरह में आता है कि हे वज्रधारी इन्द्र तुमने वह कार्य किया है। तुमने अद्वितीय योद्धा बनकर अपने वज्र से कृष्ण का बल नष्ट किया। तुमने अपने आयुधों से कुत्स के कल्याण के लिए कृष्ण असुर की नीचे की ओर मुँह करके मारा था, तथा अपनी शक्ति से शत्रुओं की गायें प्राप्त की थीं।

कृष्ण अनार्यों नागों की तरह काले हैं बचपन में यमुना नदी पार करते समय नाग ही छत्र बनकर वर्षा से उनकी रक्षा करते हैं। किन्तु बाद में कृष्ण का आर्यीकरणवाला चित्र मिलता है और वे अनार्य असुरों के विरुद्ध युद्ध करते हैं उन्हें मारते हैं। कालिया नाग का दमन करते हैं। अनेक असुरों का वध करते हैं और देवत्व या आर्यत्व प्राप्त कर विष्णु के ही अवतार घोषित हो जाते हैं। कृष्ण और यादवों का असुरों से साम्य मिलता है। प्राचीन यदु वंश असुर वंश ही था। यह यदु, पुरु, तुर्वस में एक था। यदुकुल का रंग काला, वे गायवाले थे, यमुनातट पर उनकी सेनाएँ थीं। कृष्ण असुर जो है उसके पास भी सेनाएँ थीं। अंशुमती (यमुना) नदी के पास ही उनका निवास था। वे गायवाले थे। उनका गोवर्धन पर्वत की गुफा में बसेरा था। गोवर्धन पर्वत में छिपाकर उन्होंने वर्षा के देवता इन्द्र से ग्वालों की रक्षा की थी। यदुवंशी कृष्ण और असुर कृष्ण दोनों का इन्द्र से विरोध था। दोनों यज्ञ और इन्द्र की पूजा के विरोधी थे। ऋग्वेद के अनुसार कृष्ण असुर और इन्द्र का अंशुमती (यमुना) के किनारे युद्ध होता है। इसमें कृष्ण असुर का इन्द्र से युद्ध होना, यमुना (अंशुमती) किनारे युद्ध होना, कृष्ण की पत्नियों का वध, सम्पूर्ण सेना का वध। कृष्ण भी काली खाल नोचकर उल्टा करके मारने और जलाने उनकी गायों को छीन लेने का जिक्र आता है। महाभारत के कृष्ण की पहचान भी इनसे मिलती-जुलती है। बस जय-पराजय की कथा बदल जाती है। ऋग्वेद में कृष्ण असुर हारते, हैं और मारे जाते हैं जबकि महाभारतकालीन कथा में कृष्ण विजेता हें और ईश्वरीय गुणों से युक्त आर्य देवता हैं और विष्णु के अवतार हैं। वे कहीं से असुर पक्षधर नहीं हैं। यद्यपि इन्द्र के विरुद्ध है। सवाल है यदि मूलरूप से कृष्ण आर्य देवता होते तो दूसरे आर्य देवता और देवताओं के राजा इन्द्र से उनकी शत्रुता अस्वाभाविक है। वे इन्द्र की पूजा का विरोध क्यों करते दिखते। लगता है अनार्यों के नायक कृष्ण की कथा में उलट-फेर करके उन्हें नायकत्व और लोकप्रियता के कारण आर्य देवता घोषित कर उनका आर्यीकरण किया गया और अनेक असुरर विरोधी कथाएँ जोड़ी। गयी ताकि वे असुरों के शत्रु और आर्यों के हितैषी सिद्ध हो सके।

इसी तरह न केवल कुछ चर्चित अनार्य नायकों का कालान्तर में महागाथाओं काव्यकृतियों द्वारा अपने हितों के अनुकूल आर्यीकण किया गया और उन्हें आर्यों का वैष्णवों का पक्षधर महापुरुष या भगवान् घोषित कर उसी रूप में प्रदर्शित किया गया। उन्हें अनार्यों के शत्रु के रूप में उनके संहारक के रूप में परवर्तित कर दिया गया। बल्कि अनेक असुर राजाओं का भी अपने समय में आर्यीकरण कर दिया गया। और उनकी आर्य भक्ति अथवा विष्णु भक्ति को महिमामण्डित किया गया। लेकिन उनमें से जिसने पुनः अपनी स्वतन्त्र शक्ति बढ़ानी चाहिए उन पर न केवल अंकुश लगाया गया बल्कि धर्म विरुद्ध (आर्य विरुद्ध) घोषित कर उनका दमन भी किया गया।

असुर हिरण्य कश्यपु के पुत्र की कथा पहले ही बतायी जा चुकी है जिसका आर्यों के नायक देवता विष्णु ने प्रयोग किया और असुर राजा को आर्यों का प्रतिनिधि राजा बना दिया गया। उसी वंश में कालान्तर में दैत्यराज बलि हुआ। विष्णुपुराण के अनुसार राजा बलि बड़े प्रतापी और दानवीर राजा थे। आर्य देव और नायक भगवान् विष्णु आदि राजा बलि को उसके कुछ स्वतन्त्र सत्ता के विकास के बाद रुष्ट होकर भी आमने-सामने के युद्ध में पराजित नहीं कर सके। तब विष्णु ने छल से वामन के रूप में अवतार लेकर या वेश बदलकर बलि से तीनों लोक दान में माँग लिया और छल से उसका वध कर दिया। कथा है कि—विष्णु भगवान् ने वामन का रूप धारण करके दैत्यराज बलि से तीन पग जमीन माँगी। जब बलि ने तीन पग जमीन दान कर दी तब विष्णु ने अपने मूल रूप में आकर एक पग में आकाश, एक पग में धरती और एक पग में राजा बलि का शरीर नाप लिया और उसे अपना दास (अधीन) बनाकर उसका वध कर दिया। इस तरह राजा बलि ने वचन हार जाने के कारण अपनी सम्पूर्ण सत्ता और शरीर विष्णु को बिना युद्ध किये सौंप दिया। कहते हैं कि वामन वेशधारी विष्णु ने एक लाल धागे से उसका हाथ बाँधकर उसे अपने शिविर में लाकर मार डाला। इस लाल धागे से उसका हाथ बाँधते समय विष्णु से कहा था कि तुम बहुत बलवान् हो। तुम्हारे लिए यह धागा प्रतीक है कि तुम हमारे बन्धक हो। तुम्हें अपने वचन के निर्वाह हेतु इस धागा को हाथ में बाँधे रखना होगा। इसी कथा की स्मृति में आर्य वैष्णव ब्राह्मण पुरोहित आज तक रक्षासूत्र बाँधते समय एक मन्त्र पढ़ते हैं—'येनवध्यो बली राजा दानवेन्द्रो महाबलः तेन त्वामि प्रतिद्धामि रक्षे मा चल, मा चल।' अर्थात जिस तरह हमने दानवों के महाशक्तिशाली राजा बलि को बाँधा, उसी तरह हम तुम्हें बाँधते हैं, स्थिर रह, स्थिर रह।

अनार्यों असुरों नागों के प्रति अथवा अन्य देशज मूलनिवासी जातियों के प्रति आर्यों की क्या मति थी और क्या दृष्टि थी यह इन असुरवध कथाओं से स्पष्ट है।

वाल्मीकि रामायण में यादवों को पापी और लुटेरा बताया गया है। राम द्वारा यादव राज्य दुरमकुलम के विनाश की कथा प्रसिद्ध है। वाल्मीकि रामायण के युद्ध काण्ड में बाईसवें अध्याय में राम और समुद्र का संवाद है। राम लंका जाने हेतु समुद्र से कहते

हैं—'तुम सूख जाओ, जिससे मैं समुद्र पार कर लंका चला जाऊँ। समुद्र या समुद्र का राजा राम को अपनी विवशता बताता है कि मैं सूख नहीं सकता। तब राम कुपित होकर प्रत्यंचा पर बाण चढ़ाते हैं। समुद्र राम के समक्ष उपस्थित होकर उन्हें नल नील द्वारा पुल बनाने का सुझाव देता है। राम समुद्र की सलाह पर कहते हैं कि वरुणालय मेरी बात सुनो! मेरा यह बाण अमोघ है। बताओ इसे किस स्थान पर छोड़ा जाये। तब राम की बात सुनकर समुद्र कहता है कि जैसे जगत में आप सर्वत्र विख्यात हैं एवं पुण्यात्मा है उसी प्रकार मेरे उत्तर की ओर दुरमकुल्य नामक एक विख्यात बड़ा पवित्र देश है। वहाँ आभीर (अहीर) आदि जातियों के बहुत से मनुष्य निवास करते हैं। जिनके रूप और कर्म बड़े भयानक हैं। वे सबसे पापी और लुटेरे हैं। वे लोग मेरा जल पीते हैं। उन पापाचारियों का स्पर्श मुझे प्राप्त होता रहता है। इस पाप को मैं सह नहीं सकता। श्रीराम आप अपने इस उत्तम बाण को सफल कीजिये। महामना समुद्र के यह वचन सुनकर उसके बताए अनुसार उसी देश में राम ने वह अत्यन्त प्रज्वलित बाण छोड़ दिया। वह बाण जिस स्थान पर गिरा वह स्थान उस बाण के कारण ही पृथ्वी में दुर्गम मरुभूमि वन गया।' इस कथा से प्रतीत होता है कि समुद्र अथवा समुद्र के राजा ने अपनी जान बचाने के लिए राम की अधीनता स्वीकार की और उन्हें दूसरा रास्ता सुझाया। दूसरे इससे यह भी पता चलता है कि यादव आभीर अहीर आर्य और क्षत्रिय नहीं थे वरना उन्हें पापी नहीं कहा जाता।

रामचरितमानस में भी तुलसीदास ने उत्तरकाण्ड के 129 (1) पद में लिखा है कि आभीर, यवन, मुसलमान, बहेलिया, खटिक, भंगी आदि पापयोनि हैं। इसी प्रकार व्यास स्मृति में भी कहा गया है कि बढ़ई, नाई, ग्वाला, चमार, कुम्भकार, बनिया, चिड़ीमार, कायस्थ, माली, कुर्मी, कोल और चाण्डाल सभी अपवित्र हैं। इसमें से एक पर भी दृष्टि पड़ जाये तो सूर्यदर्शन करना चाहिए। तब द्विज जाति का व्यक्ति पवित्र होता है।

इतिहासकार बी.डी. कौशाम्बी का मानना भी यादवों और उनके देवता कृष्ण के बारे में सही है कि—'ऋग्वेद में कृष्ण को दानव और इन्द्र का शत्रु बताया गया है और उसका नाम श्याम, आर्यपूर्व लोगों का द्योतक है। कृष्णाख्यान का मूल आधार यह है कि वह एक वीर योद्धा था और यदु कबीले का देवता था। परन्तु आर्य ग्रन्थकारों ने पंजाब के कबीलों से निरन्तर चले आ रहे युद्ध और कलहजनित तत्कालीन गुटबन्दी के कारण कभी इन यदुओं को धिक्कारा है तो कभी आशीर्वाद दिया है।'

यदु और कृष्ण सम्भवतः गोरक्षक समाज और जाति के आदिपूर्वज थे। यही आभीर (अहीर) जाति के पूर्वज थे। जिन यज्ञों में बलि दी जाती थी, इसीलिए उसमें कृष्ण का कभी भी आवाहन नहीं किया गया। ये कबीलाई थे। कन्या का मूल्य देकर विवाह, कन्याहरण की प्रथा, इस कबीले में भी प्रचलित थी। दोनों तरह के ये विवाह ब्राह्मण ग्रन्थों में अनार्य विवाह के प्रकार के रूप में वर्णित मिलते हैं। और आर्यों के

लिए निषिद्ध है। कृष्ण सम्भवतः आर्यों की पशुबलि के विरोधी थे। कृष्ण द्वारा अपनी बहन सुभद्रा का अर्जुन से विवाह इसी अनार्य-पद्धति का है।

इतिहासकार भगवत शरण उपाध्याय भी मानते हैं कि कृष्ण और आभीर (अहीर) इस देश के मूलनिवासी लोग थे जिनका आर्यों और इन्द्र से संघर्ष चला।

ऋग्वेद के मण्डल एक और सूत्र तिरालीस में कहा गया है कि निचुड़े हुए गतिशील, तेज चलनेवाले, दीप्तिशाली सोम, काले चमड़ेवाले लोगों को मारते हुए घूमते हैं, तुम उनकी स्तुति करो।

इस तरह आर्य वैष्णव लोग आर्य देवता और उनके अनुयायी मूलनिवासी अनार्य असुरों नागों आदि से बड़ी नफरत करते देखे जा सकते हैं और चमड़ी के रंग के आधार पर इनका वध करते दिखायी देते हैं। यदुवंशी कृष्ण भी काली चमड़ीवाले हैं इसीलिए उनका संघर्ष इन्द्र अग्नि सोम और इन्द्र आदि से होता है।

सम्भव है कालान्तर में कृष्ण के नायकत्व और उनकी समाज में लोकप्रियता को देखते हुए उनका आर्यीकरण अथवा दैवीकरण कर दिया गया है। जैसे सहस्रार्जुन या परशुराम का किया गया। वर्णव्यवस्था को मजबूत करने के लिए गीता का उपदेश उनसे दिलाया गया और उसमें विष्णु को और ब्राह्मणों को सर्वप्रिय बताया गया। आर्यों ने बड़ी मजबूरी में इनको भगवान् माना या घोषित किया होगा। जैसे असुरों अनार्यों के देवता शिव को स्वीकार किया गया। बाद में जैसे महात्मा बुद्ध को विष्णु का अवतार बताया गया।

आर्य वैष्णव चिन्तकों बुद्धिजीवियों रचनाकारों का यह प्रयास बहुत कारगर हुआ और असुर अनार्य नायकों के आर्यीकरण और असुर विरोधी कथाओं ने अनार्यों असुरों का हमेशा के लिए निन्दनीय पद सृजित हो गया। इन आर्य रचनाकारों द्वारा रचित कथाओं का सच ही समाज को असली सच जान पड़ा और इस तरह उनसे सम्बन्धित वंशज और उपासक भी धीरे-धीरे अपने ही पूर्वज असुरों से घृणा करने लगे और स्वयं का निचले दर्जे का आर्य मानने लगे। जब इस तरह के सभी तथाकथित क्षत्रियों को क्षत्रिय समाज में कभी स्वीकार नहीं किया गया कभी इनसे क्षत्रियों ने वैवाहिक सम्बन्ध भी नहीं रखे। इसी तरह असुर पुरोहित के वंश के परशुराम को देवत्व मिलने के बाद आर्य वैष्णव पद तो मिला किन्तु उनके वंशज भूमिहारों को वैष्णव ब्राह्मण समाज में शक्तिशाली होने के बावजूद कभी विशुद्ध आर्य वैष्णव ब्राह्मणों का दर्जा नहीं मिला। आर्य वैष्णव ब्राह्मणों ने उनसे कभी वैवाहिक सम्बन्ध नहीं किये। इसी तरह मूल निवासी बुद्धिजीवी लेखक कायस्थों का आर्यीकरण करके आख्यान द्वारा उन्हें वैष्णवी व्यवस्था और सिद्धान्त का सहयोगी स्वर्ग और पृथ्वी पर हिसाब-किताब करनेवाला भले ही स्वीकार कर लिया गया उनके पूर्वज को देवता भी स्वीकार कर लिया गया किन्तु उन्हें हमेशा पंचम वर्ण यानी आर्यों के चार वर्ण से बाहर का ही माना जाता रहा। सारी

सम्पन्नता होने के बावजूद, शिक्षा दीक्षा होने के बावजूद कायस्थों को वैष्णव समाज में कोई दर्जा नहीं मिल सका। यही स्थिति उन रचनाकारों की हुई जिन्होंने आर्यों के पक्ष में महाकाव्य लिखे ग्रन्थ लिखे और उसमें आर्य देवताओं का गुणगान किया। अनार्य नायकों को आर्यत्व प्रदान कर आर्यों के हित में उन्हें खड़ा किया किन्तु ये बेचारे अपने मूल वंश और पैदाइश के कारण कभी आर्य ब्राह्मणों, लेखकों की तरह सम्मानित नहीं हो सके। चाहे वेदव्यास हों, चाहे वाल्मीकि, चाहे कालिदास। चाहे गोस्वामी। इनकी मौलिकता का उपहास भी उड़ाया गया है।

आजकल यह भी सवाल उठने लगा है कि असली अमानुष कौन थे? असुरों और निरीह पशुओं को यज्ञ में वध और बलि देनेवाले कि पशुओं की रक्षा करनेवाले? असली गोवंश के पालक और रक्षक कौन हैं? गोवंश की रक्षा का नारा लगाने वाले या गोवंश पालनेवाले?

कुछ भी हो किन्तु मिथकों के आवरण को कुछ हटाकर देखे तो असुर नाग आदिवासी जनों के साथ आर्यों का भेदभावपूर्ण और वीभत्स रूप ही सामने आता है। चलिये जो होना था सो हुआ किन्तु उसी घटना और पराजय को अपनी जीत को महिमामण्डित करने की जो प्रथा तीज त्योहार के रूप में आज भी जारी है वह तो कहीं से जायज नहीं लगता कि उनके वंशजों को बार-बार हार का अपमान बोध कराया जाये। कुछ उन प्रतीकों को अलग ही कर देना चाहिए तभी सामाजिक एकता का वैज्ञानिक युग शुरू हो सकता है। प्रश्न है कि महिषासुर मर्दन कितनी बार? बार-बार रावण-वध क्यों?

प्रसिद्ध असुर राज्य और असुर केन्द्र

असीरिया—कहते हैं असीरिया (अश्शूर) प्राचीन मेसोपोटामिया में नव असीरियायी साम्राज्य की राजधानी थी। अति प्राचीन काल में यहाँ असुर जाति का राज्य था। इस शहर के अवशेष अब इराक में दजला नदी के ऊपरी हिस्से में मिलते हैं। यह साम्राज्य ईसा पूर्व बीसवीं सदी से ईसापूर्व सातवीं सदी तक अस्तित्व में था।

शोधकर्त्ताओं के अनुसार असीरिया या अश्शूर शहर का देवता अश्शूर (असुर) था। वह असीरिया में सबसे प्रमुख व शक्तिशाली देवता था और असीरियायी साम्राज्य का उन्हें संरक्षक माना जाता था। वर्तमान में इस जगह को यूनेस्को ने विश्व धरोहर घोषित कर रखा है। 2003 में खाड़ी युद्ध के बाद इस पर मँडराते खतरे को देखते हुए यह कदम उठाया गया।

असीरिया साम्राज्य की सबसे बड़ी देन उसकी शासन प्रणाली मानी जाती है। इस प्रणाली में असुर देवता राज्य का स्वामी माना जाता था। राजा उसके ही प्रतिनिधि के रूप में राज्य करता था। असीरिया सभ्यता के लोगों ने भवन निर्माण कला में तथा चित्रकला में काफी उन्नति कर ली थी। वे नींव में पकी ईंटों का तथा दीवार में धूप सुखाई ईंटों का इस्तेमाल करते थे।

असीरिया पहले अरब राज्य में था। किन्तु इसकी स्थापना कांस्य युग की मानी जाती है। इसका प्रारम्भ करीब 2400 ईसा पूर्व माना जाता है।

प्राच्य इतिहासकार चेडविक के अनुसार यहूदी बाइबिल में वर्णित असुर वे ही थे जो असीरियन लोग है। जिन्हें प्राचीन भारतीय साहित्य में असुर कहा गया है। प्राचीन सुमेर के अनेक नगर राज्यों में असुर एक प्रमुख राज्य का। इसकी राजधानी भी असुर थी। इस राज्य के इष्टदेव का नाम भी असुर था। असुर नगर के ध्वंसावशेषों का पुरातत्त्ववेत्ताओं ने उत्खनन करके पता लगा लिया है कि यह दजला (टिगरिस) नदी के दाहिने किनारे पर स्थित था। इस असुर राज्य के अन्य प्रसिद्ध नगर सिपधार, निपपुद, सालेय तथा निनेवा थे।

सुमेरी भाषा के सबसे अधिक अभिलेख मारिज्ञान के स्थान के ध्वंसावशेषों से मिले हैं। फरात नदी के दक्षिण में भारि के खँडहर 3700 वर्ष विस्मृति के गर्त में पड़े रहे। आधुनिक काल में भारि के खँडहरों का उत्खनन पुरातत्त्व की सबसे बड़ी खोज मानी जाती है। लायड नामक पुराविद् ने भारि से लायी 24000 मृद वटिकाएँ ब्रिटिश म्यूजियम को दी हैं। इन स्थानों पर मिले अभिलेखों से पता चलता है कि उस समय कौन-कौन से बड़े नगर किस व्यापार के लिए प्रसिद्ध थे। तथा भूमध्यसागर से लेकर बलूचिस्तान के पश्चिम स्थित ईलम (सिन्धुदेश) तक के देशों में किस-किस राजा का शासन था।

शतपथ ब्राह्मण से पता चलता है कि अनेक असुर उपनिवेश ईसापूर्व पहली शताब्दी में सिन्धु नदी के देश से लेकर मगध तक फैल गये थे। कठ जाति का उल्लेख कठोपनिषद् में हुआ है। यह कैथी (सीथियन) जाति थी। जिसके नाम पर प्राचीन भारत में गुजरात सीरिया कहलाता है। यही कालान्तर में काठियावाड़ हो गया।

भारत में आर्यों के दमन के बाद असुर यहाँ से पलायन कर गये कुछ जंगलों में भाग गये कुछ ने अधीनता स्वीकार करके शूद्र सेवक बनना स्वीकार किया तो कुछ देश छोड़ अन्य देश चले गये और वहीं अपना साम्राज्य स्थापित किया। सम्भवतः असीरिया उनका ऐसा ही राज्य था। प्रताड़ित होने से वे भी कुछ क्रूर बन चुके थे।

अरब—इसी तरह इस्लाम से पूर्व तक अरब देश में असुरों का राज्य था। सम्भवतः उसे यह नाम असुर पुरोहित वंशज राजा और्व के नाम पर अरब के रूप में मिला जो दैत्यगुरु शुक्राचार्य वंशज थे।

किन्तु मोहम्मद साहब के द्वारा इस्लाम धर्म के उदय के बाद वहाँ मूर्तिपूजा विरोधियों और मूर्तिपूजक शैव असुरों के बीच भयानक युद्ध हुआ। काबा का नाम भी दैत्यगुरु शुक्राचार्य काव्य के नाम पर पड़ा जान पड़ता है। शुक्र को पारम्परिक रूप से जुम्मा के नाम पर आज भी पवित्र माना जाता है। काबा के शिवलिंग की रक्षा के लिए पैगम्बर साहब के चाचा उमर बिन हश्शान को भी जान गँवानी पड़ी थी। हश्शान को अबू जाही भी कहते हैं। उनका बहुत सम्मान था। वे शिव भक्त थे। इन्हें अबुल हासन अर्थात् ज्ञान का पिता माना जाता था। बाद में उन्हें अबु हिलाल यानी अज्ञान का पिता इस्लाम द्वारा घोषित किया गया।

प्राचीन अरब में सिन्ध को। सिन्ध ही कहा जाता था तथा भारतवर्ष के अन्य प्रदेशों को हिन्द कहा जाने लगा।

प्राचीन अरब के इलाके में दैत्यगुरु शुक्राचार्य का बड़ा सम्मान था। उनका मूल नाम काव्य था। उन्हें कवि भी कहा गया है। यही दैत्य राजा बलि का राज्य था। उनके गुरु भी शुक्राचार्य थे। यहाँ पर दैत्य राजा बलि की एक प्राचीन मूर्ति भी थी। तथा अन्य देवताओं देवियों की मूर्तियाँ भी थीं। अरब लोग काबा (काव्या मन्दिर)

की परिक्रमा करते थे। आज भी काबा से हटायी गयीं मूर्तियाँ इस्ताम्बूल म्यूजियम में सुरक्षित हैं। पहले मक्का को मरवा कहते थे। जिसका अर्थ संस्कृत में अग्नि होता है। मक्का का नाम शुक्राचार्य वंशज मर्क के नाम पर पड़ा जान पड़ता है। काबा के पास जमजम का कुआँ है। कभी इसी के जल से शिवलिंग का जलाभिषेक किया जाता था। कहते हैं काव्या मन्दिर का पुनरुद्धार राजा विक्रमादित्य ने किया था। जो बहुत बड़ा शैव राजा था।

लंका—प्रसिद्ध है कि कभी लंका भी असुर राज्य था। यहाँ का राजा असुर पुरोहित वंशज रक्ष संस्कृति संरक्षक रावण हुआ करता था। उसके पिता आर्य और उसकी माता अनार्य असुर कुल की थी। उसकी पत्नी भी असुर कुल की थी। इसीलिए उसकी शक्ति और असुर वंश के प्रगाढ़ रक्त सम्बन्ध के कारण असुर राक्षसों ने उसे अपना अधिपति स्वीकार कर लिया था। अयोध्या के आर्य राजा राम द्वारा उसके राज्य पर चढ़ाई करके उसका अन्त किया गया था।

लंका का अब आधिकारिक नाम श्रीलंका समाजवादी जनतान्त्रिक गणराज्य है। यह दक्षिण एशिया में हिन्द महासागर के उत्तरी भाग में स्थित द्वीपीय देश है। भारत के दक्षिण में स्थित इस देश की दूरी भारत से मात्र 31 किलोमीटर है। 1972 तक इसका नाम अंग्रेजी सिलोन था। जिसे 1972 में बदलकर लंका तथा 1978 में श्रीलंका कर दिया गया। इसका सबसे बड़ा नगर कोलम्बो बन्दरगाह है।

भारतीय पौराणिक साक्ष्यों में लंका का वर्णन मिलता है। कुछ इतिहासकार मानते हैं कि श्रीलंका के आदिम निवासी और दक्षिण भारत के आदि निवासी एक ही प्रजाति के थे। लेकिन ताजी खुदाई से पता चला है कि श्रीलंका के शुरुआती मानव का सम्बन्ध उत्तर भारत के लोगों से था। भाषिक विश्लेषण में पता चला है कि सिंहली भाषा गुजराती भाषा और सिन्धी भाषा के करीब है।

प्रसिद्ध है कि रामायण-काल में लंका असुर पुरोहित अर्द्ध असुर राजा रावण के अधीन थी। आज भी जंगलों के बीच रानागिल की विशाल पहाड़ी पर रावण की जो गुफा है, उसमें रावण द्वारा तपस्या करना माना जाता है। रावण के पुष्पक विमान उतारने की जगह और कई हवाई अड्डों की खोज का भी दावा किया जाता है।

हजार श्रीलंका इण्टरनेशनल रामायण रिसर्च सेण्टर और श्रीलंका पयर्टन मन्त्रालय ने रामायण से जुड़े करीब पचास स्थलों की खोज की है। जिनका ऐतिहासिक महत्त्व है। ऐसे स्थलों में प्रमुख वेरांगटोक जो महिमाँगना से दस किलो मीटर दूरी पर है। यहाँ रावण ने सीता हरण करके पुष्पक विमान से उतारा था। इसके बाद सीता को वह जहाँ ले गया था उसका नाम गुरलपोटा है। इसे सीता कोटुआ भी कहते हैं। एलिया पर्वत क्षेत्र में एक गुफा में सीता माता को रखा जाना माना जाता है। वहाँ सीता को एलिया कहते हैं। यहाँ सीतामन्दिर भी है।

5076 ई. पू. रावण वध माना जाता है। कहते हैं रावण ने ही असुर राज्य लंका को बसाया था। और रक्ष (राक्षस) संस्कृति की पुनः स्थापना की थी। कहा जाता है कि आर्यों के भय से जो असुर पाताल लोक चले गये थे उन्हें वापस लाकर रावण ने ही बसाया था और उन्हें अभय रखकर उनपर राज्य करता था।

भारत में भी रावण से सम्बन्धित तमाम स्थल हैं। मेरठ के बागपत जिले में रावण उर्फ बड़ागाँव, लंकाधिपति रावण ने ही बसाया था। राजस्व रिकार्ड में इस गाँव का नाम आज भी रावण दर्ज है। रावण लंका जाते समय लंकाधिपति रावण उर्फ बड़ा गाँव से होकर गुजरा था ऐसा माना जाता है। रावण के राज्य में लंका सोने की लंका कहलाती थी और इसका वैभव चरम पर था। कथा है कि रावण के सौतेले भाई कुबेर ने अपने पिता के कहने पर ही यह सोने की लंका रावण को दी थी। इस लंका का मूलरूप से निर्माण भगवान् शिव ने अपने लिए कराया था किन्तु गृहप्रदेश का यज्ञ रावण के पिता विश्रवा ने कराया था और दक्षिणा में लंका को माँग लिया था। यही सोने की लंका जो उन्होंने अपने पुत्र कुबेर को दे रखी थी बाद में रावण को मिली। कथा है कि—शिव के आदेश पर पार्वती के लिए सोने की लंका बनवायी थी। उसी शिव पार्वती की सोने की लंका के राजा रावण बने। जिसे देवों के वास्तुकार विश्वकर्मा ने बनाया था। यह लंका त्रिकूटाचल पर्वत पर वसायी गयी थी। त्रिकूटाचल का अर्थ होता है त्रि यानी तीन और त्रिकूटाचल मतलब पर्वत। यानी तीन पर्वतों के मध्य। इस पर्वत का नाम पहले सुवेल था, जिस पर रामायण-काल में राम-रावण युद्ध हुआ था। इसका दूसरा भाग नील था जहाँ लंका महल बना था और अन्तिम भाग सुन्दर पर्वत था जहाँ अशोक वन वाटिका बनी थी। इसीलिए हनुमान द्वारा सीता के पता लगाने के अभियान का नाम रामायण में सुन्दरकाण्ड रखा गया है।

श्रीलंका में आज भी सीता को जहाँ रावण ने बन्दी बनाकर रखा था उसका नाम अशोकवाटिका ही है। जामवन्त की गुफा भी लंका में है। लंका में कई जगह तैरते पत्थर मिल जाते हैं। कहते हैं नल-नील ने ऐसे ही तैरनेवाले पत्थरों से लंका के लिए पुल बनाया था।

कथा मिलती है कि रावण त्रिलोक विजयी था। रावण ने अयोध्या को भी जीत लिया था। उसने राम के पूर्वज को युद्ध में मौत के घाट उतार दिया था। उसी का बदला लेने की इच्छा राम के मन में थी और वनवास के दौरान जब रावण सीता का अपहरण कर ले गया तब राम से इसका पता लगाकर उस पर चढ़ाई की और उसका युद्धोपरान्त वध करके सीता को मुक्त कराया तथा अपने पूर्वजों का बदला लिया। लंका में विभीषण को अपना प्रतिनिधि बनाकर राजा बना दिया।

कथा है कि दुष्यन्त और राजा गाधि ने रावण से हार मान ली थी किन्तु इक्ष्वाकु वंशी राजा अनरण्य जो कि अयोध्या के राजा थे, उन्होंने हार नहीं मानी। तब रावण

के हाथों वे युद्ध में मारे गये। उन्होंने मृत्यु के पूर्व रावण को शाप दिया था कि उनके ही वंश के एक राजा द्वारा रावण का अन्त होगा। यह राम द्वारा हुआ। राम-रावण युद्ध में रावण की सेना करीब 72 करोड़ थी और अठारह दिन तक यह युद्ध चला था। इस तरह आर्य प्रभुओं ने असुरों का ही नहीं असुर संरक्षक आर्यों, अर्द्ध आर्यों का भी संहार किया। और ऐसे सभी युद्धों को धर्मयुद्ध की संज्ञा दी।

महाबलीपुरम—यह दक्षिण भारत का एक ऐतिहासिक नगर है। यह चेन्नई शहर से करीब 60 कि.मी. की दूरी पर बंगाल की खाड़ी के निकट है। यह तमिलनाडु, के दक्षिणी राज्य में स्थित है। यह नगर दक्षिण भारत के आर्थिक इतिहास का प्रतीक है। यह जिला कांचिपुरम में है। इसका एक अन्य प्राचीन नाम बाजपुर भी था। इस केन्द्र को सातवीं सदी में हिन्दू पल्लव राजा नरसिंह देव वर्मन ने बनवाया, जिन्हें मामल्ल भी कहा जाता है। इसीलिए इसका नाम मामल्लपुरम पड़ा।

महाबलीपुरम नाम के विषय में कहा जाता है कि वामन भगवान् विष्णु ने, जिनके नाम से एक मन्दिर प्रसिद्ध है दैत्यराज बलि से पृथ्वी का दान इसी स्थान पर लिया था। महाबली दैत्यराज बलि के नाम पर ही इस नगर का नाम महाबलीपुरम पड़ा। सातवीं सदी में हिन्दू राजाओं ने यहाँ अनेक दिव्य मन्दिर समूह का निर्माण कराया। यह मन्दिरों का शहर भी कहलाता है। यह प्राचीन काल में राजा बलि का राज्य था।

मैसूर—इस शहर का नाम दैत्य राजा महिषासुर के नाम पर पड़ा। यह कर्नाटक प्रान्त की राजधानी बैंगलोर से करीब 150 कि.मी. पर तमिलनाडु की सीमा पर बसा है। बौद्ध लोग महात्मा बुद्ध के शिष्य महिष नामक राजा के नाम पर इसका नामकरण मानते हैं।

कहा जाता है यदुवंश के राजकुमार विजय और कृष्ण द्वारिका गुजरात से मैसूर के मेलकोट गाँव में चामुण्डी मन्दिर के दर्शन के लिए आये थे। एक रात देवी चामुण्डेश्वरी देवी ने यादव राजकुमार विजय को निर्देश दिया कि वे दोनों भाई तत्काल हदिनाद जायें जहाँ अरुगाहल्ली के शासक महानायक द्वारा वहाँ की विधवा राजमाता चिन्तादेवाराजम्मानी एवं उनकी पुत्री को सताया जा रहा है। वहाँ पहुँचकर तब दोनों राजकुमारों ने भैरोश्वर मन्दिर में विश्राम किया। तब जंगना ओडेया नामक शैव साधु की मदद से दोनों ने महानायक का वध किया और आक्रमण करके उस राज्य पर अधिकार कर लिया। 11 मई, 1399 में विजय का राज्याभिषेक हुआ। इस कुल में 25 शासक हुए। वे हिन्दू धर्म माननेवाले थे। इसीलिए यहाँ अनेक दिव्य मन्दिरों का निर्माण कराया।

इतिहास में मैसूर या महिषासुर का सबसे पहले जिक्र सम्राट् अशोक के काल में 245 ई.पू. मिलता है। पाटलीपुत्र में तृतीय बौद्ध धर्म संसद् में अशोक ने महादेव

नामक बौद्ध भिक्षु को बुद्ध की शिक्षा का प्रचार करने और उनके आदर्शों पर आधारित कल्याणकारी राज्य व्यवस्था करने के लिए इस क्षेत्र में भेजा था।

एक महिषा मैसूर महिषमण्डल के महान् शासक हुए हैं उन्होंने बौद्ध संस्कृति और विरासत के उत्तराधिकारी के रूप में शासन किया।

मैसूर को महिषमण्डल, महिष राजाड़, महिषानाहु, महिषापुरा भी कहा जाता है।

मैसूर को एरुमैशुरम अर्थात भैंसों की भूमि भी कहा जाता है। बौद्ध और होयसल साहित्य में महिष मण्डल के बारे में बहुत-सी जानकारी मिलती है।

प्रो. मल्लेपुरम जी वेंकेटश ने नाग और महिष लोगों पर प्रकाश डाला है। नागों ने आर्य आक्रान्ताओं के खिलाफ लड़ाई लड़ी। नाग राजा अपनी नाग संस्कृति को सर्वश्रेष्ठ मानते थे।

मानवशास्त्री एम.एम. हिरेमट के अनुसार प्राचीन काल में यहाँ दो मानव नस्लें थीं—नाग और महिष।

आर्यों ने बौद्ध राजाओं को नीचा दिखाने के लिए कई पौराणिक कथाएँ गढ़ीं। जिसमें महिष का जन्म एक पुरुष और भैंस के साथ संयोग से दर्शाया गया है। यह भी फैलाया गया कि चामुण्डी देवी ने ही महिष (महिषासुर) को मारा था। महिष को असुर दानव बताया गया। जबकि ये महिष तो बौद्ध राजा थे। एक हाथ में तलवार और दूसरे में साँप पकड़े हुए। वीरता और प्रकृति प्रेम की मिसाल प्रस्तुत करनेवाले। नाग संस्कृति के वारिस। कहते हैं महिष एक बौद्ध राजा था। हिन्दू पौराणिक ग्रन्थों में जिसका नकारात्मक त्रिगण करते हुए महिषासुर कहा गया। यदुवंशी पहले महिष ही थे। बाद में उनका आर्यीकरण हुआ। और बाद के महिष राजा यादव कहे गये और उन यादव राजाओं ने ही कालान्तर में महिष के विरुद्ध ही कहानी गढ़ने में सहयोग दिया।

गया—बिहार के गया तीर्थ का नाम प्रसिद्ध दैत्यराज गयासुर के नाम पर ही गया पड़ा। दैत्यराज गयासुर को परम तपस्वी कहा गया है। पौराणिक आख्यान के अनुसार उसकी तपस्या से उसका शरीर पाँच कोस में फैल गया था। उसके शरीर पर पत्थर रखकर ब्रह्मा जी ने यज्ञ किया था। स्वयं गदाधर विष्णु यहाँ आये थे। और गदा रखकर गयासुर के शरीर को काँपने से स्थिर किया था ताकि ब्रह्म जी उस पर यज्ञ कर सकें। गयासुर को वरदान मिला कि जो यहाँ उसके स्थान गया में पितरों का पिण्डदान करेगा उसके पितर सीधे स्वर्ग जायेंगे और उन्हें मोक्ष प्राप्त होगा।

पौराणिक कथा के अनुसार गयासुर भस्मासुर का ही एक वंशज था। आज भी गया तीर्थ में एक कुआँ है। कहते हैं गयासुर उसी का पानी पीता था। गया तीर्थ का उल्लेख रामायण में भी मिलता है। ग्रन्थों में गया तीर्थ का माहात्म्य सूत जी शौनक जी

से बताते हैं। पितरों को पिण्डदान करने के लिए भारत में यह सबसे बड़ा और पवित्र स्थान माना जाता है। गया तीर्थ के बारे में गरुड़पुराण में भी वर्णन मिलता है। वास्तव में लगता है कि गया नामक यह स्थान दैत्यराज गयासुर का राज्य था जहाँ वैष्णव देवताओं ने उसे वशीभूत किया और शक्तिपूर्वक उसकी छाती पर पत्थर रखकर अपना यज्ञ किया।

वारसूर—वेन्यांचल और मेरुगुट्टाकोर में योगिराज शम्भूसेक अनार्य देवशक्ति का संरक्षक था। उसके अनुयायी अपनी मातृशक्ति और पितृशक्ति को आराध्य मानकर अन्य प्रकृतिसम्मत शक्तियों को देवी-देवताओं के रूप में प्रतिस्थापित करते थे। इन शक्तियों के आधार पर बाह्य आक्रमणों और आन्तरिक सुख-समृद्धि के लिए सतत प्रयास करते थे। दण्डकारण्य में भूपति विश्ववैज्ञानिक रावण का सहोदर योद्धा बाणासुर का राज्य था। उसका दण्डकारण्य भूभाग इन्द्रावती, महानदी, गोदावरी, अलीपुर, पारन्दुली, हिन्दक, कोया, परिक्षेत्र था। वर्तमान बस्तर की वारसूर इन्द्रावती नदी के तट पर समृद्ध नगर की नींव बाणासुर ने डाली थी। ग्राम देवी कोयमर की बेटी माता 'काय' (खेरगाम) की उसने ही स्थापना की थी। बाणासुर के द्वारा स्थापित देवी (दान्ततौना) गोंडी शब्द को कालान्तर में संस्कृत गीत में दन्तेवाडिन का सीधा अर्थ दाँत से कर दिया।

असुरों के आदि शक्तिपीठों को आर्यों ने विजय के पश्चात् या तो ध्वस्त कर दिया या उनका आर्यीकरण कर दिया। असुर देवियों को ही असुर संहारक देवियों के रूप में महिमामण्डित किया गया। भला असुरों को वरदान देनेवाली उनकी कुल देवियाँ उनकी संहारक और वध करनेवाली कैसे हो सकती थी।

वारसूर वर्तमान बस्तर जिले में गीदम बीजापुर रोड के उत्तर दिशा में प्राचीन भव्य नगर था। इन्द्रावती नदी के तट पर अनेक भग्नावशेष प्राचीन ईसापूर्व अनार्य असुर राजा बाणासुर थी राजधानी थी। वहीं अन्धकार-युग के बाद नलवंश, नागवंश, मोलवंश फिर कौवे वंश का राजधानी का इतिहास तो प्राचीन और अर्वाचीन साहित्य में मिलता है। दन्तेवाड़ा का मडई मेला, कोमापुनेम के अधिष्ठाता आदि धर्मगुरु पहाड़ी पारी कुमार लिंगों की ग्राम व्यवस्था के अनुकूल कोयतर माँ की बेटी माता मायखेर माता मावली (मावा देवी) की पूजा होती है। दक्षिण बस्तर के सभी ग्राम के देवी माता इस मुख्य ठाना में आकर सेवा भेंट करती हैं। उनके सेवक उनका झण्डा, माला और आंगा (अंग) को लेकर दन्तेवाड़ा में फाल्गुन माह में मडई में आते हैं। बाणासुर की राजधानी दण्डकारण्य थी। वह महान् योद्धा था। शिव भक्त था। मातृशक्ति का उपासक था। उसका वध छल से आर्यों की एक कुमारी कन्या देवी द्वारा करायी गयी थी। वह उसकी कुल देवी नहीं थी बल्कि एक वैष्णवी देवी थी।

शोणितपुर (सराहन)—शोणितपुर या सराहन बाणासुर की दूसरी राजधानी थी। कहते हैं शक्ति के अंग में से एक अंग शोणितपुर में भी गिरा था। यहाँ प्रसिद्ध भीमकाली मन्दिर स्थित है। शिमला से यह स्थान करीब 180 कि.मी. दूरी पर है। कहते हैं यहाँ के लोहगरा धाम के पौराणिक शिव मन्दिर की स्थापना बाणासुर द्वारा करायी गयी थी। मन्दिर के मुख्य द्वार पर अशोक के चिह्न अंकित हैं। इससे लगता है कि सम्राट् अशोक ने इस मन्दिर का जीर्णोद्धार कराया था। कहते हैं यहाँ कुष्ठ रोग दूर होता है। यहाँ का शिवलिंग अपनी विशालता के लिए प्रसिद्ध है।

बाणासुर की इस राजधानी शोणितपुर को सोहागपुर भी कहा जाता है। यानी सौभाग्यपुर। पलकमती यहाँ की प्रमुख नदी है। पलकमती और नर्मदा का यहाँ संगम है। सोहागपुर का पान और सुपारी भी प्रसिद्ध है।

असुर पुरोहित वंशज

असुरों का इतिहास असुर पुरोहितों के बिना अधूरा है। क्योंकि असुरों का मार्ग दर्शन करनेवाले, उन्हें वैज्ञानिक ज्ञान से पूर्ण करनेवाले, उनकी शक्ति बढ़ानेवाले यही असुर पुरोहित ही थे। इन्होंने मूलतः आर्य होकर भी (पिता की ओर से) हमेशा असुरों का साथ दिया। ये मातृ पक्ष से असुर कुलों से सम्बन्धित थे। इनमें आर्य और अनार्य दोनों के गुण धर्म विद्यमान थे। ये अनार्य असुरों की तरह ही शैव थे और बड़े तपस्वी थे।

असुरों के आदिगुरु के रूप में सर्वप्रथम दैत्य गुरु शुक्राचार्य का नाम हिन्दू धर्मग्रन्थों में मिलता था। ये ब्रह्मा के पुत्र महर्षि भृगु और उनकी पत्नी दिव्या (हिरण्यकश्यपु की पुत्री) के पुत्र थे। उनकी माता चूँकि दैत्यकुल की थी इसीलिए भगवान् विष्णु ने उनका भी असुरों की तरह वध किया था, क्योंकि वे इस बात से नाराज थे कि ये असुरों को युद्ध में मरणोपरान्त मृत संजीवनी विधा से पुनर्जीवित कर देती थी। अपनी माता के विष्णु द्वारा वध से रुष्ट होकर ही शुक्राचार्य ने दैत्यों का साथ देना तथा उनका दैत्यगुरु होना स्वीकार किया था और हमेशा विष्णु का विरोध किया।

ग्रन्थों के अनुसार दैत्यों के गुरु शुक्राचार्य का वर्ण श्वेत है। उनके सिर पर मुकुट तथा गले में माला होती है। मृत दानवों को शिव से प्राप्त मृतसंजीवनी विद्या से पुनर्जीवित करने में सक्षम थे। वे आसुरी विद्याओं के ज्ञाता था। दैत्य गुरु शुक्राचार्य की माता को नकटी भवानी भी कहा जाता है।

दैत्यगुरु शुक्राचार्य की पुत्री देवयानी का विवाह ययाति से हुआ था। ययाति की दूसरी पत्नी शर्मिष्ठा असुरों के राजा बृषभान की बेटी थी। इस तरह कुरुवंशी और यदुवंशी असुर माताओं की सन्ताने हैं। ययाति और देवयानी से ही यदु का जन्म हुआ था जिससे यदुवंश चला।

दैत्यगुरु शुक्राचार्य (कवि) शिवभक्त थे और असुरों की तरह ही शैव थे। असुरों की शिव आराधना के जैसे वृत्तान्त मिलते हैं वैसे ही इनके द्वारा शिवोपासना का वर्णन

मिलता है। कालान्तर में आर्यों ने भी शिवोपासना को स्वीकार कर लिया, जिससे शिवोपासना के दो रूप हो गये। पहला जो सात्त्विक भाव से दिव्यगुणों को पाने के लिए सोमवार (सोम चन्द्र शिव को इतना प्रिय है कि वे उसे सिर पर धारण करते हैं) को शिव आराधना करते हैं, यानी आर्य। और दूसरे वे लोग जो सम्पत्ति, शक्ति, ऐन्द्रियसुख के लिए शिवोपासना शुक्रवार (दैत्यगुरु शुक्राचार्य का दिन) को शिवोपासना करते हैं, यानी असुर अनार्य।

दैत्यगुरु शुक्राचार्य को जैमनीय ब्राह्मण (1, 125) में उशना काव्य कहा गया है। यहाँ 'बृहस्पति देवानां पुरोहित उशना काव्य कोऽसुराणां' यानी बृहस्पति को देवों का पुरोहित और उशना काव्य (शुक्राचार्य) को असुरों का पुरोहित कहा गया है।

प्राचीन काल में अरब (और्व) असुरों का राज्य था। शुक्राचार्य (कवि या काव्य) के नाम पर ही काबा का नामकरण हुआ था। अरबी भाषा में शुक्र का अर्थ बड़ा अर्थात् जुम्मा होता है। यह पवित्र दिन माना जाता है।

यह भी मान्यता है कि काबा एक तमिल शब्द है। यह तमिलनाडु स्थित कबालेश्वर मन्दिर जिसमें शिव को कबाली कहा गया है उससे सम्बन्धित है। काबा का अर्थ शिव का स्थान है। इस तरह काबा को प्राक् इस्लामी कबालीश्वर शिव मन्दिर माना जाता है।

शुक्राचार्य के पुत्र षण्ड और अमर्क थे। शुक्राचार्य राजनीतिशास्त्र के प्रवर्तक माने जाते हैं। उनकी शुक्रनीति प्रसिद्ध है। उनके पुत्र षण्ड और मर्क दैत्यराज हिरण्यकश्यपु के यहाँ नीतिशास्त्र का अध्यापन करते थे। ये उनके पुरोहित थे। होलिका दहन के लिए कृत्या अग्नि को उन्होंने ही उत्पन्न किया था किन्तु उसी अग्नि से दोनों की मृत्यु हुई थी बाद में मृतसंजीवनी विद्या से शुक्राचार्य ने उन्हें पुनजीर्वित किया था।

शुक्राचार्य प्रारम्भ में आंगिरस ऋषि के शिष्य बने, किन्तु वे पुत्र के प्रति पक्षपात करने लगे तब शुक्राचार्य ने शिव की आराधना कर मृतसंजीवनी विद्या प्राप्त की, जिसके बल पर देवासुर संग्राम में उन्होंने मरे हुए असुरों को बार-बार पुनर्जीवित किया। फलतः असुर जीतते रहे।

देवासुर संग्राम के बाद आर्यावर्त्त में रामायण-काल तक दो तरह के लोग हो गये। एक वर्ग जो सुरों (देवों) को मानते थे उनके पक्षधर थे और दूसरे वे जो असुरों को मानते थे। एक वे जो ऋग्वेद को मानते थे और दूसरे जो अथर्ववेद को मानते थे। पुरोहितों का दो वर्ग हो गया एक देवपुरोहित और दूसरे असुर पुरोहित।

आर्यों के मूल धर्म में सर्वशक्तिमान् प्राकृतिक शक्तियों की उपासना होती थी। ऋग्वेद में सूर्य, चन्द्र, वायु, अग्नि, आकाश और इन्द्र से सिद्धियाँ माँगी जाती थीं। यही उनके देवता थे। इन देवताओं के ऊपर विष्णु और विष्णु के ऊपर ब्रह्मा थे।

कहते हैं बाद में अमूर्त देवताओं की कल्पना की गयी, जिसे असुर कहा जाता था। कहते हैं प्रारम्भ में देव और असुर दोनों के लिए असुर शब्द प्रयोग होता था। ऋग्वेद में वरुण को भी असुर कहा गया है। सूर्य सुर और असुर दोनों हैं। बाद में देवों के उपासक देव शब्द को देवता के लिए प्रयोग करने लगे तथा असुर का अर्थ राक्षस होता गया।

कालान्तर में देवों और असुरों के उपासकों के मध्य धार्मिक और सांस्कृतिक मतभेद बढ़ते गये, जिसने संघर्ष का रूप धारण कर लिया। अमृतमन्थन की घटना दोनों सम्प्रदायों के बीच समन्वय की कथा है।

असुरों के राजा बलि की चर्चा पुराणों में मिलती है। कहा गया है कि यह एक शक्तिशाली धर्मात्मा शासक था। और देवताओं का घोर विरोधी था। कहते हैं प्राचीन काल में ये देवी, देवता और असुर सभी धरती पर ही रहते थे। देवताओं का क्षेत्र हिमालय था। इन्द्र के पास गन्धर्व क्षेत्र था। सुदूर कैलास पर्वत पर अनार्य असुरों के देवता शिव रहते थे। तब धरती पर बर्फ की अधिकता थी। मानसरोवर में कहीं विष्णु का निवास था। तब मानव गुफाओं में रहता था। सुर-असुर शक्तियाँ धरती पर विचरण करती थीं। नागलोक का विस्तार सम्पूर्ण धरती पर दूर-दूर तक था। पाताल लोक में भी था। धनतेरस अैर ओडम का त्योहार राजा बलि की स्मृति में मनाया जाता है।

सुर और असुर में साम्राज्य शक्ति, प्रतिष्ठा और सम्मान की लड़ाई चलती आ रही थी। बृहस्पति देवों के तथा शुक्राचार्य असुरों के गुरु थे। विष्णु आदि देवों को माननेवाले वैष्णव और शिव को माननेवाले शैव कहलाये। बाद में शक्ति को माननेवाले शाक्त और स्मार्त का उदय हुआ। सनातन धर्म में दोनों को माना जाता है। त्वमादि देवः पुरुष पुराणः' शिव को आदिदेव और देवों के देव महादेव कहा गया है। आदि शैव असुर ही हैं। वही आदिवासी हैं। वही आदि माता के भक्त हैं। आदि तपस्वी हैं। भारतवर्ष की धरती पर उन्हीं के आदिम प्रमाण मिलते हैं। आर्यों को वे ही धरती पर मिले, जिनसे उनका संघर्ष हुआ। राजा बलि उन्हीं असुरों का महान् वंशज था जो प्रहलाद का वंशज था जो आर्य संस्कृति और वैष्णव धर्म अपना चुका था। वह वैष्णव परम्परा का असुर था।

राजा बलि की एक यह भी कथा मिलती है कि वह पूर्व जन्म का जुआरी था। एक जुए में उन्हें कुछ धन मिला। उस धन से उन्होंने अपनी प्रिय वेश्या के लिए हार खरीदा। रास्ते में उन्हें मृत्यु ने घेर लिया। वह मरने ही वाला था कि सोचा हार अब वेश्या को तो नहीं ही दे पाऊँगा तो क्यों न शिव को अर्पण कर दूँ। वह हार शिव को अर्पण कर दिया। यमराज के यहाँ जब उपस्थित हुआ तो उसने पाप-पुण्य का हिसाब देखा। चित्रगुप्त ने तब जुआरी से पूछा कि तू पाप पहले माँगेगा की पुण्य। जुआरी ने कहा कि पाप तो पहले बहुत हैं, पुण्य दे दें। उस पुण्य के लिए उसे दो

घड़ी का इन्द्र बनाया गया। वह अप्सरा और सुरा का आनन्द लेने लगा। तभी नारद आये। नारद बोले कि अगर इस बात में सन्देह है कि स्वर्ग नरक है तब भी सत्कर्म तो कर ही लिया जाये। वर्ना नहीं हुए तो नास्तिक जरूर मारा जायेगा। यह सुन जुआरी को होश आ गया उसने दो घड़ी में ऐरावत, नन्दन, इन्द्रलोक दान कर दिया। वह पाप से मुक्त हो गया। इन्द्र बना और बाद में अगले जन्म में महाप्रतापी महादानी दैत्यराज बलि हुआ।

पौराणिक कथा के अनुसार कश्यप ऋषि की पत्नी दिति के प्रमुख पुत्र हिरण्यकश्यपु और हिरण्याक्ष थे। हिरण्यकश्यपु के चार पुत्र प्रहलाद, हल्लाद, युहलाद, और मन्हालाद थे। प्रहलाद के पुत्र विरोचन और विरोचन के पुत्र राजा बलि हुए।

कहते हैं दक्षिण भारत के सम्पूर्ण क्षेत्र में इसी राजा बलि का राज्य था। केरल में ओणम का पर्व इसी राजा बलि की स्मृति में मनाया जाता है।

एक कथा मिलती है कि राजा बलि ने विश्वविजय के लिए अश्वमेध यज्ञ किया था। इसी यज्ञ के चलते उसकी बहुत प्रसिद्ध हुई थी। कहा जाता है कि इस यज्ञ में अग्निहोत्र सहित उसने अट्ठानबे यज्ञ कराये थे। इससे उसने अपने राज्य और शक्ति का विस्तार करने के लिए इन्द्र पर भी चढ़ायी कर दी थी। देवता और असुरों का यह संग्राम जम्बूद्वीप के इलावर्त क्षेत्र में बारह बार हुआ। देवताओं की ओर से यक्ष और गन्धर्व भी लड़े थे। दैत्यों की ओर से उसकी सभी उपजातियाँ दानव, दैत्य, राक्षस, असुर लड़े थे। अन्तिम बार हिरण्यकश्यपु के पुत्र प्रहलाद और उनके पुत्र राजा बलि से देवताओं का युद्ध हुआ था। देवता इसमें हार गये थे। आौर सम्पूर्ण जम्बूद्वीप पर तब दैत्यों का अधिकार हो गया था। बाद में वामन रूप धारण कर भगवान् विष्णु ने बलि से छलपूर्वक उसके राज्य और उसका शरीर दान में ले लिया और उसका वध कर दिया।

समुद्र-मन्थन की कथा देवों और असुरों के सामंजस्य की कथा है। कहा जाता है कि जब इन्द्र दैत्यराज बलि से हार गये तब हताश और निराश होकर वे ब्रह्मा के साथ भगवान् विष्णु के पास गये और उनसे पुनः स्वर्ग लोक प्राप्त करने की इच्छा व्यक्त की। तब भगवान् विष्णु ने ही उन्हें असुरों से सुलह समझौते की सलाह दी। समझौते के अनुसार समुद्र-मन्थन की योजना बनी। मदिराचल पर्वत को मथानी बनाया गया। नाग देव की रस्सी बनायी गयी और दोनों शक्तियों ने मिलकर समुद्र-मन्थन किया। मथानी के नीचे विष्णु भगवान् ने स्वयं कच्छप रूप में अपनी पीठ को आधार दिया। इस तरह समुद्र मन्थन से लक्ष्मी, कौस्तुभमणि, पारिजात, सुरा, धन्वन्तरि, चन्द्रमा, पुष्पक, ऐरावत, पाञ्चजन्य, रम्भा, कामधेनु, उच्चैःश्रव, और अमृत तथा विष निकला। विष शिव ने गले में धारण किया। अमृत कुम्भ देवताओं से छीनकर जब असुर भागने लगे तब देवों और दैत्यों के बीच अमृत कलश का झगड़ा शुरू हो गया। इस

छीनाझपटी में अमृत कलश से अमृत की बूँदें धरती पर जिन स्थानों पर गिरी वह तीर्थ बन गया और बाद में वहीं कुम्भ का मेला लगना शुरू हुआ। ये स्थान नासिक, हरिद्वार, उज्जैन, प्रयाग हैं। कथा है कि तब देवता बहुत हताश थे जब दैत्य अमृतकुम्भ छीनकर भाग गये थे। डर था कि अगर दैत्य अमृत पीकर अमर हो गये तो उन्हें कभी मारा नहीं जा सकेगा। ऐसे में भगवान् विष्णु ने मोहिनी रूप धारण कर अमृत को दोनों में बाँटने का प्रस्ताव रखा। मोहित दैत्यों ने उनकी बात को स्वीकार कर लिया। तब भगवान् विष्णु ने छल से अमृत देवताओं को पिलाना शुरू किया। यह देख देवताओं की पंक्ति में चुपचाप असुर राहु आ के बैठ गया और अमृत पान कर लिया। यह देख विष्णु ने अपने चक्र से उसकी गर्दन काट दी, जिससे उसके दो भाग राहु और केतु हो गये। इस घटना से दैत्यों में आक्रोश फैल गया किन्तु, अमृत पान कर देवता अमर हो चुके थे। इसलिए जब पुनः देव और असुरों का युद्ध हुआ इस बार युद्ध में इन्द्र के वज्र प्रहार से राजा बलि मारे गये। लेकिन दैत्यगुरु शुक्राचार्य ने मृतसंजीवनी विद्या से उन्हें पुनः जीवित कर दिया। लेकिन उसके हाथ से इन्द्रलोक देवों के पास पुनः चला गया। और वहाँ देवताओं का पुनः अधिकार हो गया।

कथा है कि देवताओं द्वारा हार जाने के बाद राजा बलि ने पुनः अपनी शक्ति एकत्र की और तपस्या में लीन हो गये। इस तरह उन्होंने पुनः शक्ति अर्जित कर ली। उन्होंने पुनः अश्वमेध यज्ञ किया जो उनका सौवाँ यज्ञ था। इस तरह शक्ति हासिल कर उन्होंने पुनः इन्द्रलोक पर कब्जा कर लिया और देवताओं की स्थिति एक बार पुनः कमजोर हो गयी और वे बलि के अधीन हो गये। और बिना अमृत पिये ही राजा बलि अपने तप से इतना शक्तिशाली हो गया कि उसे मारने और हराने की शक्ति देवताओं के पास नहीं रही। तब राजा बलि को मारने के लिए भगवान् विष्णु को वामन का रूप धारण कर छल से उसका राज्य और उसका अन्त करना पड़ा।

वामन को ऋषि कश्यप और उनकी पत्नी अदिति का पुत्र कहा गया है। वे आदित्यों में बारहवें हैं। इस तरह वे इन्द्र के छोटे भाई थे। और राजा बलि के सौतेले भाई। भगवान् विष्णु ने ही वामन रूप में जन्म लिया था। उन्होंने वामन के रूप या वेश में बलि से तीन पग का दान माँगकर उससे सारा राज्य और उसका शरीर प्राप्त कर लिया। जबकि दैत्यगुरु शुक्राचार्य ने कथा है कि चेतावनी दी थी कि यह वामन और कोई नहीं विष्णु ही है जो छल से राज्य हासिल करना चाहता है। किन्तु बलि ने उनकी बातों और चेतावनी पर कोई ध्यान नहीं दिया। और उसे अपना राज्य और जीवन गँवाना पड़ा। कथा है कि विष्णु ने राजा बलि का राज्य लेने के बाद उन्हें पाताल भेज दिया। जहाँ का वह राजा हुआ और शुक्राचार्य के निर्देशन में राज्य करने लगा। किन्तु दूसरी कथा के अनुसार विष्णु ने उसका वध कर दिया था।

एक अन्य कथा के अनुसार देवताओं की हितैषी लक्ष्मी ने भी उन्हें छला। कथा है कि राजा बलि ने विष्णु से अन्तिम वरदान प्राप्त कर लिया था जिसके अनुसार

भगवान् विष्णु को राजा बलि के पाताल लोक में रक्षक बनकर रहना स्वीकार करना पड़ा था। लक्ष्मी विष्णु के बिना अकेले दुखी रहती थी। नारद के सुझाव के अनुसार बलि से अपने पति को माँगने रक्षासूत्र लेकर लक्ष्मी पाताल लोक गयी। उन्होंने राजा बलि को अपना भाई बना लिया और रक्षासूत्र (रक्षाबन्धन) बाँधकर रक्षा का वरदान माँग लिया। तब राजा बलि ने उनके द्वारा पति विष्णु को माँगने पर विष्णु को मुक्त कर दिया। श्रावणपूर्णिमा से कार्तिक माह की त्रयोदशी तिथि धनतेरस तक विष्णु और लक्ष्मी वही पाताल लोक में राजा बलि के यहाँ रहे थे। धनतेरस के बाद विष्णु लौटकर वैकुण्ठ गये तब दूसरे दिन पूरे लोक में दीपावली मनायी गयी।

कहा जाता है कि राजा बलि विश्वविजेता राजा था और पूरी धरती पर उसका राज्य था। किन्तु बाद में पाताल लोक तक उसका राज्य रह गया। शुक्राचार्य उसके गुरु थे। रामायण-काल में अहिरावण को पाताल का शासक कहा गया है।

ग्रन्थों के अनुसार भृगुऋषि और हिरण्यकश्यपु की पुत्री दिव्या के पुत्र शुक्राचार्य को दैत्यगुरु और असुराचार्य कहा गया है। वे भी दानव सदृश ही माने गये हैं। अर्द्ध असुर और अर्द्ध देव के रूप में उनकी मान्यता भी है।

जैसा कि पहले ही कहा जा चुका है कि अरब देशों का भारतवर्ष के महर्षि भृगु के पुत्र शुक्राचार्य और उनके पुत्र और्व का ऐतिहासिक सम्बन्ध प्रमाणित है। 'हिस्ट्री आफ पर्शिया-साइक्स' के अनुसार अरब नाम और्व के नाम पर ही पड़ा। भारत के उत्तर-पश्चिम में इलावर्त था जहाँ असुर दैत्यों का क्षेत्र था यह एशियायी रूस और दक्षिणी-पश्चिमी भाग इरान का पूर्वी भाग तथा गिलगिट का निकटवर्ती क्षेत्र भी शामिल था। बेवीलोन की प्राचीन गुफाओं के पुरातात्त्विक खोजों तक में जो भित्तिचित्र मिलते हैं उनमें विष्णु को हिरण्यकश्यपु के भाई हिरण्याक्ष से युद्ध करते दिखाया गया है।

देवताओं और असुरों के बीच युद्ध के साथ समन्वय की समुद्र-मन्थन जैसी कथा भी मिलती है। साथ ही कुछ सम्बन्ध बनाये जाते भी दिखते हैं। देवताओं के राजा इन्द्र ने अपनी पुत्री जयन्ती का विवाह दैत्य गुरु शुक्राचार्य के साथ इसी समन्वय के विचार से ही किया होगा। ताकि शुक्राचार्य दोनों पक्षों के पक्षधर रहे और देवों के पक्ष में भी पक्षकार रहे। किन्तु ऐसा होना दिखता नहीं। शुक्राचार्य दैत्यों के ही गुरु बने रहे। यहाँ तक कि जब राजा बलि ने शुक्राचार्य की सलाह नहीं मानी तो उसे छोड़कर अपने पौत्र और्व के पास चले गये और वहाँ दस वर्ष तक रहे।

शुक्राचार्य या कवि अर्थवन शाखा के भार्गव ऋषि थे। भागवत के अनुसार इनकी माँ करचमाता थी अतः काव्य शुक्र काव्या की धारणा को पूरा आधार मिलता है। 'तबी बिनये अख्तब बिन ए तुरफा' ने अपनी कविता में भारत भूमि एवं वेदों को सम्मान दिया है—"हे भारत की पुण्यभूमि! तू धन्य है, क्योंकि ईश्वर ने अपने ज्ञान के लिए तुझे चुना है।' यह ज्ञान भारत में हिन्दुतुन में ऋषियों द्वारा चार रूपों (वेदों) में प्रकट हुआ।"

शुक्राचार्य और असुरों का सम्बन्ध प्रसिद्ध है। दैत्यगुरु के रूप में उन्होंने अपार ख्याति अर्जित की थी। शुक्राचार्य को भार्गव भी कहा जाता है—भृगोरपत्यम् इति भार्गवः। भृगु को ब्रह्मा का पुत्र कहा गया है। कहीं-कहीं उन्हें वरुण का पुत्र तथा कहीं उन्हें अग्नि से उत्पन्न भी बताया गया है।

शुक्राचार्य के पिता महर्षि भृगु के बारे में कहा जाता है कि उन्होंने दैवीय और आसुरी दोनों विद्याएँ प्राप्त की थीं। कई विद्याएँ उन्हें शिव से प्राप्त हुई थी कई विद्या वरुण से प्राप्त हुई थी। कुछ विद्या अपनी असुर पत्नी से प्राप्त की थी। वे ज्योतिष, आयुर्वेद, शिल्पविद्या, विज्ञान, दर्शन आदि के ज्ञाता थे। वे ज्योतिषी और त्रिकालदर्शी थे। उनकी जातक पद्धति भृगूक्त है। ज्योतिष ग्रन्थ भृगु संहिता उन्होंने लिखी। यह ज्योतिष का सर्वश्रेष्ठ ग्रन्थ है। इसकी मूलप्रति नेपाल के पुस्तकालय में ताम्रपत्र पर सुरक्षित है। उन्हें अग्नि का आविष्कारक भी माना जाता है। ऋग्वेद के अनुसार वे ही अग्नि को धरती पर लाये। पारसी लोग महर्षि भृगु की अर्थवन के रूप में पूजा करते हैं। उन्हें ही संजीवनी विद्या का प्रवर्तक माना जाता है। महर्षि भृगु की ये सारी विद्याएँ उनके पुत्र शुक्राचार्य को पैतृक रूप से प्राप्त हुई थीं। इसीलिए असुर पुरोहित के रूप में उन्होंने काफी सफलता अर्जित की। असुर लोगों के बारे में भले कहा जाता है। कि वे यज्ञ आदि नहीं करते थे और संस्कृत नहीं जानते थे किन्तु असुर पुरोहित वेद और संस्कृत जानते थे और असुरों को यज्ञ कराते थे। शुक्राचार्य के सहयोग से ही असुर अपने आर्य शत्रुओं से लड़ सके। क्योंकि असुर पुरोहित तपस्वी थे और असुरों के लिए तप करते थे। मत्स्य पुराण के अनुसार उन्होंने असुरों के कल्याण के लिए कठोर तप किया। महाभारत आदिपर्व 76/8 में भी उनके योगदान की चर्चा मिलती है।

मत्स्यपुराण के अनुसार शुक्राचार्य ने असुरों के कल्याण के लिए कठोर व्रत का अनुष्ठान किया जैसा कि अभी तक कोई नहीं कर सका। शिव ने उन्हें वरदान दिया कि तुम युद्ध में देवताओं को पराजित कर दोगे और तुम्हें कोई नहीं मार सकेगा। शिव ने उन्हें धन का भी अध्यक्ष बना दिया। इसी वरदान के आधार पर इस लोक और परलोक की सारी सम्पत्तियों के वे स्वामी बन गये। महाभारत आदिपर्व 78/39 के अनुसार सम्पत्ति ही नहीं शुक्राचार्य औषधीय मन्त्रों तथा रसो के भी स्वामी हैं। इनकी सामर्थ्य अद्भुत है। इन्होंने अपनी समस्त सम्पत्ति अपने शिष्य असुरों को दे दी और स्वयं तपस्वी जीवन ही स्वीकार किया। कथा है कि ब्रह्मा की प्रेरणा से शुक्राचार्य ग्रह बनकर तीनों लोकों के प्राण का परित्राण करने लगे। कभी वृष्टि कभी अवृष्टि, कभी भय कभी अभय उत्पन्न कर प्राणियों के योगक्षेम का कार्य पूरा करने लगे। ये ग्रह के रूप में ब्रह्मा की सभा में भी उपस्थित है। लोगों के लिए ये अद्भुत ग्रह हैं। तथा वर्षावाले ग्रहों को शान्त करते हैं। मत्स्यपुराण 95/5 के अनुसार शुक्राचार्य का वर्ण श्वेत है।

शुक्राचार्य को दैत्यों के हित के लिए अपनी आँख गँवानी पड़ी थी। शुक्राचार्य देवों की साम्राज्यवादी विस्तार नीति के विरुद्ध रहते थे और हर कीमत पर उन्होंने असुर साम्राज्य की रक्षा का यत्न किया और देवों से शत्रुता मोल ली। परिणामतः ही आर्य संस्कृति ग्रन्थों में कालान्तर में उन्हें भी असुर के रूप में ही चित्रित किया गया है जबकि वे असुर धर्म और संस्कृति तथा साम्राज्य के संरक्षक थे वे स्वयं असुर न होकर असुर पुरोहित थे।

कथा है कि शुक्राचार्य हमेशा असुरों के हित की चिन्ता करते थे। इसीलिए एक बार वे भगवान् शिव के पास कैलास पर्वत पर गये तथा उन्होंने दानवों को सुरक्षित रखने का उपाय पूछा। तब शिव ने उन्हें तप का उपदेश दिया तब शुक्राचार्य ने भीषण तप किया। इसी दौरान दैत्य और देवों में पुनः युद्ध छिड़ गया। इस युद्ध में विष्णु भगवान् ने शुक्राचार्य की माता दिव्या का भी वध कर दिया जो हिरण्यकश्यपु की पुत्री और भृगुपत्नी थी। शुक्राचार्य का तप जब पूर्ण हुआ, शिव जी ने उन्हें मृतसंजीवनी विद्या का वरदान दिया। जब शुक्राचार्य आश्रम में लौटे तो माँ को मृत पाया और क्रोधित हो गये तब पता चला कि उनकी माता का वध विष्णु ने किया है। तब उन्होंने विष्णु को शाप दे दिया कि विष्णु को पृथ्वी पर सात बार जन्म लेना पड़ेगा। और मृत्यु को प्राप्त होना पड़ेगा। इसके बाद उन्होंने मृतसंजीवनी विद्या से अपनी माँ को जीवित कर दिया और स्वर्ग पर आक्रमण की तैयारी करने लगे।

कथा है कि देवों के गुरु बृहस्पति के पास यह मृतसंजीवनी विद्या नहीं थी। इसीलिए वे दैत्य देवता हार जाते थे। तब देवताओं ने मृतसंजीवनी विद्या प्राप्त करने के लिए छल का सहारा लिया। एक बार जब दैत्य राजा वृषपर्ण और इन्द्र में युद्ध हुआ और इन्द्र हार गया तब उससे दुखी हो बृहस्पति से विचार-विमर्श किया। कथा है कि तब बृहस्पति ने कहा कि शुक्राचार्य के पास मृत संजीवनी विद्या है। इसलिए किसी को उनके पास जाकर यह विद्या सीखनी पड़ेगी तभी दैत्यों से विजय प्राप्त हो सकेगी। देवता दुखी हुए कि कौन जायेगा। कौन अपनी जान का खतरा मोल लेगा। तब बृहस्पति के पुत्र कच ने कहा कि यह कार्य वह करेगा। और वह अपने पिता बृहस्पति का आशीर्वाद लेकर शुक्राचार्य के पास गया। वहाँ उसने शुक्राचार्य को अपना परिचय दिया। शुक्राचार्य ने उसे अपने आश्रम में प्रवेश दे दिया। बाद में शुक्राचार्य को चिन्ता हुई कि यदि असुरों को पता चला कि शत्रु पुत्र उनके आश्रम में विद्या प्राप्त कर रहा है तो अनर्थ हो जायेगा। वे सतर्क रहे और कच ने शिक्षा प्राप्त की। इसी दौरान शुक्राचार्य की पुत्री से उसका प्रेम हो गया। जब राक्षसों को पता चला कि शत्रु का पुत्र उनके गुरु शुक्राचार्य के आश्रम में पढ़ रहा है तो उन्होंने इसका विरोध किया किन्तु शुक्राचार्य ने उनकी नहीं सुनी और उसे शिक्षा देते रहे। कथा है कि एक दिन कच जब जंगल में गया था तो दैत्यों ने उसकी हत्या कर दी। शुक्राचार्य को पता चला तो उन्होंने उसे पुनः जीवित कर दिया और उसे देवलोक वापस चले जाने को कहा। किन्तु

कच नहीं माना। राक्षसों ने जंगल में एक बार पुनः उसकी हत्या कर दी और उसकी लाश को टुकड़े-टुकड़े काट दिया। शुक्राचार्य ने पुनः उसकी लाश के टुकड़ों को जोड़कर मृतसंजीवनी विद्या से पुनर्जीवित कर दिया। यह सब देखकर नाराज राक्षसों ने जंगल में पुनः 'कच' को मारकर उसके शरीर को सोमरस में मिलाकर शुक्राचार्य को ही पिला दिया। ताकि वे उसे जीवित न कर सके। शुक्राचार्य को दैत्यों की यह हरकत जब पता चली तो वे बड़े दुखी हुए और असमंजस में पड़ गये। क्योंकि यदि वे कच को अपने पेट में पुनर्जीवित करते तो उनका मरना तय था। तब उन्होंने अपनी बेटी से कहा कि तुम्हें कच चाहिए या कि पिता? पुत्री देवयानी ने कहा कि मुझे कच और पिता दोनों चाहिए। तब शुक्राचार्य ने कच को पेट में ही संजीवनी विद्या सिखा दी। कच को अपना पेट फाड़कर निकाल दिया और स्वयं मृत्यु को वरण किया। किन्तु कच ने उन्हें सीखी हुई संजीवनी विद्या से पुनर्जीवित कर दिया। उसकी शिक्षा और उसका मन्तव्य पूर्ण हुआ। वह देवलोक वापस जाने को हुआ। देवयानी ने उसे अपने प्रेम का हवाला देकर रोकना चाहा किन्तु वह न माना। उसने उसके प्रेम को यह कहकर ठुकरा दिया कि वह तो उसे गुरुबहन समझकर प्रेम करता था और वह गुरुबहन से विवाह नहीं कर सकता। देवयानी ने लाख कहा कि उसका रक्त सम्बन्ध नहीं और विवाह सम्भव है। तब कच ने कहा कि चूँकि वह उसके पिता के पेट से उत्पन्न हुआ है अतः यह एक तरह से रक्त सम्बन्ध ही है सो वह विवाह नहीं कर सकता। तब उससे नाराज होकर देवयानी ने कच को क्रोधित हो शाप दे दिया कि—तूने मुझे और मेरे पिता को छला है और धोखा देकर मृतसंजीवनी विद्या प्राप्त कर ली है अतः यह विद्या तेरे लिए निरर्थक हो जाये। तूने यह विद्या किसी को सिखायी तो तेरी मृत्यु हो जायेगी।

आगे कथा है कि कच देवलोक लौट गया। देवताओं के रक्षार्थ वह विद्या उसने अपने पिता बृहस्पति को सिखा दी और स्वयं मृत्यु को प्राप्त हो गया। शापित होने के कारण पिता उसे नहीं बचा सके। इस तरह कच की कीमत पर मृतसंजीवनी विद्या प्राप्त कर ली। इस तरह असुर पुरोहित शुक्राचार्य की मृतसंजीवनी विद्या जो असुरों की शक्ति का मूल आधार था वह देवों को भी प्राप्त हो गयी और देव भी मजबूत हो गये। अन्ततः यही उनके विजय का कारण बना।

यह भी कहा जाता है कि भगवान् शिव ने स्वयं दैत्यगुरु शुक्राचार्य की तपस्या से प्रसन्न होकर उन्हें एक शिवलिंग दिया था और निर्देश दिया था कि कोई वैष्णव हम पर जलाभिषेक न कर पाये, वरना असुरों का विनाश हो जायेगा। तब वह शिवलिंग शुक्राचार्य ने वैष्णवों की पहुँच से दूर औवं (अरब) के रेगिस्तान में स्थापित किया था। जहाँ वैष्णव धर्म के लोग नहीं जा सकते थे। मान्यता है कि वही शिवलिंग काबा का शिवलिंग है। इस्लामी लोगों के अधिकार में है। इस्लाम के ये मतावलम्बी असुरों के ही वंशज हैं। जिनके गुरु शुक्राचार्य थे। भारतीय वैष्णव इन्हें म्लेच्छ कहते थे। यह शब्द असुरों के प्रति उनकी घृणा और शत्रुता को दर्शाता है।

शुक्राचार्य के पुत्र औंर्व एक बड़े असुर पुरोहित और असुर संस्कृति के संरक्षक थे। वे बड़े योद्धा थे और उन्होंने अपना साम्राज्य स्थापित किया था। जिसे और्व (अरब) कहा गया। यहाँ दस वर्षों तक शुक्राचार्य रहे थे जब वे असुरों से नाराज चल रहे थे। महाभारत आदिपर्व अध्याय 178 श्लोक 1-22 की कथा के अनुसार पितरों द्वारा और्व के क्रोध के निवारण पर ब्रह्मा जी ने कहा था—'पुत्रो मैने तुम्हारी दृष्टि नहीं ली है, मुझे तुम पर क्रोध नहीं है। परन्तु मेरी जाँघ से पैदा हुआ यह भृगुवंशी बालक ही तुम्हारे ऊपर आज कुपित हुआ है। पुत्रों! यह स्पष्ट जान पड़ता है कि हम महात्मा शिशु तुम लोगों द्वारा मारे गये अपने बन्धु-बाँधवों का आहरण करके तुम्हारी आँखें ले ली हैं। इसमें संशय नहीं है। बच्चो! जब से तुम लोग भृगुवंशियों के गर्भस्थ बालकों कीं हत्या करने लगे तब से मैंने अपने इस गर्भ को सौ वर्षों तक एक जाँघ में छिपाकर रखा था। भृगुवंश का पुनः प्रिय करने की इच्छा से छहों अंगों सहित सम्पूर्ण वेद इस बालक (और्व) को गर्भ में ही प्राप्त हो गयी है। अतः यह बालक अपने पिता के वध से कुपित हो निश्चय ही तुम लोगों को मार डालना चाहता है। इसी के दिव्य तेज से तुम्हारी नेत्रज्योति छिन गयी है। इसलिए तुम लोग मेरे इस उत्पन्न पुत्र और्व से ही याचना करो। यह तुम लोगों के नतमस्तक होने से सन्तुष्ट होकर पुनः तुम्हारी गयी नेत्रज्योति दे देगा। कथा है कि तब वशिष्ठ जी कहते हैं—पाराशर! ब्रह्माजी के यों कहने पर उन सब क्षत्रियों (आर्यों) ने तब और्व को प्रणाम करके कहा—आप प्रसन्न होइये। तब उनके विनयपूर्ण वचन सुनकर और्व ने प्रसन्न होकर अपने तप के प्रभाव से उनकी नेत्रों की ज्योति वापस दे दी।

और्व को साधुशिरोमणि भी कहा गया है। वे महर्षि और्व अपनी माता का उरु भेदन करके उत्पन्न हुए थे। इसीलिए लोक में और्व नाम से विख्यात हुए। आगे की कथा है कि—तदन्तर अपनी खोयी हुई नेत्रज्योति पाकर वे क्षत्रिय लोग लौट गये। इधर भृगुवंशी और्व ने सम्पूर्ण लोकों का पराभव करने का विचार किया। वत्स पाराशर! उन महामना और्व मुनि ने समस्त लोकों का पूर्णरूपेण विनाश करने की ओर अपना मन लगाया। भृगुकुल को आनन्दित करनेवाले उस कुमार ने क्षत्रियों द्वारा मारे गये अपने भृगुवंशी पूर्वजों का सम्मान करने अथवा उनके वध का बदला लेने के लिए सब लोगों के विनाश का निश्चय किया। तब बहुत बड़ी तपस्या द्वारा अपनी शक्ति को बढ़ाया। उसने अपने पितरों को आनन्दित करने के लिए अत्यन्त उग्र तपस्या द्वारा देवता असुर मनुष्यों सहित उन सभी लोगों को सन्तप्त कर दिया। तदन्तर सभी पितरों ने अपने कुल का आनन्द बढ़ानेवाले और्व मुनि का निश्चय जानकर पितृलोक से आकर यह बात कही—बेटा और्व! तुम्हारी तपस्या का प्रभाव हमने देख लिया। अब अपना क्रोध छोड़ो और सम्पूर्ण लोकों पर प्रसन्न हो जाओ। तात ! यह न समझना कि जिस समय क्षत्रिय लोग हमारी हिंसा कर रहे थे, उस समय शुद्ध अन्तःकरणवाले हम भृगुवंशी ब्राह्मणों ने असमर्थ होने से अपने कुल का वध चुपचाप सह लिया। वत्स! हमारी आयु बहुत

बड़ी हो गयी और तब भी मृत्यु नहीं आयी। उस दशा में हम लोगों को बड़ा खेद हुआ और हमने जान-बूझकर क्षत्रियों से स्वयं अपना वध कराने की इच्छा की। किसी भृगुवंशी ब्राह्मण ने अपने घर में जो धन गड़ा था वह भी वैर बढ़ाने के लिए ही किया गया था। हम जानते थे कि क्षत्रिय हमारे ऊपर कुपित हो जाये। द्विजश्रेष्ठ! यदि ऐसी बातें न होतीं तो स्वर्गलोक की इच्छावाले हम भार्गवों को धन से क्या काम था। क्योंकि साक्षात् कुबेर ने हमें प्रचुर धनराशि लाकर दी थी। तात। जब मौत हमें अपने अंग में न ले सकी तब हम लोगों ने सर्वसम्पति से यह उपाय ढूँढ़ लिया। बेटा! आत्महत्या करनेवाले पुरुष शुभ लोकों को नहीं पाते। इसलिए हमने खूब सोच-विचारकर अपने ही हाथों अपना वध नहीं किया। वत्स! तुम जो यह सब करना चाहते हो वह भी हमें प्रिय नहीं है। सम्पूर्ण लोकों का पराभव बहुत बड़ा पाप है अतः उधर से ध्यान को रोको। तात क्षत्रिय को न मारो। बेटा भू आदि सात लोकों का भी विनाश न करो। यह जो क्रोध उत्पन्न हुआ है, वह तुम्हारी तपस्या अर्जित तेज को दूषित करनेवाला है। अतः इसी को मारो।''

यह उपर्युक्त कथा महाभारत आदिपर्व चैत्ररथ पर्व और्व क्रोध निवारक विषय, एक सौ अठहत्तरवें अध्याय में मिलती है। इस वर्णन से पता चलता है कि आर्य क्षत्रियों ने और्व के पूर्वजों का निर्ममतापूर्वक वध कर दिया था। जिससे कुपित हो और्व ने आर्य क्षत्रियों का वध करने और सभी लोगों के विनाश की ठानी थी। क्योंकि आर्य पुत्र क्षत्रियों ने जैसे असुरों का वध किया था उन्होंने कालान्तर में असुर पुरोहितों का भी वध किया। भृगुवंशी असुर पुरोहित ब्राह्मणों और क्षत्रियों के वैभनस्य और संघर्ष की पूर्व पीठिका इस कथा से पता चलती है।

असुर पुरोहित शुक्राचार्य के ही वंश में आगे परम तपस्वी योद्धा महर्षि परशुराम हुए। परशुराम जमदग्नि के पुत्र थे। राजा प्रसेनजित् की पुत्री रेणुका नामक उनकी पत्नी के गर्भ से हुए थे। वे भी महान् शिवभक्त के रूप में विख्यात हुए। शिव द्वारा प्रदत्त अमोध अस्त्र परसु धारण करने के कारण ही उनका नाम परशुराम पड़ा। वे जमदग्नि के पुत्र होने के कारण जामदग्न्य ही कहलाये। उनका जन्म अक्षयतृतीया को हुआ था। इस दिन को विवाह आदि का अबूझ शुभ मुहूर्त्त माना जाता है। यह अनार्य संस्कृति का मुहूर्त्त है। लोक मुहूर्त्त माना जाता है। आर्यों के लिए अबूझ मुहूर्त्त है क्योंकि आर्य पद्धति में तृतीया शुभ मुहूर्त्त नहीं होता। किन्तु अनार्य परम्परा का यह एक शुभ मुहूर्त्त है।

परशुराम ने धरती से क्षत्रियों का इक्कीस बार संहार किया ऐसी कथा मिलती है। उनके बारे में ग्रन्थों में अनेक कथाएँ मिलती हैं। एक कथा है कि महर्षि भृगु ने अपने पुत्र से विवाह के विषय में जाना तो वे बहुत प्रसन्न हुए तथा अपनी पुत्रवधू से वर माँगने को कहा। इससे पुत्रवधू सत्यवती ने अपने तथा अपनी माता के लिए पुत्र की कामना की। भृगु ने दोनों को आशीर्वाद दिया। महर्षि भृगु ने उन दोनों को 'चारु' नामक फल

खाने को दिया। और निर्देश दिया कि—ऋतुकाल के बाद स्नान करके सत्यवती गूलर के पेड़ का तथा उसकी माता पीपल के पेड़ का आलिंगन करें। दोनों को पुत्र होंगे। किन्तु माँ बेटी में 'चारु' फल खाने में उलट-फेर हो गयी। जब महर्षि भृगु को यह पता चला तो उन्होंने कहा कि—सत्यवती तुम्हारी माता का पुत्र क्षत्रिय होकर भी ब्राह्मणोचित व्यवहार करेगा तथा तुम्हारा बेटा ब्राह्मण होकर भी क्षत्रियोचित व्यवहार करनेवाला होगा। बहुत अनुनय विनय के बाद भृगु ने मान लिया कि सत्यवती का बेटा ब्राह्मणोचित रहेगा किन्तु पोता क्षत्रियों की तरह कार्य करेगा। इस तरह सत्यवती ने ऋचिक से जमदग्नि का जन्म हुआ जो ब्राह्मण हुआ। जमदग्नि ने राजा प्रसेनजित् की पुत्री रेणुका से विवाह किया। इसी रेणुका से जमदग्नि को पाँच पुत्र प्राप्त हुए रुमण्यान, सुषेण, वसु, विश्व वसु और परशुराम। परशुराम क्षत्रियोचित व्यवहार करनेवाले ब्राह्मण हुए। उन्हें क्षत्रोपेत ब्राह्मण कहा गया।

एक कथा है कि—एक बार सद्यः स्नाता रेणुका राजा चित्ररथ पर मुग्ध हो गयी। उसके आश्रम पर पहुँचने पर मुनि जमदग्नि को सब घटना का ज्ञान हो गया। तब उन्होंने अपने पाँचों बेटों से अपनी माँ का वध करने को कहा। किन्तु चार बेटे तैयार नहीं हुए। तब उन्होंने चारों पुत्रों को जड़बुद्धि होने का शाप दे दिया। परशुराम ने तुरन्त पिता की आज्ञा मानकर माँ का वध कर दिया। दूसरे पिता जमदग्नि प्रसन्न हो गये और वरदान माँगने को कहा। तब परशुराम ने अपनी माँ को पुनर्जीवित करने का वर माँग लिया। और भाइयों के लिए क्षमादान माँग लिया। जमदग्नि ने वरदान देते हुए उनकी माता को मृतसंजीवनी विद्या से पुनर्जीवित कर दिया तथा अन्य पुत्रों को क्षमादान कर दिया। तथा परशुराम को अमर होने का वरदान दिया। इसी से परशुराम अमर माने जाते हैं और सभी युगों में दिखायी देते हैं।

परशुराम के समय की कथा मिलती है कि कार्तवीर्य महस्त्रार्जुन के पुरोहित जमदग्नि थे। जिनकी शक्ति देखकर आर्यों ने उन्हें विष्णु का अवतार घोषित कर दिया था। एक दिन जब जमदग्नि अपने आश्रम से बाहर थे, कार्तवीर्य सहस्रार्जुन उनकी कुटिया में आश्रम में आया। उसने वहाँ रेणुका का अपमान किया तथा उनकी गायों का हरण कर लिया। जब परशुराम जंगल से वापस आये तो यह जान उन्हें बड़ा क्रोध आया और उन्होंने सहस्त्रार्जुन पर हमला करके उसका वध कर दिया तथा उसके सहयोगी क्षत्रियों का इक्कीस बार संहार किया।

सहस्रार्जुन के वध के बाद उस हैहयराज के पुत्रों ने परशुराम की अनुपस्थिति में पुनः आश्रम पर धावा बोलकर परशुराम के पिता जमदग्नि का वध कर दिया। इतना बदला लेने के लिए परशुराम ने पृथ्वी को क्षत्रियों से विहीन करने के लिए इक्कीस बार अभियान किया। कथा है कि—क्षत्रियों के रुधिर से कुण्ड भर गया। जिसमें उन्होंने अपने पिता का तर्पण किया। तब उनके पुरखे ऋचीक प्रकट हुए और उन्होंने परशुराम को इस महाविनाश से रोका। तब शान्त होकर परशुराम ने क्षत्रियों से छीनी गयी समस्त

भूमि और सम्पदा ऋत्विजों ब्राह्मणों को दक्षिणा के रूप में दान कर दी। ब्राह्मणों ने कश्यप की आज्ञा से वेदी को खण्ड-खण्ड करके बाँट दिया। यही ब्राह्मण खाण्डवायन कहलाये। भूमि प्राप्त करनेवाले भूमिहार ब्राह्मण कहलाये। अपनी प्राप्त भूमि पर राज-पाट और खेती करने लगे। पुरोहित कर्म से दूर होते जाने से अचानक ब्राह्मण हो गये।

कहा जाता है कि परशुराम ने अनेक यज्ञ किये थे। उन्होंने बत्तीस हाथ ऊँची सोने की वेदी बनवायी थी। महर्षि कश्यप ने दक्षिणा में पृथ्वी सहित उस वेदी को ले लिया था तब परशुराम अपना सब-कुछ दान देकर पृथ्वी को छोड़कर तपस्या करने चले गये थे। कहते हैं परशुराम ने समुद्र को पीछे हटाकर गिरिश्रेष्ठ महेन्द्रगिरि पर जाकर निवास किया।

परशुराम की वीरता का प्रमाण इसी बात से लगाया जा सकता है कि उन्होंने जिस हैहयवंशी क्षत्रिय राजा सहस्रार्जुन को हराया और उसका वध किया था, वह एक बार रावण को भी हरा चुका था। आर्य उसकी शक्ति के कारण उसे विष्णु के अवतार की उपाधि दे चुके थे। किन्तु वह आर्यों के दुखी करनेवाला हुआ इसलिए जब परशुराम ने उसका वध कर दिया तो आर्यों ने परशुराम को विष्णु के अवतार की उपाधि दी।

कुछ विद्वानों का विचार है कि परसु शब्द से पारसी शब्द आया। परसु परशुराम के हथियार का नाम था। परशुराम के अनुयायियों को ही पारसी कहा गया है। वे कालान्तर में ईरान चले गये इसी वजह से ईरान को प्राचीन समय में परसिया या परासिया कहा जाता था। बाद में वह पर्शिया हो गया। भिक्षु चमनलाल का मत है कि पारसी परशुराम को माननेवाले ही थे। वे अग्निपूजा करते थे। पारसियों के बारे में यह भी माना जाता है कि उनकी उत्पत्ति हप्तसिन्धु (सप्तसिन्धु) क्षेत्र में हुई थी। जिसमें पंजाब, सिन्ध, प्रदेश आता था। उनके द्वारा जिस देवता की पूजा होती है उसे अहुर मंज्दा (असुर) कहा जाता है। जो प्राचीन असुर महादेव का रूपान्तरण है। उनकी भाषा की उत्पत्ति भी संस्कृत भाषा से ही मानी जाती है। उनका पवित्र ग्रन्थ जेन्द अवेस्ता भी संस्कृत चन्दा अवस्था से ही उद्‌भूत बताया जाता है। उनकी भाषा जेन्द अवेस्तान, संस्कृत भाषा से काफी मिलती-जुलती है। जैसे—असुर-अहुर, सप्तसिन्धु-हप्तहेन्दु, सोमा-होमा, मारा-माहा, साना-हाना, हृदय-जारदय, वराहा-बराजा, अग्ना-यग्ना। मित्र-मिस्त्र आदि। दोनों भाषाओं के अर्थ समान मिलते हैं। अग्नि को पवित्र मानकर उनकी पूजा करना, पवित्र धागा, सेरेमनी को मानना, जिसे कुश्टली के नाम से जाना जाता है। जिस तरह वैदिक समय में समाज को ब्राह्मण, क्षत्रिय, वैश्य, शूद्र में विभाजित किया गया था, उसी तरह पारसियों ने भी अपने समाज को अथवा, रावेस्तान, वस्त्रीभोक्सीया, हुत्स नामक चार भागों में बाँटा है। पारसियों की आरम्भिक बस्तियाँ भारतवर्ष से निकलकर विश्व में फैली। सम्भवतः पारसी समाज भारत के असुर वंशजों से ही निकलकर बना। परशुराम इसके आदि संस्थापक थे। परशुराम की ग्रन्थों में अनेक कथाएँ भवतत्र मिलती है। एक कथा के अनुसार परशुराम ने अपने फरसे से

शिवपुत्र गणेश जी का दाँत तोड़ दिया था। परशुराम के बारे में ग्रन्थों में कुछ आगे भविष्य की भी भविष्यवाणी मिलती है। कहा गया है कि कल्कि अवतार में कल्कि शिवभक्त होगे और परशुराम उनके गुरु होंगे। परशुराम को अन्य कई ब्राह्मण वंशों का संस्थापक भी माना जाता है। उनसे सम्बन्धित भारत में कई ब्राह्मण वर्ग मिलते हैं। किन्तु असुर पुरोहित वंशज होने के कारण सभी वर्ण व्यवस्था के ब्राह्मण वर्ग में स्वीकार नहीं किये गये। इनके दो वर्ग है। एक अयाचक वर्ग योद्धा और कृषक वर्ग है जो भूमिधरी के कारण समृद्ध रहा है किन्तु आर्य ब्राह्मणों की निगाह में हीन ही रहा है। दूसरा वर्ग याचक वर्ग है जो निम्न स्तरीय पुरोहिती कर्मकाण्ड करने वाला है और धार्मिक दान आदि के द्वारा जीविका वर्ग सामान्य जाति में आता है जबकि याचक वर्ग पिछड़े वर्ग अनुसूचित, विमुक्त और धुमंतू अर्ध घुमंतू जनजाति में आ चुका है। पूर्वजों द्वारा असुरों का पक्ष लेने की सजा के तौर पर दोनों वर्ग हीन माने जाते हैं।

असुर पुरोहित वंशज ब्राह्मण

महर्षि भृगु की उन पत्नियों से जो असुर मूल की थीं उनसे जो सन्तानें हुईं। उन्हीं से असुर पुरोहित ब्राह्मण वंशों का विस्तार माना जाता है। इनमें सबसे प्रमुख दैत्यगुरु शुक्राचार्य का वंश है। इसी वंश में परशुराम हुए। उन्होंने अनेक ब्राह्मण वंशों की स्थापना की। महर्षि भृगु ने जिन ब्राह्मण वंशों की स्थापना की उन्हें भार्गव कहा जाता है। भृगु पुत्री विष्णु पत्नी लक्ष्मी ने जिन ब्राह्मणों की स्थापना की वे वैष्णव भार्गव हुए। किन्तु अन्य सभी भार्गव शैव भार्गव हुए। इस तरह भार्गव ब्राह्मणों के दो प्रमुख वर्ग बन गये। वैष्णव भार्गव और शैव भार्गव। इन्हीं भार्गवों में शैव भार्गव वंश की कई शाखाएं हो गयीं। भार्गव ब्राह्मण तथा क्षत्रिय एवं अन्य गैर ब्राह्मण स्त्रियों से भार्गव ब्राह्मणों के अनेक वंश विकसित हुए। इसमें अयाचक और याचक दोनों तरह के वंश हुए।

अयाचक भृगुवंशी ब्राह्मणों में एक बहुत बड़ा क्षत्रोपेत ब्राह्मण वर्ग भूमिहार ब्राह्मणों के रूप में सामने आया। परशुराम वंशज असुर पुरोहित शुक्राचार्य वंश मूल होने के कारण आर्य वैष्णव ब्राह्मणों से अलग माने गये। इन्हें ब्राह्मण न कहकर वैष्णवों ने वामन या ब्रह्मर्षि ब्राह्मण कहा। बाद में ये भूमिहार अयाचक ब्राह्मण कहे गये। ये भूपति, खेतिहर, शासक और योद्धा हुए और इन्होंने और्व की परम्परा में अपना राज्य विस्तार किया। कहते हैं परशुराम ने हैहयवंशी क्षत्रियों को पराजित कर उनकी भूमि और धन छीनकर इन्हीं भृगुवंशी ब्राह्मणों को दान दे दिया था, जिससे ये भूस्वामी हो गये तथा भूमि पर राज-पाट तथा खेती-किसानी करने लगे और उसकी रक्षा के लिए योद्धा बने रहे। बाद में ये जमीदार कहलाये। मगध के पुष्यमित्र शुंग, कण्ववंश, दोनों को ऐसा ही भूमिहार वंश माना जाता है। आज की भूमिहारों में बहुत थोड़े लोग ही याचक ब्राह्मण हैं और पुरोहिती पण्डागिरी करते हैं बांकी सभी अयाचक ही हैं। आज भी ये भूमिवान हैं। आनापुर राज्य, अभावा राज्य, बेभनगाँव राज्य, भरतपुर, धरहरा राज्य, शिवहर मकसूदनपुर राज्य, औमान गंज राज्य, नरहट स्टेट, जोगिनी स्टेट, धमीगढ़ स्टेट, गोरिया कोठी स्टेट, रूपवाली स्टेट, जैतपुर स्टेट, हरदी स्टेट, ऐनखाओ जमींदारी,

ऐशजंग जमींदारी, भेरावरगढ़ आनापुर स्टेट, पैथलगढ़, लट्ठागढ़ स्टेट, कमालगढ़ स्टेट, रामनगर स्टेट, रोहुआ स्टेट, राजगोला जमीदारी, पुहई राज, केवट गामा जमींदारी, भोपी स्टेट, परिहंसस्टेट, इंधर स्टेट, चैतपुर मंझा मकसूदनपुर स्टेट, रूमी, खैर, मधुबनी, नवगढ़ स्टेट आधुनिक काल तक इन अयाचक भूमिहार ब्राह्मणों के पास रहे हैं। असुराह स्टेट, श्याल औरंगाबाद में बाबू अभौवा तिलकपुर, शेखपुरा, जहानाबाद में तुरुम तेलपा स्टेट, सेओतर गया वारी स्टेट, पिपरा कोठी स्टेट, मोतीहारी स्टेट इत्यादि सभी भूमिहार वंश के हैं। वाराणसी काशी के राजा भूमिहार वंश के ही हैं।

दण्डी स्वामी सहजानन्द सरस्वती जुझौतिया ब्राह्मण भूमिहार वंश के थे जिन्होंने किसान आन्दोलन चलाया था। 1857 के विद्रोही मंगल पाण्डे को भूमिहार वंश का माना जाता है। राज नारायण, रामवृक्ष बेनीपुरी, रामधारी सिंह दिनकर, राहुल सांकृत्यायन (केदार पाण्डे) भूमिहार ही थे। फतेह बहादुर शाही हथुआ के राजा ने 1857 में अंग्रेजों के विरुद्ध विद्रोह किया था भूमिहार ही थे।

एम.ए. शेरिंग ने 1872 में अपनी किताब 'हिन्दू ट्राइब्स एण्ड कास्ट' में कहा है कि भूमिहार जाति के लोग हथियार उठानेवाले ब्राह्मण हैं।' मिस्टर वीन्स ने कहा है कि—भूमिहार अच्छी किस्म की बहादुर प्रजाति है। जिसमें आर्य जाति की सभी विशेषताएँ विद्यमान हैं। ये स्वभाव से निर्भीक और हावी होनेवाले होते हैं।

1528 में बाबर ने जब मवारपुर पर आक्रमण किया था, इस भीषण युद्ध में सभी भूमिहार ब्राह्मण ही थे जो मारे गये थे। केवल एक अनन्तराम नाम के भूमिहार ब्राह्मण शेष बचे थे। उनकी पत्नी को गर्भू नामक पुत्र हुआ जिसने भूमिहार वंश को आगे बढ़ाया।

क्षत्रोपेत ब्राह्मणों को पहली बार 1885 में सर्वप्रथम काशीनरेश ईश्वरीप्रसाद सिंह ने भूमिहार नाम दिया। पश्चिमी उत्तर प्रदेश के त्यागी ब्राह्मण इन्हीं भूमिहार वंश की एक शाखा मानी जाती है। पुष्करणा ब्राह्मण, नम्बूदरीपाद ब्राह्मण, मोहियाल ब्राह्मण, आदि जहाँ भूमिहार वंश की ही शाखाएँ हैं। साकलद्वीपी, ग्रहविप्र, डाकोत भड्डरी जोशी इनकी याचक वर्ग की शाखाएँ हैं जिन्होंने भूमि लेना न स्वीकार करके विद्या द्वारा और धार्मिक दान द्वारा धनार्जन स्वीकार किया था। यह मूलतः शैव ब्राह्मण समाज है और इसमें कुछ शनि उपासक हैं।

भूमिहार ब्राह्मणों की एक प्रमुख शाखा पंजाब आदि प्रान्त में मोहियाल ब्राह्मण मानी जाती है। पी.एन. वाली की किताब 'द हिस्ट्री आफ मोहियाल द लोजेन्ट्री पिपुल', टी.पी. रसेल की किताब 'द हिस्ट्री आफ मोहियाल्स द मिलिटेण्ट ब्राह्मण रेस आफ इण्डिया', और शिषिर कुमार की किताब 'द विजन आफ इण्डिया' में इनके बारे में तमाम जानकारी उपलब्ध है।

कहा गया है कि प्राचीन काल में ब्राह्मणों का एक वर्ग सैनिकों का पेशा करता था। उस समय परम्परा थी कि राज्य अपने सैनिकों और कर्मचारियों को मेहनताना के रूप में भूमि प्रदान करता था। यह भूमि वंशानुगत हो जाती थी। वे ही लोग भूमि के मालिक हो जाते थे। ऐसे ही भूमि के मालिक ब्राह्मण सैनिक मोहियाल ब्राह्मण कहलाये। मोहियाल शब्द प्राकृत शब्दों मोहि और याल से बना है। मोहि (महि) का अर्थ जमीन और याल का अर्थ मालिक होता है। अर्थात् भूस्वामी। बाद में ब्राह्मणों के इस भूस्वामी या भूमिहार वर्ग ने बिहार और उत्तर भारत में मोहियाल का संस्कृत पर्यायवाची अपने को भूमिहार घोषित किया। संयुक्त प्रान्त के उत्तर-पश्चिमी भागों विशेषकर पंजाब और सरहद आदि क्षेत्रों में मोहियाल ब्राह्मणों की सात शाखाएँ पायी जाती हैं। इन्हीं में एक दत्त ब्राह्मण थे, जिन्हें हुसैनी ब्राह्मण कहा जाता है।

मोहियाल वंश से सम्बन्धित छिब्बर गोत्र के 'जटेरे' बहुत प्रसिद्ध हैं। इनका भट्टी गोत्र होता है। सुनील दत्त अभिनेता दत्त वंश के मोहियाल हुसैनी ब्राह्मण थे। राजस्थान के डाकोत ब्राह्मण भी छिब्बर (छबारी) मोहियाल वंश की ही दूसरी शाखा है, जो पंजाब प्रान्त से राजस्थान चले गये थे। ये ज्योतिषी और तान्त्रिक माने जाते हैं और याचक वर्ग में आते हैं। जबकि पंजाब के मोहियाल योद्धा अयाचक वर्ग में हैं।

हुसैनी ब्राह्मण भी मोहियाल या भूमिहार वंश की ही एक प्राचीन शाखा है। किन्तु इनकी संख्या अब बहुत कम बची है। दिल्ली, राजस्थान और महाराष्ट्र में अब कुछ ही परिवार शेष बचे हैं।

हुसैनी ब्राह्मण हिन्दू ब्राह्मण हैं और इन्होंने इस्लाम के इतने निकट सम्पर्क में होने के बावजूद इस्लाम नहीं स्वीकार किया और इन्हें इस्लाम स्वीकार करने के लिए कभी बाध्य भी नहीं किया गया। फिर भी इनकी आस्था। इस्लाम में अधिक दिखती है। ये मन्दिरों में नहीं जाते और हिन्दू संस्कार भी नहीं करते।

51वीं आल इण्डिया मोहयाल कान्फ्रेन्स 7-8 जनवरी 2012 में एक स्मारिका प्रकाशित हुई थी जिसमें इन्तजार हुसैन का एक लेख—'राहिबदत्त और कर्बला युद्ध' प्रकाशित हुआ था। इस आलेख में उन्होंने दुर्लभ जानकारी दी। इसके अनुसार—'कर्बला के युद्ध में लड़े दस ब्राह्मणों की टोली में एक ब्राह्मण साहिबदत्त भी था। उनके सात बेटे थे जो बड़ी बहादुरी से लड़े और सातों शहीद हुए। केवल राहिब सिंह दत्त बचे। और वहाँ से वे अफगानिस्तान होते हुए हिन्दुस्तान आये। वे पहले ननकाना साहब में ठहरे। वहाँ वे इमाम हुसैन के खानदान के लोगों से मिले। सारा वाकया बताया और यह भी बताया कि वे ब्राह्मण हैं। तब हुसैन के खानदानवालों ने उन्हें हुसैनी ब्राह्मण का खिताब दिया। और कहा कि हम तुम्हारी शहादत को याद रखेंगे। कहा जाता है कि राहिब दत्त इमाम हुसैन का बाल भी साथ लेकर आये थे, जो कश्मीर में हजरत बल की दरगाह में आज भी सुरक्षित है।

हुसैनी ब्राह्मण हर वर्ष कर्बला का मातम मानते हैं। बच्चों का मुण्डन हुसैन के नाम को लेकर किया जाता है।

हुसैनी ब्राह्मणों का बलिदान साझा संस्कृति की अनूठी मिसाल है। इन्तजार हुसैन ने उसे सहेजने का अच्छा कार्य किया है।

हुसैनी ब्राह्मणों की उपस्थिति इस बात का सबूत है कि मुस्लिमों के साथ रहते हुए भी उन्होंने अपनी ब्राह्मण संस्कृति को अक्षुण्ण रखा था। और वे पूरी तरह अपना धर्म मानने के लिए स्वतन्त्र रहे। उन्हें कभी धर्मान्तरण की आवश्यकता नहीं पड़ी। हुसैनी ब्राह्मणों पर साहित्य अकादमी पुरस्कार प्राप्त लेखिका नासिरा शर्मा में महत्त्वपूर्ण शोध कार्य किया है। उसे सामने लाना चाहिए।

यह भी पता चलता है कि पानीपत के पास से भी कुछ दत्त ब्राह्मण और कुछ कश्यप गोत्रीय ब्राह्मण भी, इमाम हुसैन की मदद के लिए कर्बला गये थे, किन्तु वे वहाँ युद्ध के बाद पहुँच पाये अतः उन्हें वापस लौटना पड़ा कुछ वहीं रुक गये।

इराक में अब भी हुसैनी ब्राह्मणों के वंशज बसते हैं। भारत में पानीपत के पास करीब सौ परिवार हुसैनी ब्राह्मणों के हैं। ये लोग आज भी इमाम हुसैन और अपने पूर्वजों की शहादत को याद करते हैं और मातम मनाते हैं।

कहतें हैं उमैया और अब्बासी खलीफाओं के समय तमाम हुसैनी ब्राह्मण परिवार भारत चले आये। इमाम हुसैन के परपोते की कब्र भारत में ही है। कहा जाता है कि स्वयं इमाम हुसैन ने भी कभी भारत आने की इच्छा जाहिर की थी। किन्तु वह इच्छा कभी पूरी नहीं हुई। बाद में कुछ सूफी लोग जरूर भारत आये और एक साझा संस्कृति की नींव डाली। बाद में भारत के शासक बने मुस्लिम शासकों पर इन सूफी लोगों का गहरा प्रभाव रहा।

विद्वान् हैदर रिजवी ने जो कर्बला वाकये की कथा लिखी है उसमें उन्होंने हुसैनी ब्राह्मणों को दरदना भट्टाचार्य का वंशज बताया है। रिखभ दत्त को इसी वंश का बताया है।

इतिहासकार राजकुमार अस्थाना ने 'एन्सियण्ट इण्डिया' में लिखा है कि—ईरान सम्राट् यज्देगर्द की तीन पुत्रियाँ थीं। मेहरबानो, शेहर बानो और किश्वर बानो। यज्दगर्द ने अपनी बड़ी पुत्री मेहरबानो की शादी भारत के तत्कालीन उज्जैन के राजा चन्द्रगुप्त द्वितीय से की थी। राजा चन्द्रगुप्त द्वितीय का सेनापति भूर्यादत्त (भूरियादत्त) था। भूर्यादत्त का भाई ऋषभ दत्त (रिखभदत्त, रिहाबदत्त) था। ये लोग महाभारतकालीन कृपाचार्य के वंशज माने जाते हैं। कौरवों की ओर से लड़े अश्वथामा ने इस योद्धा ब्राह्मण वंश का विस्तार अरब में किया था। राजा चन्द्रगुप्त द्वितीय ने मेहरबानो का नाम चन्द्रलेखा रख दिया था। मेहर का अर्थ चन्द्रमा होता है इसलिए यह नाम उपयुक्त तर्जुमा भी था। राजा चन्द्रगुप्त द्वितीय और मेहरबानो (चन्द्रलेखा) से ही महाप्रतापी राजा

समुद्रगुप्त पैदा हुए थे। यह घटना छठी शताब्दी की है। यही समय इमाम हुसैन का भी है।

ईरान के शासक यज्दे गर्द ने दूसरी पुत्री शेहरबानों की शादी इमाम हुसैन से की थी। इमाम हुसैन और शेहर बानो से उनका पुत्र जैनुलआब्दीन हुआ। इस तरह समुद्र गुप्त और जैनुल आबेदीन मौसेरे भाई थे। इस बात की पुष्टि इतिहासकार हैदर अब्दुल लतीफ बगदादी (1162-1221) की किताब 'तुहफतुल अल बाब' से भी होता है। इसका हवाला शिशिर कुमार मित्र ने भी अपनी पुस्तक 'विजन आफ इण्डिया में किया है।

वाकया है कि मोहम्मद साहब के नवासे (नाती) इमाम हुसैन के पिता हजरत अली चौथे खलीफा थे। वे उस समय इराक के शहर कूफा में रहते थे। उनके समय में कुछ हिन्दू ब्राह्मण भी वहाँ रहते थे। लेकिन किसी पर इस्लाम कुबूल करने का दबाव नहीं था। ऐसा ही एक परिवार रिखभदत्त (राहिब दत्त) का था जिसे 'अलहिन्दिया' कहा जाता था। जब 681 में इमाम हुसैन के पिता चौथे खलीफा हजरत अली का निधन हो गया तब मुआवियाबिन अबू मुकयान खलीफा बना। वह बहुत कम समय तक रहा। उसके बाद उनका पुत्र यजीद सन् 682 में खलीफा बना। उसे अच्छे चरित्र का नहीं माना जाता। उसने अपना आधिपत्य बढाने की नीति अपनायी और सभी सूबों को अपने अधिकार में करने के लिए उसने सबको एक पत्र भेजकर समर्थन माँगा। बहुत सूबों का समर्थन मिल गया। किन्तु इमाम हुसैन ने उसे समर्थन देने से इन्कार कर दिया। यजीद युद्ध के लिए तत्पर हुआ जबकि इमाम हुसैन अभी युद्ध नहीं चाहते थे।

कहा जाता है कि इमाम हुसैन की पत्नी शेहरबानो ने अपने पुत्र जैनुलआबेदीन के नाम से एक पत्र उज्जैन के राजा चन्द्रगुप्त द्वितीय को भेजकर मदद माँगी थी। यह पत्र जयपुर में महाराजा के संग्रहालय में सुरक्षित है। वर्षों तक यह पत्र दबा रहा किन्तु 26 फरवरी 1809 में एक अंग्रेजी अफसर सर थामस हुरेवर्ग ने इसे खोज लिया और पढ़वाया। और राजा जयपुर को दे दिया। यह पत्र सन् 1813 में प्रकाशित हुआ। तब इस पत्र की हकीकत का खुलासा हुआ कि यह पत्र शेहरबानो ने भारत के राजा चन्द्रगुप्त द्वितीय को भेजा था।

कहते हैं इस पत्र को पढ़कर ही राजा चन्द्रगुप्त द्वितीय ने उज्जैन से लगभग 5000 सैनिकों के साथ अपने सेनापति भूर्यादत्त (भूरियादत्त) को मदीना भेजा था। लेकिन तब तक इमाम हुसैन अपने परिवार के साथ 72 लोगों को लेकर कूफा की ओर निकल चुके थे। जैनुलआबेदीन (पुत्र) उस समय काफी बीमार थे। इसलिए उन्हें एक गुलाम की देख-रेख में छोड़ दिया गया था। इमाम हुसैन के साथ औरतें, बूढ़े और दूध पीते बच्चे भी थे। रास्ते में ही इमाम हुसैन का यजीद के सैनिकों ने कत्ल कर दिया। यह वाकया 10 अक्टूबर, 680 यानी 10 मुहर्रम 61 हिजरी संवत् का है। यह खबर

पाकर सभी हिन्दू (हुसैनी ब्राह्मण) ब्राह्मण, मुख्तार के साथ इमाम हुसैन के कत्ल का बदला लेने के लिए पहुँचे। इस घटना का जिक्र महमूद गिलानी ने अपनी पुस्तक 'आलिया' में किया है। उनके अनुसार यजीद के सैनिक इमाम हुसैन के मृत शरीर को मैदान में ही छोड़कर भाग गये थे। तब राहिब सिंह दत्त (रिखभदत्त) ने इमाम हुसैन के शीश को अपने पास छुपा लिया था।

यूरोपीय इतिहासकार भी रिखभदत्त के उन पुत्रों का नाम बताते हैं जिन्हें रिखभदत्त ने इमाम हुसैन के सिर के बदले यजीद के सैनिकों को अपने बेटों का सिर दिया था। लेकिन इमाम हुसैन का सिर नहीं दिया। बाद में मुख्तार से मिले इमाम हुसैन के कत्ल का बदला लिया। तब इमाम हुसैन के मृत शरीर को दफनाया गया। यह पूरा वाकया। पहली बार कानपुर में 1989 में हुसैन रिपोर्ट के नाम से छपी थी।

कहा जाता है कि रिखभदत्त के इस बलिदान के कारण ही उन्हें सुल्तान की उपाधि मिली थी। उसके बारे में 'जंगनामा इमाम हुसैन' में (पृष्ठ 122) कहा गया है कि—'वाह दत्त सुल्तान, हिन्दू का धरम मुसलमान का ईमान।

आज भी रिखम दत्त या राहिबदत्त के वंशज भारत के अलावा इराक और कुवैत में भी रहते हैं। जिस शहर में ये लोग रहते हैं उसे हिन्दिया' कहा जाता है। एक मिथक प्रचलित है कि इनके वंशज हुसैनी ब्राह्मणों के गले में कटने का कुदरती निशान होता है, जो उनके बलिदान की निशानी होती है।

कहा जाता है कि उज्जैन के राजा चन्द्रगुप्त द्वितीय जो कि शैव ब्राह्मण और क्षत्रोपेत ब्राह्मण थे इन्हीं हुसैनी ब्राह्मणों मोहियाल दत्त अथवा भूमिहार ब्राह्मणों के ही पूर्वज थे। असुर पुरोहित शुक्राचार्य वंशज। उज्जैन के महाकालेश्वर ज्योतिर्लिंग की स्थापना उन्होंने ही करवायी थी। आज भी उज्जैन का यह पूरा क्षेत्र शैव बहुल है और शैव ब्राह्मणों की ही बहुतायत है।

एक मत के अनुसार ईरान के शासक भी यज्ञकर्त्ता थे और अग्नि के उपासक थे। प्राचीन शैव वंशज थे। इसीलिए चन्द्रगुप्त द्वितीय और उनकी रिश्तेदारी स्वाभाविक थी। उस समय इस इलाके का भारत से बड़ा व्यापारिक सम्बन्ध भी था। यह भी कहा जाता है कि राहिबदत्त व्यापार के सिलसिले में पहले इराक गये थे और मोहम्मद साहब और इमाम हुसैन के सम्पर्क में थे। इसलिए उनके परिवार के प्रति उनमें आदर भाव था।

यह वही इलाका था जहाँ प्राचीन काल में असुरों और असुर पुरोहित योद्धाओं, और्व आदि का राज्य था। बाद में यह इलाका भी आर्यों द्वारा जीत लिया गया। यह इलाका पहले मूर्तिपूजक था। और शैवमत की बहुलता थी। हुसैनी ब्राह्मण (मोहियाल, भूमिहार) असुर पुरोहित वंशज शैव ब्राह्मण ही थे। भृगुवंशी भार्गव की एक शाखा।

असुर पुरोहित वंशज, योद्धा और शैव होने के कारण वैष्णव इन दत्त ब्राह्मणों को भी हमेशा, शत्रुता की निगाह से देखते थे। इसीलिए इतिहास में इनके योगदान और

बलिदान को कभी तवज्जे नहीं दिया। यह वंश पहले असुरों का साथ देने के कारण, फिर मुसलिमों का साथ देने के कारण और अन्ततः शूद्रों का साथ देने के कारण हमेशा उन्हीं की श्रेणी में रखा गया।

लोकमत और लोकमान्यता की उपेक्षा विजेता भी नहीं कर पाते चाहे वे कितने भी शक्तिशाली क्यों न हो किन्तु वे भी लोकशक्ति को जानते हैं। लोकमान्यताओं की उपेक्षा करना उनके लिए भी सम्भव नहीं होता। भले में मध्यपूर्व के अरब आदि इलाकों पर इस्लाम का कब्जा हो गया किन्तु जन के देवता शिव और जन के गुरु शुक्र की महत्ता कभी समाप्त नहीं हुई। लिंग रूप शिव और शुभ दिन के रूप में शुक्र को अपने नये रूप में आत्मसात् कर लिया गया है। जैसे प्राचीन आर्यों ने भारत के मूलनिवासी शैवों के इसी देवता शिव को आर्य देवता और महादेव के रूप में भी परिवर्तित कर स्वीकार कर लिया था। विजेता होने के बावजूद विजित धर्म संस्कृति के मूल तत्त्व को आत्मसात् करने और उसका नवीनीकरण करने की नीति रही है।

यह भी कहा जाता है कि हजरत मोहम्मद साहब के समय में मोहियाल दत्त ब्राह्मणों के राजा राहिब सिंह दत्त थे। अपने सरल स्वभाव के कारण वे राहिब कहलाये। कहा जाता है कि राहिब सिंह दत्त निःसन्तान थे। इसीलिए हजरत मोहम्मद साहेब से आशीर्वाद माँगने एक बार मदीना गये। वहाँ उन्हें पता चला कि उनके भाग्य में औलाद नहीं है। यह जानकर वे बड़े मायूस हुए। जब वे लौट रहे थे उस समय हजरत मोहम्मद साहेब के छोटे नाती हुसैन अपने नाना के साथ वहाँ आ रहे थे। वे उन्हें दोबारा हजरत मोहम्मद साहब के पास ले गये। सारी बात सुनकर इमाम हुसैन ने उन्हें सात औलादों का आशीश दिया। रिखभदत्त प्रसन्नतापूर्वक वापस आ गये। अल्लाह ने इमाम हुसैन के आशीष की लाज रखी और राहब सिंह दत्त को सात पुत्र प्राप्त हुए। सहसराय, रायबुन, रामसिंह, चारू और कुल्य। इन पुत्रों को प्राप्त करने के बाद राहिब सिंह दत्त हजरत मोहम्मद साहब के खानदान को हमेशा के लिए अहसानमन्द और शुक्रगुजार हो गये और समय आने पर उन्होंने इन बेटों को उनके परिवार के लिए कुर्बान कर दिया।

यह कहा जाता है कि एक समय कर्बला की धटना के समय बगदाद में करीब 1400 दत्त ब्राह्मण रहते थे। राहिब सिंह दत्त इमाम हुसैन का अहसान नहीं भूले। जब इमाम हुसैन का दस्ता कर्बला की ओर जा रहा था, उनके भी सैनिकों का दस्ता इमाम के साथ कर दिया। बाद में इमाम के कहने पर ही यह दस्ता लौट आया। क्योंकि इमाम अपने काफिले को सेना का रूप नहीं देना चाहते थे। कहते हैं जब 10 अक्टूबर 680 को कर्बला की घटना घटी और राहिब सिंह दत्त को खबर लगी तब उन्हें बहुत क्षोभ हुआ। यह भी कहा जाता है कि जब उन्हें पता चला कि यजीदी फौज ने इमाम हुसैन के सिर को लेकर कूफा में वहाँ के यजीदी गर्वनर इब्ने जियाद के महल में ला रहे हैं। तो उन्होंने भजीदी दस्ते का पीछा कर इमाम हुसैन का सिर छीन लिया और दमिश्क

की ओर बढ़ चले। रास्ते में एक जगह पड़ाव पर रात में यजीदी सैनिकों ने उन्हें घेर लिया और हुसैन का सिर माँगने लगे। तब राहिब सिंह दत्त ने अपने बेटों का सिर दे दि्या!

कहते हैं दत्त ब्राह्मणों के दिल में इमाम हुसैन से बदला लेने की ऐसी भाग भड़क रही थी कि ये अमीर मुख्तार से मिल गये और बहादुरी से लड़ते हुए चुन-चुनकर उन्होंने हुसैन के कातिलों से बदला लिया। कूफे के गर्वनर, इब्ने जियाद के किले पर कब्जा कर उसे गिरा दिया। इमाम हुसैन की कुर्बानी को याद रखने के लिए दत्त ब्राह्मणों ने दर्जनों दोहे पढ़े जो मोहर्रम में उनके घरों में पढ़े जाते हैं।

दुर्भाग्य है कि बाद के शासकों ने शीआ लोगों के साथ इन दत्त हुसैनी ब्राह्मणों पर भी जुल्म ढाना शुरू कर दिया तो ये सीरिया, एशिया की ओर बसरा होते हुए अफगानिस्तान की ओर आ गये। वहाँ उन्होंने गजनी, वल्ख, बुखारा और कन्धार पर कब्जा कर लिया। बाद में वे सिन्ध के अटक क्षेत्र से होते हुए पंजाब तक आ गये। इन्हें दत्त सुल्तान कहा गया है। अफगानिस्तान पर इन्होंने काफी दिनों तक राज्य किया। इन्हें आधा मुस्लिम आधा मुसलमान माना जाता है।

जोशुआ प्रोजेक्ट में जोशी ब्राह्मणों में शुक्राचार्य वंशज असुर पुरोहित जाति को हुसैनी ब्राह्मण को भी रखा है। इनका भृगुवंशी, शुक्राचार्यवंशी और परशुरामवंशी होना तय है। एक कथा उन्हें अश्वत्थामा से भी जोड़ती है। यह एक योद्धा ब्राह्मण वर्ग के ही शाखा। और डेरा इस्माइल खां वर्तमान पाकिस्तान इनका मूल स्थान माना जाता है। अश्वत्थामा की कथा है कि युद्ध में घायल अश्वत्थामा किसी तरह बच निकले और इराक मेसोपोटामियाँ पहुँचकर वहाँ बस गये। उन्हीं के वंशज इन ब्राह्मणों ने इराक में अपनी बहादुरी की गाथा लिखी। धीरे-धीरे वे अरब, मध्य एशिया, अफगानिस्तान और ईरान में फैल गये। उन्होंने वहाँ अपना साम्राज्य स्थापित किया।

असुर पुरोहित वंशजों में मोहियाल, छिब्बर, भूमिहार हुसैनी ब्राह्मण एक योद्धा जाति के रूप में विख्यात हैं। इसी की एक शाखा छिबारी के रूप में याचक ब्राह्मण जाति डाकोत है जो राजस्थान, पंजाब, हरियाणा, दिल्ली पश्चिमी उत्तर प्रदेश में पाये जाते हैं। ये स्वयं को छिबारी (छिब्बर) कहते हैं। ये असुर पुरोहित शुक्राचार्य वंशज भृगुवंशी ब्राह्मण हैं। ये मूलतः असुर पुरोहित वंशज हैं और पुरोहित कर्म, ज्योतिष और तान्त्रिक का काम करते हैं। ग्रहों का दान लेते हैं। आर्थिक, सामाजिक और राजनैतिक रूप से यह इनका निम्न वर्ण है। यह कहावत कहनेवाली और शकुन विचार करनेवाली ब्राह्मण जाति है। शैव ब्राह्मणों की जाति।

वैष्णव भार्गव से अलग इन शैव भार्गवों को राजस्थान में डंक ऋषि वंशज डाकोत ब्राह्मण कहा जाता है। यह शनि का दान लेनेवाली शनि उपासक जाति है। प्राचीन डंक वंश में ही मध्यकाल में डंक कवि हुए उनके डाक वचन प्रसिद्ध हैं। ये मौसम और

वर्षा से सम्बन्धित हैं। प्राचीन स्योदत्त कवि ने अपने छप्पय छन्द में डाकोतों के छत्तीस गोत्र गिनाये हैं।

डाकोत वंश के बारे में यह भी कहा जाता है कि राजा दशरथ के डर्ट से जिस ब्राह्मण की उत्पत्ति हुई वे डंक ऋषि थे उन्हीं से शनिदान लेनेवाला डाकोत वंश चला क्योंकि दशरथ ने पहला शनिदान इन्हीं को दिया था। अयोध्या से डंक ऋषि अग्रोहा के राजा अग्रसेन को पुत्र का आशीर्वाद देते हुए दक्षिण भारत चले गये। डंक ऋषि ने डामर तन्त्र की रचना की थी। उन्हें डामराचार्य भी कहा जाता है। किन्तु महाभारत के प्रमाण से पता चलता है कि डंक ऋषि का आश्रम डाकोर स्थान में था जिनका दर्शन करने स्वयं भगवान् कृष्ण वहाँ गये थे। उन डंक ऋषि के वंशज की डाकोत ब्राह्मण हुए। वे शाण्डिल्य वंशी थे। शुक्राचार्य वंश से उनकी वंशावली प्राप्त होती है।

याचक वर्ग होने के कारण ही डाकोत असुर पुरोहित वंश का सबसे कमजोर वर्ग है। और काफी पिछड़ा वर्ग है। इन्हीं डाकोतों का एक वर्ग उत्तर और मध्य भारत में जोशी भड्डरी के नाम से जाना जाता है, जिसे पुरबिया या ईस्टर्न डाकोत कहते हैं। इनके आचार विचार और कार्य राजस्थान आदि के डाकोतों जैसे ही हैं। वैष्णव बहुल क्षेत्रों में छिपकर रहने के कारण इन्होंने अपनी गुप्त आदिम भाषा विकसित की है। इसी वंश में मध्य काल में अकबर के समय महाकवि घाघ भड्डरी हुए जिन्होंने कृषि सम्बन्धी भविष्यवाणियाँ की जो आज भी सटीक हैं। उन्हें गृहविप्र, साकलद्वीपी, मग ब्राह्मण की ही शाखा माना जाता है।

जहाँ एक ओर असुर पुरोहित वंशज शैव ब्राह्मण मोहियाल भूमिहार नम्बूरीपाद आदि सक्षम होने के कारण वैष्णव ब्राह्मण समाज में मान्य न होने के बावजूद अपने स्वतन्त्र अस्तित्व में समर्थ रहे वहीं याचक और निर्धन अशिक्षित होने के कारण डाकोत और भड्डरी ब्राह्मण विकास के दौड़ से दूर ही रहे और कहीं-कहीं जनजातीय स्वरूप के निकट रहे। पिछड़े वर्ग में आ गये। पुरोहित कर्म करनेवाले डाकोत भड्डरी ब्राह्मण असुर वंशजों शूद्रों के ही पुरोहित रह गये। आर्थिक कठिनाई में ये कोई मर्यादा भी नहीं बनाये रख सके। ब्रिटिशकाल तक इन्हें भी अन्य घुमन्तू जनजातियों की तरह अपराधी घोषित कर दिया गया जिसमें इनकी स्थिति अपराधी की हो गयी। आजादी के बाद ये विमुक्त घुमन्तू जनजाति में ला दिये गये। और पिछड़ा वर्ग में शामिल किया गया। जबकि ये धार्मिक दान लेने का ब्राह्मण कर्म ही करते हैं। जब तक असुर सत्ता में रहे असुर पुरोहितों की स्थिति ठीक रही किन्तु असुर सत्ता के अवसान के बाद इन पुरोहितों की स्थिति याचकों की हो गयी और दर दर ये भिक्षावृत्ति करने लगे। असुर पुरोहितों का योद्धा वर्ग ही अपनी दमदारी को पुनः कुछ स्थापित कर सका। यद्यपि सामाजिक रूप से उन्हें भी वैष्णव ब्राह्मणों के आगे नीचा ही समझा गया।

पंचम वर्ण

यद्यपि पंचम वर्ण जैसा कोई वर्ण, वर्णव्यवस्था में नहीं है। किन्तु समाज का अध्ययन प्रचलित और मान्य व्यवस्था के अनुसार ही किया जा सकता है। इसलिए वैष्णव हिन्दू वर्णव्यवस्था में जो चार वर्ण हैं उसके बाहर का समाज और समुदाय वर्णव्यवस्था से बाहर का पंचम वर्ण कहा जाता है। इसमें वे सभी लोग आते हैं जो वैष्णव वर्णव्यवस्था के बाहर के लोग हैं या जिन्हें वैष्णव वर्णव्यवस्था से बाहर का रास्ता दिखाया गया है। इस तरह पंचम वर्ण में एक तो वे लोग है जो स्थानीय आदिवासी हैं, जो पलायन कर वनजीवी हो गये या वे जिन्हें सजा के तौर पर समाज से निष्कासित कर जंगलों में भेज दिया गया। वर्णव्यवस्था के नियमों को तोड़नेवाली तमाम जातियाँ भी इसी में आती हैं। विद्रोही दस्यु इसी में आते हैं। जो स्थायी रूप से वनवासी हैं और उनकी अपनी स्वतन्त्र जाति और उनका अपना स्वतन्त्र धर्म है, उन्हें पंचम वर्ण (बाहरी वर्ण) माना जाता है। कुछ सभ्य नागरिक समाज में रहनेवाले लोग भी हैं जिन्हें पंचमवर्ण ही समझा जाता है। इसमें खास हैं असुर पुरोहित वंशज ब्राह्मण, जो वर्णव्यवस्था के ब्राह्मण वर्ग में स्वीकार्य नहीं किये गये हैं और बाहरी समाज ही माने जाते हैं। वैष्णव ब्राह्मण समाज से इनका वैवाहिक सम्बन्ध नहीं होता। देश में जितने भी निम्न कहे जानेवाले ब्राह्मण समाज है जिनका वैष्णव ब्राह्मण समाज से रोटी बेटी का सम्बन्ध नहीं होता वे सब बाहरी माने जानेवाले पंचम वर्ण के ही ब्राह्मण हैं। इनमें अधिकांश असुर पुरोहित वंशज शैव ब्राह्मण हैं और कुछ वैष्णव समाज से तिरस्कृत बहिष्कृत ब्राह्मण जिन्होंने वर्णव्यवस्था के नियमों का उल्लंघन किया। वैसे तो इन्हें शूद्र कहा गया है किन्तु व्यवहार में ये शूद्र कभी नहीं बनाये जा सके क्योंकि इन्होंने शूद्र सेवकों का कार्य कभी स्वीकार ही नहीं किया। इसीलिए ये निम्न ब्राह्मण कर्म में लगे दिखते हैं। सभ्य समाज में ये उनका मृतक संस्कार कराते हैं, निम्न ब्राह्मण कर्म ग्रहों आदि का दान लेते, भूत प्रेत पिशाच आदि का दान लेते हैं और नीचे छोटे ब्राह्मण माने जाते हैं। शूद्रवत्। केवल कर्मकाण्ड के समय उन्हें ब्राह्मण माना जाता है, बाद में नहीं।

प्राचीन हिन्दू मनु की वर्णव्यवस्था में केवल क्रमशः चार वर्णों—ब्राह्मण, क्षत्रिय, वैश्य और शूद्र को वैधानिकता दी गयी है और उन्हें उनके कर्म निर्धारित किये गये हैं। एक-एक आनुवंशिक व्यवस्था है जिसमें वर्ण के अनुसार ही कर्म निर्धारित है और एक वर्ण से दूसरे वर्ण में अन्तरण सम्भव नहीं है। शादी व्याह सब अपने वर्ण में ही सम्भव है। इस वर्णव्यवस्था में अपने वर्ण से बाहर यदि कोई वैवाहिक सम्बन्ध हुआ तो उसे व्यवस्था से बहिष्कृत कर दिया जाता था अथवा वर्णव्यवस्था के सबके निचले वर्ण में मान लिया जाता था जिन्हें कोई अधिकार प्राप्त नहीं था जो एक सेवक और दास वर्ग था। इन बहिष्कृत लोगों से भी एक पंचम वर्ण सृजित हुआ। इनकी स्थिति आर्यों के शत्रु अनार्य असुर जैसी ही बाहरी समाज की थी।

मनु की अथवा वैष्णव समाज की वर्णव्यवस्था में ब्राह्मण शीर्ष पर था वही बुद्धिजीवी, पुरोहित, मन्त्री और यज्ञकर्त्ता की भूमिका में रहा। शासन में उसका दिशा निर्देश ही मान्य रहा। वही धर्म-अधर्म का निर्णायक रहा। बाकी तीनों वर्ण क्रमशः निचले पायदान पर थे। क्षत्रिय वर्ग योद्धा था, वैश्य वर्ग वणिक् व्यापारी था। और चौथा वर्ण शूद्र ऊपर के तीनों वर्णों का सेवक समाज था। यह दास के तुल्य था और अधिकारविहीन था।

लेकिन मनु की इस सुदृढ़ वर्णव्यवस्था के बावजूद भारत में तमाम हिन्दू वर्णव्यवस्था जैसी ही समानान्तरर जातियाँ दिखायी पड़ती हैं जो इस वर्णव्यवस्था के बाहर की जातियाँ हैं। इनमें निम्नस्तर के कहे जानेवाले ब्राह्मण, निम्न राजपूत, निम्न वैश्य और अतिनिम्न शूद्र, आते हैं। ये वे थे जो वर्णव्यवस्था के बाहर मौजूद जातियों के समुदाय से जिनका नामकरण भले ही कुछ न हो किन्तु कर्म के आधार पर ये वर्णव्यवस्था जैसे दिखते थे। ये यहाँ के मूल निवासी असुरों, नागों, असुर पुरोहितों, योद्धाओं, व्यापारियों और निम्न धर्म, समाज था जो अधिकांश शैव था या अपनी कोई निजी धर्म कर्म व्यवस्था को बड़ी सादगी से मानता था। दूसरे इसमें वे लोग भी शामिल होते रहे जो वर्णव्यवस्था के भीतर के वर्ण में वर्णव्यवस्था के नियमों से हटकर अपने निर्धारित वर्ण से अलग वर्ण से सम्बन्ध विकसित किये। इससे इनका एक संकरवर्ण उदय हुआ। तमाम नैतिक नियम और संहिताओं के बावजूद चतुवर्णव्यवस्था से लोगों का बहिर्गमन होता रहा। क्योंकि वर्णव्यवस्था को तोड़नेवालों और उससे न माननेवालों के लिए इसमें कोई स्थान नहीं था। उन्हें वर्ण से बहिष्कृत होना पड़ा। इसी वर्ण विचलन ने अनेक नयी-नयी जातियों को जन्म दिया, जिससे पंचमवर्ण बनता गया। वर्णव्यवस्था से बहिष्कृत अस्वीकृत जातियाँ पैदा हुईं। इनका बहिष्करण भले ही किसी उच्च वर्ण से हुआ हो इन्हें बाद में शूद्र श्रेणी की ही समानता मिली इससे तथाकथित शूद्रों की संख्या भी उत्तरोत्तर बढ़ी। हर वर्ण से शूद्र वर्ण में लोगों के निरन्तर सम्मिलित होते रहने से शूद्रों में निरन्तर नयी-नयी जातियों-उपजातियों का उदय हुआ। और ये इसका स्वरूप भी वैविध्यपूर्ण होता गया।

भारत की अनेक महत्त्वपूर्ण जातियाँ ऐसे ही आपसी मेलजोल से सामने आयीं। उच्चजाति के लोग पथभ्रष्ट हुए और नैतिक मानकों से डिगे इसी के परिणाम से पंचम वर्ण की तमाम जातियाँ अस्तित्व में आयीं।

इन चार वर्णों से उत्पन्न जातियों के अलावा किसी उच्च वर्ण की स्त्री और उससे निम्न वर्ण के पुरुष से पैदा हुआ, वे निम्न जातियाँ भी पंचम वर्ण में समाहित हुई। इसके अलावा जब ये तमाम जातियाँ उत्पन्न हो गयीं तब इन जातियों का भी अपना नियम बना, जिसके तहत अपनी जाति से बाहर स्त्री या पुरुष के सम्बन्ध से नयी-नयी उपजातियों का उदय होता रहा। ये जातियाँ अति निम्न मानी जाती रहीं। वैसे ब्राह्मण के अलावा वर्णव्यवस्था की भी तीनों जातियाँ उनके नीची ही थीं। वे ब्राह्मणों के साथ स्पर्श के काबिल नहीं थीं। ब्राह्मण उनके साथ भोजन करके उनको समान दर्जा नहीं देता था। पंचम वर्ण की स्थिति तो अति निम्न थी इसलिए वे तो सभी तरह के अधिकारों से वंचित रहे। वे केवल सेवा के योग्य थे।

इस तरह दिखता है कि पंचम वर्ण की तमाम नयी जातियाँ अवैध सम्बन्धों की उपज थी और इसके तहत ही विभिन्न वर्ण एक दूसरे से संक्रमित हुए और सामाजिक स्थिति में बड़ा बदलाव आया। किन्तु वर्णव्यवस्था से बाहर के इन लोगों के लिए इस व्यवस्था पर सवाल करने की जगह केवल अपनी कमतर स्थिति को स्वीकार करने की ही मजबूरी थी।

वर्णव्यवस्था में चौथे वर्ण यानी शूद्रों को दिये गये अल्प और निम्न अधिकार को देखते हुए यही लगता है कि जैसे बाद में कुछ जातियों को पारम्परिक पेशेवर पैतृक रूप से अपराधी बताया और उन्हें सरकार द्वारा निर्धारित किये गये नियम और शर्तों के अनुसार जीवन जीने के लिए कहना। जैसा कि ब्रिटिश काल में घुमन्तू और अर्द्ध घुमन्तू अपराधी जातियों के लिए व्यवस्था की गयी थी।

कहा गया था कि एक घोड़ा जिसे स्नान कराया गया हो, एक हाथी जो तनाव में हो, एक साँड़ जो काम के वशीभूत हो और एक शूद्र पढ़ा-लिखा शूद्र, इन सभी को करीब नहीं आने देना चाहिए।

मानसिक प्रार्थनाएँ, पश्चात्ताप, पवित्र स्थाना, तीर्थों की यात्रा, संन्यास या दुनिया को त्यागना, ईश्वर की आराधना और पूजा ये सभी महिलाओं और शूद्रों के लिए वर्जित हैं।

एक शूद्र को सभी शास्त्र नहीं पढ़ने चाहिए या वेद नहीं सुनने चाहिए और न ही पढाना चाहिए। उसे मन्त्र पाठ और पाप मोचन की अनुमति नहीं है।

इस प्रकार शूद्रों पर जो नियम लादे गये उसे दैवीय नियम बताया गया।

गीता में तो भगवान् द्वारा ही कहला दिया गया कि—चारों वर्ण मेरे द्वारा बनाये गये हैं। इसके तहत शूद्रों की प्राथमिक कर्त्तव्य है कि वे अन्यों की सेवा करें।

निश्चित ही वर्णव्यवस्था में थे और लाभ की स्थिति में थे उन्होंने इसे जरूर स्वीकार किया और अपनी निम्न स्थिति को नियति और मजबूरी मान ली किन्तु जो वर्णव्यवस्था से पहले से ही बाहर के थे या वर्णव्यवस्था से बाहर चले गये थे उन पर कोई नियम लागू नहीं था। लेकिन वे भी शूद्र ही माने गये और शूद्रवत् ही रहे।

आज इस जातिव्यवस्था को कायम रखने या मानने का मतलब वर्णव्यवस्था की इन अपमानजनक नियामों टिप्पणियों को स्वीकार करना है। यदि जातिव्यवस्था का समापन हो जाये तो किसी भी मनुष्य को अपने बारे में यह अपमानजनक शब्द नहीं सुनना पड़ेगा।

व्यवस्थापकों ने अपने हित के लिए ही मिथक गढ़ा कि शूद्र जातियाँ अन्य उच्च वर्णों की सेवा के लिए स्वयं ईश्वर ने बनायी हैं।

वर्णव्यवस्था के भीतर के वर्णों में भी कालान्तर में जातिव्यवस्था पनपी और कर्म के अनुसार उनमें आन्तरिक जातिव्यवस्था के लक्षण दिखने लगे। यहाँ तक कि ब्राह्मणों में भी उनकी पूजा-विधि और अध्ययन, पठन-पाठन की योग्यता के अनुसार ऊँच नीच जातियाँ बनीं और भीतर भी उच्च-निम्न का विभाजन हुआ। लेकिन उनके सामाजिक अधिकार में कमी नहीं आयी।

वे लोग जो वैष्णवों की इस वर्णव्यवस्था के बाहर के लोग थे और आर्यों के आगमन के पूर्व से यहाँ निवास कर रहे थे, उनपर यह व्यवस्था कभी लागू नहीं हो सकी। जैसे कि मूल निवासी आदिवासी जनजातियों पर, अतः उनमें जातिव्यवस्था के कोई गुण नहीं दिखते। ऊँच-नीच का भी कोई तत्त्व नहीं दिखता। जनजातीय समाज के सभी कर्म करनेवाले सभी लोगों को बराबरी का अधिकार प्राप्त था। ने अपनी योग्यता से कोई उपयुक्त कार्य कर सकते थे और शादी-व्याह भी कर सकते थे। भले ही उन्हें पंचम वर्ण माना जाये।

किन्तु कालान्तर में जनजातीय समाज के लोगों को भी उनके काम के आधार पर जातियों के रूप में जाति नाम दिया। उनकी श्रेणी शूद्र के समकक्ष रखी गयी। जबकि ये अनार्य अवर्ण थे और इनका समाज हमेंशा जातिविहीन समाज ही रहा। वह ब्राह्मण-व्यवस्था के हमेशा बाहर रहा। लेकिन उन्हें भी पंचम वर्ण के साथ जोड़ा गया। जबकि वे तो अवर्ण थे।

आर्यों ने अपने सभी शत्रुओं को शूद्र ही कहा है। शत्रुओं के पुरोहितों को भी शूद्र ही कहा है। और अधिकांश को संकरवर्ण घोषित कर अपने समाज से बाहर रखा है। कालान्तर में यह प्रयास और बढ़ गया। जब आर्य व्यवस्था ठीक से लागू हो गयी। आर्यों का धरती पर पूरा अधिकार हो गया शत्रु जंगलों में पलायन कर गये अथवा शूद्र सेवक बन गये। इसका एक उदाहरण इसी से समझा जा सकता है कि असुर सत्ता के दिनों में जब असुर मजबूत थे असुर पुरोहितों को ग्रन्थों में बड़े सम्मान से वर्णित

किया गया है और ब्राह्मण माना गया है। वैष्णव शैव का भेद नहीं किया गया। किन्तु अन्ततः असुरों के पतन के बाद उन्हीं असुर पुरोहित वंशजों को जो भार्गव थे उन्हें भी शत्रुमित्र की ऐतिहासिकता के कारण द्वेषवश शूद्र और वर्णसंकर पंचम वर्ण घोषित करने की लगातार कोशिश की गयी। प्रो.टी. मार्क्स कहते हैं कि दक्षिण भारत में अगर अयोवा जाति की लड़की (एक ऐसी लड़की जो निम्न और उच्चवर्ण की संकर प्रजाति की हो) निषादों के सम्बन्ध स्थापित कर बच्चे पैदा करे तो उसको भार्गव कहा जाता है। इस तरह भार्गव पद की गरिमा घटाने का कार्य हुआ। मनुस्मृति में भी भार्गव की जो उत्पत्ति कही गयी है वह आर्य सिद्धान्तकारों की मनशा दर्शाती है। भारत में जितनी भी असुर पुरोहित वंशज और मूलनिवासी बुद्धिजीवी लेखक जातियाँ हैं उन्हें ब्राह्मण नहीं माना गया और किसी-न-किसी तरह से उन्हें शूद्र अथवा संकरवर्ण या पंचम वर्ण घोषित किया गया। महाब्राह्मण, गिरि गोसाई, चारण माट, वैद्य, जोशी, को निम्न बताने के लि . उनके कर्म को ही निम्न बता दिया गया। ताकि वैष्णव समाज में उनकी स्थिति कभी बन ही न सके और वे कभी वैष्णव ब्राह्मणों के समतुल्य भी न समझे जाये। कायस्थ को भी पंचम वर्ण में ही रखा। लेकिन अनेक मूलनिवासी जातियों ने अपने मूल अस्तित्व की रक्षा के लिए वैष्णववाद का मोह किये बिना अपनी असली शैव वाली पहचान सुरक्षित रखी और वैष्णववाद के मुकाबले अपने मत को पुनर्जीवित और सुरक्षित किया। इसी के तहत असुर पुरोहित शैव ब्राह्मणों के नम्बूदरीपाद ब्राह्मणों ने अपनी अलग पहचान बना ली। आदि शंकराचार्य ने गिरि, गोसाईं, गोस्वामी, सरस्वती, आदि दसनामी संन्यासियों की स्थापना की और इसी नाम से गृहस्थ भी स्थापित हुए। इनकी अपनी अलग पहचान बनी। इस याचक वर्ग का भी स्वतन्त्र अस्तित्व बना। और भी ऐसे अनेक शैव ब्राह्मण वर्ण है जो अपनी स्वतन्त्र पहचान बनाने में सफल रहे जैसे कि भूमिहार, त्यागी, मोहियाल, दाधीच, पुष्करणा आदि। फिर भी शैव सम्प्रदाय से जुड़े वर्ग आर्यों के शत्रु वर्ग से मूलतः जुड़े होने के कारण वैष्णव समाज की दृष्टि से कभी सम्मानित नहीं रहे। और पिछड़ते गये। इसीलिए अयाचक शैव वर्ग को छोड़कर जो योद्धा थे बाकी के याचक शैव सभी निम्न स्थिति को ही प्राप्त है। यही स्थिति शैव और शनि उपासकों की है। गृहविप्रों, साकलद्वीपी, मग ब्राह्मणों की है। आज भारत के सभी शैव याचक पुरोहित पिछड़ी जाति में आते हैं। और मूलतः विमुक्त घुमन्तू और अर्द्ध घुमन्तू जनजाति माने जाते हैं। सिद्धान्त रूप में आर्यों-वैष्णवों की निगाह में सभी शूद्र हैं या पंचम वर्ण। ये लोग जनजातीय सामाजिक और धार्मिक क.., रीति-रिवाजों के अधिक निकट हैं। इनके आचार विचार व्यवहार जनजातीय अधिक हैं। भूत-प्रेत पूजा, तन्त्र-मन्त्र, जादू-टोना आदि तथा खान-पान, रहन-सहन भी आदिम समाज या जनजातीय समाज से इनकी निकटता के दर्शाता है। क्योंकि मूलतः ये शुद्ध आर्य नहीं बल्कि आर्य ब्राह्मणों, ऋषियों और अनार्य स्त्रियों की उपज हैं। जब तक आर्य-अनार्य बराबरी पर थे और अनार्य शक्त थे ये अनार्य पुरोहित भी सम्मानित थे किन्तु जब

अनार्यों का पूर्णतया पतन हो गया और मनु की वर्णव्यवस्था लागू हो गयी उसमें उन्हें कोई स्थान नहीं मिला और ये निम्नजाति घोषित कर दिये गये। और अन्ततः याचक भिक्षुक हो गये। शूद्र और पंचम वर्ण घोषित हो गये। इनमें अनेकों ऐसी निम्न ब्राह्मण जातियाँ भी हैं जिन्हें आर्यों ने किंवदन्ती द्वारा भगवान् या किसी ऋषि की कृपा से शूद्र से ब्राह्मण घोषित कर दिया गया किन्तु उन्हें शूद्र समाज की ही पुरोहिती का अधिकार दिया गया। ऐसा करके उन्हें शूद्र पुरोहित तो घोषित कर दिया किन्तु ब्राह्मण के अधिकार नहीं दिये। सवालक्षी ब्राह्मण, आभीर ब्राह्मण, निषाद ब्राह्मण, गरोडा ब्राह्मण आदि ऐसे ही अनेकों हैं जो न तो कायदे से शूद्र हैं न कायदे से ब्राह्मण। ब्राह्मण-दुर्ब्राह्मण पुस्तक में मैने इन पर विस्तार से लिखा है। ये भी पंचम वर्ण की तरह ही हैं। ये मूल रूप से भारत के मूलनिवासियों का पुरोहित वर्ग है जो कालान्तर में शूद्र अथवा आदिवासी वनवासी हो गये। यह प्राचीन पुरोहित वर्ग था और शैव था। वैष्णव-पद्धति को नहीं जानने वाला था। इन्हें आर्यीकरण करके वैष्णव पद्धति की कुछ शिक्षा दी गयी ताकि ये वैष्णव मत का मूलनिवासियों में प्रचार-प्रसार करें किन्तु इन्हें ब्राह्मण मानकर भी शूद्रवत ही कहा गया। उसके पीछे कोई-न-कोई किंवन्दती जोड़ दी गयी कि अमुक शाप या वरदान से ये शूद्र ही रहेंगे। अगर ये पुरोहित न होते तो इन्हें रंचमात्र भी ब्राह्मण नहीं कहा जाता। इन्हें ब्राह्मणत्व के नियमों से भी दूर ही रखा गया।

दस्यु एवं दास

सम्भवतः जब आर्य लोग भारत आये तो एक वर्ण थे और सभी कार्य वे स्वयं ही करते थे। ब्रह्म का पुत्र होने के कारणवे सभी ब्राह्मण ही थे। वैदिक काल में में बाद में उनमें ब्राह्मण, क्षत्रिय और वैश्य का कार्य विभाजन हुआ। जब एक चौथा वर्ण शूद्र पराजित दासों के रूप में मिल गया तो उन्होंने वर्णव्यवस्था का सिद्धान्त प्रतिपादित करके समाज को स्थायित्व देने का कार्य किया। उन्होंने कुछ स्थानीय योद्धाओं को अपने पक्ष में कार्य करने के लिए तैयार किया या स्थानीय स्त्रियों से कुछ योद्धा उत्पन्न किया उन्हें आर्यपुत्र क्षत्रिय नाम और पदवी दिया। कुछ व्यापारी वर्ग को अधीन कर अपने हित में अपने उनुसार लगाया। पराजित कमजोर तबके को अपना गुलाम बनाया उन्हें शूद्र सेवक का काम दिया। किन्तु अपने मूल व्राह्मण वर्ण को अस्मिता, पहचान और सर्वोच्चता को हमेशा के लिए कायम रखने के लिए ही वर्णव्यवस्था के कठिन नियम बनाये। इसमें सारे अधिकार और सम्मान ब्राह्मणों के लिए सुरक्षित रखा और अन्य लोगों को उनकी हैसियत एवं प्रवीणता तथा दक्षता के अनुसार कार्य बाँट दिया। फिर उसे वंशानुगत घोषित कर दिया और इस विभाजन को दैवीय बता दिया। ताकि वे विचलित न हों। इस तरह उन्होंने एक वर्ण का दूसरे वर्ण से वैवाहिक सम्बन्ध निषिद्ध कर दिया। उन्होंने अपने इन नियमों का कड़ाई से पालन किया। इसमें ब्राह्मण को छोड़कर सभी तीनों वर्ण विजित लोगों से बने थे अतः वे उनके निर्देशों को पालन करने के लिए बाध्य थे। ब्राह्मणों को इस व्यवस्था में सबसे ज्यादा छूट भी थी। उनके सामने तो सभी निम्न थे।

ऐसा भी कहा जा सकता है कि प्राचीन आदि आर्यों के पास पर्याप्त स्त्रिया नहीं थीं कुछ प्रमुख देवताओं के पद पर आसीन के अलावा और उन्होंने अपनी स्त्रियों से वंश विस्तर भी नहीं किया। उनके पास कुछ अप्सराएँ जरूर थीं। जिनके संयोग से कुछ योद्धा जातियों यथा आर्यपुत्र क्षत्रियों का विस्तार हुआ। अथवा रम्मा, मेनका आदि से इन क्षवियों ने मूलनिवासी नाग कन्याओं में कुछ वैश्य जातियों का निस्तार किया। यथा अग्रसेन ने अग्रवाल वैश्य समाज का और पराजित जातियों को शूद्र वर्ण का सेवक

के रूप में विस्तार किया। दूसरे धरती पर उनके समर्थकों का विस्तार जो ब्रह्मा जी के द्वारा बिना किसी संयोग के वताया गया है। ब्रह्मा के मुख, बाहु, पेट और चरण द्वारा उसे भी यही लगता है कि यह विस्तार वैद्धिक है। कायिक नहीं। मानसिक है। इसीलिए इन्हें मानसपुत्र कहा गया है। आर्यो ने अपने समर्थक वैष्णव बुद्धिजीवियों को ब्राह्मण नाम दिया, हाथ अथवा बल द्वारा अधीन किये गये और अपना पक्षधर तैयार किये गये लोगों को क्षत्रिय बनाया तथा पेट का व्यापार करनेवालों को वैश्य तथा पद दलित लोगों को शूद्र बताया। और पराजित किन्तु अधीनता न स्वीकार करनेवालों और जंगलों में पलायन कर गये वनवासी आदिवासी को वे अपनी वर्णव्यवस्था में शामिल नहीं कर सके अतः उन्हे वर्ण से बाहर का अवर्ण बताया। इन अवर्णों पर उनकी संस्कृति का कोई प्रभाव कभी नहीं रहा और ये अपनी मूल संस्कृति के बचे खुचे मूल्यों के साथ संघर्ष करते रहे और सुदूर इनके राज्यों से अपनी संस्कृति के साथ जीवनयापन करते रहे।

पददलित शूद्रों से ही सेवक दास वर्ग बना। इनकी सामाजिक पहचान अलग रहे और ये शूद्र सेवक के रूप में सहजता से पहचाने जा सके इसीलिए सिद्धान्तकारों ने कालान्तर में यह नियम बनाया कि शूद्र वर्ण अपने नाम के आगे दास लगायें। इस तरह भारत का शूद्र वर्ण ही दास वर्ण साबित होता है। आर्यों की अधीनता न स्वीकार करनेवाले अदिवासियों को दस्यु कहा गया है। जो आर्यसत्ता का समय-समय पर प्रतिकार करते थे।

आर्य कभी दास हो ही नहीं सकता था। आर्यों की नस्ल थी अपने तीनों नीचे के वर्ण श्वेत अथवा श्यामवर्ण। दूसरे नीचे के तीनों वर्णों के खान-पान, रहन-सहन आचार-विचार, आर्यीकरण और संस्कार के बाद भी आर्यों जैसे नहीं रहे। इससे भी यही लगता है कि अपनी शक्ति का विस्तार और उसे स्थायित्व देने के लिए असुर आदिवासी अनार्य समुदाय के पराधीन और पराजित लोगों से ही आर्यों ने अपने नीचे के तीन वर्णों का निर्माण किया और उनकी योग्यता के अनुसार उनकी दक्षता के अनुसार अनेक कार्य निर्धारित कर दिये और इस तरह अपनी संख्या, ताकत, सेना, व्यापार, सेवक सब बनाये। आर्यों के इस नये-नये वर्णों ने ही उनकी सत्ता को स्थायित्व प्रदान किया। आर्यों ने जिन्हें अपना क्षत्रिय बनाया उन्होंने ही अपने ही मूलवंशों का विनाश करने और उन्हें आर्यों क लिए पराजित और अधीन करने का बड़ा काम किया। आर्यों ने अपने इन आर्यपुत्रों को भगवान् की उपाधि दी और उनके कार्य को ईश्वरीय कार्य घोषित किया।

आर्यों के ये क्षत्रिय मूलनिवासी अनार्य मूल के थे,इसका प्रमाण उन घटनाओं से भी मिलता है जब इन्हीं क्षत्रियों के कुछ वंशों ने कालान्तर में स्वतन्त्र शक्ति अर्जित कर लेने के बाद पुनः अपने मूल धर्म में वापसी की प्रवृत्ति दिवायी और अपने मूल धर्म को नये रूप में पुनः स्थापित करने की कोशशि की। बौद्ध और जैन धर्म का जन्म

जिस तरह क्षत्रिय राजकुमारों द्वारा हुआ वह आर्य वैष्णववाद अथवा ब्राह्मणबाद के विरोध के रूप में देखा जा सकता है। यह वैष्णवी व्यवस्था के प्रति विद्रोह ही था।

ऐसा ही विद्रोह असुर पुरोहित वंशज नम्बूदरीयाद बाह्मण आदि शंकराचार्य द्वारा शैव धर्म की पुनर्स्थापना के द्वारा किया गया। यह भी वैष्णववाद का विरोध था। इसने भी समान के मूलनिवासियों और परिवर्तित मूल निवासियों को तेजी से आकृष्ट किया। क्योंकि शैवधर्म ही उनका मूल धर्म तेजी से का इसमे उनके मन को शान्ति मिलनी सम्भव थी।

किन्तु आर्य ब्राह्मण सिद्धान्तकारों ने इसे अनार्य बौद्ध धर्म और जैन धर्म के विरुद्ध शैव क्रान्ति को अपनी जीत के रूप में दर्शाया क्योंकि यह एक तरह से पुरोहित ब्राह्मण वर्ग की क्रान्ति थी और शिव का आर्यीकरण करके उन्हें विदेवता में शामिल करके आर्य देवता के रूप में ही स्थापना दी गयी थी। जबकि श्यामवर्ण शिव, उनके गण नाग, भूत-प्रेत पिशाच उनको अनार्य देवता की सिद्ध करते हैं। असुरों को शिव का उपासक ही कहा जाता रहा है।

लेकिन विजेता आर्यों ने भारत में जिस तरह पराजित कौमों को अपने साथ जोड़कर उसका अपने पक्ष में प्रयोग किया वैसा अन्यत्र नहीं दिखता। यह आर्यों के बड़े हित की रही। पराजित शत्रुओं के प्रति समन्वय की जो रणनीति आर्यों की रही वह यूरोपीय देशों में अपने पराजित शत्रुओं के प्रति नहीं रही। अमरीका में जहाँ उन्होंने रेड इण्डियनों को भरसक मार ही डाला जो उनके शत्रु थे। यही काम आस्ट्रेलिया में बैरी लोगों के साथ किया गया। वे जिनको नहीं मार पाये उन्हें खदेड़कर बिखेर दिया, जिससे उनकी अस्मिता व सामूहिक पहचान ही नष्ट हो गयीं। यह सब उनकी सम्पदा और जमीन लेने के लिए किया। लकिन भारत में आर्यों के अनार्य असुर इतने बहादुर थे कि उनके साथ ऐसा नहीं किया जा सकता था। अतः आर्यों ने उन्हीं के लोगों में से अपना पक्षघर वर्ग निर्मित किया और उन्हें अपना प्रतिनिधि बनाकर उन्हीं के बल पर अपने शत्रुओं पर सफलता पायी उन्हें दास (शूद्र) बनाया और जंगलों में खदेड़ने में सफलता पायी। जहाँ वे आज तक अपनी पहचान और अस्मिता के लिए जूझ रहे हैं।

आर्यों की समन्वयवादी नीति बहुत कारगर रही। उनके आत्मसातीकारण की नीति ने भी इसमें बहुत योगदान दिया। उन्होंने निःसंकोच न केवल अनार्य योद्धाओं और व्यापारियों, सेवकों को अपनाया बल्कि उनके देवताओं का भी आर्यीकरण कर लिया। बाद में भी आर्यों की यह नीति जारी रही। बौद्ध धर्म, जैन धर्म, शैव धर्म सभी जो अनार्य असुरों के मूल धर्म की उपज थे उसे भी हिन्दू धर्म का अंग घोषित कर दिया। महात्मा बुद्ध तक को विष्णु का अवतार घोषित कर दिया।

भारत के आदिम समाज की शक्ति वे जानते थे। उन्होंने आर्यों का भयानक प्रतिरोध किया था। देवापुर संग्राम इसका उदाहरण है। जहाँ के अनार्य शिक्षित भी

थे। उन्हें लिपि का ज्ञान भी था। वे काली चमड़ीवाले कटुभाषी, लिंगपूजक थे। आर्यों ने इन्हें पराजित कर उन्हें अपने अधीन कर इनका अपने हितों के लिए बड़ी चतुराई से प्रयोग किया। एक ओर जहाँ अनार्य योद्धाओं का वर्गीकरण करके अपने शत्रुओं के विरुद्ध इस्तेमाल किया वहीं व्यापारियों को स्वतन्त्रता देकर व्यापार कार्य बढ़ाया और शूद्र सेवकों से खेती कराकर धान्य से सम्पन्नता अर्जित की। कारीगारी का लाभ उठाया।

अम्बष्ठ, आभीर, अहोम, कंजिन, कव, वाहीक, कुकुर, कुणिन्द, भौवन्दुर उत्तर भद्र, कार्कोटक, काम्भी, गुर्जर, गोरखा, चकमा, कुरंजा, जाट,जैतिया, डफला, तोमर, द्रविण, नडबूदरि, पुक्कुम, पहाड़ी पिण्डारी, नागा, बन्जारा, बनिया, सारस्वत, पंचगौड, भादू, अभिशाह, कोल, भील, गोंड, मंगोल, कोरबा, पारधी वैगा, उराँव पोर्च, प्राच्य, मराण, गोम्वामी, भूटिया, सात्वत, उदलिया, असुर, चर्मकार, कुम्हार, सन्थाल, गद्दी, महार, खैरकर, अगरिया, मुण्डा, पनका आरलानी, अहीर, मल्ल, उजलीवरण, ड़ोगरा, अश्मक, नायर, कायस्थ, रिगले, विश्नोई, मेवात, मानली, चेर, मारिया, घोरक, राजपूत, लेप्चा, बोडो, हूण, चेचूं, लाट, बुन्देला, मरवरिया, जौनसारी, मौद्गल्य, पैशाच,शोरपा भुजिया, नालिजिया, सावरा, हो, भरदी पारसी, मिश्मी नाग, खश, खशर, कचारी, कोली, चितपावन, चारण, पासी, अमक, भेईतेई, केरल, मैथिल, ब्राहुई, पुलिन्द, चेहि, नाभापंक्ति, पितनिक, माबांज भोज, भवन, आध्र, वेन इजराइल, दसा, तुम्हार, खरिया, थारू, टोडा, खोड़ कलिंग, सोसी, खोजा, ठग, मगर, देवार, अग्रंहरि, तुर्क, भारिया, सिंहल, बढ़ई, कुकी भीणा, गरासिया, चुचुल, चीन, उत्कल, गौड केजर, डाकोर, कथौडी, कालवेलिया, कारस्कर, भिक्षुक, भीरबक, बोध, ये सब अनार्य, मूल की ही नातियाँ हैं।

आदिम जाति नीग्रीटो, प्रोटो, आस्ट्रेलाइड, मंगोलाइड, शिशि किरात, महरिया, कोकू, भूमध्यसागरीय द्रविड़, पश्चिमी ब्रेकी, सेफल, नार्डिक वोडा, मध्यमक तुबर, पवन, विदेशी जाति में तथा गिलगयी, गोथ, अफ्रीकी जाति मानी जाती है।

ये सब वर्णव्यवस्था से बाहर भी जाति थी और सिद्धान्त, रूप में शूद्र की श्रेणी में आते थे और पंचम वर्ण थे।

अधीन पुरोहितों में ही दाहकर्भ मृतक कर्म कराया जाता था। अपने से अलग रखने के लिए ही उन्हें महाब्राह्मण कहा गया। ये मूलतः असुर पुरोहित वंशज थे जिन्हें आर्यों ने अधीन कर लिया था,। ये कर्मकाण्ड जानते थे।

समूचा खेतिहार वर्ग भी एक तरह से आर्यों का दास जो उनके लिए खेती-बारी करता था। लेकिन उन्हें विदेशों की तरह दास या गुलाम नहीं समझा जाता था। फिर भी कुछ जगहों पर दासप्रथा थी। जिसे 1975 में भारत में आजादी के बाद कानून बनाकर समाप्त किया गया। इसमें मुस्लिम दास या गुलाम भी आते थे। भारत में

राजपूतों में स्त्रियों, लड़कों, लडकियों को खरीदने बेचने की प्रथा थी। यह प्रथा कालान्तर में भी रही। बाद में कुछ सामन्त लोग स्त्रियों को रखैल के रूप में रखने के लिए खरीदते थे। बड़े लोग अपनी लड़की की शादी में दहेज के रूप में दास-दासी का भी दान देते थे। लड़कों को साधु और चेला बनाने के लिए भी खरीदा जाता था। घरों में घरेलू काम कराने के लिए भी दास-दासी को खरीदा जाता था।

1845 में जयपुर रियासत ने सर्वप्रथम इस प्रथा को कानूनी तौर पर अवैध घोषित किया। अन्य रियासतों और राज्यों ने भी बाद में इसे अवैध घोषित कर दिया। लेकिन छिपे तौर पर यह दासप्रथा की खरीद-फरोख्त जारी रहा।

ये घरेलू दास-दासियाँ कई बार सम्पन्न लोगों की अवैध सन्तानें होती थीं। और वंशानुगत सेवकों की तरह अपने स्वामी की सेवा करती थीं। इन्हें गोला, दरोगा, चाकर, बाहम, खानजादा, चेला आदि कहा जाता था। स्त्रियाँ गोली, दरोगन, डावरी बडाइन, सिद्धि कहलाती थीं। उन्हें अपनी अच्छा से विवाह कर दिया था या सुन्दर लड़की को नाम के लिए गोले से विवाह कर रनिवास में डाल दिया जाता था। ऐसी उपपत्नी को पड़दायक कहा जाता था। राजाओं की चहेती उपपत्नी पासवान या खवासन कही जाती थी। इनका पद रानी के बाद होता था। जिन लड़कियों को रनिवास में शामिल किया जाता था। वे डाबडी या गोली कही जाती थी। ये सब दासी के रूप में की कार्य करती थीं। या फिर स्वामी की पुत्री के दहेज में दे दी जाती थीं। किन्तु इन दास-दासियों की स्थिति बड़ी दयनीय होती थी। उन्हें मर्जी से विवाह करने का अधिकार नहीं होता था। वे अपनी मर्जी से स्वामी को नहीं त्याग सकते थे। समाज भी किसी भी गतिविधि में इनको कोई अधिकार नहीं था। और कोई स्वतन्त्र भागीदारी थी नहीं थी। ज्योतिबा फूले ने अपनी किताब गुलामगीरी में इसका बखूबी वर्णन किया है।

भारत में दासप्रथा किसी-न-किसी रूप में प्राचीन काल से ही रही है। भारत के प्राचीन ग्रंथ मनुस्मृति में भी इसका उल्लेख मिलता है। लेकिन यात्री मेगास्थनीज ने लिखा है कि- भारत में दासप्रथा नहीं थी। डायोडोरस ने भी लिखा है कि—कानून के अनुसार उनमें से कोई भी किसी परिस्थिति में दास नहीं हो सकता। मेगास्थनीज को ही उद्धृत करते हुए स्ट्रबो ने कहा कि—भारतीयों में किसी ने सेवा में दास नहीं रखे। चूँकि उनके पास दास नहीं हैं, अतः उन्हें बच्चों की अधिक आवश्यकता होती है।

लेकिन इन विदेशी लोगों की बात को स्वीकार नहीं किया जा सकता। ये भारत की दासप्रथा को समझ ही नहीं सकें। भारत में दास व्यक्तिगत न होकर सामूहिक थे जिन्हें शूद्र कहा जाता था। वे ही सब समाज की दास की हैसियत से ही सेवा करते थे और उन्हें अपने शूद्र अथवा दास वर्ण से मुक्ति नहीं थी।

बुद्ध के काल तक में दासप्रथा का उल्लेख त्रिपिटकों में मिलता है। सम्भव है मेगास्थनीज को भारत में शूद्र दासो प्रति स्वामी समाज का व्यवहार इतना सद्भावनापूर्ण

दिखा कि उन्होंने उसे ये दास जैसे दिये ही नहीं जबकि कौटिल्य ने अपने अर्थशास्त्र में स्वयं लिखा है कि 'न त्ववायस्य दाबावः '1' अर्थात् किसी भी परिस्थिति में आर्य के लिए दासता नहीं होगी। सम्भवतः मेगास्थनीज ने इसे सभी लोगों के लिए समझ लिया। क्योंकि भारत में दास, केवल अनार्य शूद्र थे आर्य नहीं।

भारत में मौर्यकालीन अर्थव्यवस्था में दासों के बड़े योगदान का उल्लेख मिलता है। त्रिपिटक की तुलना में कौटिल्य ने इसका बडे विस्तार से उल्लेख किया है। त्रिपिटक में दासों के चार प्रकार बताये गये हैं। जबकि कौटिल्य ने दासों के नौ प्रकार बतायें हैं। उन्होंने 'दासकल्प' नाम से एक खण्ड भी दिया है। जिसके नियम उस तीसरे अध्याय का अंग है जिसमें कानूनी चर्चा की गयी है। कौटिल्य दास-प्रथा की वैधता को स्वीकार करते हैं। बौद्ध ग्रंथों और कौटिल्य के अर्थशास्त्र से स्पष्ट है कि दास सम्पत्ति के ही एक रूप थे। दास भी सम्पत्ति समझे जाते थे। और उन्हें दान में दिया जा सकता था। बिना पारिश्रमिक के उनसे काम लिया जाता था।

वैदिक काल तक यह दासप्रथा सांस्कृतिक और नृजातीय भेद पर आधारित थी और पराजित लोग ही दास के रूप में काम में लाये जाते थे। किन्तु कालान्तर में यह आर्थिक कारणों के आधार पर होती गयी। इस प्रथा का लगातार रूपान्तरण हुआ।

मौर्य काल तक स्थिर साम्राज्य की स्थापना के बाद अभियान करके जनजातीय लोगों का अपहरण करने की नीति पर कौटिल्य द्वारा लगाये गये प्रतिबन्ध का निर्वचन इसी प्रकार किया गया और दासप्रथा का रूपान्तरण हुआ। खेतों में जनजातियों से उत्पाद कार्य कराया जाने लगा और उन्हें काम करने के लिए प्रोत्साहन दिया गया। ये दास की तरह ही दाम करते थे किन्तु स्थिति अब भिन्न थी। इसके माध्यम से मध्यगंगा घाटी की संस्कृति के तत्त्वों का प्रसार दूरस्थ जनजातीय क्षेत्रों में हुआ। इस तरह भूमि पर कृषि कार्य में, खन्नों में कारखानों में, दासों और दासियों का प्रयोग किया गया।

यहाँ तक कि मौर्य काल में राज्य के व्यय के लिए आय के साधन बढ़ाने के लिए वेश्यालय में भी राज्य के धन का निवेश किया। गतिकाएँ पूर्णरूप से राज्य के नियन्त्रण में और दासी की तरह थी। उनकी आमदनी पर राज्य का अधिकार था। वे चौबीस गुना धन देकर ही मुक्त हो सकती थीं। घरों में भी काम करनेवाले दास होते थे। कौटिल्य ने दासप्रथा से सम्बन्धित विवरण में दासप्रथा के एक महत्त्वपूर्ण अंग 'आहितकों' का वर्णन है। कौटिल्य ने आजीवन दासों और किसी काल-विशेष के लिए समझौते द्वारा उत्पन्न दासों का अन्तर बताया है।

इन दासों पर स्वामी के असीमित अधिकार थे। एक दास के रूप में जो व्यक्ति किसी अन्य की सम्बन्धी या, वह सभा समाज का सदस्य नहीं हो सकता था। पूर्णदास के साथ तो यही था। किन्तु दूसरे लोग जो अस्थायी रूप से बन्धक एवं आश्रित थे,

उनको कौटिल्य ने 'आहितक' कहा है। ये लोग एक निश्चित काल के लिए दी सेवा करने के लिए उत्तरदायी होते थे। वह अवधि बातने के बाद वे स्वतन्त्र हो सकते थे। कर्मकाण्डीय अशौच कर्मों को करने के लिए उन पर कोई दबाव डालने पर प्रतिबन्ध था। उसे बेचा नहीं जा सकता था। स्वामी की इच्छा के बिना समय आने पर वह स्वतन्त्र हो जाता था। कौटिल्य के अर्थशास्त्र के अनुसार सही अर्थों में केवल बर्बर, म्लेच्छ ही जो वर्ण से बाहर थे तथा अनार्य (यहाँ आर्यों में सम्भवतः शूद्र भी शामिल है) समाज के सदस्य स्थायी रूप से दास बनाये जा सकते थे। यह जानना कठिन है कि इन नियमों का पालन कितना होता था। किन्तु बन्धक रखने की सीमाओं को सीमित करने के प्रयास तथा समुदाय में स्वतन्त्र सदस्यों को दास के रूप में परिणत करने की सम्भावनाओं को कम करना प्राचीन युग के अनेक समाज की विशेषता है। अर्थशास्त्र की विवेचना से स्पष्ट है कि राज्य किसी भी प्रकार से दासों के स्तर को नियन्त्रित और दासप्रथा की समस्याओं का स्पष्टीकरण करने के लिए इच्छुक था।

आधुनिक भारत में दासप्रथा को सन् 1843 ई. में अवैध घोषित किया गया। 1807 में ब्रिटेन में दासप्रथा का उन्मूलन करते हुए अफ्रीकी देशों के दासों के खरीद फरोख्त पर रोक लगा दिया गया। स्वीडन में 1859 में दासप्रथा को खत्म किया गया। अमरीका में दक्षिणी प्रान्त के लोग तो दासप्रथा के समर्थन में थे किन्तु चार साल चले गृह युद्ध के बाद अमरीका में भी दासप्रथा खत्म हो गयी। दासप्रथा अमरीका इतिहास का भयानक हिस्सा था। 1808 में अमरीका की कांग्रेस सरकार ने गुलामों के आयात पर प्रतिबन्ध लगा दिया।

लेकिन प्राचीन भारत में जो शूद्रों की स्थिति थी वह दासों जैसी ही लगती है। उन्हें सम्पति का अधिकार नहीं था। वे केवल सेवा के लिए थे। ये सम्भवतः वे लोग थे जिन्हें पराजित कर आर्यों ने अपने अधीन कर लिया था जो अनार्य और असुर थे। अवैदिक थे। असंस्कृत थे। बाद में जनजातीय क्षेत्रों पर अभियान करके दास पकड़ने की प्रथा रही। मौर्य काल में उस पर रोक लगा दी गयी। पौराणिक काल में शूद्र के नाम के आगे दास लगता था।

जैसा कि पहले ही कहा जा चुका है कि राजपूत काल में राजाओं, रजवाड़ो में दास-दासी रखने की प्रथा थी। मध्यकाल में भी दास या गुलाम रखने की प्रथा मिलती है। गुलाम वंश का शासन भी हुआ। ब्रिटिश काल में भी दास-दासी रखे जाते थे। किन्तु दुनिया में जब दासप्रथा के प्रति आन्दोलन चले उसका असर भारत पर भी पड़ा और यहाँ पर भी दासप्रथा का कानूनी तौर पर अन्त कर दिया गया। भारत में दासप्रथा का ही एक रूप देवदासी प्रथा थी। इस प्रथा के अनुसार धर्म के नाम पर छोटी जाति के लोगों को अपनी कन्या को देवदासी बनाने पर बाध्य किया जाता था। और फिर उनका धर्म के नाम पर यौन शोषण होता था। 1331 में भारत भ्रमण के लिए आये अरब यात्रियों ने देवदासी प्रथा का वर्णन अपने विवरण में किया है।

भविष्य पुराण और मत्स्यपुराण में कहा गया है कि कोई व्यक्ति जो अपनी कन्या को मन्दिर में दान करेगा, वह विष्णुलोक पहुँचेगा। देवभूमि हिमांचल में भी देवदासी प्रथा बहुत थीं। दक्षिण के मन्दिरों में भी देवदासी प्रथा प्रचलित थी। देवदासियाँ मन्दिर के पुजारियों की सम्पति मानी जाती थी। उनका यौन शोषण होता था। कई दशकों तक इसके विरुद्ध समाज सुधारकों द्वारा आन्दोलन चला तब जाकर यह प्रथा समाप्त हुई। कुछ वर्षों पूर्व तक दक्षिण के मन्दिरों में देवदासियाँ पायी जाती थीं।

कौटिल्य के अर्थशास्त्र में सम्भवतः पहली बार देवदासी शब्द का उल्लेख हुआ है। राजतरंगिणी, कुट्टिनीयतम, तथा कथा सरित्सागर में भी देवदासी शब्द का उल्लेख मिलता है। तमिल सहित्य में देवदासी को देवइतियालू, मलयालम में देवांदिची कहा गया है। कर्नाटक में देवदासी को वासवी एवं वेश्या कहते हैं। उत्तर भारत में देवदासी को देवदासी ही कहा जाता है।

कर्नाटक के अधिकतर मन्दिरों में खासकर शैव मन्दिरों में सुबह स्वस्ति वाचन के उच्चारण के समय, रथयात्रा, रंगभोग, और अंगभोग में देवता के समक्ष देवदासी की उपस्थिति अनिवार्य रही है।

मत्स्यपुराण के अध्याय 70 श्लोक 63 में कहा गया है कि—'देवदासियों को सन्तान होना पाप नहीं है।' इससे इनके शोषण का मार्ग प्रशस्त हुआ। लेकिन अब यह देववासी प्रथा लगभग सभी जगह समाप्त हो चुकी है।

भारत में शूद्रों का दासत्व से गहरा सम्बन्ध दिखता है। डायोडोरम टान्वी तथा ह्वेन सांग ने भी भारत की शूद्र जाति का उल्लेख किया है। उत्तर वैदिक काल में शूद्रो की सामाजिक स्थिति दास जैसी ही थी। पद से उत्पन्न कहे जानेवाले इन शूद्रो का सम्बन्ध पददलित जाति और पदपरिचर्या या सेवा के कार्य से था। मुख्यतया द्विजों अर्थात् अपने से तीनों ऊपरी वर्णों की सेवा शुश्रूषा। अनार्य, असुर, अवैदिक दस्यु समाज से ही शूद्र दास वर्ण की उत्पत्ति हुई थी।

कहते हैं जब निरन्तर आर्य-अनार्य युद्ध के चलते बस्तियाँ उजड़ गयीं और वीरान हो गयी और शत्रु जंगलों में पलायन कर गये तब बन्दी पराजित शत्रुओं को पुनः नया नगर बसाने के काम में लगाना अनिवार्य हुआ होगा। तब आर्यों ने पराजित बन्दियों को अपनी वर्णव्यवस्था में शामिल किया और उनसे सेवा का काम लिया। इन्द्र की एक प्रार्थना से ही यही पता चलता है—'ईश्वर में आस्था नहीं रखनेवाले दासों से युद्ध करें। एक जगह दासों और आर्यों को इन्द्र द्वारा हराया जाना कहा गया है। दासों के दुष्टतापूर्ण कार्यों के शमन की प्रार्थना ही मिलती है। सम्भवतः इन्द्र ने आर्य लोगों के साथ समान विचार न रखनेवाले अनार्यों का दमन किया हो। इन्द्र द्वारा दासों से रक्षा की बात कही गयी है। सम्भवतः आर्यों में भी आपसी मतभेद थे। इसीलिए कई जगह आर्यों और दस्युओं की एक रूप में भी चर्चा मिलती है। आर्यों के आपसी युद्ध का पहला उदाहरण

दाशयज्ञ युद्ध है। यह ऋग्वेद काल की प्रमुख घटना है। यह पुरुओं और भारतों के बीच हुआ था। जिसमें आर्येतर लोग भी शामिल हुए थे। इस युद्ध में आर्यों की लघुतर जनजातियों ने अपना अस्तित्व बचाये रखने का प्रयास किया था। लेकिन सुदास के नेतृत्व में भारतों ने पुरूलिया नदी के किनारे जीत हासिल की थी। इसमें पराजित आर्यों के साथ भी अनार्यों जैसा व्यवहार किया गया था। आदि युगीन ऋषि अर्थवन ने वरुण के साथ सम्भाषण में कहा कि—"मै जो नियम बनाऊँगा उसका उल्लंघन कोई भी दास जो आर्य से भिन्न हो नहीं कर सकता चाहे वह कितना भी बड़ा क्यों न हो।"

इन युद्धों में आर्य और अनार्य में से पराजित जन अवश्य ही युद्ध बन्दी और दास बनाये गये होंगे। जिन्होंने अधीनता स्वीकार कर ली वे दास और जो लड़ते रहे वे दस्यु कहलाये बन्दी दस्यु की बाद में दास बना लिये गये होंगे। यह परम्परा लम्बी चली लेकिन इसका स्वरूप बदलता रहा। अंग्रेजों के आगमन के बाद भी यह प्रथा चलती रही। और आजादी के बाद जाकर इसका अन्त हो सका।

अनार्य संस्कृति

अनार्य संस्कृति मूलतः असुर आदिवासी संस्कृति है। यह असुर आदिवासी संस्कृति प्रकृति से जुड़ी संस्कृति है। भारत के विभिन्न अंचलों में असुर, दैत्य, दानव, राक्षस, नाग आदि पूर्वजों के वंशज ही विभिन्न जनजातीय के नाम से पाये जाते हैं। आर्य संस्कृति अथवा देव संस्कृति से अलग है। यह संस्कृति आदिवासियों वनवासियों के धर्म, विश्वास, आस्था और जीवन-पद्धति के विभिन्न रूपों में देखी जा सकती है। इन्हीं जनजातीय लोगों के पूर्वज सिन्धु घाटी सभ्यता के निर्माता और प्रतिष्ठापक माने जाते हैं। वही मोहनजोदाड़ो और हड़प्पा संस्कृति के जन्मदाता थे। वैदिक आर्यों के आगमन से पूर्व तक वही भारतीय भूभाग पर निवास करते थे। वही इस भूभाग के स्वामी थे। आर्य-अनार्य युद्ध के परिणामस्वरूप ही ये अनार्य लोग जंगलों में पलायन को विवश हुए और नयी स्थापित होनेवाली मुख्यधारा से हमेशा के लिए कट गये और इस तरह एक बाहरी समाज हो गये। आज तक ये मुख्यधारा के समाज से कटे, हुए जंगलों में पड़े हैं। जबकि दुनियाँ कहाँ से कहाँ पहुँच चुकी है। ज्ञान, विज्ञान, शिक्षा कहाँ से कहाँ तक विकसित हो चुकी है। जीवन कितना बदल चुका है। दुनिया में कितनी आधुनिकता आ चुकी है। दूसरे समाजों का जीवन स्तर कितना ऊँचा उठ चुका है। ये आदिवासी जनजातीय समाज आज भी वहीं का वहीं है और अपनी अदिम अवस्था में ही जी रहा है।

आदिवासी जनजातीय वनवासी समुदायों का बहुत छोटा-सा तबका ही है जो आधुनिक समय और समाज के निकट पहुँचा है। बाकी का समाज या समुदाय अभी भी अपने आदिम जीवन से ही सम्बद्ध है। आदिम संस्कृति ही उसकी अपनी संस्कृति है। थोड़ी-बहुत भिन्नता के साथ सभी आदिवासियों की एक जैसी संस्कृति है।

झारखण्ड के अत्यन्त प्राचीन एवं अल्पसंख्यक आदिवासी समुदाय का नाम ही असुर जनजाति है। ये असुर जनजाति नागपुर के पहाड़ों में मुख्यतया जुमला, लोहर दगा, पलामू जिले तथा विशेषरूप से विशुनपुर, महुआडीह ही घाटियों में मिलता है। छोटा नागपुर क्षेत्र में मानवविज्ञान एस.पी.राय ने अनेक गाँवों में प्राचीन ईंट की इमारतों,

पत्थरों से बने मन्दिर, अन्य इमारतों तथा कब्र के बड़े पत्थरों के स्तम्भ की खोज की है। ये स्थानीय स्तर पर असुर नाम के लोगों से सम्बन्धित हैं। लोहा गलाने के निशान, ताँबे के गहने, पत्थर के औजार आदि कुछ खुदाइयों में पाये गये हैं। गुमला जिले के डुमरी ब्लाक में टाँगीनाथ में स्थित विशाल जंगरहित त्रिशूल असुरों के कई महत्त्वपूर्ण स्थानों ने से कई महत्त्वपूर्ण सामानों में से एक है।

असुर जनजाति की कुछ आबादी झारखण्ड के अतिरिक्त उड़ीसा, पश्चिम बंगाल तथा मध्य भारत में भी पायी जाती है। राय ने इन्हें ताम्रयुग का यात्री माना है। इनकी भाषा आसुरी है जो मुण्डारी भाषा परिवार की मानी जाती है।

असुर जनजाति के लोग अपने गाँव को ऊँचे पठारों पर बसाना पसन्द करते हैं। इनके गाँव लगभग तीस परिवारों के होते हैं। वे स्वयं को दूसरों से दूर रखना ही पसन्द करते हैं। ये मिट्टी की दीवार, झुकी हुई छतों के निर्माण के लिए लकड़ियों का प्रयोग करते हैं। महलियन की छाल का उपयोग छप्पर बाँधने के लिए करते हैं।

असुर जनजाति में वैवाहिक सम्बन्ध बनाने की अलग प्रथा पायी जाती है। युवाग्रह (वैचलर हाउस—घोटुल) को गीटी मोटा कहा जाता है। आखरा नृत्यस्थल गाँव के बीच में होता है। घरेलू सामानों में खाना पकाने के बर्तन, चटाई, कृषि और शिकार के उपकरण औजार और दैनिक उपयोग के औजार प्रमुख हैं। इनके पास एक विशिष्ट छतरी (गुंगु) मिलती है और लकड़ी के पात्र तथा बैठने के लिए पीढा बनाने में ये माहिर होते हैं। ये खजूर के पत्ते से चटाई बुनते हैं।

असुर जनजातियों की तीन उपजातियाँ पायी जाती हैं। वीर असुर-विरजिया असुर तथा अगरिया असुर। वीर शब्द आसुरी भाषा से वन को सम्बोधित करता है और इसका अर्थ शक्तिशाली वनवासी होता है। असुरों के कई गोत्र होते हैं जो प्रकृति से सम्बन्धित है। अइन्द (मछली) टोप्पो (चिड़िया) दारोहे (मेढक या डिमकीट) खुकार (उल्लू), केरकिटिया (केरकेटिया), महतो छोटे (महुर-बड़ा मेंढक), सिन्दुरिया (छोटे जमीन पर रहनेवाले मेंढक जिसकी पीठ पर लकीर होती है। छोटे अइन्द (छोटी मछली) छोटे टोप्पो (छोटी चिड़िया), छोटे के रके टिया (छोटी चिड़िया), कोयवरना जानवर जिनकी पूँछ पर काला दाग होता है। ये विजातीय विवाद करते हैं। जिस पशु या प्राणी से गोत्र के नाम लिये गये हों उससे वह समूह दूरी रखते हैं। ऐसा माना जाता है कि—इसका उल्लंघन दुर्भाग्यपूर्ण होता है। कुल गोत्र के बाद परिवार सबसे महत्त्वपूर्ण इकाई होती है। असुर पितृवंशीय होते हैं और एकल और संयुक्त तथा मिश्रित परिवार इनमें मिलते हैं।

असुर जनजाति के बच्चे अपने परिवार के बीच ही पलते हैं। जब बच्चा माँ के बिना रहने में सक्षम हो जाता है, तब उसे युवागृह में प्रवेश करा दिया जाता है जहाँ वह विवाह होने तक अविवाहित, लड़के-लड़कियों के साथ रहता है। इन युवागृहों में

लड़के-लड़कियाँ खाना पकाने, घरेलू गतिविधियों को सम्हालने का प्रशिक्षण प्राप्त करते हैं। यहाँ उनके एक अच्छे नर्तक, वादक और गीतकार बनने के साथ-साथ एक अच्छा शिकारी बनने की उम्मीद की जाती है।

असुर जनजाति में बच्चे का जन्म परिवार में जन्म से पाँच दिनों तक के लिए प्रदूषण लाता है। छठे दिन माँ स्नान करती है। बच्चे का औपचारिक मुण्डन होता है। और अगर पिछले सन्तान की मृत्यु हुई हो तो नवजात बच्चे को एक पल के लिए गोबर के ढेर पर कुछ समय के लिए सुला दिया जाता है। ऐसा माना जाता है कि बच्चा पहले ही मर चुका है। इसके बाद रिश्तेदार बच्चे को उठाकर माँ की गोद में दे देते हैं।

असुर जनजाति में वधू मूल्य देने का प्रचलन मिलता है। इसके लिए सुअर या स्थानीय पशु आवश्यक वस्तु होती है। इसके अलावा नकदी और कपड़े भी इसमें शामिल होते हैं। कभी-कभी विवाह के पहले ही दम्पति को सन्तान हो जाती है। लेकिन इसे कलंक नहीं माना जाता।

असुर जनजाति में विवाह के कई रूप होते हैं— जैसे सेवा विवाह, पलायन विवाह,बलपूर्वक विवाह। इनमें चिर जमाई और बहनों का आदान-प्रदान भी चलता ह। पति या पत्नी एक दूसरे के साथ रहना नहीं चाहते हों तो इन्हें तलाक की माँग करने का अधिकार दोनों को होता है। निः सन्तान दम्पति आमतौर पर लड़के को गोद लेते हैं। बहुपत्नी की प्रथा भी मिलती है।

असुर जनजाति में मृत्यु के बाद शव को दफनाया जाता है। इनके तीन प्रकार के शमशान होते हैं। एक नवजात शिशुओं के लिए जिन बच्चों की मृत्यु अन्न ग्रहण करने से पहले हो जाती है। दूसरा असामयिक मृतकों के लिए भिन्न लोगों की मृत्यु समय से पहले दुर्घटना आदि में अकालमृत्यु हो जाती है। या आत्महत्या आदि में हो जाती है। इन्हें दफनाने पुरुष ही जाते हैं। उन्हें प्रेत माना जाता है। तीसरा स्वभाविक मृतकों के लिए। इनकी आत्मा अच्छी मानी जाती है। माना जाता है कि ये हर समय सुरक्षा प्रदान करते हैं। उन्हें परम्परागत रीति रिवाज और अनुष्ठान के साथ दफनाया जाता है।

इनमें मृत्यु के बाद मृतक की लाश को जमीन पर रखकर चटाई बिछायी जाती है। जिस पर मृतक के शव को लिटा दिया जाता है। जो व्यक्ति मृतक को देखने आता है, वह बायें हाथ से लोटा से पानी लेकर मृतक पर डालता है। यह मृतक की विदाई की रस्म है। बगल में उपलब्धता के आधार पर बाँस व सकुआ, के लकड़ी से अर्थी बनायी जाती है। यदि मृतक खेती नही कर रहा होता तो उसके नाम पर घर से उपलब्ध विविध प्रकार के थोड़े-थोड़े अनाज, उसके हल का छोटा-सा टुकड़ा, फाल निकालकर मृतक के साथ श्मशान ले जाते हैं। अर्थी उठने के बाद घर को गोबर से लीपकर राख छिड़कते हैं। घर को बन्द करते हैं ताकि कोई अन्दर प्रवेश न कर सके। मृतक को

दफनाने के पहले पुआल, जलाकर तीन बार गड्ढे में डालते हैं। इस प्रक्रिया में सेगेल सुकुल देखाऊ कहते हैं। मृतक के सिर को उत्तर दिशा में रखते हैं। मृतक के कपड़ों को और अपने साथ लाये गये अनाज, फाल, हल के टुकड़े का भी गड्ढे में डालकर दफना देते हैं। शव को दफनाने के बाद स्मृति-चिह्न रूप में पत्थर रखा जाता है। इसके बाद जो लोग श्मशान आये हुए होते है वे अपने अपने घरों में जितने सदस्य हैं। उतने गिट्टी चुन लेते हैं। वैगा (पुरोहित) श्मशान में ही एक छोटा-सा गड्ढा खोदता है और छोटी-सी अर्थी बनाकर उसमें अण्डे को बाँधता है। वे लोग उस अण्डे की अर्थी अपने अपने कन्धों पर उठाकर गड्ढे को भरते हैं। और वहाँ जाकर गिरा देते हैं। अण्डा फूट जाता है। वैगा (पुरोहित) अरवा चावल लेकर गड्ढे में फेंकते हुए मृतक के नाम का मन्त्र पढ़ता है और कहता है कि––'आज के बाद तुम्हारी दुनिया अलग हो गयी। किसी को डराना नही।' इसके बाद वैगा (पुरोहित) पहली मिट्टी को गड्ढे में डालते हुए कहता है—'वे तिसडआम के पैसा एका दीपी जायाकू आला तुमु थाड़ा केले आलेके आलुम वोरो वाड़ा चिके।' अर्थात् आज तुम्हें गाँव के पूरे परिवारों की ओर से पैसा दे रहे हैं तुम अपनी दुनिया में इन पैसों का उपयोग करो। (मिट्टी को पैसा माना जाता है।) तुम हमारा नाम मत लेना और हमें डर भय नहीं दिखाना।' इस प्रकार वैगा (आदिवासी पुरोहित) के बाद सारे लोग एक के बाद एक चुने हुए मिट्टी के गड्ढे में डालते हैं। इस रस्म को 'घूटी लेखा खाऊ' कहते हैं। शव दफनाने के बाद महिलाएँ और पुरुष नदी में स्नान करते हैं। इनमें मृत्यु के कारण जानने की प्रक्रिया भी प्रचलन में है। इसके लिए ये तेल को बहते पानी में डालते हैं। यदि तेल बिना बुलबुला उडाये पानी के साथ बह जाता तो माना जाता है कि मृतक का जीवन इतना ही था। और यदि बुलबुले होते हैं तो माना जाता है कि मृतक को कोई आन्तरिक रोग था। इस प्रकार मृत्यु के कारण को घर लौटने पर भी देखा जाता है। मृत्यु के बाद बन्द दिये गये घर को खोलकर देखा जाता है कि जो राख बिखेरी गयी थी उस पर कोई निशान बना है कि नहीं। बिल्ली के पाँव की छाप दिखे तो माना जाता है कि मृत्यु जादू टोने से हुई है। इसी प्रकार रस्सी का चिह्न दिखे तो माना जाता है कि मृतक के रिश्तेदारों में से किसी ने भूतप्रेत बाधा किया और अपने घरवालों को बिना बताये घर में लाकर रख लिया है। आमतौर पर ऐसा पता चलने पर बैल की बलि दी जाती है। माना जाता है कि किसी के घर यह भूत-प्रेत किया गया और उसके निवारण के लिए बलि नहीं दी गयी इसीलिए मृत्यु हुई है। इसी प्रकार कई चिन्हों से अलग-अलग अर्थ निकाले जाते हैं। मृतक की छाया (आत्मा) को वापस बुलाने के लिए 'उम्बेर अडेर' की रस्म की जाती है। मृत्यु भोज को 'कमान' कहा जाता है। मृत्यु भोज के दिन एक छोटे मचान पर बिछाये छप्पर के घास और मृतक के कुछ कपड़ों को आग में जलाया जाता है।

असुर जनजाति पारम्परिक रूप से लोहा गलानेवाली जनजाति है। ये कृषि भी करते हैं। लोहा गलाने के लिए साल की लकड़ी से बने अच्छे गुणवत्तावाले कोयले की

आवश्यकता होती है। नेतरहाट क्षेत्र में विशेष रूप से छोटा नागपुर पठार में लौह खनिज के चट्टान प्रचुर मात्रा में हैं। ये इन्ही चट्टानों को गलाकर लोहा निकालते हैं। इस लोहे से ये कृषि के उपकरण बनाते हैं।

ये असुर आदिवासी 'सिंगावोंगा' में विश्वास करते हैं। वह इनका मुख्य देवता है। इसी तरह मरंगवोंगा' और अन्य वोंगा भी इनके देवता हैं। सोहराई, सरहुल, फागुड़ नवाखानी, काठडेली, और सरहीकुटासी इनके प्रमुख त्योहार हैं। सरहीकुटासी त्योहार लोहा गलाने के कार्य में समृद्धि के लिए किया जाता है। ये अपने पूर्वजों और जादू-टोना में विश्वास करते हैं। सभी आध्यात्मिक भूत-प्रेत बाधा के निवारण में आदिवासी पुरोहित 'वैगा' इनकी सहायता करते हैं। इस विषय पर ये अपने वैगा से ही परामर्श करते हैं।

असुर आदिवासी मुख्यरूप से प्रकृति पूजक होते हैं। सिंगावोंगा (असुर देव) ही इनके आदिदेव हैं। सड़सी कुटासी पर्व पर ये अपने औजारों और लोहा गलाने की भट्टी की पूजा करते हैं। ये असुर जनजाति के लोग अपने को प्राचीन महिषासुर को अपना पूर्वज मानते हैं, जिनका बध आर्य देवी द्वारा किया गया था। पश्चिम बंगाल, और झारखण्ड के असुर (नवरात्रि में दुर्गापूजा के दौरान शोक मनाते हैं। ये आदि देव शिव की विविध परिवर्तित रूपों में पूजा करते हैं और उन्हें अपना और उनके पूर्वजों का आदि देवता मानते हैं। प्राचीन असुर जाति को पुराणों में भी शैव के रूप में ही चित्रित किया गया है। शिव की तपस्या करके ही वे शक्ति अर्जित करते दिखाए गये हैं। हड़प्पा और मोहनजोदड़ो जैसी सिन्धु घाटी सभ्यता जो असुर सभ्यता ही मानी जाती है, खुदाई में योगमुद्रा मूर्ति शिव की ही मानी जाती है।

यह निर्विवाद है कि प्राचीन असुर ही भारत की धरती के शासक थे। आर्यों द्वारा खदेड़े जाने पर ईरान के निकटवर्ती राज्यों पर भी उन्होंने विजय प्राप्त की और वहां अपना साम्राज्य स्थापित किया। हिमालय क्षेत्र ही आर्यों का स्वर्ग था जहाँ देवताओं का राज्य था। उससे इतर सभी क्षेत्रों पर असुरों का ही राज्य था। असुर राज्यों पर कब्जा करने के लेकर ही आर्य-अनार्य या देवासुर संग्राम हुए। और अन्ततः देवताओं ने असुरों को पराजित कर दिया। असुरों से देवताओं के राजा इन्द्र का पहला युद्ध वृत्त नामक असुर वृत्रासुर से हुआ था। वह पारस देश का राजा कहा गया है। तब ईरान, अफगानिस्तान, पाकिस्तान के इलाकों पर असुरों का ही शासन था। इन्द्र का अन्तिम बार असुरों से युद्ध शम्बासुर के साथ हुआ माना जाता है। असुर महाबली राजा बलि का राज्य दक्षिण भारत में था, जिसका राज्य आर्यों के देवता विष्णु ने छल से अधिगृहीत करके उसे पाताल लोक भेज दिया था। अन्त में उसका भी वध कर दिया गया। इन्हीं सब प्राचीन असुरों के वंशज ही आज के असुर जनजाति के आदिवासी बनवासी माने जाते हैं।

तमाम पुरातात्त्विक और अभिलेखीय और पौराणिक साक्ष्यों से सिद्ध हो चुका है कि असुर संस्कृति और सभ्यता अति प्राचीन है। यह अनार्य सभ्यता है और जिस तरह देव संस्कृति या आर्य संस्कृति को योग सस्कृति कहा जाता है उसी तरह उससे उलट अनार्य असुर संस्कृति को भोग संस्कृति या भौतिक संस्कृति माना जाता है। आर्य उन्हें नास्तिक मानते थे क्योंकि ये आर्य देवताओं को नहीं माननेवाले थे। आर्य इन्हें भौतिक उन्नति का पक्षधर मानते थे क्योंकि येवैज्ञानिक उपलब्धियों के पक्षधर थे। इनकी एक उन्नत भौतिक संस्कृति थी। धातु विज्ञान, विमान निर्माण, वास्तुकला, आयुर्वेद, चिकित्सा, ज्योतिष, मृतसंजीवनी विद्या क्लोन तकनीकी कृषि तकनीकी इनकी बड़ी उपलब्धियाँ थीं। आर्यों की दृष्टि से ये भले नास्तिक रहे हों क्योंकि में उनके देवताओं को नहीं मानते थे, उनकी भाषा नहीं बोलते थे किन्तु वास्तव में ये नास्तिक नहीं थे और अपने आराध्य शिव की आराधना करते थे। इन्हें तपस्या करते ही पाया गया है। असुर जाति में लिंग पूजा, बरम पूजा, (ब्रह्म पूजा), प्रकृति, सूर्य, चन्द्र, ग्रह, नक्षत्र पूजा में आदिम काल से करते रहे हैं।

पौराणिक ग्रन्थों में लगभग सभी असुर योद्धाओं को जिनका आर्य देवाताओं में मुकाबला हुआ, तपस्या करते और वरदान से शक्ति अर्जित करनेवाले कहे गये हैं। इससे भी पता चलता है कि ये वास्तव में आस्तिक थे किन्तु इनके देवता और ईश्वर आर्य से पृथक् थे।

आर्य ग्रन्थों में वर्णित है कि असुर यज्ञों में विश्वास नहीं करते थे और ऋषि-मुनियों के यज्ञ का ध्वंस करते थे। सम्भवतः वे आर्य ऋषियों के यज्ञ का इसलिए विरोध करते थे क्योंकि यज्ञ के अवसर पर सभी देवता और आर्य राजा एकत्रित होकर अपने साम्राज्य के विस्तार और असुरों के अन्त और राज्य अधिग्रहण पर विचार-विमर्श कर रणनीति बनाते थे, और उसके बाद इन असुरों पर हमला करके उनका बध करते थे। इस तरह यज्ञ मौलिक रूप से इन असुरों के विरुद्ध तैयारी होती थी। इसलिए स्वाभाविक था कि ये उसमें विघ्न डालने की कोशिश करते।

इस तरह न प्राचीन असुर नास्तिक थे न आज की उनकी वंशज असुर (जनजातियाँ) थे आर्य देवताओं में भले ही विश्वास न करते हों अपने असुर देवताओं और पितृदेवताओं में पूरी आस्था रखते हैं। आज के आदिवासी असुर जनजाति की आस्था जीववाद के रूप में देखी जा सकती है। इसमें प्रकृति-पूजा, प्रकृतिवाद, गणचिह्नवाद, जादूवाद, पितृपूजावाद, अनेकेश्वरवाद, मानकवाद की अवधारणाएँ निहित हैं। ये ज्यादातर प्रकृति के तत्त्वों और पूर्वजो की देवीय शक्ति के रूप में पूजा करते है। ये अपनी समस्याओं का समाधान पितृधर्म और जादू से पूरा करते हैं। ये अपने मौलिक धर्म को मानते हैं। इसे सरजा, आदि मंसारी, जाहेर, आदि कहते हैं। यहाँ तक कि जिन्होंने धर्म परिवर्तन कर लिया है वे भी पितृपूजा, प्रकृतिपूजा, जादू की अपनी मौलिकता को नहीं छोड़ते। जो उनका आदि धरम हैं। ये अपने लोक देवता को

जो वास्तव में मनुष्य और उनके पूर्वज होते हैं, उन्हीं की पूजा करते हैं। यही महापुरुष इनके लोक देवता होते हैं जिनकी किसी खास तिथि पर धार्मिक उत्सव के रूप में पूजा करते हैं।

असुर जनजाति के आदि धरम में सिंगवोंगा चान्दोवोंगा, धर्मेश का समावेश है। इनके ये सब देवता, पिता, पितामह से कुछ अधिक महत्त्वपूर्ण होते हैं। इनमें आजा, आजी की पूजा भी की जाती है। ये वास्तव में मुनष्य के ही अमरत्व में विश्वास करते हैं। सामाजिकता को ही स्वर्ग नरक मानते हैं। भव्य मन्दिर बनाने की ओर अग्रसर नहीं होते क्योंकि समूची प्रकृति को ही अपना मन्दिर मानते हैं। ये आमतौर पर बिना किसी मध्यस्थता के सीधे अपने-अपने धर्म-कर्म का पालन करते हैं। ज्यादातर अपने धार्मिक अनुष्ठान स्वयं करते है। कुछ विशेष परिस्थितियों अथवा अवसरों पर ही अपने आदिवासी पुरोहित वैगा, ओझा, सोखा,की मदद लेते हैं, जो उन्हीं के बीच के और उन्हीं में एक हैं। ये अपनी अनुष्ठान भी सामग्री निकट प्रकृति से ही प्राप्त कर लेते हैं। इनके लगभग सभी आयोजन सामूहिक होते हैं।

भारत के लगभग के लगभग सभी अदिम जनजातियों आदिवासियों की संस्कृति उनका धर्म उनकी आस्था और विश्वास एक जैसे ही पाये जाते हैं। उनमें केवल नामों की बिभन्नता है। झारखण्ड, बिहार के मुण्डा, हो, सन्थाल आदि 'सरहुल पर्व' वसन्तोत्सव के रूप में 'करमा' कृषि पर्व के रूप में, सोहराई मवेशी पर्व के रूप में मनाते हैं। फागुन में आखेटपर्व होता है। जिसमें सामूहिक शिकार का बँटवारा होता है। जिन घरों में पुरुष सक्षम नहीं होते, उन्हें भी शिकार बाँटा जाता है। 'भिलवा पूजन' खरीफ की फसल की बुआई के बाद होता है। इसमें भेलवा वृक्ष की टहनियों को धान के खेत में बीचोबीच गाड़ा जाता है। भेलवा वृक्ष कीटनाशक होता है और इससे फसल की रक्षा होती है।

झारखण्ड में सरना, छत्तीसगढ़ में गौण्डी, राजस्थान, गुजरात, और मध्यप्रदेश के भीलों को धर्म को भीली कहा जाता है सभी धरम आदिवासियों का आदि धरम है। आदिवासी आदिधरम को माननेवाले इन आदिवासियों की जनसंख्या करीब दस करोड़, मानी जाती है। अब वे अपने इस 'आदिधरम' को एक स्वतन्त्र धर्म का दर्ज चाहते हैं।

अरुणांचल प्रदेश के निशी जनजाति का प्रमुख लौहार 'नियोकुम' है। 26 फरवरी को वे सब मिलकर इसे मनाते हैं और मिथुन अथवा बकरे की बलि देकर उसका प्रसाद मिल बाँट कर खाते हैं। काका जनजाति का त्योहार 'सरोक' है। यह जनवरी-फरवरी में होता है। आपातानी जनजाति 'ट्री' त्योहार मनाती है। आदी जनजाति के लोग 'मोपिल' का त्योहार मनाते हैं। आदि में विनियान जनजात का त्योहार सो लुंग है। मिजी जनजाति का त्योहार चिन्दांग होता है। आपातानी, अखुंग, मुरंग, म्याको भी इस मनाते हैं। 'रेह', मिशिमीज का त्योहार है। चेमखोर मोसाक लोगों का त्योहार होता है 'बूरी

बूट' पहाड़ी मिरिस जनजाति का त्योहार है। डिमारी मिशरीज, टायलाड, वान्टू जनजाति ओजिभाले, तागिन जनजाति सी दोन्यसी, वंगिस जनगाति म्योकान मूल्यों निशि जनजाति सिरोज मालो सोचुम का त्योहार मनाते हैं।

इन सभी जनजातियों में भी मृतक को जमीन में दफनाने और कही-कहीं जलाये जाने और कहीं-कहीं बोटी-बोटी काटकर फेंकने का रिवाज है।

आमतौर पर सभी जनजातियों के मन्दिरों में कोई मूर्ति आदि नहीं होती। केवल सूर्य और चन्द्र की आकृतिवाला चिग्त्रटंगा होता है। कहीं-कहीं घरों में झण्डा लगा दिखायी देता है, जो सफेद कपड़े का होता है। जिस पर सूर्य का चित्र होता है।

धीरे-धीरे तमाम आदिवासी जनजातियाँ बौद्ध और ईसाई धर्म स्वीकार करती जा रही हैं। किन्तु जनजातीय मान्यताएँ आज भी इनमें बरकरार हैं।

इन आदिवासियों की संस्कृति और परम्परा की झलक इनके नृत्य और गीतों में मिलती है। इनके गीतों में विषयवस्तु के स्तर पर वनोपज, कृषिकर्म, श्रम, मिथक, गणचिह्न प्रकृति ऋतुएँ, मानवेतर प्राणि जगत्, प्रेम प्रसंग, आत्मसम्मान के लिए संघर्ष और बलिदान के प्रसंग मिलते हैं। यह एक गतिमान संस्कृति है इसलिए इसके कोई शास्त्रीय प्रतिमान नहीं होते। आदिवासी संस्कृति एक खुली संस्कृति है जिसमें विकास के सुखद पहलू आत्मसात् होते रहते हैं। इसीलिए इनका धर्म सहज होता है और साम्प्रदायिकता नहीं होती। इनके धर्म में धर्म के ठेकेदार नहीं होते। इनमें जाति-पात और ऊँच-नीच का भेद-भाव नहीं होता। इनके बीच अलग-अलग धार्मिक समुदाय नहीं होते। इनका धर्म व्यक्तिगत और सामूहिक दोनों होता है। इस संस्कृति की झलक इनकी कलाकृतियों में भी मिलती है। इनके गीत, नृत्य, इनकी संस्कृति को दर्शाते हैं। राजस्थान, गुजरात के गबरी और गेर (गरबा) जैसे आदिवासी संगीत नृत्यों में इनकी झलक मिलती हैं। इनकी सामूहिकता दिखती है। यह संस्कृति आदिम मूल्यों का संरक्षण करती है। सामूहिकता में विश्वास करती है। यहाँ संग्रह पर जोर नहीं होता। इसका सम्बन्ध वैभव से नहीं जीवन से है। इसका सम्बन्ध बनावट से नहीं प्रकृति से है। यहाँ शास्त्रीयता नहीं अनौपचारिकता को महत्त्व दिया जाता है। प्रकृति प्रेम, आदिम सौन्दर्यबोध, नृत्यगीत, गणचिह्न, कथा कहावत, पहेली, मुहावरे, खेलकूद, मनोरंजन, आदि सम्पूर्ण जीवन, मनोविज्ञान, आचरण, सिद्धान्त, परम्परा, सृजनात्मकता इस संस्कृति का मूल्य है। यह क्रियाशील, प्रयोगधर्मी, सहज और आत्मीय अभिव्यक्ति की संस्कृति है।

भारत में आदिवासी ही गणतान्त्रिक व्यवस्था के आदि संस्थापक माने जाते हैं। जिसमें सामूहिकता का महत्त्व होता है। सबका बराबर का प्रतिनिधित्व होता है। इनकी व्यवस्था लोकतान्त्रिक होती है। जैसे आदि जनजाति में ही लें। इनमें एक 'विलेज कौन्सिल' होती है। यह सबसे निचले स्तर पर क्रिमिनल कोर्ट का काम करती है। इसके

द्वारा किये जानेवाले फैसले परम्परागत कानून पर आधारित होते हैं। जिसे अरुणांचल में 'केवांग' कहा जाता है। कौन्सिल के जो वरिष्ठ बुजुर्ग सदस्य होते हैं, उन्हीं के निर्देशन में कार्यवाही होती है। ये सदस्य विभिन्न क्षेत्रों और विषयों के जानकार होते हैं। उन्हें 'अबुस' कहा जाता है।

कौन्सिल की बैठक सामान्यतया सार्वजनिक स्थान पर होती है। विवाद समझौते के आधार पर निपटाये जाते हैं। अर्थदण्ड या मुआवजा का भी निर्णय होता है। इसमें शपथ दिलाने का भी रिवाज मिला है। 'केवांग' ग्राम स्तरीय प्रजातान्त्रिक संगठन होता है। दो ग्रामों के विवाद दोनों के वरिष्ठ सदस्यों की समिति सुलझाती है।

बौद्ध धर्म तथा जैन धर्म के दर्शन और चिन्तन में इसी आदिवासी संस्कृति का विकसित और परिपक्व रूप देखा जा सकता है। जो शहरी समाज द्वारा अपने लोक धर्म की व्यवस्थित अभिव्यक्ति है यह लोकधर्म और आदि धर्म की शास्त्रीय अभिव्यक्तियाँ हैं। इसकी कुछ अभिव्यक्ति आदि शैव दर्शन और शैव धर्म में मिलती है। किन्तु उधर इन तीनों नये धर्मों का आर्यीकरण हो गया है। और ये अपनी मौलिकता से दूर होते जा रहे हैं। किन्तु आदिवासी संस्कृति अभी भी अक्षुण्य है।

भारत के विभिन्न अंचलों में आदिवासी वनवासी जनजातियाँ बिखरी पड़ी हैं। देखने में इनके परस्पर कोई सम्बन्ध नहीं दिखते लेकिन इन सबकी जीवन-शैली, संस्कृति, धर्म, आस्था और विश्वास तमाम भिन्नताओं के बावजूद एक जैसे ही है। यही इनका एकता और इनके एक मूल और एक पहचान को साबित करते हैं।

इन आदिवासी जनजातियों का धर्म, पूजा-पाट की विधि, रीति-रिवाज ही नहीं इन आदिवासियों का रहन-सहन, वस्त्र पहनने का रंग-ढंग, आभूषण, बोली, भाषा, खानपान इन्हें अन्य गैर जनजातीय समाज से पृथक पहचान दिलाता है। इनकी पृथक संस्कृति को दर्शाता है।

आदिकाल में तो वस्त्र का चलन, कुछ ही आदिवासियों तक सीमित था और अधिकांश जनतातियाँ अर्द्धनग्न ही रहती थी। कहीं-कहीं यह स्थिति आज भी पायी जाती है। किन्तु अब लगभग सभी आदिवासी जनजातियों में वस्त्रों का चलन है भले ही कम ही सही। ये वस्त्र उनकी खास पहचान हैं। उनके वस्त्र वनजीवन और कृषि तथा शिकार के लिए अनुकूल होते हैं। ज्यादातर आदिवासी कमर तक 'करमा' पहनते हैं। यह एक ऐसा वस्त्र होता है जिसे घुटने से ऊपर कमर तक पहना जाता है, जिससे खेत में काम करने में आसानी रहती है। आदिवासी महिलाएँ साड़ी पहनती हैं जो एड़ी से ऊपर घुटने के बीच में कमर तक होती है। और ब्लाउज के साथ साड़ी के पल्ले में लपेट लेती हैं। उनकी साड़ी को धोती कहा जाता है। ये आदिवासी कम और सस्ते कपड़ों का प्रयोग करते हैं। पूजा प्रथा एक का के अनुसार उराँव जनजाति में करमा-परेवा, खनेरिया का प्रयोग अब नहीं के बराबर होता है। वे अब जूता, चप्पल का ही

प्रयोग करते हैं। विरहोर जनजाति नंगे पाँव ही जंगल को नाप देते हैं। धूप से तो नहीं पानी से बचने के लिए बाँस का छाता और पत्ते से बना झोंपी का प्रयोग करते हैं। आजकल छाते का प्रयोग भी करने लगे हैं।

इन आदिवासी जनजातियों के आभूषण प्राकृतिक तत्त्वों से बने होते हैं जो सर्वसुलभ आस-पास ही मिल जाते हैं। जैसे पत्थर, फल के बीज, ताड़ के पत्ते हड्डी सीप, घोंघा, कौड़ी, मोती आदि। पुराने जमाने में ये मुकुट, मूँगे की माला, मनके, वनभैंसा के सींग, मृग चर्म, हिरण के सींग पशु-पक्षियों के नकली चेहरे जैसे विशिष्ट अलंकरणों का विशेष अवसरों शादी ब्याह, तीज-त्योहार आदि पर प्रयोग करते थे। आज भी कुछ हद तक करते हैं।

ये आदिम जनजातियाँ आज भी अपने सीमित संसाधन और सामर्थ्य के अनुसार कम-से-कम अपने जीवन को सुन्दरतम रूप देकर अपना जीवन गुजारते हैं। प्रकृति के निकट और प्रकृति के अनुकूल खुद को ढाले रखते हैं। नित्य के क्रिया-कलाप ही इनके वस्त्राभूषण का निर्धारण करते हैं। इनके यही वस्त्राभूषण उन्हें गैर जनजातीय समाज से प्रथक दर्शाते है। लेकिन आजकल इन पर भी शहरी जीवन का प्रभाव पड़ा है।

आदिवासी धर्म, संस्कृति और भाषा सभी आज खतरे में हैं। भाषा जो उनकी अलग पहचान बनाती है विलुप्त होती जा रही है। आदिवासी भाषा तीन भाषा परिवारों में विभुक्त मानी जाती है। द्राविड़, आस्ट्रिक और चीनी-तिब्बती। आदिवासी भाषा में भीली बोलनेवालों की संख्या सर्वाधिक है। दूसरे नम्बर गोंड़ी तथा तीसरे नम्बर पर सन्ताली भाषा है। भारत में कुल भाषाएं 114 हैं। जिनमें कुछ को भारतीय संविधान की आठवी अनुसूची में रखा गया है। हाल में सन्ताली भाषा को भी इसमें शामिल कर लिया गया है। झारखण्ड राज्य में पाँच आदिवासी भाषाओं—सन्ताली, सुथारी, हो, कुडुख और खरिया भाषा को द्वितीय राजभाषा का दर्जा मिला है।

आज तमाम आदिवासी भाषाएँ विलुप्ति के कगार पर हैं। भाषा ही नही तमाम आदिवासी जनजातियों भी विलुप्ति के कगार पर हैं। आदिवासी आज अपने अस्तित्व के संकट से जूझ रही हैं। और धीरे-धीरे संकट और गहराता जा रहा है। जैसे अण्डमान में 85 वर्षीय महिला बोऊ सीनियर की मृत्यु के साथ अब 'वो' नाम की एक प्राचीनतम आदिवासी भाषा की भी मृत्यु हो गयी। वे यह भाषा बोलनेवाली अन्तिम सदस्य थी। इस भाषा को बोलनेवाले अण्डमान के आदिवासी करीब सत्तर हजार साल पहले यहाँ बसे थे।

भारत में 1961 में करीब साढ़े छह सौ भाषाएँ चिह्नित की गयी थीं, जिसमें 2001 तक केवल साठ प्रतिशत ही मिली, शेष विलुप्त हो गयीं। इन आदिवासी भाषाओं को स्थान लगातार मुख्यधारा की भाषाएँ लेती जा रही हैं। आदिवासी भाषाएँ

ज्यादातर मौखिक हैं। और लिपिबद्ध नहीं हैं। इनका अध्ययन भी नहीं हुआ है। परिणामतः यूनेस्कों ने जिन भाषाओं को लुप्त होने की रिपोर्ट दी है उसमें 196 भाषाएं भारत की अधिकांशतः आदिवासी भाषाएँ हैं।

ब्रिटिश साल में आदिवासी भाषाओं का जो अध्ययन हुआ है, उसके आधार पर आदिवासी भाषा-परिवारों को पहली बार विभाजित करके देखा गया इण्डो आर्यन परिवार में अश्मी, वेजकी, बंजारी, बँगला, भाटी, भील, झुग्गीमा, चकमा, धानकी, धोलिया, ठठाडी गडियाडी, गमित, गावैती, गोजरी, गुर्जरी, गुजराती, हाजोम, हल्की, हाड़ोती, जौनसारी, कच्छी, खोटा, निम्बई, कोंकणी, कोटलिया, लम्बनी, लारिया, मगल्डी, गाइल, मराठी, मावती, न्यूनरी, नागपुरी, लैकरडी, निमाणी वोडिया, राठी भर होती, सिनहा, वारन, बंगाली, कराली को लिया गया। तिब्बत बर्मा परिवार में आदि आंशीज, आदि बोकर, आदिबोरी आदि गेलाग, आदि कांयकार, आदि मिलिन्द, आदि क्योग, आदि पद्म, आदि कारको पर्दूलिबो, एईमोल, अनाल, अगाकी, ऐबो, उपाताकी, बाल्टी, बांगती, दफला, वाम, भोटिया, वामटे बोडो, बुगुन, चाखे संग, चम्पा, वंग चेरु, छोटे, चुग डालू, देवई दोपा, दोस्कात, दुहलियन, त्यांग गोग्वटे गारो, हेल्म, हयर, हूसो, भाका, स्वातन्तो काबई, कचारी, कागती, कोक, बराक, कम्बा, खम्प, माँगन, कोच, कोईरंग कोन्याक, कूको, लडाखी, गरोली, लेई, हलब्ह लोखेर, मारा माल्म्ग, लामगेंग, लेप्चा लोडा, लुसई मिश्र, मोध गारो, भरम, मैरिंग, गैम्बा, मिकिर, गिरि, निबींग, मिस्मी मोन्या, मोमोन, ना, नया, बेरदुयेन, निधि, नोकले, मैते, आंग, कोम मोचुरी, रान्ते तेग्मा, दियांग, संजलोंग, मिजू, संगलाम, रोमा, शेरपा सिण्डको, सुलंग वामिन, तांग्या काडों तो कहुल, तिब्बती, टोटो, वैकेई वांचो, चिमचिग, जरवरिंग, मेयर जेयी मोड़ को लिया गया। द्राविड़ परिवार में धुर्वा मडावा, गोड़ी, केडर, कन्नड़ को डागू कोलामी कोरगा, कोटा, कोया, कोई, कुई, कुसरन, कुवी, मलयालम, माल्ल, मरिया, नायकी, पारजी, पेंगों तेलुगु, टोडा, तुलु, निर्ववत पेरूकुला को लिया गया। आस्ट्रो एशियाटिक परिवार में असुरी, भूमिज, विलहोर, विरजिया, बोडो, डिडे, गुटोव हो, जुआंग खड़िया, खासी खेरवाड़ी, कार्कू, कोर्की, मुण्डारी, निकोबारी सन्ताली संगली, सओरा, सेवारा, शाम्फेन, धार, को रखा गया। अण्डमानी परिवार में अण्डमानी, जारवा, आंग सेण्टिनली को चीनी परिवार में खाम्पटी को तथा अवर्गीकृत परिवार में मोन्नाट को रखा गया।

इन भाषाओं को मौखिक रिकार्ड करके और लिपिबद्ध करके, हमें सुरक्षित किया जा सकता है। इन सभी आदिवासी भाषाओं के मेल से एक भाषा का विकास भी सम्भव है। भाषा बचेगी तभी संस्कृति बचेगी।

आदिवासी अनार्य असुर संस्कृति का निर्माण हजारों साल से उनके द्वारा पैतृक रूप से अर्जित संस्कारों से हुआ है। यह संस्कार वंशानुगत और विभिन्न मानव समूहों

के परस्पर सम्पर्क से पैदा हुआ। यह अनौपचारिक संस्कृति है और क्रियाशील प्रयोग धर्मी, तहज तथा भारतीय अभिव्यक्ति की संस्कृति है।

दुनिया की आदिवासी जनजातीय संस्कृति के बारे में कभी कार्ल मार्क्स ने भी कहा था कि इस संस्कृति के सबसे मूल्यवान्, तत्त्व वे हैं, जो शोषक, वर्ग के हितों का विरोध करते हैं और शोषित वर्ग के हितों की रक्षा में सहायक होते है। ये तत्त्व शोषित वर्ग के धरोहर के रूप में बहुधा वर्गहीन आदिम समाजों से प्राप्त होते है।'' कभी भारत के पहले प्रधानमन्त्री जवाहरलाल नेहरू ने भी स्वीकार किया था कि 'आदिवासियों में मुझे कई ऐसे गुण दिये जो भारत के मैदानी इलाकों, शहरों और अन्य भागों में रहनेवालों में नहीं हैं। इन्हीं गुणों के कारण मै आकृष्ट हुआ। आदिवासियों के प्रति हमारा रवैया आदानशील होना चाहिए। इन लोगों में बहुत अनुशासन है और वे भारत में अधिकांश लोगों की तुलना में कहीं अधिक लोकतान्त्रिक हैं।'' फ्रेडरिक ने भी माना था कि ''आदिवासी समाज का वैभव इसी बात में था कि उसमें कोई शासक और शासित नहीं था।'' डी. पी. चट्टोपाध्याय ने हमें बताया है कि 'गण, प्रान्त, संघ, श्रेणी, ये सभी शब्द एक दूसरे के पर्याय थे। मानव समाज व्यवस्था के सन्दर्भ में जिस सामूहिकता का संकेत मिलता है। उसका सीधा-सा अर्थ था आदिवासी सामूहिकता।' डॉ. मनोज कुमार पाण्डेय कहते हैं कि ''इस धरा के मूल निवासी (इण्डोनिजस) आदिवासी होने के बावजूद तथाकथित सभ्य समाज की बर्बरता से यह समुदाय जंगलों कँन्दराओं की ओट में रहने के लिए विवश था। प्रकृति के साहचर्य स्थापित कर यह समुदाय जल जंगल और जमीन के किसी कोने में दुबका रहा। विकास और सुविधा, संसाधन से वंचित रहा। किन्तु दर ब दर विस्थापित होने के बावजूद इस समुदाय ने अपनी संस्कृति, सभ्यता, भाषा को कभी त्यागा नहीं।''

फिर भी आज हम देख रहे हैं कि आदिवासी संस्कृति खतरे में है।

आदिवासी अस्मिता और स्वायत्तता के प्रश्न

भारत के सर्वोच्च न्यायालय ने कैलास और अन्य बनाम महाराष्ट्र राज्य मामले में 2011 में ही कहा था कि इस देश के असली वारिस यहाँ के आदिवासी हैं जिन्हें अतीत में बाहरी घुसपैठियों ने राक्षस वगैरह कहकर मारा और दुर्गम जंगलों में रहने को विवश किया। उन्हीं बाहरी आक्रान्ताओं के वंशजों द्वारा आदिवासियों की जमीन और उनके द्वारा सुरक्षित सम्पदा की लूट मचाकर उन्हें उत्पीड़ित किया जा रहा है। आदिवासियों के साथ किया गया अन्याय हमारे इतिहास का शर्मनाक अध्याय है।''

प्रो. राम शरण जोशी भी कहते हैं कि ''जल, जंगल, और जमीन के साथ-साथ अस्मिता का सवाल भी आदिवासियों के साथ जुड़ गया है। आदिवासी संघर्ष राज्य के शक्तिशाली और दमनकारी नीतियों का परिणाम है। राज्य और आदिवासियों के बीच संवाद की स्थिति न उत्पन्न होना सबसे बड़ी चुनौती के रूप में आज हमारे सामने है। (नयी दुनिया 15 दिसम्बर, 2015।)

असुर अनार्य आदिवासी नवजातीय संस्कृति आज खतरे में है क्योंकि उनके जंगल, जमीन, नदी, पहाड़ जब आधुनिक विकास की भेंट चढ़ते चले जा रहे हैं। उन्हें जंगल और उनके विकास में बेदखल किया जा रहा है। देशी-विदेशी कम्पनियों के लिए उनकी जमीन अधिगृहीत कर उन्हें बेदखल किया जा रहा है। वे शहरों और कस्बों में विस्थापित होने पर मजबूर हैं। इसमें उनकी जीवन शैली रीति-रिवाज, पर्व त्योहार, संस्कृति सभ्यता सब संकट में पड़ता जा रहा है। वे बेघर मजदूर या भिखारी बनने पर विवश है।

पहाड़ों, जंगलों में अब के आदिवासी हजारों वर्षों से स्वायत्त रहे हैं। न तो उन पर कभी किसी बाहरी धर्म का दखल हो पाया और न वे किसी बाहरी राज्य के अधीन रहे। उन्हीं ऐतिहासिक आधारों पर वे अपनी स्वयत्तता भी मांग करते हैं

15 नवम्बर, 1947 को पहली बार आदिवासियों ने अपनी स्वायत्तता की माँग की जिसे भारत सरकार ने ठुकरा दिया गया। ये लोग झारखण्ड जैसे उन तमाम क्षेत्रों में जो भारतीय संघ के भीतर थे, उनके भीतर ही पूर्ण स्वायत्तता और स्वतन्त्रता की माँग कर रहे

थे। किन्तु उनकी माँगों को राष्ट्रीय एकता के नाम पर ठुकरा दिया गया। कहा गया कि आदिवासी हितों की रक्षा के प्रविधान संविधान में किये जायेंगे और राज्य के नीति निदेशक सिद्धान्तों में आदिवासी क्षेत्रीय स्वायत्तता की पूरी हिफाजत की जायेगी।

आदिवासी नेता राफेल बताते हैं कि—"स्वतन्त्रता इन लोगों के लिए एक नयी आशा थी। उस वक्त हम सभी किसी त्योहार में शामिल उन बच्चों की तरह थे जिनके पास अलग अलग, कपड़े (स्वतन्त्रता) थे। मैने महसूस किया स्वतन्त्रता आजादी नहीं है। स्वतन्त्रता महज एक अवसर है और वह मात्र कानून और आधिकारिक है। आजादी जबकि वह जमीन है जिसे बार-बार रचने गढ़ने की जरूरत होती है।"

राफेल हीरो एक आदिवासी थे। वे भारत सरकार के साथ हुई उस ऐतिहासिक वार्त्ता में शामिल थे, जिसका विषय 'आदिवासी स्वायत्तता' था। दो बैठकों में चली यह वार्त्ता 1947 के नवम्बर महीने में प्रधानमन्त्री पं. जवाहरलाल नेहरू के दिल्ली स्थित आवास 'त्रिमूर्ति भवन' में सम्पन्न हुई। भारत सरकार की ओर से जवाहरलाल नेहरू, सरदार वल्लभ भाई पटेल, मौलाना अबुल कलाम आजाद, सरोजिनी नायडू, काका कालेलकर और आदिवासियों का प्रतिनिधित्व इस वार्त्ता में झारखण्ड का छोटा नागपुर फाइव' समूह कर रहा था। जिसके नेनृत्वकर्त्ता जयपाल सिंह मुण्डा थे। राफेल होरों इसी 'छोटा नागपुर फाइव' समूह के साथ थे। आदिवासी मामलों के विशेषज्ञ के रूप में मानवशास्त्री वैरियर एल्विन भी इस वार्त्ता के कुछ सत्रों में शामिल हुए। इसके अलावा प्रसिद्ध गाँधीवादी अर्थशास्त्री राष्ट्रीय योजना आयोग के अध्यक्ष जी.सी. कुमारप्पा भी इस वार्त्ता में विशेष रूप से मौजूद रहनेवालों में थे। स्वतन्त्र भारत सरकार के साथ हुई इस प्रथम वार्ता में जयपाल सिंह मुण्डा ने नेहरू जी से कहा था कि "आपने शायद विकास शब्द का नाम सुना होगा। आज तक जिस विकास की बात हो रही है, वह रंगहीन, गन्धहीन, शब्द से भी ज्यादा खतरनाक है। धर्मान्धिता और किसी भी किस्म की कट्टरता में कही तेजगति से यह विकास आदिवासियों का नरसंहार में कही तेज गति से यह विकास आदिवासियों का नरसंहार करेगा।" जे. सी. कुमारप्पा की डायरी में वार्त्ता के नोट्स दर्ज हैं। यह नोट्स 2005 में सामने आया। जिससे पता चला कि कैसे राष्ट्रीयता की आड़ में आदिवासी स्वायत्तता और अस्मिता की उनकी माँगों को एक सिरे से नकार दिया गया था।

एल्विन ने भी लिखा है कि—ये आदिवासी जन भारतीय संघ में रहकर ही अपनी आजादी चाहते थे। लेकिन नेहरू, पटेल, इससे सहमत नहीं थे। बावजूद इसके दोनों की सोच आदिवासीविहीन भारत बनाने की थी। इसीलिए पटेल ने वार्त्ता की शुरुआत में ही नेहरू को समझाया कि आदिवासियों से नहीं लड़ सकते। ये लोग आजादी की लड़ाई 1857 से भी पहले से लड़ते रहे हैं। आदिवासी ही भारत के सच्चे राष्ट्रवादी हैं। लेकिन यहीं पटेल ने आगे यहा कि—आज जो भी कह रहे हैं, उसका कोई मतलब नहीं है। हम लोग यहाँ किसी पाठ्यक्रम पर विमर्श नहीं कर रहे हैं। हमारा विषय भारतीय संविधान है। संवैधानिक रूप से आपके किसी सुझाव को मानना सम्भव नहीं है। " पटेल की इस बात

का जवाब देते हुए आदिवासी नेता जयपाल सिंह मुण्डा ने कहा था कि "इसका अर्थ यह हुआ कि आदिवासी भारतीय नहीं हैं। वे सिर्फ सम्भावित नागरिक हैं। समस्या खड़ी करनेवाले आदिम भारतीय। पूर्ण रूप से आजद भारतीय नहीं।" तब नेहरू ने कहा कि, "हम एक समर्थ राष्ट्र बनाना चाहते हैं। यदि हम आपको आजादी के नये प्रयोग की इजाजत देंगे तो पूरा नार्थ ईस्ट इस आग में जलने लगेगा।" तब निराशा होते हुए जयपाल सिंह मुण्डा ने कहा कि—"संविधान आपका है। सीमाएँ और सम्प्रभुता आपकी है। इण्डिया, इण्डिया आपका है। हमारा क्या है। इस नये आजाद भारत में जो हर दृष्टि से दूसरों के साथ-साथ आदिवासियों के लिए भी एक समान है।"

'छोटा नागपुर फाइव' के नेता राफेल हीरों ने नवम्बर 1947 की उस ऐतिहासिक बातचीत का सार 2004-5 में बताया कि-"यह उनकी एकतरफा जीत थी। भारत सरकार ने हम लोगों को महज किसी मजदूर संगठन के नुमांइदो की तरह देखा ओर हमारे सुझावों को शिकायतों का पुलिन्दा भर माना। वैसे भी हम लोगों की मन्शा किसी उत्पीड़ित समाज का दबाव समूह बनना नहीं था। हम लोग तो अपने विचार, दर्शन और नये भारत की परिकल्पना के साथ उस महान् पर्व में शामिल होना चाहते थे। जिसे आजादी का जश्न कहा जा रहा था। परन्तु इससे पहले ही आदिवासी लोग संग्रहालय की वस्तु और अपराधी घोषित कर दिये गये थे। इस वार्त्ता में दार्शनिकों की तरह शामिल हुए और जंगली गुलाम बनकर वापस लौटे।"

इस तरह भारत सरकार द्वारा आदिवासी अस्मिता और स्वायत्तता के प्रश्न को अनुत्तरित छोड़ दिया गया। और गम्भीरता से कभी विचार नहीं किया गया। अश्विनी कुमार पंकज कहते हैं कि—आज जबकि झारखण्ड के गठन के वर्षों बाद भी विकास के नाम पर नक्सलवाद, क्षेत्रीयता और भ्रष्टाचार को प्रमुख मुद्दा बनाया जा रहा है। भारत सरकार राजनीति और मुख्यधारा में इस आदिवासी सोच पर गम्भीरता में विचार नहीं किया जा रहा है। इसका यह असर हुआ है कि झारखण्ड राज्य आदिवासियों पर चल रहे एक लाख छोटे-छोटे आपराधिक मामलों में केन्द्रीय मन्त्रालय ने वापस लेने का फैसला लिया है फिर भी अलग राज्य बनने के बाद भी अब भी आदिवासी हाशिये पर हैं। सरकार को आदिवासियों की चिन्ता नहीं है। आदिवासियों की जमीन छीनकर उन्हें बेघर किया जा रहा है। आदिवासी इलाकों में अर्द्धसैनिक बलों की दमनात्मक कार्यवाही में नक्सलवादी से अधिक आदिवासी मासूम लोग मारे जा रहे हैं। इस व्यवस्था की खामियों को जड़ से खत्म करने की जरूरत है।"

जनजातीय जीवन और समाज का गम्भीरता से अध्ययन करनेवाले विद्वान् लेखक श्रीप्रकाश मिश्र कहते हैं कि—हमें जानना है कि जिम्मेदारी सरकार और जनजाति दोनों की है। सरकार की नीति वही अंग्रेज की नीति का चलते रहना है। यह नीति पं. जवाहरलाल नेहरू की बनायी हुई है। उनके मित्र पादरी वेरियर एल्विन थे, जिन्होंने दूर अरुणांचल प्रदेश के आदिवासियों से लेकर अबूझमाड़ के मरिया, बडिया तक का अध्ययन किया। फिर एक

पुस्तक 'न्यू डील फार ट्राइबल इण्डिया' लिखा। उसमें उन्होंने जनजातियों को अपने ढंग से जीने देने के अधिकार की वकालत थी। सरकार के लिए कर्त्तव्य जगाया कि वह उनको आधुनिक शिक्षा, स्वास्थ्य, खाद्यान्न, बुनियादी आवागमन आदि की सुविधाएँ, रोजगार आदि मुहैया कराये और इसे भी जनजातियों के अधिकर के रूप में स्वीकार किया जाये। इसके परिणामस्वरूप वे धीरे-धीरे भारतीय राष्ट्र और जनतान्त्रिक प्रणाली का अंग वन मुख्यधारा के देश के साथ एकबद्ध हो सकेंगे? पं. जवाहरलाल नेहरू ने अपनी नीति इसके आधार पर यह मानकर बनाया कि इसमें जो स्थितियाँ उत्पन्न होंगी उसमें छोट-छोटे ये जनजातीय अपनी प्रतिभा के अनुसार विकसित होने का बढ़ावा पायेंगे। हालाँकि इस नीति की आलोचना नेहरू के रहते भी होने लगी थी। तो भी लगता था कि इसके लाते समय तक लागू रहने का बाहरी लोगों से उनके जल, जंगल, जमीन की रक्षा हो सकेगी और उनकी संस्कृति बची ही नहीं रहेगी, विकसित भी हो सकेगी। पर नीति बनाना एक बात है। और उसे लागू करना बिल्कुल हीं दूसरी बात है। दोनों की दूरी तब और बढ़ जाती है, जब भ्रष्ट प्रशासन और उनका इस्तेमाल करनेवाले राजनेता याद आते हैं, जो बीच में पड़ते हैं। यह दिक्कत अब और बढ़ गयी है जब पता चलता है कि इन आदिवासी इलाकों की जमीन के नीचे अकूत खनिज सम्पदा है। उसे विदेशी और बहुराष्ट्रीय कम्पनियों के हवाले किये जाने के दौरान इन जनजातियों को विस्थापित किया जा रहा है। उन्हें अपने जल, जंगल और जमीन के लोगों से बेदखल किया जा रहा है। कानूनी अड़चन यह है कि यह जल, जंगल, जमीन इन आदिवासियों की है, उसे प्रमाणित करने के लिए अनुबन्ध या खसरा खतौनी के दस्तावेज माँगे जा रहे हैं, तो कभी वे थे ही नहीं। क्योंकि जनजातियों के जमीन, निजी स्वामित्व की वस्तु न होकर पूरी जनजाति की 'टेरिटरी' इलाका होती हैं। जिसमें वे सामूहिक रूप से रहते हैं। जीवनयापन करते हैं। सरकार इसे नहीं मानती और पूरे देश की जमीन अपना मानती है। जो सामन्ती राष्ट्र और राज्य की अवधारणा का द्योतक है वह की व्यक्ति की जमीन को लेने का अधिकार के आपात्काल में होती है, युद्ध के समय। इसे 'एमीनेण्ट' डोमेन' कहते हैं। यहाँ तो जनजाति की सम्पत्ति इंजीनियरों को देने के लिए ली जा रही है और उसमें भारी दलाली खायी जा रही है। विकास के नाम पर इन आदिवासियों को दबाया जा रहा है। यह विकास का दर्शन उनके लिए वैसा ही है, जैसा पूरबवालों के लिए प्राच्यवाद था। भारतीयों ने तो उससे लड़कर आजादी पा ली। आज उसी तरह जनजातियाँ भी भारतीय और बहुराष्ट्रीय कम्पनियों के आक्रान्ताओं से हथियार उठाकर लड़ रहे हैं। 'माओवाद' उसी की परिणति है।''

वे आगे बताते हैं कि—''उनकी स्थिति का एक दूसरा पक्ष भी है। गैरजनजातियों यानी तथाकथित अगड़े समुदायों से बढ़ता सम्पर्क, नगरीकरण, स्त्री और पुरुष की नकद कमाई, दूर-दूर जाकर पढ़ाई, कानून द्वारा लादा गया वेमेल सशक्तिकरण, जंगल सम्बन्धी नये कानून नयी पंचायती राज व्यवस्था' निरन्तर बढ़ता जाता आतंकवाद, इससे उनकी परम्परागत स्थिति को स्खलित किया है। उससे नये तरह का सामाजिक दलन, आर्थिक

व शरीरिक शोषण तथा राजनैतिक भेदभाव बढ़ा है। फिर बाँध बनाने, सड़क बनाने, बिजलीघर और दूसरे उद्योग उनके इलाके में लगाने से उनका विस्थापन निरन्तर हो रहा है और सरकार उनके पूनर्वास के लिए कोई कारगर कदम नहीं उठा रही है। उत्तर-पूर्व के जनजातियों की समस्या और भी जटिल है। वहाँ की पहाड़ी जनजातियाँ विशेषकर नागा, मिजों, मणिपुरी, तिपे आदि का कहना है कि अंग्रेजों ने बलात् उनके ऊपर शासन थोपा था। उनके आने से पहले वे कभी भी भारत के अंग नहीं रहे। अशोक से लेकर औरंगजेब तक। इसलिए जब अंग्रेज चले गये तो वे स्वतन्त्र हो गये। पर भारत सरकार ने अपने को अंग्रेजों का वारिस समझकर उन पर बलात् अपना शासन थोप दिया है। शासन करना था तो हमसे पूछते, समझौता करते ऐसा उन्होंने नहीं किया इसलिए हम भारत से अलग रहना चाहते हैं। यदि यह अलग रहने का अधिकार शान्तिपूर्ण ढंग से नहीं मिलता है तो हम हथियार के बल पर ले लेंगे। इसने इमर्जेन्सी को ला दिया है। जो माओवाद से भिन्न समस्या है। मुख्यधारा के लोग इसे नहीं समझतें नेताओं में इसे जयप्रकाश नारायण ने समझा था, पर इन्दिरा गाँधी ने उन्हें समझा नहीं और ऐसा समझकर जो समाधान निकल सकता था वह हाथ से चला गया। सरकार ने इन समस्याओं को कानून व्यवस्था की समस्या, देशद्रोह की समस्या, जनजाति नेताओं की व्यक्तिगत महत्त्वाकांक्षा, विकास की समस्या, विस्थापन की समस्या, पूनर्वास की समस्या आदि के रूप में लिया है और सैनिक दलन के सिवाय यह काम आधे-अधूरे मन से किया है। यही नहीं उनका आधुनिक और आर्थिक अर्थों में विकास करना है तो उनका माडल क्या होना चाहिए। अमरीकी कि जापानी, रूसी, चीनी, नेहरूबियन कि कोई और। इस पर न तो कभी बहस हुई है और न ही कभी तमाम जनजातियों के लोग भी राय जानने की कोशिश हुई है। जनजातियों के हितों का विचार जानने की जरूरत भी यदि किसी ने वकालत की है तो उसे चुप करा दिया गया है।''

इस तरह देखते हैं कि आज आदिवासी संस्कृति और जीवन पर दोहरा संकट उत्पन्न हो गया है। इसका हल सरकार और आदिवासी समाज दोनों के प्रयास से ही निकल सकता है। खानापूर्ति नहीं, बल्कि सार्थक प्रयासों की जरूरत है। लोकतन्त्र और जनतन्त्र में आदिवासी लोक और जनजातीय आदिवासी जन की सहभागिता से ही यह संस्कृति ओर जनंसस्कृति सुरक्षित रह सकेगी। अखण्ड भारत में भारत के आदिवासी समुदाय को उसके नागरिक अधिकार मिल सकें इसकी जमीनी स्तर पर व्यवस्था शीघ्र की जानी चाहिए। तभी भारत भूमि की यह विशिष्ट और अमूल्य धरोहर आदिवासी संस्कृति अक्षुण्ण रह सकेगी। इसे विशेष संवर्द्धन और संरक्षण की आवश्यकता है

संघर्ष दर संघर्ष

असुर आदिवासियों के संघर्ष का इतिहास अतिप्राचीन हैं। प्राचीन आर्य ग्रन्थों में विजेताओं का जो इतिहास है उसी में इनके संघर्ष और अन्ततः पराजय का इतिहास भी दर्ज मिलता है। क्योंकि आर्यों ने विजय इन्हीं पर प्राप्त की और भारत के भूभागों से इन्हें मारकर या वध करके और खदेड़कर ही अपनी विजय गाथा लिखा। कहते है सिन्धुघाटी सभ्यता, हड़प्पा और मोहन जोदड़ो के शासक और उनका समाज इन्हीं असुर आदिवासियों के पूर्वज ही थे जहाँ उन्होंने भरपूर सामाजिक, आर्थिक और राजनीतिक बुलन्दी हासिल की थी और अपनी एक समृद्ध संस्कृति स्थापित कर ली थी। जिसे आर्यों ने ध्वस्त किया और उन्हें खदेड़ने में कामयाबी हासिल की। आर्य जब सिन्धु क्षेत्र में आये उन्हें इन्हीं से मुकाबला करना पड़ा। अमुर नाग आदि आदिवासियों ने उनका प्रतिवाद किया और उनमें राज्यविस्तार को हमेशा चुनौती दी। आर्य और अनार्य जातियों का यह संघर्ष लम्बा चला। अुसर अनार्यो ने अपने मूल स्थलों से पलायन करने के बावजूद दूसरे स्थलों पर अपनी सत्ता स्थापित की और कई बार अपने राज्य आर्यों से पुनः प्राप्त की और उनके सिंहासन पर कब्जा करने में कामयाबी हासिल की। पौराणिक ग्रन्थों से आर्यो का जो इतिहास मिलता है वह असुर आदिवासियों से हुए संघर्षों की ही गाथा है जिसमें अन्ततः आर्यों की जीत हुई। यह जीत उन्होंने छल, बल किसी-न-किसी तरह हासिल की और अपनी जीत को महिमामण्डित किया।

लेकिन असुर अनार्य आदिवासियों द्वारा आर्यसत्ता को हमेशा चुनौती दी जाती रही और वे आर्यों के स्थायी के रूप में चित्रित किये गये हैं। आर्यों ने अपने शत्रुओं का जितना विरूपण हो सकता है किया है, उतना बुरा कहा है।

कालान्तर में अपनी विजय को और सत्ता को स्थायित्व देने के लिए आर्यों ने इनमें से कुछ पराजित अधीन बनाये गये लोगों को अपने अनुकूल बनाकर उनका इस्तेमाल अपने स्थायी शत्रु असुर आविवादियों के विरुद्ध किया उन्हें क्षत्रिय और बाद में अवतार आदि का पद दिया। कमजोर तबके को शूद्र दास बनाकर उनसे खेती और सेवा आदि

का कार्य लिया लेकिन मजबूत योद्धाओं का इस्तेमाल अपने स्थायी शत्रुओं के विनाश के लिए किया।

कभी हार न माननेवाले पराजित असुर आदिवासी दस्यु घोषित कर दिये गये जो हमेशा छिटपुट हमले करते रहे और जंगल में पलायन कर जाने के बावजूद वही से प्रतिरोध करते रहे और आर्यों के यज्ञ आदि में विघ्न डालते रहे जहाँ एकत्र होकर आर्य उनके विरुद्ध अभियान और उनके दमन की योजना बनाते थे। निरन्तर दमन के बाद हमारों वर्षों में इन असुर आदिवासियों का एक जनजातीय स्वरूप निर्मित हो गया और ये जंगल में शहरी समाज में दूर रहकर अपना आदिम जीवन जीने लगे। वही उन्होंने अपनी संस्कृति के बचे-खुचे अंशो विश्वासों मान्यताओं के अनुसार जीवनयापन किया। वहीं पशु पक्षियों और जंगली जानवरों की तरह ये भी सदियों से रहते रहे। शान्तिपूर्ण जीवन काटते रहे। जब तक उनके स्वतन्त्र और स्वायत्त जीवन के साथ किसी ने छेड़छाड़ नहीं की ये भी शान्ति से जंगल आधारित जीवन जीते रहे। संघर्ष से दूर ही रहे। शहरी समाज को वनोपज आदि उपलब्ध कराकर अपनी विधा के अनुसार उन्हें घरेलू प्रयोग की वस्तुएँ और उपकरण आदि उपलब्ध कराकर उनका मनोरंजन करके , अपनी लोक गणनाओं से उन्हें भविष्य बताकर भी कुछ धुमन्तू जीवन जीते रहे। लेकिन इनका अधिकांश तबका जंगलों में ही रहा और पूर्णतया जंगली वस्तुओं पर जीवित रहा। इस तरह उन्होंने शान्त और सहज जीवन निर्मित किया।

जंगलों, पहाड़ों में रहनेवाली तमाम आदिवासी जनजातियाँ लम्बे समय तक शान्त जीवन जीती रहीं किन्तु ब्रिटिश काल में जब अपनी विस्तारवादी नीति और जंगली वस्तुओं की आवश्यकता के तहत इन पर अधिकार करना चाहा और इनके क्षेत्रों में प्रवेश करना शुरू किया तो ये अशान्त हो उठे। और उन्होंने उसका प्रतिरोध किया। क्योंकि अब जंगल ही इनका राज्य था और ये उसका अपने को मालिक मानते थे। अंग्रेज जमींदारों ने जब इन पर अंकुश लगाना चाहा, कर लगाना चाहा तो बागी हो गये। और उनसे जमकर मुकाबला किया। उन्होंने अंग्रेजों के दाँत खट्टे कर दिये। अंग्रेजों के इनके विरोध का लाभ पूरे देश को मिला, क्योंकि देश अंग्रेजी सत्ता से मुक्ति के लिए आन्दोलित हो रहा था। आदिवासी जनजातीय विद्रोह ने अंग्रेजों की कमर तोड़ दी और अन्ततः वे देश छोड़कर जाने पर विवश हुआ। इस तरह आजादी की लड़ाई में उनकी भूमिका को भुलाया नहीं जा सकता।

अंग्रेजी सत्ता और उसकी सामन्ती व्यवस्था के विरुद्ध आदिवासी जनजातियों ने भारत के लगभग सभी भूभागों में जबर्दस्त संघर्ष किया। आदिवासियों का अंग्रेजी व्यवस्था के विरुद्ध यह संघर्ष 1770-71 पलामू विद्रोह में शुरू हुआ और जो 1857 की क्रान्ति का हिस्सा बना। यद्यपि अंग्रेजी सत्ता व्यवस्था के विरोध और संघर्ष की अनगिनत घटनाएँ और कहानियाँ भारतीय क्रान्ति के इतिहास में कुछ एक को छोड़कर

अधिकांश आज तक दर्ज नहीं की गयी है फिर भी लोक जुबान पर उनकी चर्चा अभी भी जीवित है।

और कई को तो मिथकीय रूप मिल चुका है। इन संघर्षों की गाथाएँ जनजातीय गीतों में आज तक गायी जाती है। इन संघर्षों से आदिवासी योद्धाओं का पराक्रम इन गीतों में मिलता है।

इन जनजातीय संघर्षों में पूर्वोत्तर भारत का खासी जनजाति का विद्रोह प्रमुख है। खासी आदिवासी अंचल सिलहट के आस-पास की पहाड़ी से साढ़े चार हजार मील के क्षेत्र का पहाड़ी इलाका था।

इसमें ब्रिटिश राज्य शासन के पूर्व तक गणतन्त्र पद्धति से आदिवासी जनजातियों के करीब तीन स्वतन्त्र राज्य क्षेत्र थे। इस क्षेत्र (टेरीटरी) पर नियन्त्रण के लिए अंग्रेजों ने सड़क का निर्माण कराना आरम्भ किया। जिसका विरोध यहाँ के आदिवासी समुदाय ने किया। 1836 के बाद आदिवासी तीरथ सिंह ने मुखिया बनने पर अंग्रेजो का विरोध किया। 4 अप्रैल, 1839 को उसने अंग्रेजों पर हमला बोल दिया। लम्बी लडाई के बाद तीरथ सिंह को आत्मसमर्पण के लिए बाध्य होना पड़ा। तब उसे जेल में डाल दिया गया। जहाँ 1841 में उनकी मृत्यु हो गयी। 1830 में पियालियर वरगोसाई के नेतृत्व में जब एक अभिजन वर्ग ने ईस्ट इण्डिया कम्पनी का विरोध किया, उसका साथ इन आदिवासियों ने दिया। लेकिन ये विद्रोही पकड़ लिए गये और उन्हें राजद्रोह के लिए फाँसी से लटका दिया गया। कोर्ट ने मुकदमा चलाकर जियाजी वरफूकन और जीवराम हुलिया बरुआ को फाँसी दे दीं गयी।

1 अगस्त, 1830 को ही नागा आदिवासियों ने अंग्रेजों से संघर्ष किया। इसे आग्लोखोनामा युद्ध कहते हैं। इस संघर्ष करीब पाँच सौ आदिवासी मारे गये। 27 मार्च, 1880 में जाकर नागा मुखियाओं और अंग्रेजों के बीच हुई सन्धि से यह लम्बा संघर्ष समाप्त हुआ। नागा रानी गाइडिल्यू ने 17 वर्ष की उम्र में अंग्रेजों के विरुद्ध 1932 में लड़ाई शुरू की थी और 17 अक्टूबर, 1932 की सुबह अंग्रेजों ने उन पर हमला बोली। उसे पकड़कर और मुकदमा चलाकर 17 अक्टूबर, 1932 को ही उसे आजीवन कारगास की सजा दे दी गयी। 1947 में जाकर वे जेल से रिहा हुई थीं।

आदिवासियों का भूटिया लेप्चा संघर्ष भी बहुत चर्चित रहा है। प्रथम विश्व युद्ध के दौरान बाधा जतिन और विपिन गांगुली आदिवासी समुदाय के नायक थे। 1920 से 1921 तक कानून तोड़ो आन्दोलन में उन्होंने जानबू नायर तथा हुबराम नायर के नेतृत्व में हथियार बन्द संघर्ष किया। 1942 में भारत छोडो आन्दोलन के दौरान गिरफ्तार नेताओं को छोड़ने के लिए 27 सितम्बर, 1942 को हजारों आदिवासियों ने धनुष-बाण लेकर पुलिस चौकी पर हमला बोला और अपना स्वशासन स्थापित करने में सफलता पायी।

अंग्रेजों के विरुद्ध भारत के जनजातीय संघर्ष में पलामू विद्रोह प्रसिद्ध है। जब पलामू के किले पर अंग्रेजो ने कब्जा कर लिया तब यह संघर्ष शुरू हुआ, लेकिन दुर्भाग्यवश यह किला आदिवासी मुखियाओं को पुनः नहीं हासिल हो सका। किन्तु यहाँ से आदिवासी पीढ़ियों तक इसके लिए अंग्रेजों से संघर्ष करते रहे।

सम्पूर्ण सन्थाल परगना भागलपुर में तिलका माँझी ने 1781 में अंग्रेजों के विरुद्ध संघर्ष की शुरूआत की थी। इस संघर्ष में कई अंग्रेज अधिकारी मारे गये। लेकिन अन्ततः तिलका माँझी को पकड़कर अंग्रेजों ने फाँसी दे दी। इस प्रथम भारतीय स्वतन्त्रता संग्राम के अन्तर्गत ही माना जाता है। तिलका माँझी के सन्थाल परगना और भागीरथ बाबा के खरवाड़ आन्दोलन को अंग्रेजों ने दबा दिया, किन्तु यह आन्दोलन काफी दिनों तक स्वतः चलता रहा। 1880 में यह आन्दोलन पुनः दुनिया बाबा के नेतृत्व में चला। सबसे बड़ा सन्थाल विद्रोह 1855-56 में हुआ। इसका नेतृत्व महान् सन्थाल सिन्दो कान्हू, चाँद और भैरो ने किया। कालान्तर में यह किंवदन्ती जुड़ गयी कि माराडवुक (सन्थाल के आदि देवता महादेव) ने इन चारों भाइयों को यह सन्देश दिया था कि आजादी के लिए लड़ाई आरम्भ करो। 30 जून, 1836 को करीब दस हजार सन्थाल आदिवासी धनुषबाण लेकर भगनाडीह में एकत्र हुए, उन्होंने सिन्दो कान्हू के नेतृत्व में विद्रोह कर दिया। अंग्रेजों ने वहाँ तक एक बड़ी सेना भेजकर विद्रोह का दमन किया। इसमें करीब दस हजार सन्थाल आदिवासी शहीद हुए। यह थटना जलियाँवाला बाग काण्ड जैसी अंग्रेजों द्वारा सामूहिक नरसंहार की पहली घटना थी, जिसमे निरीह आदिवासी मारे गये।

यद्यपि 1857 की क्रान्ति को भी पूरी तरह अंग्रेजों ने दबा दिया किन्तु आदिवासी मध्य भारत के बस्तर में विद्रोह की तैयारी करते रहे। 1910 में एक लाख से अधिक आदिवासी क्रान्तिकारी जगदलपुर के अन्तर एकत्र हुए और सरकारी इमारतों में आग भी लगा दी और सब-कुछ नेस्तनाबूद कर दिया। कर्नल गेयर ने एक बड़ी फौज लेकर आदिवासियों को पहाड़ पर घेरकर उन्हें गोलियों से भून दिया था। जिसमें एक हजार आदिवासी शहीद हुए थे।

1914 में वर्तमान झारखण्ड के क्षेत्र में उराँव आदिवासियों ने जात्रा के नेतृत्व में ताना भगत आन्दोलन की शुरूआत असहयोग आन्दोलन की शुरूआत है उन्होंने घोषण की अंग्रेज के दुश्मन इसलिए इनको किसी प्रकार की मदद देना पाप है। महात्मा गाँधी के पहले का यह आदिवासी असहयोग आन्दोलन था।

सिंहभूमि के आदिवासियों का अंग्रेजों के विरुद्ध संघर्ष प्रसिद्ध है। सिंहभूमि को जब अंग्रेजों ने अपने कब्जे में लेना चाहा और अंग्रेजी सेना जब चाहे पास पहुँची तो उस क्षेत्र के आदिवासियों में रोष फुट पड़ा। भीषण मुठभेड़ हुई। 6 अप्रैल, 1820 को मयदिया में 'हो' जनजाति से बड़ी मुठभेड़ हुई। तब जाकर अंग्रेजों ने इनका इलाका

छोड़ा। किन्तु आदिवासी मुखिया धामीसिंह पकड़ लिए गये। एक अन्य आदिवासी मुखिया कोडो पेण्टर की लड़की के साथ बरकान के सूबेदार के आदमियों ने बलात्कार कर दिया जिससे आदिवासी भड़क गये। 31 जनवरी, 1821 को सभी आदिवासी पुरुलिया में एकत्र हुए और बरकान के सूबेदार के ठिकानों पर हमला बोल दिया। इसमें सूबेदार समेत पन्द्रह आदमी मारे गये। और थोरहाट के राजा के बीच घुड़सवार सहित दो मन्त्री भी इन आदिवासी विद्रोहियों द्वारा मारे गये।

'हो' आदिवासियों ने 6 फरवरी, 1821 को सिनेपुरा किले पर हमला कर उसे हथिया लिया। अन्ततः अंग्रेजों को आदिवासियों में एक सन्धि करनी पड़ी। किन्तु बाद में अंग्रेजों ने सन्धि की शर्तों का उल्लंघन किया। इस दगा के चलते आदिवासियों का विद्रोह पुनः भड़क उठा। फरवरी, 1830 में पुनः वहाँ विद्रोह हुआ। आदिवासियों ने जयन्तगढ़ पर धावा बोल दिया। सिंहभूमि विद्रोह 1857 तक चला।

छोटा नागपुर के कोल जनजातियों का 'कोलविद्रोह' इतिहास में चर्चित रहा है। छोटा नागपुर इलाके में 'लटका हो' आदिवासियों के गाँवों में जमींदार हमेशा जुल्म ढाते रहते थे। अंग्रेज कम्पनी भी उनके साथ थी और उसमें बराबर शामिल रहती थी। यहाँ इन आदिवासियों ने 1821 में कुकांग के जमींदार पर हमला बोल दिया और उसके महल को नाश कर दिया। इन आदिवासियों में गोविन्दपुर पर भी आक्रमण कर दिया। और बेलकुदा परगना की मुक्त करा लिया। वहाँ के तमाम धाने जलाकर राख कर दिये। और इस तरह नागपुर को स्वतन्त्र करा लिया। इसे अंग्रेजों ने बड़ी फौज भेजकर दबा या। तब कम्पनी ने कुछ रियासतें छोटा नागुपर को दीं और इस तरह विद्रोह को शान्त किया।

इन आदिवासी जनजातियों के विद्रोह ने उनमें अनेक नायक पैदा किये। आदिवासियों के इस संघर्ष का महानायक विरसा मुण्डा को ही माना जाता है। विरसा मुण्डा का जन्म 15 नवम्बर, 1675 को वर्तमान झारखण्ड के चालकाड़ के निकट उनिहातु और बम्बा दोनों को उसका जन्म-स्थान माना जाता है। विरसा मुण्डा ने पहले अहिंसक आन्दोलन के लिए लोगों को संगठित किया। अंग्रेजों ने उसे पकड़ने की बहुत कोशिश की किन्तु नाकाम रहे। उन्होंने उसे दबाने को बड़ी कोशिशें कीं थी।

स्वयं बिरसा मुण्डा ने करीब तीन सौ आदिवासियों के साथ खूटी थाना पर आक्रमण किया था। उसने वहाँ के दारोगा को मार डाला था। विरसा मुण्डा के इस आन्दोलन में अंग्रेज बहुत डर गये थे।

तब उन्होंने उसके विरुद्ध हमले की बड़ी तैयारी की और दुम्वारी गाँव के निकट विरसा मुण्डा और अंग्रेजों जी भयंकर लड़ाई हुई। इसमें दो सौ आदिवासी शहीदी हुए। अन्ततः विरसा मुण्डा को अंग्रेजों ने धोखे से पकड़ लिया और 9 जून, 1900 को उन्हें रांची जेल में जहर देकर मार डाला। और उसकी लाश राँची जेल में ही जला दी

गयी। लेकिन आदिवासियों का यह आन्दोलन जिसे विरसा मुण्डा ने चालू किया था तब तक चला जब तक देश आजाद नहीं हो गया।

टट्या मामा के विद्रोह को आदिवासी संघर्ष की गौरवशाली गाथा माना जाता है। 25 मार्च, 1884 को टट्या भील के दल ने मेलकाट के एक जमींदार के ऊपर धावा बोल दिया था। वहाँ ट्टया बदला लेने के लिए पहुँचा। वहाँ पुलिस मौजूद थी जिस पर हमला किया। तब टट्या भील पकड़ में नहीं आया और उसने हमला और तेज कर दिया। लेकिन एक व्यक्ति के धोखे से टट्या गिरफ्तार कर लिया गया। 11 अगस्त, 1889 को उसे पकड़कर 19 अक्टूबर, 1889 को उस पर चलाकर उसे फाँजी की सजा सुनायी गयी और 4 नवम्बर 1889 को जबलपुर सेण्ट्रल जेल में फाँसी दे दी गयी। अंग्रेज उसे 'राबिन हुड' कहते थे।

पश्चिमी भारत के आदिवासी संघर्ष में सीमावर्ती गुजरात के देवाकाँटा और पंचमहल के जंगलों में नायक दास खाँ के आदिवासी जोरिया नायक दास का आन्दोलन प्रमुख है। जम्बू गोड़ा निकट बड़ेक गाँव में जन्मे जोरिया ने अंग्रेजी बेगारी का जमकर प्रतिकार किया। आदिवासियों को संगठित किया और उनका आन्दोलन ब्रिटिश राज्य के लिए चुनौती बन गया। यह आन्दोलन रियायतों के बेगार और लगान का विरोधी था। इस आन्दोलन को कुचलने के लिए अंग्रेजों ने अपनी पूरी ताकत झोंक दी थी लेकिन आदिवासियों ने भी जमकर संघर्ष किया। अन्ततः उन्हें पकड़कर फाँसी दे दी गयी।

आदिवासियों का पाल चिन्तरिया विद्रोह मोतीलाल तेजावत के नेतृत्व में हुआ। मोतीलाल तेजावत के नेतृत्व में विजयनगर रियासत में आठ-दस हजार आदिवासी एकत्र हुए और उन्होंने किले घेर लिया। यहाँ भयानक संघर्ष हुआ। और हजार बारह सौ के करीब आदिवासी शहीद हुए। यह तो जलियाँवाला बाग काण्ड से बड़ी घटना थी।

आदिवासी गोविन्दगुरु का मानगढ़ विद्रोह और बलिदान प्रसिद्ध हुआ। गोविन्द गुरु 20 दिसम्बर, 1858 में डूँगरपुर रियासत के नासिया गाँव के एक बंजारा परिवार में पैदा हुए थे। क्रान्तिकारी विचारों क कारण डूँगरपुर स्टेट द्वारा पहले भी गिरफ्तार किये जा चुके थे। आदिवासियों के विद्रोह को कुचलने के लिए अंग्रेजों ने और राजा डूँगरगढ़ ने इस डर से कहीं गोविन्दगुरु डूँगरगढ़ स्टेट को आदिवासी स्टेट न घोषित कर दे, वे उनके विरुद्ध थे। 17 नवम्बर, 1913 को कार्तिक पूर्णिमा के विशाल मेले को चारों और से उन्होंने घेर लिया और एकत्र आदिवासियों को बन्दूकों और मशीनगनों से भून डाला। लाशों की ढेर लग गयी। इस दौरान जंगल में किसी ने अंग्रेज कलेक्टर ही हत्या कर दी थी। इसी जुर्म में गोविन्दगुरु को पकड़कर फाँसी की सजा सुना ही गयी। किन्तु 12 जुलाई, 1933 के दबाव के चलते उन्हें जेल से रिहा कर दिया गया। वे आजीवन संघर्षरत रहे। 30 अक्टूबर को गुजरात के कम्बोई गाँव में उनका निधन हो गया।

आदिवासियों के भूला विलोरिया विद्रोह को काफी चर्चा मिली। इनका मुख्य मुद्दा लगान था। अंग्रेज सरकार इनके हर परिवार से पाँच आना लगान माँग रही थी। मोतीलाल तेजावत के नेतृत्व में आदिवासी किसानों ने विद्रोह किया। आदिवासियों का सामूहिक नरसंहार हुआ। 1929 में तेजावत को आत्मसमर्पण करना पड़ा। 1930 में वे रिहा हुए। वे भी आजीवन संघर्षरत रहे और 5 जून, 1967 में उनका देहान्त हुआ।

भारत के उत्तर-पूर्वी राज्यों की तरह दक्षिण भारत के आदिवासियों ने भी अंग्रेजों के विरुद्ध बड़ा संघर्ष किया। केरल प्रान्त के वायवाड जिले में कोट्टायम वंश के पद्मा सी राजा ने अंग्रेजों को चुनौती दी। इसका कारण 1793 में अंग्रेजों द्वारा राजस्व वसूली था। पद्मसी राजा के नेतृत्व में आदिवासियों ने जगड़ा विद्रोह किया। 1805 में कांकेर नदी के तट पर आराम करते समय अंग्रेजी सेना ने उन्हें घेर लिया और संघर्ष करते हुए वे गीरगति को प्राप्त हुए।

केरल के आदिवासी किसानों की क्रान्ति भी बड़ी महत्त्वपूर्ण थी। 1812 में वायवाड से कुरुलिया और कुरुमामा ने पुनः विद्रोह किया। इस विद्रोह का कारण आदिवासियों की पुश्तैनी भूमि और बनोपज में उन्हें बेदखल करना था। तब कुछ नायरों और निषादों ने कुरुलिया और कुरुमाओं के नेतृत्व में निर्णायक युद्ध किया। 25 मार्च, 1812 में जाकर यह विद्रोह खत्म हुआ। किन्तु आदिवासी निरन्तर लड़ते रहे। इसमें तमाम अंग्रेज भी मारे गये।

आन्ध्र प्रदेश के गोदावरी अंचल में क्रान्तिकारी अल्लूरि सीताराम राजू के नेतृत्व में चला विद्रोह काफी चर्चित है। उन्हें अंग्रेज 'रम्पा फितूरो' कहते थे। वे गुरिल्ला युद्ध में माहिर थे। उन्हें देवता माना जाता था। उन्होंने 1924 में अंग्रेजों के खिलाफ एक बड़ा मोर्चा खोला था। पहले वे गाँधी के मार्ग पर थे। किन्तु बाद में उन्होंने क्रान्ति का रास्ता चुना था। 4 जुलाई 1897 में उनका जन्म हुआ था और 7 मई, 1924 को पुलिस हिरासत में अंग्रजो की गोली से उनकी मौत हुई।

नासिक का आदिवासी विद्रोह 1818 में हुआ था। वर्तमान महाराष्ट्र के नासिक जिले में आदिवासी क्षेत्र अपकाई और रुपकाई जिलों पर अंग्रेजो ने अधिकार कर लिया। अंग्रेजो की निगाह इस आदिवासी इलाकों की वन सम्पदा और खनिज पर थी। अंग्रेजों ने इस क्षेत्र के सभी महाकोली आदिवासियो के परम्परागत अधिकारों पर पाबन्दी लगा दी। भील आदिवासियों में इससे असन्तोष भड़क उठा। अमोला और पण्डलवाले क्षेत्र में तमाम भील इसमें शामिल हुए। इन आदिवासियों को पकड़नेवालों के लिए अंग्रेजों ने इनाम घोषित कर दिया। 1818 में शुरू हुआ यह महादेव कोली और भील आदिवासियों का विद्रोह 1877 तक चला। 1857 के विद्रोह का नेतृत्व भगोली नाईक ने किया था जिसमें तमाम पुलिस अफसर मारे गये थे। 1857 में अन्तत भागोजी केवल और पुलिस के बीच बड़ा संघर्ष हुआ था और वे सपरिवार मारे गये थे।

आदिवासियों का जुन्ना विद्रोह 1930 का नेतृत्व भाऊ खरे, चिमन जी छावरे, तथा जाधव ने किया था। उनका नारा था कि हमारा संघर्ष अपनी सरकार के विरुद्ध है, जो लगातार हमारे क्षेत्र में घुसपैठ कर रही है। हम संघर्ष में पहले चौवन आदिवासी शामिल हुए थे। 1838 में प्रारम्भ मुढभेड़ अन्ततः विद्रोह में बदल गया। इसका नेतृत्व राखोजी ने किया। दूसरे चरण का संघर्ष नासिक, सिंगमवेर और अकोला में हुआ। सरकारी खजाने लूट गये। किलेदारों को मार भगाया गया। इसमें करीब सौ आदिवासी मारे गये। राघो जी के सहयोगी बाबू भाथरे को धोखे से अंग्रेजों ने मार दिया। धीरे-धीरे अनेक अन्य साथी भी मार दिये गये। इस तरह यह संगठित विद्रोह खत्म हो गया। अन्ततः राघो जी गिरफ्तार कर लिए गये और 2 मई, 1848 को उन्हें ठाणा जेल में फाँसी दे दी गयी।

अण्डमान द्वीप समूह में 'अबेदीन की लडाई' भी आदिवासियों ने लड़ी थी। अण्डमान द्वीप समूह पर अंग्रेजों का कब्जा 1789 में हुआ था। लेकिन प्राकृतिक आपदाओं के चलते 1796 में उन्होंने अपना कब्जा छोड़ दिया था, 1857 में पुनः उन्होंने इसद्वीप पर अधिकार कर लिया। वहाँ के आदिवासी जारवा, भोगी, सेण्टी मेली, ग्रेट अण्डमानी को कब्जे की स्थिति किसी भी रूप में स्वीकार नहीं थी। 17 मई, 1859 को उन्होंने सेल्यूलर जेल और फोर्ट ब्लेयर के बाजार पर हमला बोल दिया। इस लड़ाई में खासतौर पर ग्रेट अण्डमानी शामिल हुए। हम संघर्ष में भारी संख्या में आदिवासी शहीद हुए। सैकड़ो गिरफ्तारियाँ हुईं। बाकी घने जंगलो में भाग गये।

इस तरह भारत के लगभग सभी आदिवासी अंचलों में अंग्रेजों अैर उनके जमीदारों के खिलाफ संघर्ष की अनगिनत घटनाएँ हुईं जिनमें से अभी तक केवल कुछ घटनाओं को ही इतिहास में स्थान मिल सका है। ऐसे ढेरों क्रान्तिकारी हैं जिनकी जानकारी अभी तक सभ्य समाज को नहीं है। लेकिन आदिवासी लोकगीतों में उनके बलिदान की मौखिक गाथाएँ आज भी उपलब्ध हैं।

1857 के विद्रोह के समय आदिवासियों के विद्रोह और संघर्ष को एक नयी जमीन मिली जिसने उनके संघर्ष को और धार दिया। सभ्य समाज केवल मैदानी क्रान्तिकारियो के बलिदान से परिचित हुआ है लेकिन आदिवासी क्रान्ति के नायकों को वह अभी भी नहीं जानता। उन्हें उतना महत्त्व नहीं मिला। उनमें तमाम अभी तक इतिहास की गर्त में पड़े हैं। अंग्रेजों को देश से बाहर खदेड़ने में जितना योगदान सभ्य समाज के क्रान्तिकारियों का नहीं रहा उनसे कम योगदान आदिवासी क्रान्तिकारयों का नहीं रहा है। इस समाज ने अपने देश के लिए असंख्य सहादत दिया है।

जिस तरह देशी राजे-रजवाड़ों द्वारा विद्रोह के नेतृत्व के पीछे कारण थे उसी तरह इन आदिवासियों के विद्रोह के एक जैसे भौतिक और सांस्कृतिक कारण थे। इसमें

प्रमुख कारण आदिवासी अंचलों में स्थित अकूत प्राकृतिक सम्पदा पर अंग्रेजों और सामन्तों जमींदारों रियासतों की निगाह थी। इस कारण उनके द्वारा आदिवासी क्षेत्रों में घुसपैठ किया गया। जिसे किसी भी कीमत पर स्वीकार करने के लिए आदिवासी तैयार नहीं हुए। और इससे निपटने के लिए आदिवासियों ने हथियार बंद संघर्ष का रास्ता अख्तियार किया।

यह खनिज सम्पदा के दोहन, वनोपज पर अधिकार परस्परागत आदिवासी अधिकारों का हनन बेगारी, दुर्व्यवहार, अत्याचार, शोषण, ठेकेदारी, आबकारी नीति कृषि और भूलगान, आदिवासियों के अस्तित्व और उनके सामाजिक परिवेश में विघ्न डालनेवाला था। यह उनके स्वायत्त जीवन को बर्बाद करनेवाला था।

पूर्वोत्तर के खासी, नगा, क्रान्तिकारी, मध्यभारत के विरसा मुण्डा, ताना भगत, गोविन्दगुरु, टट्या भील, दक्षिण के पझसी राजा, वीर राघोजी, और तमाम अन्य आदिवासी वीरों की संषर्घ नीति एक जैसी थी। उन्होंने संघर्ष के लिए जागृति संगठन के लिए प्राकृतिक प्रतीक सकुआ पेड़ की टहनी, गणचिह्न, कोई निशान, लाल सफेद कपड़े का बना झण्डा आदि का इस्तेमाल किया। जो चाँद और पूर्वजों के रूप में प्राकृति के तत्त्व थे। सभी को एकत्र करने के लिए ढोल को माध्यम बनाया। सन्देश देने के लिए पशु पक्षी की आवाज का और भाषा का प्रयोग किया। लेकिन उन्होंने कभी छल-छद्म की नीति का सहारा नहीं लिया। यह विदशी ताकतों के प्रति केवल उनकी अपनी लड़ाई नहीं थी बल्कि पूरे देश की लड़ाई थी। उन्होंने अंग्रेजों को बता दिया कि भारत में संघर्ष करनेवाली लड़ाकू बलिदानी जनजातियाँ भी हैं जिनसे लोहा ले पाना आसान नहीं है। जो कभी पूर्णतया बड़ी-से-बड़ी शक्तियों द्वारा विजित नहीं रही। जिनके रहते अंग्रेज भारत में सुरक्षित नहीं रह सकते। आदिवासियों की यह लड़ाई देश की आजादी तक चली।

यह दुर्भाग्यपूर्ण है कि मुख्यधारा के इतिहास-लेखन में 1857 की क्रान्ति में तमाम आदिवासी संघर्ष को पर्याप्त जगह नहीं दिया गया। केवल कुछ घटनाओं की छिटपुर चर्चा अवश्य मिलती है किन्तु इसका विश्लेषण और मूल्यांकन अभी तक नहीं हुआ है।

जैसे इतिहास में 14 सितम्बर, 1857 को मध्यप्रदेश की लोधी रानी अवन्तीबाई के विद्रोह की चर्चा नहीं मिलती यह विद्रोह उन्होंने आदिवासियों के गठबन्धन से किया था। मदारपुर जिला नरसिंहपुर के मालगुजार विल्लान शाह गोंड के विद्रोह की चर्चा भी नहीं मिलती। बरबर गोंड और उम्मेद सिंह गोंड के साथ उन्होंने रेहुखेडा पर दुबारा हमला किया था। उन्हें गिरफ्तार कर फाँसी दे दी गयी थी। उम्मेद सिंह गोड ने 1857 में अपने गाँव के नम्बरदार को उमराव सिंह गोंड के साथ मिलकर लूटा था। राजोठा को हमीर सिंह गोंड के साथ लूटा था। कुनेटा की गोंड वसावट ने 1857 में कई गोंड

विद्रोही दिये। इनमें कुनेटा के भगवान् सिंह गोंड प्रमुख थे। अच्छर जी गोंड, शिवलाल गोंड भी प्रमुख थे। मानगढ़ के गंगाधर गोंड ने इसी कड़ी को आगे बढ़ाया अन्य आदिवासियों ने भी इममें भाग लिया। गुलाब, लक्ष्मण, सुधारी, लल्लू, कौमा सिंह गोंड, सरवर सिंह गोंड, लक्ष्मण सिंह गोंड, अच्छे सिंह गोंड, नन्हें गोंड, परसराम सिंह, गोंड, करोली गोंड, मायाराम गोंड, उल्ला गोंड, हिम्मत सिंह गोंड आदि ने अंग्रेजों के खिलाफ मोर्चा खोला था। भुल्लन सिंह गोंड का भी नाम इतिहास में कहीं नहीं मिलता। उन्होंने भयानक संघर्ष किया था।

1857 का प्रथम स्वतन्त्रता संग्राम या विद्रोह भले ही मेरठ की छावनी से शुरू हुआ किन्तु आदिवासी इससे पहले ही कई क्षेत्रों में विद्रोह कर चुके थे।

पश्चिमी मध्यप्रदेश के भील विद्रोह को केवल 1857 तक सीमित नहीं किया जा सकता। ये भील तो बहुत पहले से ही अपनी भूमि और बाहरी हस्तक्षेप के विरुद्ध प्रतिशोध दर्ज कर चुके थे। जिसे 1857 के विद्रोही वातावरण ने एक नया आयाम दिया। खज्या महादेव नायक, अच्युत नायक देवलिया नायक, भीमा नायक, आदि ने जबर्दस्त विद्रोह किया था। खज्या नायक तो एक जादुई व्यक्ति के रूप में चर्चित हुए। भीमा नायक को विद्रोह का विशेषज्ञ माना जाता है। भीमा नायक जैसे विद्रोही निमाड़ क्षेत्र के मसीहा माने जाते हैं।

इस तरह हम देखते हैं कि अपना जंगल, जमीन बचाने का आदिवासियों का संघर्ष काफी पुराना है। कभी राज्य गँवाने के बाद उन्होंने जंगल को ही अपना राज्य बना लिया था और जब हजारों साल बाद इस जंगल में भी अंग्रेजों द्वारा उन्हें बेदखल किया जाने लगा तो उन्होंने संघर्ष का रास्ता चुना।

लेकिन देश आजाद हो गया किन्तु इनके आदिवासी क्षेत्र पुनः आजाद नहीं हुए। वे अंग्रेजी शासन से मुक्त होकर भी पुनः अपनी पुरानी स्थिति में यानी अंग्रेजी शासन में पूर्व की स्थिति में नहीं आ सके। जबकि इन आदिवासियों का मानना है कि जैसे देश स्वतन्त्र हुआ, उन्हें भी अपनी वही पुरानी स्वायत्त स्थिति मिल जानी चाहिए थी। लेकिन भारत सरकार ने अपने को अंग्रेजों का उत्तराधिकारी मानते हुए आदिवासी क्षेत्रों पर अपना अधिकार माना और उन्हें बेदखल करने की ही नीति अपनायी। परिणाम यह हुआ कि आदिवासियों में पुनः आक्रोश फूटने लगा। और उनका विद्रोह भारत सरसार के विरुद्ध खड़ा हुआ जो आज तक जारी है। दुर्भाग्य है कि आजादी की लड़ाई में आदिवासियों ने जो बलिदान दिया। उसका फायदा स्वतन्त्र भारत में उन्हें नहीं मिला। वे स्वतन्त्र नहीं हुए। आदिवासियों का कहना है कि यदि भारत सरकार उन पर अधिकार और शासन चाहती थी तो उनसे पूछा जाना चाहिए था उनमें कोई सन्धि करनी चाहिए थी। उनकी स्वायत्तता का अपहरण कैसे किया जा सकता है। ऐसा नहीं है कि इस विषम पर भारत सरकार और आदिवासियों के मध्य कोई बातचीत नहीं हुई। कुछ प्रयास

हुए किन्तु के सफल नहीं हुए और आदिवासियों को उनका हक नहीं मिला। यही कारण है कि इन आदिवासियों ने संघर्ष का रास्ता चुना है। चूँकि अपनी स्वायत्तता और स्वतन्त्रता की लड़ाई अब ये केवल तीर कमान में नहीं लड़ सकते इसलिए बाहरी मदद से लड़ाई लड़ रहे हैं। जिसे माओवादी लड़ाई कहा जाता है। इसमें कम्युनिस्ट विचारधारावाले लड़ाई कहा जाता है। इसमें कम्युनिस्ट विचारधारा वाले सशस्त्रक्रान्तिवादी उनका मार्गदर्शन कर रहे है।

वास्तव में आदिवासी जनजातियों का स्वतन्त्र भारत में भारत सरकार के विरुद्ध चल रहा सशस्त्र आदिवासी आन्दोलन सरकार की एक बड़ी विफलता और असफलता है। इसके चलते देश में लगातार अस्थिरता बनी हुई है और दुश्मन इनका इस्तेमाल कर रहे हैं। इसका कारण है कि भारत सरकार इन आदिवासियों के आन्दोलन की तहों में न जाकर उसका फौरी हल तलाशती रही है। और इसे केवल कानून व्यवस्था का मामला मानती है। इसे देशद्रोह के रूप में देखती है। इसे आतंकवादी गतिविधि समझती है। जबकि आदिवासियों की यह लड़ाई उनकी मौलिक अधिकारों को पाने की लड़ाई है। जिसके तहत उन्हें अपना जल, जंगल और जमीन पर बाहरी दखल बर्दाश्त नहीं है। और कभी बर्दाश्त नहीं रहा है। जबकि यह आदिवासी संघर्ष की समस्या भारत सरकार द्वारा उनके पुनर्वास की नीति को मजबूत बनाकर हल की जा सकती है। आदिवासी शिक्षा, स्वास्थ्य, रोजगार, घर उपलब्ध कराकर उन्हें मुख्यधारा के प्रति विश्वास जगाकर, उन्हें साथ लिया जा सकता है। इसके लिए एक बेहद कारगर व्यावहारिक योजना की जरूरत है, ताकि आदिवासी अस्तित्व और अस्मिता का प्रश्न हल करके उन्हें नागरिक अधिकार देकर साथ लिया जा सके।

इसके लिए पहले तो देश में आदिवासियों के संवैधानिक कानूनी और पारम्परिक अधिकारों का उल्लंघन रोकना होगा। अदिवासियों के जमीन, जंगल को बचाने के लिए बने कानून को कायदे से लागू करना होगा। वन अधिकार कानून में संशोधन करना होगा।

सच तो यह है कि इन आदिवासियों का इतिहास बताता है कि अनादि काल से उनका संघर्ष हमेशा अपने प्राकृतिक संसाधनों जल, जंगल और जमीन खनिज को बचाने के लिए हुआ है। चाहे वह संघर्ष आजादी के पहले का हो या बाद का। संघर्ष में वे कभी पीछे नहीं हटे। देश निर्माताओं को उनकी इस भावना का सम्मान करना होगा।

इन आदिवासियों की समस्या को आज नये सिरे से गम्भीरतापूर्वक समझने की जरूरत है। तभी वर्तमान में चले रहे नक्सल आन्दोलन या माओवादी आन्दोलन का अन्त करके इससे जुड़े आदिवासियों को देश की मुख्यधारा से जोड़ा जा सकता है। और आगे इन आदिवासियों को विद्रोही बनने में रोका जा सकता है।

दरअसल आदिवासी गरीब तबके के संघर्षरत रहने का कारण उनके पारम्परिक अधिकारियों का हनन, हस्तक्षेप ओर उनका शोषण है। क्योंकि आज तक आदिवासियों

के कल्याण के लिए सरकार द्वारा पर्याप्त कार्य नहीं हुआ है। अभी तक सरकारी योजनाओं तक का लाभ इन आदिवासियों तक नहीं पहुँचा है। आदिवासी समाज में जल, जंगल और जमीन समुदाय की होती है, राज्य की नहीं। किन्तु आज राज्य की घोषित है। इस तरह आदिवासियों को उनके मौलिक अधिकार से हीन होना पड़ा है। यही इनके विद्रोही संघर्षशील रहने का कारण है। आदिवासी नक्सल वादी और माओवादी ढंग में अपना संघर्ष करने पर मजबूर है। आदिवासी क्षेत्रों में जो उनका सशस्त्र आन्दोलन चल रहा है, उससे अततः आदिवासी समुदाय को और दयनीय स्थिति में ला दिया है। निरीह आदिवासी दोहरी मार झेलने पर मजबूर हैं।

आदिवासी समुदायों के बीच अधिक रहनेवाले हिन्दी के प्रसिद्ध लेखक श्री प्रकाश मिश्र का मानना है कि—इन आदिवासियों का आधुनिक और आर्थिक अर्थों में विकास करना है तो उसका माडल क्या होना चाहिए अमरीकी कि जापानी रूसी कि चीनी, कि कोई और इस पर न कोई कभी बहस हुई और न ही कभी तमाम जनजातियों के लोगों की राय जानने की भी कोशिश हुई। जनजातियों के लोगों की जानने की जरूरत की यदि किसी ने वकालत की है तो उसे चुप करा दिया गया है। यानी जनजातियों के समाजिक अभियन्त्रण में स्वयं जनजातियों की क्या भूमिका हो, इसे नज़रअन्दाज कर उसे उभरने ही नहीं दिया गया है। हर जगह एक तदर्थवाद हावी रहा है। एकड हालिज्म के बूते पर जब जहाँ जैसे जो और जितनी जरूरत नहीं है औद्योगिकीकरण, नगरीकरण, वैश्वीकरण, उन पर एकदम से थोप दिया गया है। परिणामस्वरूप विकास और सशक्तीकरण के तमाम सामान्यीकृत नियम और ढंग, जो अगड़े समुदाय के लोगों को ध्यान में रखकर बनाये गये हैं। उन पर बलात् लागू किये गये है। कभी सोचा ही नहीं गया है कि ये भिन्न समुदाय के लोग उसे धारण करने या उसका लाभ उठाने के योग्य है या कि नहीं। बस विकास के नाम पर तमाम खानापूर्ति कर उनके जल, जंगल और जमीन को छीना जा रहा है, सरकारी आतंक के सहारे। उसके प्रतिकार में उनका विद्रोह खड़ा हो रहा हैं। उसे जनजातियों का आतंकवाद निहत्थे लोगों का अनावश्यक विद्रोह कहकर चौतरफा दमन किया जा रहा है। लोगों को विस्थापित किया जा रहा है। अन्यय रोजी-रोटी का जुगाड का बहाना कर । जो नहीं जा रहे हैं, उन्हें गाँवो में खदेड़ा जा रहा है, बिना उनके पुनर्वास की कोई कारगर योजना बनाये, कभी राजस्व अधिकारियों द्वारा कची वन अधिकारियों द्वारा कभी खनन अधिकारियों द्वारा, कभी उद्योग अधिकारियों द्वारा, कभी सूदखोरों द्वारा, कभी भूमाफियाओं द्वारा कभी पुलिस द्वारा, कभी सेना द्वारा और कभी किसी एन.जी.ओ. द्वारा। और जाने कितने ही लालडेगा, फितो, शर्मिला, भारोल, परेश बरुआ, ब्रह्मा, मिशन, सत्यनारायण मारे-मारे फिर रहे हैं इस दुर्नीत का मुकाबला करते हुए । इन दोनों तरह ही हिंसा में मरना हो आदिवासी को पड़ रहा है।''

कुल मिलाकर आज भी भारतीय सभ्य समाज के लिए जो आदिवासी जनजातियाँ उनकी निगाह में असभ्य और बाहरी लोग ही हैं जो उनके समाज के नहीं है और शत्रुवत्

ही हैं। इनके दमन और उत्पीड़न की जायज ही माना जाता है। इनके संघर्ष का उनके लिए कोई मूल्य कभी नहीं रहा और आज भी नहीं के बराबर है। ये कभी भारतीय नागरिक माने ही नहीं गये। अपने ही अंग नहीं स्वीकार किये गये। उन्हें आज भी असुर, दैत्य, दानव, हिंसक जीव ही माना जाता है। जैसे कभी अनार्य असुर कहकर इनके पूर्वजो का बध किया गया और जंगलों में खदेड़कर जनजातीय जीवन के लिए बाध्य किया गया आब उन्हें जंगलों से ही आतंकवादी कहकर मारा और खदेड़ा जा रहा है। सरकार उनके खिलाफ सेना का इस्तेमाल कर रही है। जबकि सच माने तो ये किसी से कमतर भारतीय और देशभक्त नहीं हैं। आजादी की पहली लड़ाई अंग्रेजों के खिलाफ उन्होंने ही शुरू की किन्तु इनके बलिदान का उन्हें कोई फल नहीं मिला। उन्हें भी अपनी अस्मिता को बनाये और बचाये रखने का पूरा अधिकार है। इस देश पर उनका भी उतना ही हक है जितना तथा कथित सभ्य समाज का आज इनके बारे में देश के नीति निर्धारकों को पुनः नये सिरे से विचार करना होगा तभी इनकी समस्याओं का अन्त सम्भव होगा। समाज को भी उनके प्रति अपनी अवधारणा बदलनी होगी। इन्हें भी मनुष्य मानना होगा। ये इस देश के असली वारिस हैं।

परिशिष्ट–एक

अनुसूचित (आदिवासी) जनजातियाँ

जम्मू और कश्मीर

1. बकरवाल, 2. बाल्टी, 3. बेड़ा, 4. बोट, बोटो, 5. ब्रोक्पा, ड्रोक्पा, दर्द, शिन, 6. चांग्पा, 7 गद्दी, 8. गर्रा, 9. गुज्जर, 10. मोन, 11. पुरिग्पा, 12. सिप्पी।

हिमाचल प्रदेश–

1. गद्दी, 2. गुज्जर, 3. जाद, लाम्बा, खम्पा, 4. भोट, बौद्ध, 5. कनौरा, किन्नर, 6. लाहौला, पंगवाला, स्वांगला।

उत्तरांचल

1. भोटिया, 2. बुक्सा, 3. जौनसारी, 4. राजी, 5. थारु।

राजस्थान

1. बारदा, 2. बावाचा, बामचा, 3. भील, भील गारासिया, ढोली भील, डूँगरी भील, डूँगरी गरासिया, मेवासी भील, रावल भील, तड़वी भील, भगालिया, भिलाला, पावतू, पावरा, वसेवा, बसावा, 4. भील, मीना, 5. चोधरा, 6. दमोर, दमारिया, 7. धनका, तड़वी, तातारिया, वालवी, 8. धोलिया, 9. दुवला, तातविया, हलपती, 10. गामित, गामता, गावित, मावची, 11. गरासिया, (राजपूत गरासिया को छोड़कर), 12. गोंड, राज गोंड, 13. कथोड़ी, कथारी, ढोर कथाडी, डोर कथारी, सेन कथाड़ी, सोनकथारी, कोकना, कोकनी, कुकना, 15. कोली ढोर, टोकोर कोली, कोलचा, कोलघा, 16. कोरकू, 17. मीणा, 18. नाइकदा, नायका, चोलवाला नायका, कपाड़िया नायका, मोटा नायका, नाना नायका, 19. पारधी, आदवीचिंचर, मानसेपारधी, 20. पटेलिया, 21. पोमला, 22. रहतावा, 23. सेहरिया, सहारिया, 24. सेहारिया, 25. लारली, 26. विटोलिया, कोसवालिया, वारोडिस।

मध्यप्रदेश

1. अगरिया, 2. आंध, 3. बैगा, 4. भैना, 5. भेरिया-भूमिया, भुइंहार भूमिया, पांडो, 6. भत्रा, 7. भील, 8. भील, मिलाला, बरेला, पतेलिया, 9. भील मीना, 10. भीलाला, 11. भूंजिया, 12. वीर, विभार, 13. बिंझवार, 14. बिरहुल, बिरहोल, 15. दमोर, दमोरिया, 16. धनवार, 17. गडावा, गडवा, 18. गारासिया (राजपूत गारसिया को छोड़कर), 19. गोड (पाथरी सहित), 20. गोण्ड (अरख, अरखि, अर्रख, अगारिया, अंगा, असुर, वेदी मारिया वादा मारिया, भाटोले, भीम्मा, कोइला भूता, कोइला भूती, भर, भूटिंकया, विसनहोम मारिया, छोटा मरिया, डण्डामी मारिया, धुरू, धुखा धोबे, धूलिया, दोरला, गायकी, गट्टी या गेट्टी, गैती, गोंड गोवारी, हिलमारिया, कंडरा, कलंगा, खटोला, कोइतार, कोया, खिखार, भीलवाड़, भीलवाड़ा, कुचा भारिया, कुचाकी, मेडिया माने, मानेवर, मोघया, मोगिया या मोहया, मुदिया, मुरिया नगारची, नागवंशी, ओझे, राज, सोनझारी, झारेका, ठाटीपा, ठेटिये, वाडे मारिया, वेदे मारिया, दरोई 21. हलउवा, हलवी, 22. कमर, कमार, 23. करकू, 24. कवर कंवार कौर, चेरवा, राठिया, तनवार, छत्री, 25. कीर, 26. खैरवार, कोंडर, 27. खारिया, 28. कोल, 29. कोलाम, 30. कोंध, खोन्द, केन्ध, 31. कोरकू (भोपची), मौसी, नीहाल, नाहुल, बोंधी, कोकिया, बोंडया, 32. कोरवा, कोडाकू, 33. मझवार, 34. मांझी, 35, मेवासी, 36. मीना, 37. मोगिया, 38. मुण्डा, 39. नागेसिया, नागासिया, 40. नट नवदीगर, सपेरा, कुबूतर, 41. निहाल, 42. ओराँव, धानुक, धनगढ़, 43. पनीका, 44. परधान, पथारी, सरोती, 45. पारधी, बहेलिया, वेहेलिया, चीता पारधी, लंगोली पारधी, फेंस पारधी, शिकारी टोकनकर, तकिया, 46. परजा, 47. पाओ, 48. सहारिया, सोसिया, सेहरिया, सहारिया, सौर, सोर, 49. सोंता, सौन्ता, 50. सावर, सावरा, 51. सौंर।

बिहार

1. असुर, 2. बैगा, 3. बंजारा, 4. बाथूड़ी, 5. बेदिया, 6. भूमिज, 7. बिंझिया, 8. बिरहोर, 9. बिरजिया, 10. चेरो, 11. चिक या बराइ, 12. गौंड, 13. गोराइत, 14. हो, 15. करमाली, 16. खरिया, 17. खरवार, 18. खोंड, 19. किसान, 20. कोरा, 21. कोरवा, 22. लोहारा, लोहरा, 23. मेहली, 24. माल पहाड़िया, 25. मुण्डा, 26. ओराँव, 27. परहिया, 28. सन्थाल, 29. सौरिया, पहाड़िया, 30 सावर।

झारखण्ड

1. असुर, 2. बैगा, 3. बंजारा, 4. बथुड़ी, 5. बेदिया, 6. बिंझिया, 7. बिरहोर, 8. बिरजिया, 9. चेरो, 10. त्रिक, बराइक, 11. गोंड, 12. गोराइत, 13. हो, 14. करमाली, 15. खरिया, 16. खरवार, 17. खोंड, 18. किसान, 19. कोरा, 20.

कोरवा, 21. लोहरा, 22. महली, 23. माल पहाड़िया, 24. मुण्डा, 25. उराँव, 26. परहाइया, 27. सन्थाल, 28. सौरिया, पहाड़िया, 29. सावर, 30. भूमिज।

छत्तीसगढ़

1. अगरिया, 2. अन्ध, 3. बैगा, 4. भैना, 5. भारिया-भूमिआ, भुईंहार, भूमियाँ, भूमिआ, भारिया, पालिहा, पांडो, 6. भत्तरा, 7. भील, भिलाला, बरेला, पटेलिया, 8. भील मीना, 9. भुंजिया, 10. बिआर, बियार, 11. बिंझवार, 12. बिरहुल, बिरहोर, 13. दमोर, दामारिया, 14. धनवार, 15. गडाबा, गडबा, 16. गोण्ड अरख, अर्रख, अगारिया, असुर, बड़ी मारिया, बड़ा मारिया, भटोला, भीमा, कोइलाभुता, कोलीभुती, भार, बिसोनहार्न मारिया छोटा मारिया, दण्डामी मारिया, धुरु, धुरवा धोबा, धुलिया, डोरला, गायकी, गट्टा, गेट्टी, गैटा, गोंड, गोवारी हिल मारिया, कण्डरा, कलंगा, खटोला, कोइतर, कोया, खिरवार, खिरवारा, कुचा मारिया, कुचाकी मारिया, माडिया, मारिया, माना मन्नेवर, मोघया, मोगिया मोंघया, मुडिया, मुरिया, नगारची, नागवंशी, ओझा, राजगोंड, सोन्झारी, झरेका, थाटिया, थोटया, वाडे मारिया, वडे मारिया, दगेई, 17. हलबा, हलबी, 18. कमार, 19. कारकू, 20. कवर, कंवर, कंवर, कौर, चेरवा, राठिया, तंवर, छत्री, 21. खैरवार, कोंडार, 22. खरिया, 23. कोंध, खोंड, कांध, 24. कोल, 25. कोलम, 26. कोरकू बोपची, मोवासी, निहार, नाहुल, बोंधी, बोंडेया, 27. कोरवा, कोडाकू, 28. मांझी, 29. मझवार, 30. मवासी, 31. मुण्डा, 32. नगेसिया, नागासिया, 33. उराँव, धानका, धांगढ, 34. पाव, 35. परधान, पथारी, सरौती, 36. पारधी, बहेलिया, बहेल्लिया, चिता पारधी, लंगोली पारधी, फांस पारधी, शिकारी टकनकर, टाकिया, 37. परजा, 38. सहारिया, सहरिया, सेहारिया, सोसिया, सोर, 39. साओंता, सौन्ता, 40. सौर, 41. सावर, सावरा, 42. सोंर।

पश्चिमी बंगाल

1. असुर, 2. बैगा, 3. बंजारा, 4. बथूड़ी, 5. बेदिया, 6. भूमिज, 7. भूटिया, सेरपा, टोटा, दुकपा, कगाते, तिवेतन, यालमो, 8. विंझिया, 9. बीरहोर, 10. बिरजिया, 11. चकमा, 12. चेरो, 13. चिक वारैक, 14. गोरा, 15. गोंड 16. गोरैत, 17. हाजंग, 18. हो, 19. करमाली, 20. खरवार, 21. खोंड, 22. किसान, 23. कोरा, 24. कोरवा, 25. लेपचा, 26. लोधा, खेरिया, खारिया, 27. लोहार, लोहरा, 28. माघ, 29. माहली, 30. महाली, 31. मालपहाडिया, 32. मेच, 33. मारू, 34. मुण्डा, 35. नागेसिया, 36. उराँव, 37. परहिया, 38. राभा, 39. सन्ताल, 40. सोरिया पहाड़िया, 41. सावर।

सिक्किम

1. भूटिया (चुम्बिपा, दोपथापा, डुकपा, कगाटे, शेरपा, तिबेतन, ट्रोमोपा, योलमो सहित), 2. लेपचा।

...णाचल प्रदेश

1. अबोर, 2. अका, 3. अपातानी, 4. डफला, 5. गालोंग, 6. खाम्पती, 7. खोवा, 8. मिश्मी, 9. मोम्बा, 10. नाग जनजाति, 11. शेरदुकपेन, 12. सिंगफ़ो, 13. मोंपा, 14. बुगुन (खोवा), 15. मिजी (धम्मई), 16. सूलुंग, 17. तागिन, 18. हिलमिरी, 19. निशी (निशिंग), 20. बैंगनी, 21. आदी, 22. फकियल, 23. तांगसा, 24. त्युत्सा, 25. वाचू, 26. नौक्टे, 27. मिरी (मिसिंग), 28. देवरी, 29. लीसू (योबिन)।

मिजोरम

1. चकमा, 2. डिमासा (कचारी), 3. गारो, 4. हाजंग, 5. हमार, 6. खासी और जैन्तिया (खासी सिन्तेंग या प्नार, वार भोई या लिंगाम सहित), 7. कुकी जनजातियाँ, निम्नलिखित सहित—(बियाते, बियेते, चंगसान, चोंगलोई, दौंगेल, गमल्हो, गंगते, गुइते, हान्नेंग, हौकिप, होपित, हौलाई, हेंगना होंगसुंध, ह्यांग्ख्वाल, रंगखोल, जोंग्बे, खावचुंग, खवाथलांग, खोतालंग खेल्मा, खोल्हू, किप्पांन, कुकी, लेंगथांग, ल्हांगम, ल्हजेम, ल्हौवुन लुफेंग, मांजेल, मिसाऊ, रियांग, सैरहम, सेल्नाम, सिंग्सन, सिहल्हौ, सुक्ते, थाडो, थांगंज्यू, उइबू, वाइफेई), 8. लाखेर, 9. मान (ताई बोलनेवाली), 10. मीजी (लुशाई) जनजातियाँ, 11. मिकिर, 12. नागा जनजातियाँ, 13. पावी, 14. सिन्तेंग।

मेघालय

1. बोरो कचारीज, 2. चकमा, 3. डिमासा, कचारी, 4. गारो, 5. हाजंग, 6. हमार, 7. खासी, जैन्तिया, सिन्तेंग, प्नार, वार, भोई, लिंगाम, 8. कोच, 9. कुकी जनजातियाँ, निम्नलिखित सहित—(बियाते, बियेते, चंगसान, चोंगलोई, दौंगेल, गमल्हो, गंगते, गुइते, हान्नेंग, हौकिप, होपित, हौलाई, हेंगना, होंगसुंघ, ह्यांग्ख्वाल, रंगखोल, जोंग्बे, खावचुंग, खवाथलांग, खोतालंग, खेल्मा, खोल्हू, किप्पेन, कुकी, लेंगथांग, ल्हांगम, ल्हजेम, ल्हौवुन, लुफेंग, मांजेल, मिसाऊ, रियांग, सैरहम, सैल्नाम, सिंग्सन, सितल्हौ, सुक्ते, थाडो, थांगज्यू, उइबू, वाइफेई), 10. लाखेर, 11. मान (ताई बोलने वाली), 12. मीजो (लुशाई) जनजातियाँ, 13. मिकिर, 14. नागा जनजातियाँ, 15. पावी, 16. राबा, रावा, 17. सिन्तेंग।

गुजरात

1. बारडा, बावचा, बामचा, भरवाड, 4. भील, भील गरासिया, धोली भील, डुँगरी भील डुँगरी गरासिया, मेवासी भील, रावल भील, भगालिया, भिलाला, पावरा, वसावा, वसावे, 5. चारन, 6. चौधरी, 7. चोधरा, 8. धनका, टडवी, टेटारिया, वलवी, 9. धोड़िया, 10, दुबला, तलाविया, हलपति, 11. गमित, गम्ता, गविट, मावची, पदवी

वादी, मरिया, या वादामारिया, भटोला, भिम्मा, कोयला, भूटा, भूटी, भेड़ विसेनहाम, मारिया, चेतामारिया, डण्डामी मारिया, धुरु, धुरवा, धोबे, धूलिया, दोरला, गायकी, गट्टा, गद्दी, गैता, गोंडगोवारी, मादिया, मारिया, मेना, मनिवाल, मोघिया, मोगिया, मोघया, मुदिया, मुरिया, नगारची, नागवंशी, ओझा राज, सोनझारी, झकेरा, ठटिया, ठटया, वादेमारिया, वादीमारिया, 23. हलवा, हलवी, 24. कमार, 25. कवर, कानवार, कौर, चेरवा, रथिया, तनवार, छत्री, 26. कथेड़ी, कथारी, ढोर कथोड़ी, ढोर कथारी, सोन कथारी, सोन कथोड़ी, 27. खैरवार, 28. खारिया, 29. कोकना, कोकनी कुकना, 30. कोकम, मनेर वरलू, 31. कोल, कोकी, 33. कोली, महादेव या डोंगर कोली, 34. कोली मल्हार, 35. कोली ढोर, टोकरे कोली, कोलचा, कोलघ, 36. कोरकू, रुपची मुआसी, निहाल, नाहुल, बोन्धी, बोन्दया, 37. कोन्ध, खोण्ड, कान्ध, 38. कोरवा कोडाकू, 39. कोया, भिन्त कोया, राझोया, 40. कुनबी, 41. मझवार, 42. मुण्डा, 43. नागेसिया, नागासिया, 44. नाइकदा, नायका, चोलीवाला, नायका, कयाडिया नायका, मेतानायका, नाना नायका, 45. निहाल, 46. ओरांव, धानक, धनगड़, 47. पधार, 48. परधान, पथारी, सरोट, 49. पारधी आदवीचिंयर, फान्से पारधी, 50. पारधी, बहेली, बहेलिया, चीता पारधी, लगोली पारधी, फान्स पारधी, शिकारी, टाकनकर, तकिया, 51. परजा, 52. पटेलिया, 53. पोमला, 54. रेवाड़ी, 55. रथावा, 56. सौन्ता, सौन्ते, 57. सावर, सावरा, 58. सिद्दी, 59. ठाकुर, ठाकर कठाकुर, कठाकर, ठाकुर, मा ठाकर, 60. थोती, 61. वागड़ी, 62. वरदी, 63. विटोलिया, कोतवालिया, बेदिया कन्दरा, कालिंगा खटोला, कोइतार, कोया, खिड़वार, खिड़वारे, कूचमारिया, कुचे की मारिया।

तमिलनाडु

1. आदियान, 2. अरनादन, 3. इरावेल्लन, 4. हिल पुलिया, 5. इरुलर, 6. केदार, 7. कम्मोर, कम्मारा, 8. केनयान, कनयन, 9. केनीकरन, कनिक्कर, 10. कट्टुनायकन, 11. कोचूवेलन, 12. केण्डा रेड्डी, 13. कोंडा कापुस, 14. कोरगा, 15. कोटा, 16. कुडीवा, मालेकुडी, 17. कुरिच्चन, 18. कुरुमान, 19. कुरुम्बा, 20. मोहामालासर, 21. मालासर, 22. मालेकेण्डी, 23. मदयाली, मलयाली, 24. मलक्कुरवन, 25. मालाई आरायन, 26. मलाई पेण्डरम, 27. मालाई वेदन, 28. मालेवान, 29. मालेयारावर, 30. मन्नान, 31. मुदुगर, मुदुवन, 32. मुथूवन, 33. पालेयान, 34. पल्लीवान, 35. पेल्लीयार, 36. पेनियान, 37. पुलयान, 38. शोलगा, 39. टोडा, 40. उल्लादन (हिल निवासी), 41. उराली, 42. विशेवन।

कर्नाटक

1. आदियान, 2. अरानन्दन, 3. बरडा, 4. बवचा, बमचा, 5. भील, भील, गारसिया, धोली भील, डूँगरी भील, डूगरी गारसिया, मेवासी भील, रावल भील, तडवी

भील, भगालिया, भीलाला, पवरा, वासवे, वेसावा, 6. चेंचू, चेंचवार, 7. चोधरा, 8. धनका, टाडवी, तातेरिया, वालवी, 9. धोदिया, 10. दुवला, तालाविया, हेलपाती, 11. गामित, गमता, गावित, मावची, पदवी, पेलवी, 12. गोंड, नायक पोड, राजगोंड, 13. गोवदालू, 14. हक्की, पिक्की, 15. हसालारू, 16. इरूलर, 17. इरूलिगे, 18. जेनू कुरूबा, 19. कादर, 20. काडू कुरूबा, 21. कम्मारो, 22. केनियान, केन्यान, 23. काथोड़ी, काथोरी, ढोर काथोरी, सोन काथोड़ी, सोन काथेरी, कथोरी 24. कट्टूनयाकान, 25. कोकना, कोकनी, कुकना, 26. टोकरे, कोली, कोलचा या कोलघा, कोली ढोर, 27. कोण्डा कापुस, 28. कोण्डा रेड्डीस, 29. कोरगा, 30. कोरमा, 31. कोटा, 32. कोया, भीने कोया, राजकोया, 33. कुडिया, मेलकुडी, 34. कुरीच्चन, 35. कुरबा, 36. कुरूमेन्स, मेहा, मालासर, 37. मलयकुडी, 38. मालासर, 39. मलपकेंडी, 40. मालेरू, 41. मराठा, 42. मराटी, 43. मेदा, 44. मदुगर, मदुवेन 45. नायकदा, नायका, चोलीवालानयाका, कपाडिया, नाइके, नाइका, नानानायका, 46. पेप्लीयान, 47. पेनीयान, 48. पारधी, 49. अदवी चिंचर, फेन्से पारधी, 50. पटेलिया, 51. पोमला, 52. पुलयान, 53. रथवा, 54. सोलगा, 55. सोलीगारू, 56. थोटी, 57. टोडा, 58. वारली, 59. विटोलिया, कोतवालिया, वरोदिया, 60. येरावा।

उड़ीसा

1. बगता, 2. बैगा, 3. बंजारा, बंजारी, 4. बथूड़ी, 5. भोटाडा, धोटाडा, 6. भुइया, भुयां, 7. भूमिया, 8. भूमिज, 9. भूमिजिया, 10. बिन्झाल, 11. बिन्झिया, बिन्झोआ, 12. बिरहोर, 13. बोण्डोपारेज, 14. चेंचू, 15. दाल, 16. देसुआ, भूमिज, 17. धरूआ, 18. दिदयी, 19. मडावा, 20. गण्डिया, 21. घारा, 22. गोंड, गोंडो, 23. हो, 24. होलबा, 25. जटापू, 26. जुआंग, 27. कंघा, गौड़, 28. कावार, 29. खारिया, खेरियन, 30. खरवार, 31. खोंड, कोण्ड, कन्धा, नंगूली कन्धा, सीधा कन्धा, 32. किसान, 33. कोल, 34. कोलाह, कोल, लोहारा, कोल लोहराज, 35. कोलहा, 36. कोली, मल्हार, 37. कोण्डाडोरा, 38. कोरा, 39. कोटुआ, 40. कोटिया, 41. कोया, 42. कुलिस, 43. लोधा, 44. मादिया, 45. महाली, 46. मनकीदी, 47. मनकिरदिया, 48. माटिया, 49. मिरधास, 50. मुण्डा, मुण्डालोहेरा, मुण्डा महालिस, 51. मुन्डारी, 52. ओमानातया, 53. ओराब, 54. परेंगा, 55. परोजा, 56. पेन्तिया, 57. रजुआर, 58. सन्ताल, 59. सियोरा, सावर, सौरा, सहरा, 60. शावर, लोधा, 61. सौंती, 62. थारुआ।

मणिपुर

1. अइमोल, 2. अनाल, 3. अंगामी, 4. चिरू, 5. चौथे, 6. गंगते, 7. हमार, 8. कबुई, 9. कचा नागा, 10. कोयराओ, 11. कोय रेंग, 12. कोम, 13. लामगेंग,

14. मिजो (लुसाई), 15. मारम, 16. मारिंग, 17. माओ, 18. मोनसंग, 19. मायोन, 20. पैते, 21. पूरम, 22. रालती, 23. सेमा, 24. सिमते, 25. सुहते, 26. तंगखुल, 27. थडोऊ, 28. वाइफुई, 29. जोऊ, 30. मीजो (लुशाई) जनजातियाँ।

लक्षदीप

1. लक्कादीवी, 2. मिनिकायी, 3. अमीनदीवी।

केरल

1.आदियन, 2. अरान्दन, 3. इरावल्लन, 4. हिलपुलिया, 5. इरुलर, इरुलन, 6. कादर, 7. कम्मारा, 8. कानीकरन, कानीकर, 9. कट्टुनायकन, 10. कोचू वेलन, 11. कोण्डकापुज, 12. कोण्डा रेड्डी, 13. कोरगा, 14. कोटा, 15. कुदिया या मेलाकुदी, 16. कुरीच्चन, 17. कुरुमंस, 18. कुरूम्वास, 19. महामालासर, 20. मालासर, 21. मालयेकाण्डी, 22. मलक्कूरावन, 23. मालाई अइयान, 24. मालाई पेण्ड्रम, 25. मलाईवेदान, 26. मालायान, 27. मलायारायार, 28. मन्नेन, 29. माराती, 30. मुथूवन, मुदूगर, मदूवन, 31. पाल्लेवेन, 32. पेल्लीयार, 33. पेल्लीयान, 34. पन्नीयान, 35. पुलयान, 36. उलेदा (पहाड़ी निवासी), 37. उराली, 38. विश्वान, 39. उल्लाडन।

परिशिष्ट–दो

विमुक्त (अपरिगणित) आदिवासियों की सूची

क्र.सं.	जाति का नाम	राज्य का नाम
1	अहेरिया	दिल्ली
2	अमागुन्तापलेगर	आन्ध्रप्रदेश
3	अम्बाला कारर	तमिलनाडु
4	अडुरिया डोम्ब, अन्दुईया डो	उड़ीसा
5	अनीपीमला	आन्ध्रप्रदेश
6	अन्नाबोईना मला	आन्ध्रप्रदेश
7	अप्पानाड कोण्डायम कोटाई मारावर	तमिलनाडु
8	अटूर किलनाड़ कोरावर	तमिलनाडु
9	अट्टुर मेलनाड़ कोरावर	तमिलनाडु
10	औधिया	उत्तरप्रदेश
11	औघर	उत्तरप्रदेश
12	बाड़िया	मध्यप्रदेश
13	बाफन	गुजरात
14	बागड़ी	मध्यप्रदेश, राजस्थान
15	बैद	उत्तरप्रदेश
16	बैरागी	छत्तीसगढ़
17	बैरागिया	मध्यप्रदेश
18	बनछाड़ा	मध्यप्रदेश
19	बनदास	आन्ध्रप्रदेश
20	बान्दी वाडर	कर्नाटक
21	बंगाली	हरियाणा, पंजाब
22	बंजारा	छत्तीसगढ़, मध्यप्रदेश, उत्तरप्रदेश,

		दिल्ली, महाराष्ट्र
23	बावरी	राजस्थान
24	बरार	हरियाणा, पंजाब
25	बारगी	उत्तरप्रदेश
26	बाट्टू टरका	तमिलनाडु
27	बोरिया	हरियाणा, पंजाब
28	बावरिया	दिल्ली
29	बाजीगर	दिल्ली, पंजाब
30	बेलदार	उत्तरप्रदेश
31	बेरड़	कर्नाटक, महाराष्ट्र
32	बेरिया	कर्नाटक, पश्चिम बंगाल
33	बेसतर	महाराष्ट्र
34	भान्पता... राजपूत	कर्नाटक, महाराष्ट्र
35	भामता	कर्नाटक, महाराष्ट्र
36	भारमातिया	मध्यप्रदेश
37	भार	उत्तरप्रदेश, पश्चिम बंगाल
38	भाट	राजस्थान, उत्तरप्रदेश
39	भातरी (भडरी)	उत्तरप्रदेश
40	भाट्टू	आन्ध्रप्रदेश, मध्यप्रदेश
41	भील	दिल्ली
42	भोरा	हरियाणा
43	बिजारिया	मध्यप्रदेश
44	बोया	आन्ध्रप्रदेश, तमिलनाडु
45	बृजवासी	उत्तरप्रदेश
46	बुड़ा बुक्काल	आन्ध्रप्रदेश
47	सी.के. कोरावर	तमिलनाडु
48	चक्काला	तमिलनाडु
49	चमार जाटव	दिल्ली
50	चमार मँगता	उत्तरप्रदेश
51	चंकरावेडिय	मध्यप्रदेश
52	चंगायमपुडी कोरावर	तमिलनाडु
53	चप्पारबन्द...मुस्लिम	महाराष्ट्र
54	चपेरबन्द	कर्नाटक
55	चेट्टीनाड़ वलायर	तमिलनाडु

56	छारा	गुजरात, कर्नाटक
57	चिगरीबेतेगर	कर्नाटक
58	चोहरा चूरा	दिल्ली
59	चूबालिया कोली	गुजरात
60	डाबी कोरावर	तमिलनाडु
61	डाफेर	गुजरात
62	डण्डासी पानो	उड़ीसा
63	डण्डासी	आन्ध्रप्रदेश
64	डांग डासर	कर्नाटक
65	दसारी	आन्ध्रप्रदेश
66	देवगुडी तालायर	तमिलनाडु
67	धेकारू	पश्चिम बंगाल
68	धिन्वारा	हरियाणा
69	धोब्बा कोरावर्स	तमिलनाडु
70	डोब्बाला कोर्चा	आन्ध्रप्रदेश
71	डोम	दिल्ली
72	डोमबान	केरल
73	डोम्बो, डोम्ब, डोम्ब	तमिलनाडु, उड़ीसा
74	डोम्मार	आन्ध्रप्रदेश, तमिलनाडु
75	डोंगा बोया	आन्ध्रप्रदेश, तमिलनाडु
76	डोंगा दशारि	आन्ध्रप्रदेश, तमिलनाडु
77	डोंगा डोम्मार	आन्ध्रप्रदेश
78	डोंगा कोर्चा	आन्ध्रप्रदेश
79	डोंगा मला	आन्ध्रप्रदेश
80	डोंगा उर. कोर्चा	आन्ध्रप्रदेश
81	डोंगा वडार	आन्ध्रप्रदेश
82	डोंगा यानाडि	आन्ध्रप्रदेश
83	डोंगा यथा	आन्ध्रप्रदेश
84	डोंगा यरूकुला	आन्ध्रप्रदेश
85	गन्धर्व कोटाई काल्लार	तमिलनाडु
86	गन्धर्व कोटाई कोरार्वर	तमिलनाडु
87	गण्डास, गाण्डा	उड़ीसा
88	गण्डिला	उत्तप्रदेश
89	गान्धीला	हरियाणा, पंजाब

90	घासिस, घासी, घासिया	उड़ीसा
91	घोसी हिन्दू	उत्तप्रदेश
92	गिरनी वाडर	कर्नाटक
93	गोदन्हार	उत्तरप्रदेश
94	गोण्ड, गोण्डा	पश्चिम बंगाल
95	गोरेला डोडा बोया	तमिलनाडु
96	गोसायन	उत्तरप्रदेश
97	गुडू दसारि	तमिलनाडु
98	हाबूड़ा	मध्यप्रदेश
99	हिन्गोरा	गुजरात
100	ईरानिज	आन्ध्रप्रदेश
101	जैन्तीरा पान्ना	उड़ीसा
102	जम्बावनोडाई	तमिलनाडु
103	जरूगा मल्ली मादीगा	आन्ध्रप्रदेश
104	जटूर मिक्सड गैंग	आन्ध्रप्रदेश
105	जवेरी	कर्नाटक
106	जौ गुला	कर्नाटक
107	जोगा	उत्तरप्रदेश
108	जोगी, जोगी	उत्तरप्रदेश, तमिलनाडु
109	जोहरी	कर्नाटक
110	कबूतरिया	मध्यप्रदेश
111	कहार	उत्तरप्रदेश
112	कैकड़ी	कर्नाटक, महाराष्ट्र
113	काला कोरावर	तमिलनाडु
114	काला वथिला वोया	तमिलनाडु
115	कालाडि	तमिलनाडु
116	कलन्दर फकीर	उत्तरप्रदेश
117	कालवेलिया	मध्यप्रदेश
118	कलिंगा	मध्यप्रदेश
119	कलिंजी डाबी कोराव	तमिलनाडु
120	कल्लू...वाडर	कर्नाटक
121	कालोडोर	तमिलनाडु
122	कामती	कर्नाटक
123	कंजर	दिल्ली, मध्यप्रदेश, कर्नाटक, राजस्थान

124	कंजर भाट	महाराष्ट्र
125	कंजरी	कर्नाटक
126	कंकाली	उत्तरप्रदेश
127	कमैलिया	उत्तरप्रदेश
128	कारचा	कर्नाटक
129	करमंगा	उत्तरप्रदेश
130	करवाल नट	पश्चिम बंगाल
131	काटवू	महाराष्ट्र
132	कय्यार भाटा	आन्ध्रप्रदेश
133	केपमारि	तमिलनाडु, आन्ध्रप्रदेश
134	केवट	उत्तरप्रदेश
135	खटिक	दिल्ली
136	खुरपल्टा	उत्तरप्रदेश
137	किंगिरा	उत्तरप्रदेश
138	किनिली	आन्ध्रप्रदेश
139	कोली	गुजरात
140	कोण्डाडोर	आन्ध्रप्रदेश
141	कू टप्पल काल्लर	गुजरात
142	कोरावर	आन्ध्रप्रदेश
143	कोर्चा	तमिलनाडु
144	कूध भाण्डीया	आन्ध्रप्रदेश
145	लाम्बडी	मध्यप्रदेश
146	लोधास, लोधा, लोध	उड़ीसा, पश्चिम बंगाल, उत्तरप्रदेश
147	लोण्डा चमार	उत्तरप्रदेश
148	मदारी	दिल्ली, उत्तरप्रदेश
149	मघाईया डोम	पश्चिम बंगाल
150	महातम	हरियाणा, पंजाब
151	महावट	उत्तरप्रदेश
152	मल्लाह	दिल्ली, उत्तरप्रदेश
153	मन्नू बार्डर	कर्नाटक
154	मारावर	तमिलनाडु
155	मे	गुजरात
156	मेवाती	उत्तरप्रदेश
157	मिन्कास, मिन्का	उड़ीसा

158	मियाना	गुजरात
159	मोघाया डोम	पश्चिम बंगाल
160	मोघिया	मध्यप्रदेश
161	मोगिया	राजस्थान
162	मोण्डा गोल्ला	तमिलनाडु
163	मोण्डा कोरावर	तमिलनाडु
164	मोण्डी वागुल	आन्ध्रप्रदेश
165	मोटला काम्पट्टी	तमिलनाडु
166	मुगिया	उत्तरप्रदेश
167	मुल्तानि	राजस्थान
168	मुण्डा पोटा	उड़ीसा
169	मुथाराचा	आन्ध्रप्रदेश
170	नायक मक्कालू	कर्नाटक
171	नाईबाड़ी	कर्नाटक
172	नक्काल	आन्ध्रप्रदेश
173	नट...रानाबाडी	दिल्ली, कर्नाटक, हरियाणा, मध्यप्रदेश, पंजाब, राजस्थान
174	नेडेटी कोथाल	आन्ध्रप्रदेश
175	नीर सिकारि	आन्ध्रप्रदेश, कर्नाटक
176	इन्जी कोरावर	तमिलनाडु
177	नोक्कर	तमिलनाडु
178	नेल्लोरेपेट ओडार	तमिलनाडु
179	ओडार	तमिलनाडु
180	ओरिया डोम्ब	उड़ीसा
181	पडायाची	तमिलनाडु
182	पैडिय	आन्ध्रप्रदेश
183	पामलोर	कर्नाटक
184	पामूला बुडा बुक्काल	आन्ध्रप्रदेश
185	परद्रशी भाम्पटा	कर्नाटक
186	पारधी	छत्तीसगढ़, मध्यप्रदेश, कर्नाटक
187	पारिली मुक्कला	आन्ध्रप्रदेश
188	पारय	आन्ध्रप्रदेश
189	पासिया	मध्यप्रदेश, छत्तीसगढ़, दिल्ली
190	पेड्डा बोया	आन्ध्रप्रदेश, तमिलनाडु

191	पेड्डी गोल्ला	आन्ध्रप्रदेश
192	पेरिया सूरियूर कल्लार	तमिलनाडु
193	पेरनास...पेरना	दिल्ली
194	फारेचारी	कर्नाटक
195	पिच्चीगून्तला	आन्ध्रप्रदेश
196	पीरामलाई कल्लार	तमिलनाडु
197	पोन्नाई कोरावर	तमिलनाडु
198	पून्नाम वेट्टुवा गोण्डर	तमिलनाडु
199	पिडीस, पैडी	उड़ीसा
200	राज पारधी	महाराष्ट्र
201	रामोसी	महाराष्ट्र
202	रेड्डी यानाडि	आन्ध्रप्रदेश
203	रेड्डीका	आन्ध्रप्रदेश
204	रेल्लिय	आन्ध्रप्रदेश
205	साकाल	आन्ध्रप्रदेश
206	साक्काराईथामडाई कोरावर	तमिलनाडु
207	सलेम मेलनाड कोरावर	तमिलनाडु
208	सलेम उप्पू कोरावर	तमिलनाडु
209	सान्धी	गुजरात
210	सान्दुत्या	मध्यप्रदेश
211	सनोरिया	मध्यप्रदेश
212	साँसी	दिल्ली, मध्यप्रदेश, राजस्थान, पंजाब, हरियाणा
213	सांसिया	कर्नाटक
214	सपेरा	दिल्ली, उत्तरप्रदेश
215	सारंगा पल्लई, कोरावर	तमिलनाडु
216	सेमबनाड़ मारावर	तमिलनाडु
217	सेरवाई	तमिलनाडु
218	सिकलीगर	दिल्ली, उत्तरप्रदेश
219	सिंगीवाल	उत्तरप्रदेश
220	सूरमारी ओड्डार	तमिलनाडु
	सुगालि	आन्ध्रप्रदेश
	[illegible]गुस करनाल जिला	हरियाणा
	[illegible]कनाकर	कर्नाटक

224	टाकर	कर्नाटक
225	तलवार	कर्नाटक
226	टांगा भाट	उत्तरप्रदेश
227	तेलगा पामूलर	आन्ध्रप्रदेश, उड़ीसा
228	थल्ली कोरावर	तमिलनाडु
229	थेवा	गुजरात
230	थेलूंगापट्टी चैट्टीस	तमिलनाडु
231	थोगामलाई कोरावर	तमिलनाडु
232	थोटा नायक	आन्ध्रप्रदेश तमिलनाडु
233	टोडनापुर महारात्रा	आन्ध्रप्रदेश
234	टूडुग वाडेर—	कर्नाटक
235	टुरका	आन्ध्रप्रदेश
236	उचीला	कर्नाटक
237	उप्पू कोरावर	तमिलनाडु
238	उराली गौण्डर	तमिलनाडु
239	वाड्डार	आन्ध्रप्रदेश
240	वाड्डी उप्पार	आन्ध्रप्रदेश
241	वडुवरपट्टी कोरावर	तमिलनाडु
242	वलायर	तमिलनाडु
243	वर्गानेरी कोरावर	तमिलनाडु
244	वेडूरूपका मला	आन्ध्रप्रदेश
245	वेट्टुवा गौण्डर	तमिलनाडु
246	वेट्टा कोरावर	तमिलनाडु
247	वेट्टाईकारर	तमिलनाडु
248	वाडर	महाराष्ट्र
249	वाघर, वाघेर	गुजरात
250	वाघरी	महाराष्ट्र
251	वायलपाड	तमिलनाडु
252	यानाडि	आन्ध्रप्रदेश
253	यरूकुला	आन्ध्रप्रदेश, कर्नाटक
254	योयालपाड	आन्ध्रप्रदेश

परिशिष्ट-तीन

घुमन्तू आदिवासियों की सूची

क्र.सं.	जाति का नाम	राज्य का नाम
1	अरायन्डन	केरल
2	औघड़	उत्तरप्रदेश
3	अबधिया	उत्तरप्रदेश
4	बच्चोवालिया	मध्यप्रदेश
5	बाड़ी	उत्तरप्रदेश
6	बहेलिया	पश्चिम बंगाल
7	बहरूपी	महाराष्ट्र
8	वैलापटार	कर्नाटक
9	वैरागी बाबा	कर्नाटक
10	बजानिया, बाजीगर	गुजरात, कर्नाटक, हरियाणा
11	बजीकर	उड़ीसा
12	बालसन्तोषी जोशी	कर्नाटक
13	बालदिया	मध्यप्रदेश
14	बालदियाज-बंजाराज	राजस्थान
15	बंगाई	हरियाणा
16	बंजारा	हरियाणा
17	बर्गी	उत्तरप्रदेश
18	बौरिया	हरियाणा
19	बौरी	पश्चिम बंगाल
20	बाबा-वैरागी, वैरागी बाबा	गुजरात
21	बेडिया, बेरिया	पश्चिम बंगाल
22	बेलदार	महाराष्ट्र, उत्तरप्रदेश
23	बेलदार-बेराड	पश्चिम बंगाल

24	भाण्ड, नट बजानिया	गुजरात
25	भाण्टू	मध्यप्रदेश
26	भार	उत्तरप्रदेश
27	भाराड्डी हरबोला	मध्यप्रदेश
28	भाराधी, हरदास	मध्यप्रदेश
29	भाराडी	कर्नाटक, महाराष्ट्र
30	भारतीय ईरानी	महाराष्ट्र
31	भार	पश्चिम बंगाल
32	भाट	छत्तीसगढ़, उत्तरप्रदेश
33	भाटा	मध्यप्रदेश
34	भट्टी	उत्तरप्रदेश
35	भावैया, तारगला	गुजरात
36	भोई	महाराष्ट्र
37	भोपा, गाड़ी लूहारिया	गुजरात, राजस्थान
38	भूटे	महाराष्ट्र
39	बीरहोर	पश्चिम बंगाल, उड़ीसा
40	बृजवासी	उत्तरप्रदेश
41	वुडबुडकी-जोशी-गोन्धाली	कर्नाटक
42	वुण्डा बेस्ता-बेस्तर	कर्नाटक
43	चमार, चर्मकार, मोची, मुची, रबिदास, रुईदास, ऋषि	पश्चिम बंगाल
44	चमार मँगता	उत्तरप्रदेश
45	चामटा, चमाठा	गुजरात
46	चारण, गधवी	गुजरात
47	चित्राकथी	महाराष्ट्र
48	चित्राकथी जोशी	कर्नाटक
49	चोलानायकन	केरल
50	दलेरे कहार	उत्तरप्रदेश
51	दरवेश	कर्नाटक
52	दरवेशी, वाघवोलेशाह-मुस्लिम अश्वालवाले	महाराष्ट्र
53	दवेरी	कर्नाटक
54	देहा	हरियाणा
55	देवर	छत्तीसगढ़, मध्यप्रदेश

56	धांगड	छत्तीसगढ़, मध्यप्रदेश, महाराष्ट्र
57	ढोली	कर्नाटक
58	डोम, धांगड़-डोमा	पश्चिम बंगाल
59	डोमावारिश	राजस्थान
60	डोमवारी	कर्नाटक
61	डोम्वीदास	कर्नाटक
62	डुमना	हरियाणा
63	दुर्गामुर्गा	कर्नाटक
64	दुर्गीमुर्गी	मध्यप्रदेश
65	फकीर-सैन	पश्चिम बंगाल
66	गडालिया, गाडलिया	गुजरात
67	गड्डीस	मध्यप्रदेश
68	गागरा	हरियाणा
69	गन्दिला	उत्तरप्रदेश
70	गान्धिला	हरियाणा
71	गारो, गारोड़ा	गुजरात
72	गारूड़ी	गुजरात, कर्नाटक, महाराष्ट्र
73	गौरिया	हरियाणा
74	गवली, मुस्लिम गवली	महाराष्ट्र
75	घन्तारा घाड़ा, घन्तारा	उड़ीसा
76	घान्तिया, गान्तिया, नटाडा	गुजरात
77	घासी	पश्चिम बंगाल
78	घीसाड़ी	कर्नाटक, महाराष्ट्र, मध्यप्रदेश, राजस्थान
79	घोसी	उत्तरप्रदेश
80	घूसुरिया	उड़ीसा
81	गीहारा-गहारा	महाराष्ट्र
82	गिन्धाली	मध्यप्रदेश
83	गोडायना	मध्यप्रदेश
84	गोडनहार	उत्तरप्रदेश
85	गोलारस-गोलाम्स केल्लास-बालाघाट गोक्कारस	मध्यप्रदेश
86	गोल्ला	महाराष्ट्र
87	गोन्धाली	महाराष्ट्र
88	गोण्ड	पश्चिम बंगाल

89	गोपाल	कर्नाटक, महाराष्ट्र
90	गोसाई, गोसायन	छत्तीसगढ़, उत्तरप्रदेश
91	गोसवी	महाराष्ट्र
92	गुसाईन-गोसाईन	महाराष्ट्र
93	हजरा	मध्यप्रदेश
94	हाँसी	हरियाणा
95	हेल्वे	महाराष्ट्र
96	होगर-होवडीगर	कर्नाटक
97	जोगा	उत्तरप्रदेश
98	जोगी कालवेलिया	राजस्थान
99	जोगी कनफटा, जोगी	राजस्थान, गुजरात, उत्तरप्रदेश, छत्तीसगढ़, पश्चिम बंगाल
100	जोशी-सादा जोशी	छत्तीसगढ़, महाराष्ट्र, कर्नाटक
101	जोशी, बालसन्तोषी, जोशी, हारडा, जोशीं-नाडिया, जोशी हरबोला, जोशी-नामडलवाला, जोशी पिंगला	मध्यप्रदेश
102	कादर	केरल
103	कलन्दर फकीर	उत्तरप्रदेश
104	कलन्दर गुलाम डे	मध्यप्रदेश
105	कामड	मध्यप्रदेश
106	कंगासिया	गुजरात
107	कंजर	हरियाणा, पश्चिम बंगाल
108	कनकली	उत्तरप्रदेश
109	कनमैलिया	उत्तरप्रदेश
110	करमंगा, हिन्दू महावत	उत्तरप्रदेश
111	करोहिया	मध्यप्रदेश
112	कसाई	छत्तीसगढ़
113	कासी कपडी	महाराष्ट्र, कर्नाटक
114	काशी कपड़ी-हारडा	मध्यप्रदेश
115	कसाई-शेफर्डस	मध्यप्रदेश
116	कताबू	कर्नाटक
117	कथोडी-कटकरी	गुजरात
118	कट्टुनायकन	केरल

119	केला	उड़ीसा
120	केलकरी	कर्नाटक
121	केवट	उत्तरप्रदेश
122	खटीक-खटीस	पश्चिम बंगाल
123	खूरपल्टा	उत्तरप्रदेश
124	खुरपल्टास-कुलफल्टास	राजस्थान
125	किल्ले कयाथस	कर्नाटक
126	किंगिरिया	उत्तरप्रदेश
127	कोलहारी	कर्नाटक
128	कोठारी	महाराष्ट्र
129	कोटवालिया	गुजरात
130	कुरूम्बार	केरल
131	लोध	उत्तरप्रदेश
132	लोधा, खेरिया, खारिया	पश्चिम बंगाल
133	लोहार पिट्टास-गाडियर जोहर	मध्यप्रदेश
134	लोना चमार	उत्तरप्रदेश
135	ईरानी, ईरानिस	मध्यप्रदेश, राजस्थान
136	मदारी	उड़ीसा, उत्तरप्रदेश
137	महावत और लूँगी पठान	उत्तरप्रदेश
138	माईराल	महाराष्ट्र
139	मालापण्डारम	केरल
140	मल्लाह	हरियाणा, पश्चिम बंगाल, उत्तरप्रदेश
141	मनकिढ़ी	उड़ीसा
142	मनकिरडिया	उड़ीसा
143	मारियेवाले, काडकालक्ष्मी, मार्गाम्मावाले	महाराष्ट्र
144	मारवाड़ा-वाघरी, मारवाडीवाघरी, मारवाड़ा	गुजरात
145	मसानिया योगी	कर्नाटक
146	मसान जोगी	महाराष्ट्र
147	मेवाती	उत्तरप्रदेश
148	मुगिया-मुंग	उत्तरप्रदेश
149	मुस्लिम मदारी गारूडी, साँपवाले और जादूगर	महाराष्ट्र

150	नन्दीवाला जोशी गोण्डाली फूलमाली	कर्नाटक
151	नन्दीवाले	महाराष्ट्र
152	नट	हरियाणा, पश्चिम बंगाल
153	नाथ, नाथबाबा	गुजरात
154	नाथपन्थी-डौरी गोसवी	कर्नाटक
155	नायकड़ा-नायकडाघील	मध्यप्रदेश
156	ओढ	गुजरात, हरियाणा
157	ओतारी	महाराष्ट्र
158	पांगूल	महाराष्ट्र
159	पांगौडूल	कर्नाटक
160	पारधी	गुजरात
161	पारधिज	राजस्थान
162	पासी-पासिया	पश्चिम बंगाल
163	पैरना	हरियाणा
164	पित्तागुन्ताला	कर्नाटक
165	राजगोण्ड	छत्तीसगढ़
166	रावलिया, रावल, रावलयोगी	गुजरात, महाराष्ट्र
167	रोभारिस	मध्यप्रदेश
168	सबाखिया	उड़ीसा
169	सलाट घेरा,	गुजरात
170	साँसी	हरियाणा
171	सरानिया	कर्नाटक, गुजरात, मध्यप्रदेश
172	सारोडी	कर्नाटक
173	सिकलीगर	राजस्थान, गुजरात, मध्यप्रदेश, छत्तीसगढ़, उत्तरप्रदेश हरियाणा
174	शोरगिर	हरियाणा
175	सिक्कलगर	महाराष्ट्र
176	सिंगीवाल	उत्तरप्रदेश
177	सिंगीवाला, कुचू और कुचबन्द	मध्यप्रदेश
178	सिरकीबन्द	हरियाणा
179	सपेला	हरियाणा, उत्तरप्रदेश
180	सुडूगुहू सिधान-बहुरनिया	मध्यप्रदेश
181	तांगा भाट	उत्तरप्रदेश

182	फेलारी	महाराष्ट्र
183	तिरूमली	कर्नाटक
184	तूरी	गुजरात
185	उल्लाडन	केरल
186	उरली	केरल
187	वाडी, जोगी वाडी	गुजरात, कर्नाटक
188	बेगलाले	महाराष्ट्र
189	बागरी	कर्नाटक
190	वैडू	कर्नाटक, महाराष्ट्र
191	वरियंथार-राजगोण्ड	मध्यप्रदेश
192	वन्जारी	महाराष्ट्र
193	वन्सफोड़ा	गुजरात
194	वंजारा	गुजरात, उत्तरप्रदेश
195	वासुदेव	कर्नाटक, महाराष्ट्र
196	वीर	कर्नाटक
197	वीटोडिया, विटोलिया	गुजरात
198	योगी नाथ	पश्चिम बंगाल

परिशिष्ट-चार

अर्द्ध-घुमन्तू आदिवासियों की सूची

क्र.सं.	जाति का नाम	राज्य का नाम
1	भाराड्डी-जोधाव	राजस्थान
2	भाया	राजस्थान
3	जालूकु	राजस्थान
4	जंगलु	राजस्थान
5	झांग	राजस्थान
6	जोगी	राजस्थान
7	कन्नी	राजस्थान
8	माँगलिया	राजस्थान
9	रामास्वामी	राजस्थान
10	राठ	राजस्थान
11	रेवारिज	राजस्थान
12	सारंगीवाला भोपा	राजस्थान
13	सिण्डलू	राजस्थान

सन्दर्भ

∞ Life style Indian tribes locational practice- Dr Shivtosh Das
∞ Tribal Situation in Kerala- P.R. G Matha
∞ People of the North East Indian- Dr Shivtosh Das
∞ The people of India - W. Crook H. H. Risly
∞ The tribes and Castes of the central provinces - J. Russell
∞ A New Deal for tribal people - B.B, Sharma
∞ Economics of the tribal and their transformation - K. S, Singh
∞ Tribal History: A Inter pretation - Hira lal Shukla
∞ Chanda Committee Report - 1960
∞ The Tribal Revots - V. Raghuyah
∞ Nagas- The ancient Rvlers of India- their Origin and history - Dr. Naval Viyogi
∞ Anthropological Survey of India, People of India - K.S. Singh
∞ The tribes and Castes of North western provinces of Oudh- W. Crook.
∞ The tribes and Castes of Bombey Presidency- R.E. Enthoven
∞ The Mysore tribes and castes- L.K.A.Iyer
∞ The worlds peoples - Dr A K Keane
∞ The Tribes and castes of the Central Provinces of India- R. V. Russel
∞ New Deal for tribal Indian- veriyav Alwin
∞ Josua project Report- K. S Singh
∞ Cast and Race in India. V.S. Shuriye
∞ Caste in India- J.H, Hutan
∞ The Scheduled Tribe- G. S. Ghurye
∞ Government of Indian Act 1935
∞ Census Report 1911- S. T. Morten
∞ Hindu Castes and Sects- thactes
∞ Memoirs on the mislory. Folklore and Oistribution of the races of the N.W. provinces of India- Henry
∞ भारत की आदिवासी जनजातियाँ—डॉ. शिवतोष दास
∞ जनजातीय वीर— एस. आर. एन- श्रीवास्तव
∞ वीर वनवासी— भानु प्रताप शुक्ल
∞ आदिवासी भारत की व्याख्या—रोमिला थनपर
∞ आदिवासी विमर्श—मनोज कुमार पाण्डेय

∞ आदिवासी—राम शरण जोशी
∞ आदिवसी अस्मिता का संकट—रमणिका गुप्ता
∞ सूर्योदय का प्रदेश अरूणाचंल—डॉ. एस. के. पाण्डेय
∞ जनजातीय विमर्श का आधार और स्वरूप— श्रीप्रकाश मिश्र
∞ आदिवासी दुनिया—हरी राम भीणा
∞ यर्बला की कथा— हैदर रिजवी
∞ भारत का इतिहास—डॉ. ईश्वरी प्रसाद
∞ नागवंश और अग्रवाल— पायल अग्रवाल
∞ भारतीय जनता और संस्थाएँ— रवीन्द्र कुमार मुखर्जी
∞ सामाजिक समूह और संस्थाएँ—रामबाबू गुप्त
∞ विश्व इतिहास—डॉ. आर. जी. त्रिपाठी
∞ प्राचीन भारत का इतिहास—विमल चन्द पाण्डेय
∞ सिन्धु सभ्यता के सृजनकर्ता शूद्र और वणिक्—नवल वियोगी
∞ भारतीय सभ्यता तथा संस्कृति का विकास—वी.एन. लूनिया
∞ प्राचीन भारत का धार्मिक, सामाजिक एवं आर्थिक जीवन—डॉ. सत्यकेतु विद्यालंकार
∞ आदिवासी समाज में उराँव जनजातियों का सामाजिक सस्कृतिक अध्ययन—पूजा प्रया एक्का
∞ उराँव जनजाति के वस्त्र आभूषण—मिज रानी उषा, कुडुख डहरे, बरबला मंजु
∞ प्राचीन ग्रन्थों में सुर और असुर—डॉ. सन्तोष राय
∞ असुर जीति—वीरेन्द्र
∞ महिषासुर एक जन नायक—प्रमोद रंजन
∞ धरती का देवता बिरसा—तारू मुण्डा
∞ दहकता पूर्वांचल—भानु प्रताप शुक्ल
∞ क्रान्तिकारी गोविन्द गुरु—सूर्यनारायण सक्सेना
∞ महान कोल संग्राम—बाल सौमित्र
∞ मीणा इतिहास—रावत सारस्वत
∞ पश्चिम बंगाल के आदिवासी आन्दोलन—ए. के. दास
∞ वनवासी—ठक्कर वापा
∞ वनवासी भील—रामचन्द्र पलात
∞ महासंग्राम गाथा—अरुण कुमार
∞ 1857 सरकारी दस्तावेज और लोकगीतों का साथ—पंकज राव
∞ दुर्गा सप्त शती का असुर पाठ—अश्विनी कुमार पंकज
∞ प्रारम्भिक जातियाँ—सुर और असुर—अनिरुद्ध जोशी शतायु
∞ कौन हैं असुर जाति के लोग—अनिरूद्ध जोशी वातायु
∞ विमुक्त धुमन्तू एवं अर्द्धधुमन्तू आरक्षण की विसंगतियाँ (लेख)—विश्वम्भर प्रकाश निषाद
∞ होली एक असुर महिला को जिन्दा जलाने का जश्न—(लेख)—कँवल भारती
∞ शासनादेश संख्या 899/×/26"700 (5) 1959 उत्तर प्रदेश सरकार
∞ कैलाश बनाम महाराष्ट्र राज्य वाद (सुप्रीम कोर्ट 2011)
∞ चौथी दुनिया समाचार पत्र- 7 जनवरी 2011

∞ विमुक्त जति पर निर्णय एआईआर 1983 पी/एच 230 (232)
∞ दलित केशरी साप्ताहिक पत्र- सम्पादक- एस राव राम सजीवन नाथ (अंक - 120)
∞ ऋग्वेद ऋचा (IV) 2-52, I - 176
∞ ऋग्वेद ऋचा VI - 2-52, I - 4
∞ ऋग्वेद VIII 2-3
∞ ऋग्वेद मण्डल एक सूक्त 43, 130, श्लोक 77,13,14,15
∞ महाभारत द्रोणपर्व अध्याय 60 श्लोक 10,17,18, अध्याय 67
∞ भृगु नवनीतम (भृगु सूक्त) के.के. पाठक
∞ कौटिल्य का अर्थशास्त्र- कौटिल्य
∞ मनुस्मृति- मनु
∞ भविष्य पुराण
∞ मत्स्यपुराण अध्ययन 70 श्लोक 41-63/15/5
∞ महाभारत आदिपर्व- अध्याय 118
∞ विष्णु पुराण
∞ शिव पुराण
∞ वाल्मीकि रामायण पृष्ठ 75/ बारहवाँ अध्याय
∞ कम्ब रामायण
∞ दुर्गा सप्तसती
∞ महाभारत अनुशासन पर्व अध्याय 86 श्लोक 1-35
∞ महाभारत वनपर्व
∞ रामचरितमानस- तुलसीदास
∞ पद्म पुराण पृष्ठ 40
∞ महाभारत शान्तिपर्व- 365/22, 355/22
∞ विष्णु धर्म सार- 1-15
∞ गरुड़ पुराण
∞ शतपथ ब्राह्मण
∞ ऋग्वेद 10/135/3/4
∞ ऋग्वेद 10 59, 56
∞ जैयनीय ब्राह्मण 1, 125
∞ वयं रक्षामः आचार्य चतुरसेन शास्त्री
∞ भृगुवंश गाथा—किशान ताल शर्मा
∞ घाघ भड्डरी— पं रामनरेश त्रिपाठी
∞ समाजिक समूह एवं संख्याए—आर. बी. गुप्त
∞ रूपतिल्ली की कथा—श्रीप्रकाश मिश्र
∞ जहाँ बाँस फूलते हैं—श्रीप्रकाश मिश्र
∞ युग की नब्ज—श्रीप्रकाश मिश्र
∞ बोल्गा से गंगा—राहुल सांकृत्यायन

●●●